Oscar scrittori moderni

di Dino Buzzati

nella collezione Oscar

Un amore
Bàrnabo delle montagne
Bestiario
La boutique del mistero
Il colombre
Il crollo della Baliverna
Le cronache fantastiche di Dino Buzzati
(2 voll. in cofanetto)
Cronache terrestri
Il deserto dei Tartari
Dino Buzzati al Giro d'Italia
La famosa invasione degli orsi in Sicilia
I fuorilegge della montagna
(2 voll. in cofanetto)
Il grande ritratto
Il meglio dei racconti
I miracoli di Val Morel
I misteri d'Italia
La «nera» di Dino Buzzati
(2 voll. in cofanetto)
Le notti difficili
Il panettone non bastò
Paura alla Scala
Poema a fumetti
In quel preciso momento
Il segreto del Bosco Vecchio
Sessanta racconti
I sette messaggeri
Siamo spiacenti di
Teatro

nella collezione I Meridiani

Opere scelte

Dino Buzzati

I FUORILEGGE DELLA MONTAGNA

Uomini, cime, imprese

A cura di Lorenzo Viganò

VOLUME PRIMO

Uomini e imprese alpinistiche

OSCAR MONDADORI

I edizione Oscar scrittori moderni ottobre 2010

Questo volume è stato stampato
presso Mondadori Printing S.p.A.
Stabilimento NSM - Cles (TN)
Stampato in Italia. Printed in Italy

Anno 2012 - Ristampa 2 3 4 5 6 7

Introduzione

Dino Buzzati: la montagna dentro

di Lorenzo Viganò

«Ora mi sembra di non poter essere felice che sulle montagne e di non desiderare che quelle.»[1] È il 26 settembre 1923, quando Dino Buzzati scrive queste parole all'amico Arturo Brambilla. Ha diciassette anni e si trova nella casa di famiglia di San Pellegrino, vicino a Belluno, dove è solito trascorrere le vacanze estive. Lì, molti anni dopo, nel dicembre 1971, ormai malato, tornerà a cercare un segno della madre che lo accompagni e lo sostenga nella «partenza con il reggimento»,[2] e proprio da lì, lungo la strada che lo conduce a destinazione, rivolgerà alle crode, ai «giganti taciturni», alle «creste dei sogni»[3] il suo ultimo, estremo (e rassegnato) saluto. «Ma è una giornata stupenda e poco dopo Brescia ad un tratto ho visto risplendere lontanissime al nord le montagne di vetro, pure, supreme, dove mai più; cari miraggi di quand'ero ragazzino rimaste intatte ad aspettarmi e adesso è tardi, adesso non faccio più in tempo.»[4]

Negli anni (quasi quarantotto) che separano questi due momenti, le montagne diventano per Dino Buzzati una presenza costante e viva. Con esse stringe un legame personale e profondo. Unico. Un legame che non si spezzerà mai. Le ammira, le desi-

[1] D. Buzzati, *Lettere a Brambilla*, a cura di L. Simonelli, De Agostini, Milano 1985, p. 138.
[2] L'espressione si rifà alla raccolta di racconti *Il reggimento parte all'alba*, Frassinelli, Milano 1996, libro postumo e incompiuto dello scrittore bellunese, nel quale sta a identificare la partenza verso l'Aldilà.
[3] D. Buzzati, *Ottavio Sebastiàn: vecchia fornace*, in *Il reggimento parte all'alba*, cit., p. 82.
[4] Ivi, p. 76.

dera, le ricerca, le sfida, le viola scalandole, le teme. Ma soprattutto le racconta, facendone uno dei punti fermi del suo mondo poetico ed esistenziale, e raccontando, attraverso loro, se stesso: i sogni, le paure, le ambizioni, le sconfitte; le speranze della giovinezza e le rinunce della vecchiaia; la fragilità dell'uomo, così piccolo vicino a quelle rocce tanto grandi, forti e immortali, e la sua provvisorietà.

Il Buzzati pittore le disegna, le dipinge, trasfigurandole poeticamente sulla tela. Il Buzzati scrittore ne fa lo scenario dei suoi primi romanzi brevi: metafora del mistero, simbolo di un mondo ancestrale e fiabesco, popolato da gnomi ed elfi, retaggio di antiche storie nordiche ascoltate da bambino. Il Buzzati giornalista le racconta (e le spiega) ai lettori scrivendo centinaia di cronache e articoli che, a leggerli oggi, uno di seguito all'altro, attraversano come un filo rosso la sua intera carriera giornalistica. Pari, se non più numerosi, ai «pezzi» di «nera», alle corrispondenze di guerra, alle storie raccolte in Africa e come inviato, alle pagine dedicate all'arte.

Dai resoconti di raduni della gioventù fascista durante il Ventennio ai ritratti di alpinisti celebri, come Emilio Comici e Tita Piaz, Walter Bonatti e Cesare Maestri; dalle descrizioni delle sue cime preferite, Dolomiti di Cortina e bellunesi, Schiara in testa, ai racconti delle grandi imprese, tra cui la conquista del Bianco e del K2. Cronache, riflessioni e resoconti, molti dei quali mai apparsi in volume e mai più letti dal giorno in cui vennero pubblicati come prefazioni di libri o sulle pagine di quotidiani e rotocalchi – il «Corriere della Sera», soprattutto, ma anche il «Corriere d'informazione», «La Lettura», il «Corriere dei Piccoli» –, e su riviste specializzate come «Lo Scarpone» del CAI. Scritti che oltre a testimoniare in diretta piccoli e grandi fatti, a raccontare imprese ed eroi della montagna, diventano lo specchio di un mondo che cambia e si trasforma. Disegnando al contempo il ritratto di un uomo, Dino Buzzati, che si è sempre sentito alpinista, e che ha sognato quelle pareti tutta la sua vita, da quando, bambino, ne cantava la purezza – all'alba, al tramonto, nel buio della notte, alla luce del sole, sotto coltri di neve o raffiche di vento: sempre – all'autunno dell'esistenza, quando le «sentirà» ormai troppo alte, grandi, ripide e marce per poterle desiderare (e scalare) ancora.

Questa antologia si prefigge di raccontare passo dopo passo l'intensità di quel lungo e articolato rapporto attraverso i temi su cui si è sviluppato. Un rapporto che ha al centro la montagna, vinta e invincibile, e i suoi eroi: quei «fuorilegge» che avevano con le cime un contatto diretto, non mediato dalle guide, e perciò erano visti come «dei giovani arrabbiati, dei ribelli, dei sovversivi, dei rivoluzionari, delle teste calde [...], dei pazzi da tenere alla larga».[5] Eppure gli unici, scrisse Buzzati, cui «la grande montagna abbia rivelato i suoi più gelosi e potenti segreti. E non ai poveretti come me, che hanno avuto paura».[6]

Dalle lettere agli articoli: canzoni, ascensioni, adunate

Il primo scritto che Dino Buzzati dedica alle cime è una prosa poetica: *La canzone alle montagne*, forse anche il suo primo testo letterario. La compone a quattordici anni, nel dicembre 1920, nella fredda e nebbiosa Milano, ripensando ai panorami visti durante l'estate a San Pellegrino, alle montagne «purissime, nelle albe violacee / frementi negli arrossati tramonti», a quelle «Montagne divine, che nulla è più bello, regine della libertà e dell'infinito / [...] la cosa più pura più sublime»[7] che egli si porta nell'anima e nel cuore anche in città. È un patto d'amore e letterario, quello che Buzzati stringe con i «fantasmi di ghiaccio»,[8] vergato con la sua grafia infantile e ordinata, incorniciata da piccoli disegni; è una confessione, un inno, una serenata che lo scrittore custodirà per tutta la vita tra le sue carte (e che perciò apre, simbolicamente, questa antologia).

Ma le montagne sono anche lo sfondo per altre storie, a tratti in versi, che il giovane Dino scrive negli stessi anni e scambia

[5] D. Buzzati, *I fuorilegge*, in *I cento anni del Cai*, Edizioni Cai, Milano 1963. Qui vol. I, p. 9.
[6] Ivi, p. 10.
[7] D. Buzzati, *La canzone alle montagne*. Qui vol. I, p. 2.
[8] *Ibidem*.

con quelle composte da Arturo Brambilla, amico fraterno, per un reciproco giudizio. Come *Nembrotte*, «padrone dei monti», «che saliva sull'erte rocce dirute coll'arco e le frecce» per cacciare il camoscio, e venne risucchiato in uno strapiombo per aver disubbidito al «genio dei monti»;[9] come *Sararu infelice*, che si crede «il re dei monti» e «s'inabissa» dentro «una nera crepa» cercando di cogliere il fiore azzurro della felicità;[10] come *La quercia nera* con «i rami contorti» e le radici «come artigli ossei» che il «vento orrendo» vuole piegare e che dopo un ultimo feroce assalto «con uno strido lacerante, schiantò [...] nella negra notte»;[11] come, ancora, *Kraka e Isku*, storia di un corvo e di uno gnomo, abitanti di due abeti vicini che «languiscon di giorno in giorno» perché ognuno è insidiato dalle radici dell'altro;[12] o come, infine, *Ghifu stregato*, il re degli gnomi che vive tra le montagne, «pallido ed alto e bellissimo», con «gli occhi e le ciglia sì neri / che i suoi occhi parevan due buchi».[13]

Storie fantastiche, spesso tragiche e nere, dove ricorrono continuamente cupe foreste e vallate, selvagge crode, foschi monti, notti senza stelle, venti che urlano; storie che, seppur ingenue e a tratti auliche e retoriche, contengono tutti quegli elementi – personaggi, scenari, simboli – che daranno corpo alle sue composizioni future, da *Bàrnabo delle montagne* agli ex voto de *I miracoli di Val Morel*.

Nello stesso modo, le lettere che scambia con Arturo Brambilla, con cui condivide la medesima passione, una passione che cresce di anno in anno fino a soppiantare gradatamente l'ubriacatura per i misteri dell'antico Egitto e per le corse ciclistiche, mostrano la sua formazione di alpinista: il desiderio, sempre più forte, di toccare, anche fisicamente, la roccia; di scalarla, di raggiungere la cima, in un confronto con la natura, e con le proprie paure, più tormentato che felice («in verità ti giuro adesso che sono così

[9] Cit. da L. Simonelli, *Cronache di un'amicizia*, introduzione a D. Buzzati, *Lettere a Brambilla*, cit., pp. 23-24.
[10] Ivi, p. 28.
[11] Ivi, p. 30.
[12] *Ibidem*.
[13] Ivi, p. 31.

triste che le montagne più di me non le si può amare»).[14] Un confronto dal quale Buzzati sentirà alla fine di essere uscito sconfitto: «Mi illudevo di lasciare per sempre qualcosa di me su quelle rocce così brave, solide e oneste [...], di scriverci qualcosa di me per sempre», confessa a sessant'anni rivolto alle «sue» Pale di San Martino, «e invece io passo di sotto in automobile e vi guardo e non tornerò, mai più tornerò sulle vostre pareti anche se al principio di ogni estate faccio proponimenti ridicoli di riscossa». Fino a registrare con freddezza: «Di me lassù non è rimasto niente».[15]

Dal luglio 1921 – quando Buzzati ha quindici anni – al settembre del 1926, però, le lettere sono piene di resoconti dettagliati ed emozionati delle sue scalate – preziosi, anni dopo, per riscostruire con precisione la cronologia delle sue ascensioni.[16] Buzzati, illustrando i racconti con semplici ed evocativi disegni al tratto, «accompagna» Brambilla nelle sue escursioni sulle pareti, dalla Croda da Lago alla Schiara, portandolo passo dopo passo attraverso canaloni, cenge, costoni, gole, tra «passi difficili» e «appigli malsicuri e marci».[17] Ai dati tecnici, l'altitudine precisa di ogni cima, per esempio, affianca riflessioni e sensazioni, non di rado venate di tristezza («in verità mi domando se valga la pena di fare delle belle ascensioni quando, tornati, si è più tristi di prima»).[18] Descrive accuratamente ogni fase, ogni stato della roccia e del terreno, ogni propria impressione, come nella lettera del 24 luglio 1921 sulla scalata del Civetta e del Pelmo, tanto da chiedere al compagno di classe, una volta tornati a Milano, di restituirgliela per potersi ricordare in futuro di quei momenti.[19]

14 D. Buzzati, *Lettere a Brambilla*, cit., p. 125.
15 D. Buzzati, *O Pale di San Martino*, in «Corriere d'informazione», 6-7 settembre 1966. Qui vol. II, p. 111.
16 La cronologia completa e dettagliata delle scalate di Dino Buzzati è contenuta nel libro di Maurizio Trevisan, *Dino Buzzati, l'alpinista*, Istituti editoriali e poligrafici internazionali, Accademia editoriale, Pisa-Roma 2006, pp. 87-91.
17 D. Buzzati, *Lettere a Brambilla*, cit., pp. 66-67.
18 Ivi, p. 124.
19 «Ti prego di tenere questa lettera per poi darmela a Milano perché vorrei ricordarmi di queste scalate» (Maras, 24 luglio 1921), in D. Buzzati, *Lettere a Brambilla*, cit., p. 64.

Poi, dal 1927, anno in cui Buzzati è chiamato al servizio di leva e si trova a contatto con le montagne soltanto durante il campo estivo a Spinga, in provincia di Bolzano, le cronache delle ascensioni si fanno più rade, fino a quando con l'entrata al «Corriere della Sera», l'anno successivo, le ambizioni e i tormenti di alpinista lasciano il posto a quelli di scrittore.

Solamente nelle lettere, però; perché in realtà proprio sulle pagine del quotidiano di via Solferino comincia a scrivere di montagna, trasformando, come spesso accade ai giornalisti, una passione personale in una specializzazione professionale.

Il debutto avviene a meno di un mese dal suo ingresso in quella che diventerà la Fortezza Bastiani de *Il deserto dei Tartari*. E, tragica combinazione, riguarda la morte, in roccia, di un suo ex compagno di classe al liceo Parini, Alessandro Bartoli, di cui Buzzati si definisce il «più grande amico, almeno spiritualmente».[20] Con lui aveva frequentato la Scuola allievi ufficiali della Caserma Teulié di Milano e compiuto numerose ascensioni. E forse proprio per questo il capocronista affida alla sua penna il compito di darne notizia. Si tratta di un breve articolo, non firmato né siglato,[21] che spiega in maniera asciutta e scolastica la disgrazia: la morte di un «giovane e animoso alpinista milanese»,[22] ventiduenne, precipitato dalle Torri del Vajolet, vicino a Cavalese, nel Trentino, per aver voluto recuperare una corda caduta in un punto pericoloso della roccia.

Nulla, in quelle righe, tradisce il suo legame con Bartoli, non un aggettivo di troppo scivolato sul foglio, niente: soltanto fredde e precise informazioni. Eppure non è difficile immaginare lo stato d'animo del giovane Buzzati, chiamato a scrivere per la prima volta su quel «Corriere», da dove pensa di venir presto

[20] Ivi, p. 189.
[21] Il ritaglio del giornale con il breve articolo compare nel quaderno personale di Dino Buzzati dove egli era solito archiviare i propri pezzi, fatto che ne conferma l'autenticità. Per il suo carattere di documento, nella presente antologia è stato inserito nella sezione intitolata *Appendice*.
[22] D. Buzzati, *Studente precipitato dal Vaiolet*, in «Corriere della Sera», 24 luglio 1928. Qui vol. I, p. 270.

«cacciato come un cane»,[23] proprio di un avvenimento per lui tanto drammatico e penoso.

È così che dall'anno successivo Dino Buzzati comincia a seguire i raduni annuali, alpinistici e sciistici, delle «piccozze» del Club Alpino Italiano prima e dei giovani «goliardi» dopo: campi organizzati dal Gruppo Universitario Fascista come Sciopoli, «città effimera»[24] che si sposta di anno in anno in varie località, da Dobbiaco a San Martino di Castrozza, riempiendole con canti e allegria (ma anche con «un tatto e un senso della misura esemplari»),[25] adunate di legioni come l'«Arnaldo Mussolini», congressi di alpinisti. Pezzi nei quali la passione per la montagna si carica via via di retorica e propaganda di regime. «Camicie nere in assetto di guerra, moschetto a tracolla, sono state viste arrampicarsi sicure come camosci sulle crode più ardite, dalla Punta Fiammes alle Torri del Vajolet»,[26] scrive Dino Buzzati nel 1932 dal Passo del Pordoi dove, alla presenza del Duca d'Aosta, si sono raccolti gli «accademici» del CAI («il fior fiore dell'alpinismo senza guide»),[27] nel suo primo articolo del genere siglato «d.b.t.».[28] Cronache che da principio inneggiano e fotografano anzitutto la bellezza della roccia, la vita all'aria aperta, il ritorno malinconico in città, ma che con il passare del tempo si riempiono di discorsi ufficiali, di cameratismo, di coraggio e sana competizione. Di irrefrenabili (e ridondanti) sentimenti patriottici.

Come nell'articolo scritto da Cortina d'Ampezzo nel settembre 1933 nel quale Buzzati si lascia andare: «Le parole con cui Mussolini incita la gioventù alle vie della battaglia, suonano amiche all'anima di coloro che amano le fatiche dell'Alpe,

[23] *Album Buzzati*, a cura di L. Viganò, Mondadori, Milano 2006, pp. 107-108.

[24] D. Buzzati, *Goliardia milanese sulle nevi*, in «Corriere della Sera», 3 gennaio 1931.

[25] *Ibidem*.

[26] D. Buzzati, *Il Duca d'Aosta e Menaresi con gli «accademici»*, in «Corriere della Sera», 21 settembre 1932.

[27] D. Buzzati, *La solitaria conquista*, in «Corriere della Sera», 17 settembre 1932.

[28] All'inizio della sua carriera giornalistica, Dino Buzzati si firmava Dino Buzzati Traverso, con l'aggiunta del secondo cognome di famiglia, in seguito eliminato.

a qualsiasi terra appartengano». E continua: «C'è, del resto, nell'essenza del vero alpinismo, una idealità tipicamente fascista. [...] Non è retorica dire che nessuno sport è nei suoi fondamenti spirituali così fascista come l'alpinismo: per il disprezzo delle ricompense e degli applausi, per l'ardimento che ne è la base essenziale, per lo spirito di sacrificio che ci vuole e, infine, perché è tipicamente italiano, come sono italiane le Alpi».[29] O come nelle ultime righe di un altro articolo del 1933, quando qualcuno dei legionari universitari, scrive Buzzati, «aveva attaccato "Giovinezza". Nessuno aveva avuto questa precisa intenzione; il canto era venuto proprio fuori da solo e accompagnava la schiera felice e stanca verso le case illuminate».[30] Una spontaneità, quella sottolineata da Buzzati, che vuole testimoniare, pur staccandosi leggermente dal tono celebrativo e propagandistico delle «veline», l'autenticità del cameratismo dei partecipanti, il cui «carattere» rimane però inequivocabilmente espresso dall'occhiello che precede il titolo: «Libro, moschetto e sci».

Il fatto è che, propaganda a parte, Dino Buzzati ha la preparazione giusta, l'occhio allenato e una sensibilità naturale per raccontare le emozioni che suscitano le montagne. Quei panorami li conosce, li ha dentro. Così come le bellezze vere dell'alpinismo e la purezza d'animo di chi lo pratica e lo ama. In più, possiede la competenza tecnica adeguata per spiegare che cosa significhi arrampicarsi, quali pericoli e difficoltà comporti, e quanti entusiasmi accenda lo sci. E così, accanto al lavoro in redazione, scrive sempre più frequentemente di montagna, affiancando relazioni dei congressi a (brevi) racconti, articoli divulgativi a commenti narrativi di fotografie alpine, ritratti di montagne a leggere e ironiche disquisizioni sulla crescente passione verso i «due inseparabili gemelli», gli sci (comprese le polemiche che l'accompagnano). Diventando una sorta di

29 D. Buzzati, *Alpinisti di venti Paesi a Congresso*, in «Corriere della Sera», 11 settembre 1933.

30 D. Buzzati, *Non dipendere dalla stufa*, in «Corriere della Sera», 3 gennaio 1934. Qui vol. I, p. 272.

esperto ombra, un po' nascosto dagli altri doveri giornalistici, ma senz'altro uno dei primi redattori, se non il primo, a venire interpellato dal «Corriere» quando si devono trattare argomenti di questo tipo.

Sentirsi alpinista: felicità e amarezza sulle crode

Ciò che rende uniche le cronache di Dino Buzzati, ancora oggi illuminanti per chiunque voglia avvicinarsi alla montagna e ai suoi protagonisti, così da scoprirne storia e misteri, è il fatto di unire la sensibilità narrativa al mestiere di giornalista scrupoloso e attento, l'essere sempre sulla notizia al legame, diretto, personale, poetico e atletico, con le cime. Il raffinato autore de *Il deserto dei Tartari* – romanzo dove il teatro della morte volontaria, eroica e romantica, dell'aristocratico tenente Angustina è proprio la montagna –; il creatore di un «altro» mondo, di un universo fantastico che a distanza di decenni continua a incantare e a conquistare lettori a dispetto delle mode, «era un alpinista e», osserva Maurizio Trevisan, «ci teneva molto a essere considerato tale». Così, quando scrive di montagna, pur descrivendo «con precisione i luoghi» e «citando i toponimi con grande cura», continua l'autore, «non si ferma mai al puro e semplice racconto dei fatti o al commento di maniera, ma sempre [...] cerca di dare voce alle emozioni profonde di un mondo di cui lui stesso si è sempre sentito parte».[31]

«Io sono diventato alpinista. Ho fatto il Pizzocco (2187) di cui ti ho ancora parlato e la Marmolada (3344) la "Regina delle Dolomiti"»[32] scrive a tredici anni, con orgoglio e un pizzico di ingenuità, ad Arturo Brambilla il 17 agosto 1920 dall'albergo Doglioni di Susin di Sospirolo (Belluno). Da allora al settembre 1966, quando, a poco meno di sei anni dalla morte, scalerà per l'ultima volta l'amata Croda da Lago con Lino

[31] M. Trevisan, *op. cit.*, p. 27.
[32] D. Buzzati, *Lettere a Brambilla*, cit., p. 45.

Lacedelli e Rolly Marchi, Buzzati compie circa cento ascensioni, arrampicando quasi sempre nelle Dolomiti, a parte le salite in Grigna.

All'inizio, anche per volere della mamma («Con Bartoli la mamma non mi lascia più...» scrive a «Illa» nell'agosto 1923),[33] va al seguito del fratello maggiore Augusto; altre volte, con il permesso dell'«amministratore», come la chiama,[34] con gli amici (più esperti) Emilio Zacchi e Alessandro Bartoli; ma poi, affiancato di quando in quando da Arturo Brambilla, dalla nipote Lalla, da Rolly Marchi..., prevalentemente con le guide. La lista è lunga: Angelo Della Santa, Giuseppe e Valerio Quinz, Luigi Apollonio, Toni Schranzhofer, Giacomo Scalet, Lino Zagonel. E soprattutto Gabriele Franceschini, con cui arrampica puntalmente ogni estate dal settembre 1948, quando avviene il loro primo incontro – così ricordato dalla guida alpina: «È un signore sulla quarantina, di corporatura agile, il viso affilato, un cappello bianco a larghe tese, giacca a vento, pantaloni di velluto» –,[35] al settembre 1956, quando alle rocce Dino Buzzati comincia a sostituire lo sci (se si escludono ancora un paio di ascensioni con la «guida, amico, spirito della terra»[36] nel '57 e una nel '61).

Con Franceschini stringe un profondo e sincero rapporto di amicizia, che si rinforzerà anno dopo anno, scalata dopo scalata; con lui realizza ascensioni che desiderava da sempre («Finalmente dopo anni di progetti sfumati, l'amico Gabriele è riuscito a tirarmi su per lo spigolo del Velo!» annota sul libretto della guida il 16 settembre 1953).[37] Con lui, ancora, avvia un rapporto epistolare, nel quale gli racconta le ascensioni compiute insieme nei suoi sogni notturni («Caro Gabriele, ho il piacere di annunciarti che la notte scorsa – credere o non credere – tu mi hai por-

[33] Ivi, p. 124.
[34] Ivi, p. 62.
[35] G. Franceschini, *Vita breve di roccia. In montagna con Dino Buzzati, Leopoldo di Bramante, pastori e boscaioli*, Nuovi Sentieri Editore, Belluno 1986, p. 83.
[36] D. Buzzati, *O Pale di San Martino*, cit. Qui vol. II, p. 111.
[37] G. Franceschini, *op. cit.*, foto numero 58.

tato a fare la Solleder sulla Civetta»);[38] rievoca con nostalgia le vacanze appena trascorse («Dove eravamo un mese fa? ti ricordi? Ebbene, tutte quelle grandi montagne non esistono più, al loro posto cigola il tram sulle rotaie, suona il telefono, si china appesantita la scatola cranica sostenuta appena appena – fragile stelo! – da una specie di verme solitario»);[39] lo redarguisce se passa da Milano senza andarlo a salutare («morale: un bel porco sei!» annota tra parentesi, di sghembo, ai margini della lettera che gli scrive il 1° dicembre 1953).[40] A lui, ancora, dedica sul «Corriere d'informazione» un ammirato articolo che racconta la sua scalata del Sass Maor.

Ma quel che appare chiaro fin dall'inizio è che i due si intendono perfettamente: l'esuberanza estrosa di Franceschini bene si amalgama con la serietà rigorosa (e timida) di Buzzati, e ognuno riesce a far emergere dall'altro l'aspetto più nascosto del suo carattere: la spontanea sensibilità verso la poesia e la letteratura di Franceschini (che conosce, e divora avidamente, ogni scritto dell'autore de *Il deserto dei Tartari*, sottoponendogli anche i propri), la vena più solare e allegra – decisamente meno conosciuta – di Buzzati (che con lui evade dalla «quotidiana fanteria» del «Corriere» vivendo con soddisfazione e intensità il rapporto con le pareti). «Quest'anno per merito tuo, la montagna mi ha lasciato ricordi assai più belli degli anni precedenti e ho l'impressione che la nostra amicizia si sia fatta più grande» gli scrive il 15 ottobre 1951.[41]

Gabriele Franceschini custodirà gelosamente fino alla morte ogni lettera, ogni scritto, ogni appunto, ogni libro con dedica ricevuto dall'amico scrittore, e, dopo la scomparsa di Buzzati, penserà a lui ogni sera: «Oggi Dino vive dentro di me» racconterà nel 2003, all'età di 81 anni. «Non passa giorno senza che gli rivolga un pensiero, senza che legga qualcosa di suo. Ogni

[38] Lettera indirizzata a Gabriele Franceschini datata 28 dicembre 1954, in G. Franceschini, *op. cit.*, foto numero 65.
[39] Lettera indirizzata a Gabriele Franceschini datata 21 ottobre 1952, in G. Franceschini, *op. cit.*, foto numero 56.
[40] Ivi, foto numero 59.
[41] Ivi, foto numero 49.

sera prima prego Dio, poi ricordo Dino e infine mi addormento pensando alle montagne.»[42] Tra tutte le guide, insomma, è quella che senz'altro ha conosciuto (e descritto) meglio il Dino Buzzati alpinista, riuscendo a coglierne gli aspetti più intimi e nascosti, e lasciandone un vivo e appassionato ritratto nelle pagine del suo *Vita breve di roccia*, libro autobiografico che ripercorre, con cadenza quasi quotidiana, le loro estati sulle pareti.

«Gli piacevano le partenze sul far del giorno al lume della lanterna:» scrive «in testa l'amico con la corda, ed il sacco delle "providande", lui subito dietro... lo scalpiccio dei passi. E me lo vedo ancora Dino: sempre rasato, pettinato, i calzoni di velluto chiaro, il cappello bianco con la falda, la giacca a vento perfettamente modellata. Infilava i guanti da portiere di calcio, afferrava il lungo bastone e mi seguiva fuori del rifugio guardando in alto al primo barlume contro le masse nere delle cime. Sentivo che per lui era il momento sognato, giorno dopo giorno, tutto l'anno: la magia. L'Alpe era una sua creazione straordinaria, favolosa, frequentata da spiriti.» E poi, sulle rocce: «In arrampicata talvolta assumeva atteggiamenti teatrali come interpretasse suoi personaggi che stava vivendo in sé: lo sguardo fisso in alto, l'afferrarsi con gran sforzo all'appiglio; oppure, subito dopo, progrediva sciolto e sicuro quasi estraneo alle difficoltà, certo preso in un suo pensiero, oppure osservava ogni ombra e cesello della roccia, o chiacchieravamo prendendoci in giro o raccontavo di certe mie esagerate conquiste femminili; oppure s'arrestava su una cengia in una sorta di contemplazione».[43]

Oltre al «fraterno arrampicare»,[44] con le frasi che si urlano tra un appiglio e l'altro, tra entusiasmi e debolezze, quelle pagine fanno luce anche sui loro momenti più privati, quando parlano a lungo di scalate, fumano la pipa, giocano a ramino la sera al rifugio, si confidano storie immaginarie o vissute in prima per-

[42] L. Viganò, *Conversazione con Gabriele Franceschini*, in «Studi buzzatiani», IX, 2004, p. 89.
[43] G. Franceschini, *op. cit.*, pp. 9-10.
[44] Ivi, p. 88.

sona. Come l'avventura, capitata a Franceschini, che sta dietro al racconto *Notte d'inverno a Filadelfia*: il ritrovamento nel luglio del 1945 alla base della Cima del Coro nell'alta Val Canali del paracadute di un soldato americano e di alcuni dei suoi oggetti personali. Franceschini la riferisce a Buzzati e Buzzati annota tutto, fase dopo fase, con parole «appena decifrabili»,[45] sulla copertina della guida Castiglioni, tenendola in bilico su un ginocchio.[46] In seguito la trasformerà in uno dei suoi racconti sospesi tra realtà e fantasia, immaginando gli ultimi momenti di vita del paracadutista americano, prigioniero tra quelle montagne «straniere, esageratamente belle, tutte sbagliate».[47]

Dal 1937 al 1946, se si esclude un'unica salita sulla Croda da Lago nel settembre 1942, Dino Buzzati non arrampica. L'allontanamento dalle rocce dipende soprattutto dal suo lavoro al «Corriere» che prima lo porta in Africa (1939-1940) come giornalista accreditato a raccontare la nuova colonia italiana, poi, dopo lo scoppio del conflitto mondiale, come corrispondente di guerra dal mare (unico periodo della sua vita in cui, nei sogni, il mare prenderà il posto delle montagne). Ma tranne questa lunga parentesi, Dino Buzzati dedica alle ascensioni la maggior parte delle sue estati. Una costanza e una passione che lo portano, seppur raramente, a compiere scalate anche di un certo peso alpinistico e persino ad aprire nuove vie, guadagnandosi anche una citazione nella guida della Schiara di Piero Rossi.[48]

Eppure non avrà mai la soddisfazione di entrare nel Club Alpino Accademico, nonostante ci tenesse in maniera particolare. Il suo nome viene proposto più volte, ma la candidatura è

[45] Ivi, p. 90.
[46] La trascrizione completa di quegli appunti è pubblicata in G. Franceschini, *op. cit.*, p. 91, foto numero 37.
[47] D. Buzzati, *Notte d'inverno a Filadelfia*, in «Corriere della Sera», 2 ottobre 1948. Qui vol. II, p. 128.
[48] Nel 1955 sui massi-palestra del Mazarol, Buzzati compie con Gabriele Franceschini un passaggio di sesto grado (vedi G. Franceschini, *op. cit.*, pp. 125-26). Tra le varie, apre con Franceschini nel 1948 la via lungo lo spigolo sudest della Punta della Disperazione, e nel 1950 quella sulla nordest della Guglia di Stallata (vedi M. Trevisan, *op. cit.*, pp. 90-91).

sempre bocciata. Un rifiuto che, come è nel suo carattere, Buzzati accetta da buon soldato, con compostezza e ubbidienza, ma che gli provoca un profondo dispiacere (ciononostante non c'è ironia né risentimento, ma soltanto un'amara confessione nelle ultime frasi de *I fuorilegge*, articolo scritto nel '63 proprio per le edizioni del CAI).

Scrive Maurizio Trevisan: «Il Club Alpino Accademico ha sempre avuto un atteggiamento (necessariamente) elitario, nel senso che ha sempre valutato degni di entrarvi solo ed esclusivamente coloro che compiono imprese significative sul piano delle difficoltà alpinistiche».[49] Ma sono in molti, compreso lo stesso Trevisan, a ritenere che l'ammissione di Buzzati avrebbe avuto senso. Non soltanto perché lo avrebbe reso felice, ma anche perché ci avrebbe guadagnato pure il Club Alpino.

«Non posso dimenticare la sua amarezza per quel rifiuto» racconta oggi Walter Bonatti, che gli fu amico. «È vero, alpinisticamente non aveva fatto grandi scalate, exploit alla Comici, per intenderci, ma era un alpinista nel senso più profondo, e puro, del termine. E uno straordinario uomo di cultura. Penso che il CAI non l'abbia capito, o addirittura – ma è una mia interpretazione – ne abbia avuto paura. Era talmente superiore che la sua presenza sarebbe forse risultata scomoda; così preferì non ammetterlo tra le sue fila.»[50] E sempre Trevisan: «Ciò che distingue un alpinista da un qualsiasi turista alpino non sono le cime che sale o le difficoltà che affronta ma lo spirito con cui lo fa. Ed il modo in cui l'andare in montagna si riflette poi nella vita quotidiana, nel suo approccio alle cose, nei suoi sogni: alpinismo cioè, come cultura nel suo significato più generale».[51] Ed è così che Buzzati lo viveva.

Solo dopo la morte, la sua figura di alpinista verrà riscattata, e la sua passione «ufficialmente» riconosciuta. Non tanto dal CAI, va detto, quanto grazie agli amici con cui aveva arrampicato, alle guide che lo stimavano e avevano potuto conoscerne diret-

[49] M. Trevisan, *op. cit.*, p. 70.
[50] Intervista inedita, giugno 2010.
[51] M. Trevisan, *op. cit.*, p. 81.

tamente le qualità di scalatore e lo stretto, totale, legame che lo univa alle rocce. Primo fra tutti proprio il fedele Gabriele Franceschini che negli anni Settanta scoprirà e traccerà un nuovo sentiero fra le Pale di San Martino da percorrere idealmente con lui.[52] Lui che un giorno di settembre, di ritorno da una salita, fermandosi a guardare con soddisfazione la via percorsa, aveva manifestato all'amico il desiderio «di poter tornare insieme negli anni tardi, a contemplare dal basso le cime raggiunte, ad assaporare nuovamente nel ricordo le avventure, le gioie, i timori, le paure (sì, anche i momenti di paura) tutti i momenti di intensa vita trascorsi lassù»,[53] ma non ne ebbe il tempo.

Basterebbe un tale riconoscimento, in fondo, per dimostrare – come i racconti di questa antologia confermano a ogni pagina – l'inscindibilità del Buzzati che scrive dal Buzzati che arrampica. «Credo che non ci sia mai stato un giornalista che ha scritto di Montagna in modo più significativo di Dino Buzzati, semplicemente perché non c'è mai stato un vero alpinista che, facendo del giornalismo, abbia scritto come Buzzati di Montagna: e Buzzati era appunto un alpinista» afferma ancora Trevisan nel suo saggio.[54]

Il pubblico cui si rivolge, soprattutto quello dei lettori del «Corriere della Sera», è un pubblico non specializzato, per il quale l'alpinismo fa notizia soprattutto quando riferisce di grandi im-

[52] Il «Sentiero attrezzato Dino Buzzati», o semplicemente «Buzzati 747», viene inaugurato il 10 settembre 1977, cinque anni dopo la morte dello scrittore, sulla Catena Centrale delle Pale di San Martino, e unisce il Bivacco del Velo alla media Val Canali lungo l'asse del Cimerlo e dei suoi «fantasiosi» pinnacoli. La cerimonia, con Messa, si tiene allo Châlet Piereni, e vi partecipano circa trecento persone, tra cui, oltre ai fratelli Augusto e Adriano e alla sorella Nina, alla moglie Almerina e alla nipote Lalla Morassutti, l'allora presidente del Senato Amintore Fanfani (che di Dino Buzzati fu compagno di università), un «club» di amici, da Rolly Marchi a Bepi Mazzotti, e numerose guide alpine, Franceschini in testa. In un libro redatto per l'occasione da Rolly Marchi (*Buzzati 747*, Renzo Cortina Editore, Milano 1978) l'autore scrive che quel giorno «[Dino Buzzati] si è affacciato alla bella e pura conca dei Piereni e si è sposato con i fantasmi delle sue favole».
[53] G. Mazzotti, *Omaggio a Buzzati*, in G. Franceschini e L. Morassutti, *Alta Via «Dino Buzzati»*, Edizioni Ghedina, Cortina d'Ampezzo 1979, p. 10.
[54] M. Trevisan, *op. cit.*, p. 71.

prese e avvenimenti drammatici. Eppure Dino Buzzati, riuscendo a calarsi naturalmente nelle situazioni e nei personaggi che descrive, comunica a chi legge qualcosa di più della semplice cronaca: attraverso cuore, occhi e penna porta il lettore sui posti, tra strapiombi e cenge, mostrandogli, come facevano le illustrazioni di Walter Molino e Achille Beltrame sulla «Domenica del Corriere», ciò che solo con la fantasia si può immaginare, e gli fa provare sulla pelle la fatica, il freddo, il pericolo, la solitudine, la gioia. La vita e la morte degli eroi delle montagne, dei quali, come i bambini con le favole, non si stanca mai di ascoltare e riascoltare le imprese.

Non importa insomma, se le sue scalate oltrepassano raramente il terzo grado,[55] se arrampica praticamente sempre da secondo, rimanendo nei confini di una passione, seppur bruciante e ambiziosa, di tipo amatoriale. Ciò che conta davvero è che quell'amore, quel sentirsi uno di loro, gli permette di interpretare lucidamente e onestamente il vero significato di ogni impresa, e di capire, soprattutto, i sentimenti – di conquista, di entusiasmo, ma anche di paura, sconfitta, disperazione – di chi la compie. Non solo: «I sentimenti, le riflessioni e il tipo di alpinismo che i vari personaggi esprimono» scrive Nella Giannetto, eminente e attenta studiosa della vita e delle opere dello scrittore bellunese, al quale ha intitolato un'Associazione Internazionale, [56] «coincide perfettamente con i sentimenti, le paure, le emozioni che Buzzati ha personalmente sperimentato nel suo incontro con le crode».[57]

[55] «Solo una ventina di volte ha arrampicato sul quarto, e solo su cinque vie, per quanto mi risulta, si è trovato a superare passaggi comunemente classificati di quinto grado» scrive Maurizio Trevisan in M. Trevisan, *op. cit.*, p. 80.
[56] L'Associazione Internazionale Dino Buzzati nasce a Feltre (Belluno) nel 1999. La fondatrice, Nella Giannetto, la presiede fino alla sua prematura scomparsa, nel 2005, quando il suo posto viene preso prima da Maurizio Trevisan e poi da Annamaria Esposito, attuale presidente. Attraverso convegni, pubblicazioni, borse di studio, l'Associazione si prefigge di promuovere l'opera e la figura di Dino Buzzati in Italia e nel mondo.
[57] N. Giannetto, *Il sudario delle caligini. Significati e fortune dell'opera buzzatiana*, Olschki, Firenze 1996, p. 151.

«Se si vuol chiamarlo sport, [l'alpinismo] è certo lo sport più nobile di tutti. Non ci sono premi né compensi in denaro; non c'è la folla che applaude; non c'è il giro con il mazzo di fiori, dopo la vittoria. Nessuno li scorge, gli arrampicatori, quando sono sospesi sopra gli abissi, nello smisurato silenzio, impegnati in una lotta temeraria; quando, sorpresi dalla notte, si accovacciano intirizziti su un esile terrazzino, per aspettare che il sole ritorni e la lotta possa ricominciare, e guardano in fondo alla valle verso le luci dei grandi alberghi dove la vita è facile e sicura.»[58] Sono parole, queste, che Buzzati scrive nel 1932, dalle quali emerge chiara una capacità di immedesimazione che solo l'esperienza diretta consente. Cosa che, anche giornalisticamente, gli dà una marcia in più.

«Dino Buzzati mi ha salvato» racconta oggi Walter Bonatti, cui lo scrittore bellunese dedicò *Un nobile addio*, sentita (e ironicamente imbarazzata) prefazione al suo libro *I giorni grandi*, tracciandone un vivo e affettuoso ritratto, sia di uomo che di alpinista. «Mi ha salvato perché all'indomani della tragedia del Pilone Centrale del Freney, del gruppo del Monte Bianco, tutti trovarono il modo di condannarmi. Adottando un comportamento tipicamente italiano, mi consideravano responsabile della morte dei quattro alpinisti, tra cui Andrea Oggioni, con cui avevamo tentato una drammatica discesa.

«Io ero un personaggio scomodo, davo fastidio; quindi, era meglio togliermi di mezzo, infangandomi. E Buzzati fu come ci si immagina possa essere Buzzati. Andai al "Corriere" e lui, pur non conoscendomi, mi accolse nel suo ufficio, poco più di uno sgabuzzino, nel quale era però contenuto tutto il suo mondo. Parlammo a lungo, e qualche giorno dopo uscì un bellissimo articolo,[59] nel quale finalmente si ristabiliva la verità. Davvero quindi mi salvò, nel vero senso della parola.»[60]

[58] D. Buzzati, *La solitaria conquista*, cit.
[59] D. Buzzati, «*Non mi perdonano il torto di essere ritornato vivo*», in «Corriere della Sera», 21 luglio 1961. Qui vol. I, pp. 187-92.
[60] Intervista inedita, cit.

Un po' la stessa cosa che, seppur in modo diverso, Dino Buzzati fa un paio di anni dopo con un altro alpinista italiano, Cesare Maestri, di cui aveva già narrato il miracoloso salvataggio dell'amico Luciano Eccher sul Campanile Basso di Brenta e la tragica impresa con Toni Egger sul Cerro Torre. Succede quando l'arrampicatore di Madonna di Campiglio rinuncia a portare a termine la scalata della Cima Grande di Lavaredo, attirandosi una selva di critiche. Buzzati in un primo articolo fa spiegare direttamente all'alpinista le ragioni dell'accaduto, poi, quando meno di venti giorni dopo Maestri torna sulla stessa cima e questa volta la conquista lungo la superdirettissima «a goccia d'acqua», ne riporta le impressioni, lodando il suo temperamento e il suo coraggio: «Maestri, a proposito del primo tentativo fallito, mi aveva detto: io non sono un *kamikaze*. Non è vero. Maestri è il più *kamikaze* dei *kamikaze*. E stanotte ha il sacrosanto diritto di dormire contento».[61]

Uomini leggendari, come Paul Preuss, che compiono imprese memorabili, e uomini, come appunto Maestri, che hanno il coraggio di rinunciarvi; uomini puri, nobili, come Severino Casara, per i quali non avrebbe senso mentire sulle proprie imprese, e uomini, come le guide, innamorati della montagna, che giurano e stragiurano di appendere la piccozza al chiodo, ma che ogni volta, come Eliseo Croux, rimandano; uomini che sembrano invincibili e poi muoiono per una caduta in bicicletta, e uomini che superano stapiombi impossibili e poi cadono nel vuoto per aver creduto troppo alla resistenza di un cordino trovato nello zaino. Di ognuno di loro Buzzati sa cogliere l'aspetto più coraggioso e fragile. Più vero.

In *È morto ciclista l'arrampicatore delle Dolomiti*, egli penetra nel cuore e nella mente di Tita Piaz, il «vecchio glorioso», sentendone l'orgoglio, l'insofferenza verso le raccomandazioni delle figlie, l'inquietudine per i sinistri avvertimenti lanciati dalle montagne, le incertezze («E se al famigerato passo di Winkler la

61 D. Buzzati, *Maestri ha risposto coi fatti a chi gli aveva dato del vile*, in «Corriere della Sera», 21 marzo 1963. Qui vol. I, p. 200.

mano destra non trovasse più l'appiglio? Se qualcuno lo avesse scalpellato?»),[62] percependone prima la paura, e poi, dopo che un contrattempo gli ha permesso di restare a terra, la felicità («Ora sì che non si sente più addosso gli anni. Vola giù per i prati. Che sole. Nel bosco cantano gli uccelli. Salvo! [...] All'appuntamento con la morte lui domani non ci sarà»).[63]

Di Emilio Comici, «il più grande e geniale arrampicatore mai esistito», «pioniere e maestro del sesto grado», mette invece a fuoco il fisico («un atleta perfetto») e le imprese; l'eleganza, la leggerezza e il coraggio con cui le compie, ma anche l'«animo sensibilissimo», «così lontano dal consueto *cliché* del montanaro»: quell'ombrosità e tristezza che chiaramente traspaiono dall'ultima foto che lo ritrae vivo, in vetta al Salame, dopo la prima salita della parete nord, e che lo rendevano «uno degli uomini più profondamente malinconici che si possano incontrare sulla terra».[64]

E di entrambi Dino Buzzati racconta la morte, assurda e maligna, che arriva a tradimento e li umilia. Che è lì ad attenderli per farsi beffe di loro e degli innumerevoli pericoli attraverso i quali sono passati indenni di ascensione in ascensione. Chi meglio di lui può farlo? Lui che, come disse Indro Montanelli, aveva con la «signora» un rapporto diretto e speciale? La morte è uno dei temi centrali della poetica dello scrittore bellunese, «il» tema, che egli ha sviscerato tanto nella narrativa quanto nel giornalismo. E che qui gli offre l'occasione per un altro duello, perché Buzzati mostri, ancora una volta, il lato di lei più meschino e ignobile, quella potenza cui è impossibile sottrarsi e che diventa tanto più odiosa quanto più colpisce alle spalle, approfittando di una semplice pedalata o di una «imprudenza da nulla, addirittura ridicola».[65]

62 D. Buzzati, *È morto ciclista l'arrampicatore delle Dolomiti*, in «L'Europeo», 23 agosto 1948. Qui vol. I, p. 23.
63 Ivi, p. 25.
64 D. Buzzati, *Un meschino agguato distrusse l'arte prodigiosa di Comici*, in «Corriere della Sera», 5 luglio 1957. Qui vol. I, pp. 73-76.
65 Ivi, p. 74.

«È quasi sempre la "buccia di banana" che porta alla morte i grandi della montagna»[66] scrive Dino Buzzati a proposito della scomparsa di Attilio Tissi, «genio» dell'alpinismo, caduto a cinquantanove anni mentre arrampicava con la moglie. Sia sulle rocce che lontano da esse – e chissà come avrebbe raccontato la recente scomparsa di Marco Da Pozzo, già in vetta al K2, scivolato dal campanile della chiesa di Cortina mentre stava lavorando alla manutenzione dell'impianto di illuminazione.

Buzzati, però, non punta l'indice contro le montagne, delle cui insidie nascoste rimane comunque cosciente («Fin dall'infanzia ci si porta dietro una quantità di luoghi comuni che consideriamo vangelo, senza mai curarci di controllarne l'esattezza. [...] La "montagna omicida" ne è un esempio»);[67] e nemmeno, scrive Enrico Camanni in *Le montagne di vetro*, «legittima la morte in montagna, ma in fondo, la idealizza e ne trae lo spunto per una piena immedesimazione. Ogni personaggio si presta a una metafora sulla vita e, per controverso, a un riscatto sulla morte».[68] Accade con Andrea Oggioni, «il folletto delle caverne» che «ha avuto la morte degli eroi. Ma una morte in stile con lui, in un certo senso umile e oscura, una morte da milite ignoto, non da generalissimo, una morte senza bagliori di battaglia»;[69] e accade con la struggente uscita di scena del meno noto Ettore Zapparoli, prima figura di intellettuale-alpinista, dalla vita solitaria e artisticamente sfortunata, il bohémien che «andava solo per le vie deserte, rimuginando le speranze del domani», che a cinquant'anni, «senza compagni, senza che nessuno lo sappia, come un ragazzo che fugga da casa» «parte per l'eternità» sparendo una notte tra le rocce della parete est del Monte Rosa,

[66] D. Buzzati, *Il primo italiano che vinse il «complesso del sesto grado»*, in «Corriere d'informazione», 24-25 agosto 1959. Qui vol. I, p. 93.

[67] D. Buzzati, *Dovevano tutti morire ma la montagna non volle*, in «Corriere della Sera», 25 ottobre 1950. Qui vol. I, p. 139.

[68] Cit. da D. Buzzati, *Le montagne di vetro*, a cura di E. Camanni, Vivalda, Torino 1989, p. 22.

[69] D. Buzzati, *Andrea Oggioni patetico dramma*, in «Corriere della Sera», 18 luglio 1961. Qui vol. I, p. 100.

ma restando «intatto, preservato nella sua sagoma di arcangelo, tratto via in una specie di trionfo».[70]

Dino Buzzati, che gli era amico e non nasconde i rimorsi per «non aver saputo capirlo meglio quando per dignità taceva ciò che lo rodeva dentro»,[71] ne immagina l'uscita dal rifugio alla luce della luna, con quel ritmico tric tric della piccozza sulle pietre, che ricorda i toc toc metafisici dei suoi quadri. E, dice, per quanto si sforzi non riesce a vederlo scomparire, continuando a immaginarlo per sempre là, «tremendamente sprovveduto e solo, piccolissimo, un bambino, nella immensità misteriosa del santuario».[72]

Peggiore è la caduta nell'oblio, la lenta discesa dei «grandi» nella miseria, nell'inutilità, nell'impotenza della vecchiaia, tanto più amara quanto più grande è stata la gloria che l'ha preceduta. La fine di Angelo Dibona, cavaliere dell'Alpe, «al paragone del quale la grandissima maggioranza dei più celebri "assi" potrebbe benissimo andare a nascondersi»,[73] ridotto ai lavori più umili, ad aiutare in casa, a curare i fiori; l'incontro tra Francesco Jori, Arturo Andreoletti e Alberto Zanutti a trentacinque anni di distanza dalla scalata del Monte Agnèr nelle Dolomiti, «impresa che a quei tempi parve una follia», incontro malinconico, di chi ha voluto ritrovarsi, «sperando, sia pure per un attimo, di far risorgere l'incanto struggente della giovinezza»,[74] ma dal quale emerge soltanto il tramonto dell'eroe, con la malattia, le finte speranze, la povertà, la solitudine, il tempo che passa inesorabile, le cose mutate per sempre di fianco alle montagne immobili nei secoli; il bilancio esistenziale di Achille Compagnoni, infine, conquistatore del K2 con Lino Lacedelli, che a quattro anni di distanza dalla conquista della cima del Karakorum

[70] D. Buzzati, *Zapparoli*, in «Corriere della Sera», 1° settembre 1951. Qui vol. I, pp. 48-52.
[71] Ivi, p. 51.
[72] Ivi, p. 52.
[73] D. Buzzati, *Ci fu una scommessa per la terribile Cima Una*, in «La Domenica del Corriere», 13 maggio 1956. Qui vol. I, p. 63.
[74] D. Buzzati, *Cordata di tre*, in «Corriere della Sera», 23 giugno 1956. Qui vol. I, pp. 68-72.

proprio da quell'impresa è rimasto «bruciato», non riuscendo più a riaversi: «Il K2» scrive Buzzati «è stato il grande dramma della sua vita, pur se glorioso»;[75] con esso Compagnoni tocca la più alta vetta di grandezza e popolarità, ma inizia anche la sua inesorabile e tormentata discesa.

La trasformazione dell'alpinismo: le nuove conquiste

Mentre Dino Buzzati scrive dei raduni dei «goliardi» sulle pagine del «Corriere della Sera», è già iniziato per la montagna un lento e progressivo processo di trasformazione che, dal punto di vista alpinistico prima e turistico dopo, la cambierà per sempre.

Gli anni Trenta sono gli anni dell'esplosione del «sesto grado»; la stagione in cui l'alpinismo tocca risultati fino ad allora ritenuti impossibili, rompendo con il passato e aprendo un nuovo, rivoluzionario capitolo nella competizione uomo-montagna. L'«estremamente difficile» non è più un ostacolo insuperabile, e, scrive Buzzati, «quello che un giorno era "assurdo" non desta adesso più meraviglia».[76]

«Con la conquista delle ultime formidabili rocche, l'alpinismo moderno ha avuto le maggiori vittorie», sentenzia; e aggiunge: «Si è vista una meravigliosa coincidenza: il massimo dell'uomo ha corrisposto al massimo della montagna. Dove le crode fanno l'estremo sforzo, innalzandosi a piombo e a strapiombo, là l'alpinista ha toccato il confine delle proprie risorse. Tutti e due giungono alla cima sfiniti».[77]

Lo scrittore bellunese è convinto, ingenuamente (ma, tiene a specificare, supportato dal «giudizio dei competenti»), che oltre questo punto difficilmente si potrà andare; che il progresso «non potrà prolungarsi», e non è «lecito prevedere per un

75 D. Buzzati, *L'uomo bruciato dal K2*, in «Corriere della Sera», 31 luglio 1958. Qui vol. I, p. 88.
76 D. Buzzati, *Sesto grado: estremamente difficile*, «Corriere della Sera», 6 ottobre 1932. Qui vol. I, p. 112.
77 *Ibidem*.

avvenire prossimo un ulteriore sviluppo dell'arrampicamento. Uomini più perfetti, atleticamente e moralmente, non è facile immaginarli; e in fatto di mezzi meccanici di ausilio si è adoperato tutto quanto è ammissibile secondo i criteri di un sano e onesto alpinismo».[78]

Ma siamo nel 1932!, e i fatti, di molti dei quali sarà lui stesso testimone, lo smentiranno (continuando ancora oggi a smentirlo). Anche le pareti superstiti che Buzzati si illude resisteranno, come la nord della Cima Grande di Lavaredo, per esempio, di cui lui stesso racconterà un anno dopo la conquista, sono destinate presto a capitolare. E più in fretta di quanto ci si possa aspettare.

Ma in quegli anni, la rivoluzione che investe l'alpinismo ha già del miracoloso. E accanto ai nomi mitici dell'arrampicamento, da Paul Preuss a Tita Piaz, se ne affiancano di nuovi: come Emilio Comici, Riccardo Cassin, Walter Bonatti, Cesare Maestri, Carlo Mauri... Buzzati conosce i «vecchi» e le vie da loro aperte sulle montagne, che egli immagina e ripercorre con la fantasia sulle pagine del «Berti» – la guida-vangelo di ogni alpinista, cui negli anni a seguire dedicherà vari articoli, compreso un sincero e sentito ricordo del suo autore nel giorno della scomparsa; ma conosce anche i nuovi eroi, di cui sa interpretare e raccontare il vero significato delle ascensioni, analizzandone la difficoltà, lo stile, la purezza.

Nel 1933 racconta, momento per momento, l'ascensione di Emilio Comici sulla parete del Nibbio, «la nota avanguardia, per così dire, della Grignetta»[79] e, quella, sempre di Comici, con Angelo e Giuseppe Dimai, sulla nord della Cima Grande di Lavaredo «che non trova alcun confronto in tutti i Monti Pallidi»;[80] dopo un salto di oltre vent'anni, ripercorre la tragica scalata di Barenghi e Rosenkrantz sul Monte Api, la sa-

[78] *Ibidem*.
[79] D. Buzzati, *Tecnica della doppia corda sulla parete del Nibbio*, in «Corriere della Sera», 30 maggio 1933. Qui vol. I, p. 118.
[80] D. Buzzati, *L'ardua lotta per la conquista della più impervia parete dolomitica*, in «Corriere della Sera», 20 agosto 1933. Qui vol. I, p. 123.

lita in vetta del Gasherbrum di Bonatti e Mauri in Pakistan e ricostruisce la tragica impresa di Maestri ed Egger sul Cerro Torre; rievoca la sconfitta italiana sul Cervino nel 1865 – che affianca come drammaticità alla morte di Ettore, all'assassinio di Giulio Cesare, alla disfatta di Waterloo – insinuando il dubbio che fu un sorso di grappa di troppo a far scoppiare nella nostra spedizione il litigio che ci costò la cima; e ritorna sulla stessa vetta nel 1965 per spiegarne ai lettori del «Corriere dei Piccoli» la conquista «in direttissima» compiuta da Walter Bonatti.

Sempre, soprattutto laddove il pezzo non suona scritto a tavolino, ovvero per doverosa «copertura» giornalistica, Dino Buzzati non si ferma alla cronaca dell'impresa, ma se ne serve per riflettere sul suo significato: per domandarsi a che cosa si deve la conquista di vette sempre più alte e difficili – alla tecnica? alla bravura degli scalatori? a una questione di «animo che tien su tutto»? –,[81] e se, come nel caso dell'Everest, tale conquista sia stata proprio necessaria, e sia giusto e lecito violare l'ultimo mistero, l'ultimo angolo di Terra rimasto ancora sconosciuto e quindi ricco di poesia; per analizzare, prendendo spunto dalla tragedia del Monte Bianco, i commenti di indignazione che l'hanno seguita, fino a sostenere che ci vorrebbero più Bonatti e Oggioni «con la loro smania del sempre più difficile, col loro fegataccio, con le loro spavalde ambizioni», visto che esistono cose ben più idiote dell'alpinismo, «come il gusto, per esempio, di superare ad ogni costo l'automobile che ci precede».[82]

La montagna, e tutto ciò che l'accompagna, sia che si tratti di conquista o di sconfitta (secondo Trevisan i due temi di maggior interesse delle cronache di Buzzati dedicate alle imprese)[83]

81 D. Buzzati, *Montagne sconfitte*, in «Corriere della Sera», 7 novembre 1934. Qui vol. I, p. 130.

82 D. Buzzati, *Ma non è una pazzia?*, in «Corriere d'informazione, 17-18 luglio 1961. Qui vol. I, p. 186.

83 M. Trevisan, *Due temi alpinistici per un giornalista alpinista: la conquista, la sconfitta*, in M. Trevisan, *op. cit.*, p. 27.

diventa un mezzo per guardare nell'uomo, nelle sue ambizioni e contraddizioni, e nello stesso tempo per gettare uno sguardo al futuro, a quello che diventerà, a come trasformerà il mondo. Diventa un modo per riflettere sulla vita e la morte.

Ecco, allora, che non solo la conquista di un «ottomila», ma anche fatti (apparentemente) minori si trasformano, proprio per effetto della montagna e delle insidie che nasconde, in altrettante «grandi imprese», destinate a entrare nella leggenda; in occasioni per ragionare sul coraggio e la purezza d'animo degli alpinisti, sulla forza della natura, sulla sacralità delle cime, fatta di riti e regole, e, temi cari a Buzzati, sul destino, la fortuna, le combinazioni, su quelle stranezze inspiegabili dell'esistenza che tanto lo affascinano.

La commovente storia della «piccola Lea», «cagna pointer alpinista»[84] che in una notte senza luna trae in salvo la guida Giuseppe Pirovano, il quale anni dopo, condotto soltanto dal suo istinto, le restituirà il favore recuperandola da un crepaccio dov'era caduta; l'avventura, tra le più «paurose che ricordi l'alpinismo dolomitico»[85] capitata al ventiseienne Luciano Eccher rimasto sospeso per tredici ore in maniche di camicia sul Campanile Basso del Brenta, e salvato dall'esperienza, dal sangue freddo e dal cuore di Cesare Maestri; la tragedia dei due sciatori tedeschi morti di freddo su un ghiacciaio sopra Cervinia, che la penna di Buzzati, inviato sul posto, racconta con dovizia di particolari, registrando anche l'indifferenza dei turisti che continuano a sciare, e il cinismo dell'unica sopravvissuta, preoccupata soltanto di tornare sul luogo della tragedia per recuperare la sua macchina fotografica; e infine il rito di fede che porta gli amici degli alpinisti uccisi dalla valanga a completare la scalata da loro lasciata interrotta, come se solo così potranno finalmente trovare la pace che meritano.

84 D. Buzzati, *«Torna, piccola Lea!»*, in «Corriere della Sera», 20 agosto 1953. Qui vol. I, p. 147.
85 D. Buzzati, *«Taglia, taglia, che almeno tu ti salvi». Tredici ore sospeso nel vuoto a una corda*, in «Corriere della Sera», 17 ottobre 1954. Qui vol. I, p. 155.

Il K2: cronaca di un'illusione

Un discorso a parte merita l'impresa del K2, per l'importanza, l'eco e le polemiche che ebbe al suo compiersi. Impresa di orgoglio nazionale finita all'epoca sulle prime pagine di tutti i giornali e a cui Dino Buzzati dedica una serie di articoli sul «Corriere della Sera», qui raggruppati in un capitolo a parte per meglio coglierne i passaggi, l'evoluzione, lo svolgimento (e ricordare quanto fosse difficile nel 1954 avere notizie da luoghi tanto lontani e impervi).

Ardito Desio, capo della spedizione himalayana, racconta che nel 1953, quando stava preparando la spedizione al K2, ne aveva parlato con Buzzati e lui era rimasto impressionato. «Mi telefonò più volte, offrendosi come inviato speciale lungo tutto il percorso. Ero contento di avere al seguito un giornalista come Buzzati, ma quando andai al "Corriere della Sera", il direttore mi disse che nessun giornalista del "Corriere" avrebbe seguito l'impresa. Quando glielo comunicai Dino rimase muto. Il K2 fu per Dino Buzzati un grande dolore: aveva sempre sognato di scalare una montagna inviolata.»[86]

I pezzi, che informano puntualmente il lettore sullo sviluppo dell'«ultima grande impresa», hanno modo di toccarne via via i diversi aspetti, da quelle che Maurizio Trevisan chiama «le premesse ideologiche»[87] – la conquista di una cima inesplorata come occasione per il riscatto dell'alpinismo italiano –, ai costi che comporta – «occorrono milioni e milioni per raggiungere e affrontare i lontani mastodonti corazzati di ghiacciai» –,[88] dai progressi compiuti dall'alpinismo, sia dal punto di vista tecnico che psicologico, alla rivalità con gli altri Paesi – «Ma i diritti italiani di precedenza [sugli americani] non sembra possano correre alcun rischio» –,[89] fino alle difficoltà di comunicazione

[86] A. Desio, in *Il mistero in Dino Buzzati*, a cura di R. Battaglia, Rusconi, Milano 1980, p. 45.

[87] M. Trevisan, *op. cit.*, p. 30.

[88] D. Buzzati, *Anche gli italiani attaccheranno l'Himalaia*, in «Corriere della Sera», 6 febbraio 1953. Qui vol. I, p. 212.

[89] D. Buzzati, *Gli Italiani hanno preparato la via per l'attacco al K2*, in «Corriere della Sera», 20 ottobre 1953. Qui vol. I, p. 224.

che per vari giorni lasciano tutta Italia con il fiato sospeso (nonostante Buzzati cerchi subito con fermezza di tranquillizzare i lettori scrivendo che l'allarme è «assolutamente infondato» e «sembra derivare più che altro da un gratuito nervosismo, da una totale ignoranza geografica e tecnica dell'itinerario per arrivare al campo-base e da una strana leggerezza nel diffondere notizie prive di consistenza»).[90]

Il giorno in cui la notizia della conquista del K2 arriva in prima pagina (il 4 agosto 1954), «sparata» dal «Corriere» su sette colonne, Dino Buzzati firma un entusiastico e retorico commento, molto evocativo, in cui accosta l'«invidia immensa» provata per «quei due uomini in cima alla seconda vetta della Terra» (ed ecco che emerge l'alpinista Buzzati) a quella provata da bambini quando «gli eroi [...] sconfiggevano i draghi e gli orchi delle fiabe».[91] In seguito continua a scriverne raccontando il rientro in Italia della spedizione, le scoperte fatte, i risultati scientifici... ma i contrasti che accompagnano il ritorno dei conquistatori, le ombre che ne cominciano a oscurare il successo, le rivalità nate in seno alla spedizione, gli opposti schieramenti... Buzzati preferisce allontanarli anziché affrontarli.

Se da un lato egli vive la conquista del K2 con grande emozione, dall'altra, forse proprio a causa di quell'emozione, non riesce a vederne (e accettarne) gli aspetti meno eroici e più nascosti, quelli legati, in fondo, alla debolezza umana; si ferma al risultato senza infiltrarsi nelle sue pieghe. Così, getta acqua sul fuoco delle polemiche, le allontana, si illude di crederle risolte per merito delle cime di Courmayeur («tornati fra le montagne [...] quelli del K2 si sono lealmente stretti la mano»).[92] Il tutto nel timore che quelle polemiche possano incrinare il successo raggiunto. Non solo: a lui che ha sempre vissuto la

90 D. Buzzati, *L'allarme per il gruppo Desio non ha alcun serio fondamento*, in «Corriere della Sera», 8 giugno 1954. Qui vol. I, p. 234.

91 D. Buzzati, *Una grande notizia*, in «Corriere della Sera», 4 agosto 1954. Qui vol. I, p. 242.

92 D. Buzzati, *Si «ritrovano» a Courmayeur i valorosi conquistatori del K2*, in «Corriere d'informazione», 31 gennaio-1° febbraio 1955. Qui vol. I, pp. 248-49.

montagna come luogo ideale di lealtà e purezza, e considerato gli alpinisti uomini veri, candidi, per i quali non avrebbe senso mentire, questi pettegolezzi non piacciono, non li capisce, lo avviliscono. E, quindi, li rifiuta. Preferendo «una goffa maratona celebrativa»,[93] come la definisce Enrico Camanni, alla ricerca della verità.

Un atteggiamento che lo porta inevitabilmente a cadere in errore, commesso pure in buona fede, ma sempre un errore.

Buzzati, il Buzzati giornalista-alpinista non va ad analizzare, come farà invece in seguito con Bonatti e Maestri, i racconti di Achille Compagnoni e Lino Lacedelli, i due scalatori che raggiunsero la cima; non indaga sull'uso fatto dai due delle bombole d'ossigeno né sull'effettivo ruolo svolto da Walter Bonatti e dall'*hunza* Mahdi che, per portarle ai due compagni, passarono una notte a oltre ottomila metri, senza tenda né sacco a pelo. Ma sposa la versione ufficiale, e anche nell'articolo che scrive a un anno di distanza raccontando l'ultimo assalto alla cima, Buzzati su quei poco chiari e drammatici momenti sorvola, virando sul letterario. Per sua buona pace ci vorranno cinquantaquattro anni per scoprire che cosa accadde realmente lassù, e ristabilire la verità ponendo fine al «caso K2».

«Io penso che allora Buzzati cadde in una trappola» afferma oggi Walter Bonatti, che ha dovuto lottare in tribunale per oltre mezzo secolo prima di venir assolto dalle accuse di Compagnoni e Lacedelli, e vedere riconosciuto come vero il suo racconto. «Non ponendosi degli interrogativi, accettò la versione di Ardito Desio, capo della spedizione, anche se quella versione non stava in piedi. Il che stupisce ancora di più se si pensa che Buzzati non era uno sprovveduto ed era troppo intelligente per non farsi venire qualche dubbio. Io penso che per il bene dell'Italia abbia preso le parti del "professore" anche per il ruolo che costui rivestiva all'interno della Società Geografica Italiana. Non so cosa darei per leggere che cosa scriverebbe

93 Cit. da D. Buzzati, *Le montagne di vetro*, cit., p. 79.

oggi su questa vicenda. Ma sono sicuro che non avrebbe più tanto rispetto nei confronti di Desio.»[94]

Dino Buzzati, però, non ne scriverà più, nemmeno quando, dieci anni dopo, il caso finirà in tribunale: nell'ingenua speranza, forse, di conservare quell'impresa pura come l'aveva sognata.

Le Dolomiti: pietre o nuvole? Vere oppure un sogno?

Il binomio uomini e imprese suonerebbe incompleto senza l'aggiunta di un terzo elemento, le montagne: partenza e traguardo di ogni sfida, simbolo di magia e mistero, di «sogno, avventura, ricerca del nuovo e dell'inesplorato»[95] in costante bilico tra fantasia e realtà; punto d'incontro tra scalatori e sfide, che lì si mischiano, diventando inseparabili.

È dalle cime che parte la passione di Dino Buzzati per l'alpinismo, e più in generale per tutto il suo mondo. Da quelle montagne, scrive ancora Giannetto, che il Buzzati ragazzino contempla senza poterle avvicinare. E scatta innanzitutto dalla Schiara, che lui chiama al maschile «lo» Schiara perché così ha fatto per tutta la vita «e adesso è troppo tardi per cambiare».[96] «Un'autentica dolomite»[97] la definisce con orgoglio – anche se ingiustamente snobbata perché meno mondana di quelle di Cortina –, che egli vede fin da bambino ogniqualvolta esce nel giardino della sua casa di San Pellegrino. E che lo conquista, attirandolo a sé come una sorta di richiamo della foresta. Allora «nel suo immaginario», rileva Maurizio Trevisan, gli appariva già «come una selva inverosimile di guglie, come una straordinaria parete, che già celava al suo interno, nelle sue pieghe, chissà quali remoti contrasti, storie e racconti».[98] La scalerà: la prima volta nel 1922, a sedi-

[94] Intervista inedita, cit.

[95] N. Giannetto, *Montagne di pietra, di vetro, di carta*, in *Il sudario delle caligini. Significati e fortune dell'opera buzzatiana*, cit., p. 157.

[96] D. Buzzati, *L'amico Schiara*, introduzione a P. Rossi, *La S'ciara de oro*, Tamari, Bologna 1964. Qui vol. II, p. 11.

[97] *Ibidem*.

[98] M. Trevisan, *op. cit.*, p. 104.

ci anni, per la via normale, la seconda (ma non ultima) due anni dopo, per la grande parete sud, guadagnandosi la citazione nella guida di Piero Rossi. E da adulto, «seduto su un gradino della piccola scala di pietra, mentre il sole gira lentamente», la guarderà «chiusa nei suoi impenetrabili pensieri» ricordando, attraverso lei, «strani incanti della giovinezza perduta».[99]

Dino Buzzati ama (e conquista) anche la Croda da Lago, la cima della prima e della sua ultima scalata. «La montagna che mi piace più di tutte,» scrive il 2 agosto 1923 ad Arturo Brambilla «la più misteriosa, anche materialmente, essendo distante da tutti i paesi tanto che da Cortina solo si vede e molto lontano. Montagna anche difficile abbastanza e vertiginosissima come poche.»[100] E non risparmia lodi alla Marmolada, all'Antelao, «il re», alla Tofana, alla Croda Rossa, al Cervino... Alle Dolomiti, insomma, il cui indefinibile e inafferrabile colore (che nessun pittore è mai riuscito a trasferire su un quadro, ripete spesso: «Più che di un colore preciso, si tratta di una essenza, forse di una materia evanescente che dall'alba al tramonto assume i più strani riflessi, grigi, argentei, rosa, gialli, purpurei, viola, azzurri, seppia»)[101] fa nascere la domanda se siano pietre o nuvole, vere oppure un sogno. A ogni montagna riserva un punto di vista, a ogni cima un significato, un'immagine, un carattere, come tanti capitoli di un solo romanzo, di un'unica grande, infinita storia.

L'Everest e il K2, e gli altri misteriosi e lontani mastodonti, non gli suscitano la stessa struggente, malinconica emozione. Che nel settembre 1924 gli fa scrivere a Brambilla: «E così questo mio maledetto amore per la montagna mi fa soffrire sempre più».[102] Perché le Dolomiti gli appartengono, su quelle pareti Buzzati sa come muoversi, sa leggerne gli «apicchi», e può condurre il lettore alla loro scoperta, tra rintocchi profondi, monaci incappucciati e statue che confabulano. Ne canta il prestigio alpinistico,

[99] D. Buzzati, *L'amico Schiara*, cit. Qui vol. II, p. 14.
[100] D. Buzzati, *Lettere a Brambilla*, cit., p. 124.
[101] D. Buzzati, *Ma le dolomiti cosa sono?*, introduzione a AA.VV., *Olimpiade nelle Dolomiti*, Aliroma, Milano 1956. Qui vol. I, p. 5.
[102] D. Buzzati, *Lettere a Brambilla*, cit., p. 124.

ma ne denuncia l'attacco incondizionato degli scalatori («Troppo tardi le Dolomiti capirono che gli alpinisti si proponevano soltanto di umiliarle»),[103] ne registra preoccupato la progressiva, implacabile capitolazione, salvo poi ammettere che proprio «tutta questa concentrazione di sforzi contro le rocche più dure da conquistare, anziché consumare le Dolomiti, ha impedito loro di invecchiare».[104]

Le rende vive, come farà in alcuni capitoli delle sue cronache al Giro d'Italia del '49, e le umanizza, rivolgendosi a esse come a un vecchio e caro amico; ne ammira l'immortalità, la solidità, l'attraversare i secoli ferme, ancora ignaro che molti anni dopo, nel 2007, alcune di quelle stesse montagne su cui si era arrampicato tante estati avrebbero cominciato a sgretolarsi (le Cinque Torri), cambiando per sempre la loro fisionomia. (E chissà come avrebbe interpretato Dino Buzzati quel crollo, quali sinistri presagi e avvertimenti vi avrebbe letto, quali racconti gli avrebbe ispirato.)

Quando non scrive di montagne in relazione alle spedizioni e agli uomini che le compiono, Dino Buzzati le «sente» come giganti di anima e roccia. Così cerca di proteggerle, con la penna, dall'invasione dell'uomo che ha già spezzato irreparabilmente l'incanto del loro mondo nascosto, popolato da fantastiche creature («Una grave perdita indubbiamente subirono le Dolomiti con la scomparsa degli gnomi» scrive nella prima riga di *Tribolazioni delle Dolomiti*).[105] E cerca, a volte con fermezza, altre più debolmente, di preservarle dai tentativi sempre più frequenti e irrispettosi di ferirle con funivie e ovovie.

Dopo aver assistito alla trasformazione dell'alpinismo, Buzzati deve ora testimoniare anche il radicale cambiamento dell'«andare in montagna». E appare combattuto tra il rifiutare fermamente la costruzione dei nuovi impianti (la funivia sul Cervino,

103 D. Buzzati, *Tribolazioni delle Dolomiti*, in «Corriere della Sera», 5 ottobre 1933. Qui vol. II, p. 23.
104 D. Buzzati, *Le Dolomiti non sono vecchie*, in «Le vie d'Italia», luglio 1948. Qui vol. II, p. 47.
105 D. Buzzati, *Tribolazioni delle Dolomiti*, cit. Qui vol. II, p. 22.

contro la quale incita gli spiriti della montagna a intralciare i lavori) e di vie di comunicazione (la strada carrozzabile che porterebbe fin sotto le Tre Cime di Lavaredo), o accettare il progresso con amara rassegnazione (la funivia del Brenta), se non addirittura sostenere queste opere di ingegneria per i paesaggi meravigliosi che spalancherebbero, e i luoghi, un tempo riservati agli alpinisti, che renderebbero accessibili a tutti.

«Evidenti ambiguità»[106] che però non lo portano mai ad assolvere chi la montagna la offende. Perché la montagna è sacra, e custodisce i ricordi e le anime dei soldati che vi hanno combattuto durante la Grande Guerra – con le loro voci, i loro canti, i loro gesti – o aspetta all'infinito che tornino. E sa trasformarsi in una tomba meravigliosa, come ha fatto l'Adamello con i cinque alpini morti nel 1916 sulle sue rocce: «li ha miracolosamente preservati», procurando loro «un sonno puro e silenzioso, nella massima serenità e bellezza che mente umana possa concepire».[107]

Lo stesso eterno riposo cui è destinato anche Dino Buzzati (che più volte nella sua vita affermò che gli sarebbe piaciuto morire in montagna), le cui ceneri verranno calate, in un'urna, all'interno di un crepaccio (probabilmente) della sua amata Croda da Lago. In un luogo segreto e misterioso che solo i corvi (e gli strani abitanti delle montagne) conoscono.

Sulle piste, con gli sci: la scoperta della perfetta felicità

Tra il settembre e il novembre 1958 Dino Buzzati affianca Franco Mandelli, noto maestro di sci che diventerà in seguito suo caro amico,[108] nella revisione della traduzione italiana di *Oesterreichischer Schi-Lehrplan* di Friedl Wolfgang e Clemens Hutter, un manualetto in cui viene illustrata la nuova tecnica sciistica mes-

106 M. Trevisan, *op. cit.*, p. 16.
107 D. Buzzati, *Degna sepoltura*, in «Corriere della Sera», 13 agosto 1952. Qui vol. II, p. 76.
108 Si veda N. Giannetto, *Sono arrivato all'ultimo capitolo...: una preziosa lettera di Dino Buzzati a Franco Mandelli a proposito di "Un amore"*, in «Studi buzzatiani», VI, 2001, p. 95.

sa a punto dall'austriaco Stefan Kruckenhauser. Quella tecnica, che gli austriaci chiamano «Wedeln», parola tradotta in italiano con «scodinzolo», si diffonde verso la fine degli anni Cinquanta, rivoluzionando completamente il modo di sciare adottato fino a quel momento. La usano i campioni, con risultati da podio, la «provano» gli appassionati, con molte più difficoltà e meno successi. Il problema è dimenticare tutto ciò che si è appreso e praticato fino a quel momento e assimilare un nuovo equilibrio, una nuova postura con cui affrontare la discesa.

Il manuale in questione dovrebbe spiegare e illustrare come si fa, ma riuscire a farlo in maniera da renderlo comprensibile, così che chiunque possa subito metterne in pratica i consigli, non è un'impresa facile.

Mandelli, su suggerimento di un amico comune, si rivolge quindi a Dino Buzzati, che nella carriera giornalistica ha sempre lavorato sulla propria scrittura per renderla semplice e chiara, il più possibile divulgativa. E l'autore de *Il deserto dei Tartari*, dopo un primo rifiuto, accetta. Non vuole compensi, però, e chiede esplicitamente che il suo nome non compiaia. In cambio, domanda al futuro amico di insegnargli la nuova tecnica direttamente sulla neve.

L'appuntamento viene fissato per le feste di Sant'Ambrogio dello stesso anno, sui campi di Sestriere, per le prime lezioni. «Giudicandolo dal fisico» dirà Mandelli «avevo pensato che fosse uno sciatore da piste di famiglia. Invece volle raggiungere subito le piste più difficili, e proprio là mi diede dimostrazione che, lavorando sulla traduzione, aveva assorbito la tecnica austriaca, imparando così a "sciare moderno". [...] Era un bambino felice.»[109]

L'episodio bene sintetizza il rapporto di Buzzati con lo sci: e rivela quanto egli fosse attento e sensibile a tutto ciò che riguardava quel «giochetto esilarante», come lo aveva definito per «giustificare» a Gabriele Franceschini il «tradimento» delle rocce per la neve.[110] E mostra, in maniera altrettanto evidente,

[109] G. Grieco, *Con Buzzati sulle vette e negli abissi*, in «Gente», 11 luglio 1985.
[110] G. Franceschini, *op. cit.*, p. 134.

quanto Buzzati ci tenesse a sciare bene, a fare, insomma, un'onorevole figura una volta arrivato sui campi.

Del resto Buzzati «porta» gli sci dal febbraio 1923, anno della discesa raccontata in *La prima volta* – dove in realtà rievoca soprattutto l'avventurosa e faticosissima salita (a piedi) che la precede. Tempi in cui esisteva soltanto lo sci alpinistico – al quale Buzzati stesso aveva comunque sempre preferito il rapporto con la roccia: unico, autentico modo per lui di vivere la montagna –, e sci con le lamine, attacchi di sicurezza, nonché impianti di risalita e piste battute, erano ancora di là da venire. Quindi ha potuto vivere direttamente l'ascesa e l'esplosione di una disciplina che da pioneristica e riservata a pochi si è trasformata nell'arco di una trentina d'anni in un fenomeno di massa. E l'ha raccontata.

Moltissimi, a cominciare dai primi anni Trenta, sono gli articoli dedicati da Dino Buzzati allo sci (alcuni dei quali piccoli gioielli giornalistici), di cui coglie e analizza, spesso ironicamente, «gioie» e «assurdità». Puntualmente registra l'evoluzione dell'attrezzatura, da quella usata negli anni Trenta – con gli sci di betulla soppiantati dai più moderni in «hikori»[111] filettati in metallo – fino a quella di moda nei Sessanta; prova personalmente e racconta la qualità e la bellezza delle varie piste – di Gressoney, di Madesimo, di Colle di Zambla (dove nel '28 Bruno e Vittorio Mussolini fecero le loro prime esperienze sciistiche), degli Alti Tatra scoperti durante il suo viaggio in Cecoslovacchia del 1965 (lo stesso in cui farà tappa a Praga per andare sulle tracce di Franz Kafka); sostiene, anche se in maniera non esplicita, il nuovo, «coraggioso impianto» che porta gli sciatori sulla Forcella Staunies, un'apparecchiatura composta di «"telecabine" dove stanno comodamente due persone in piedi: simili a minuscoli pulpiti da predicatore o meglio alla piattaforma degli auriga (tanto che qualcuno l'ha battezzata "bigovia"»;[112]

[111] D. Buzzati, *Si è rotto uno sci*, in «Corriere della Sera», 16 febbraio 1933. Qui vol. II, p. 217.
[112] D. Buzzati, *È aumentata di statura Cortina stazione invernale*, in «Corriere d'informazione», 11-12 marzo 1957. Qui vol. II, p. 260.

e analizza infine i mutamenti dello stile, il passaggio dal «Telemark» al «Cristiania», prima, con le querelle tra «puri» e discesisti, e dal metodo italiano a quello austriaco, dopo.

Se negli articoli sull'alpinismo Buzzati non era mai andato oltre ad accenni generici riguardanti la tecnica (tranne in casi come *Strapiombi* e *Tecnica della doppia corda sulla parete del Nibbio*), scrivendo di sci, invece, si lascia andare frequentemente a disquisizioni su scuole e metodi. Prendendone spesso spunto per deliziosi pezzi di costume.

Il manualetto sulla «leggiadra danza» dello scodinzolo, «superbo traguardo dei campioni»,[113] di cui ha rivisto la traduzione, e che nella seconda edizione arricchirà di una propria introduzione,[114] gli suggerisce subito il pezzo *La signora che scodinzola*, nel quale, ironicamente, prevede l'imminente arrivo di «una nuova scuola trascendentale e innovatrice» chiamata «Mambo», dove «gli spostamenti del sedere sembra vi abbiano parte decisiva».[115] Articolo bissato l'anno successivo con *Due professori di carta tengon cattedra sulla neve*, nel quale torna a parlare del manuale e di un altro libro «più grosso»,[116] dopo la lettura dei quali confessa di aver fatto discreti progressi, tanto che gli amici con cui va a sciare, perdono, vedendolo, «un po' del loro consueto buonumore, il che è un ottimo segno».[117]

Attraverso la lettura cronologica degli articoli sullo sci, si ripete insomma ciò che accade leggendo in sequenza quelli di «nera», per esempio, o dedicati al Natale:[118] il fatto di mostrare la gra-

113 D. Buzzati, *La signora che scodinzola*, in «Corriere della Sera», 1° gennaio 1959. Qui vol. II, p. 268.
114 D. Buzzati, *Parla un caposcuola*, in *Sci austriaco*, a cura di Friedl Wolfgang e Clemens Hutter, Sportnova, Como 1959. Qui vol. II, pp. 304-305.
115 D. Buzzati, *La signora che scodinzola*, cit. Qui vol. II, p. 271.
116 F. Freund – F. Campiotti, *Il vero sciatore*, Longanesi, Milano 1960.
117 D. Buzzati, *Due professori tengon cattedra sulla neve*, in «Corriere della Sera», 16 febbraio 1960. Qui vol. II, p. 276.
118 Si veda D. Buzzati, *La «nera» di Dino Buzzati*, a cura di L. Viganò, Mondadori, Milano 2002, e D. Buzzati, *Il panettone non bastò. Scritti, racconti e fiabe natalizie*, a cura di Lorenzo Viganò, Mondadori, Milano 2004.

duale trasformazione della società, e più in generale dell'Italia, dagli anni Trenta ai Settanta, dal periodo che precede la guerra al boom economico, evidenziando tic e manie, ambizioni e vanità degli sciatori – e chi si è lanciato sulle nevi almeno una volta nella vita non può non identificarsi nei quadretti disegnati da Buzzati. In più, tali scritti testimoniano il suo progressivo innamoramento per questo sport (nonostante non manchi di sottolineare che «con lo sport della discesa il sentimento della montagna non ha nulla a che fare»).[119]

«Si divertiva troppo!» ricorda oggi la moglie Almerina, con la quale negli ultimi anni di vita preferirà scivolare sulle nevi di Cortina piuttosto che continuare ad arrampicare sulle Pale di San Martino. Un po', spiegherà lo stesso Buzzati, per sopraggiunti limiti di età, e un po' (o forse proprio per questo) perché gli piaceva, perché lo liberava, scrive Camanni, «dall'austerità delle scalate, restituendogli il piacere del gioco, la leggerezza del vivere, l'edonismo dello stile».[120]

Con gli sci ai piedi, Dino Buzzati (e con lui l'intero popolo della neve) ritrova la giovinezza. «Questa immensa stupidaggine è in fondo una delle poche cose buone che l'umanità moderna abbia inventato» scrive in *Assurdità dello sci*. «Personalmente non conosco immagine più perfetta, ingenua e spensierata di felicità [...]: quell'impazienza, quell'insensato appagamento, quel non pensare a nulla, quel sentirsi così bene, quell'illusione, ahimè, di giovinezza; anche se dura un breve istante.» Sulle piste si ritorna bambini: «Quando siamo lassù, il cervello automaticamente si riduce alle dimensioni di quello di un grillo o un maggiolino. Cose del tutto bambinesche assumono un'importanza assurda, molto più che il Patto Atlantico».[121]

Ed ecco che lo sci diventa allora una metafora della vita che passa, lo specchio del tempo che tutto trasforma, della morte che

[119] D. Buzzati, *Decadenza delle Alpi*, in «Corriere della Sera», 8 maggio 1953, Qui vol. II, p. 80.
[120] Cit. da D. Buzzati, *Le montagne di vetro*, cit., p. 120.
[121] D. Buzzati, *Assurdità dello sci*. Qui vol. II, p. 299.

arriva e ci attende giù, alla fine dell'ultima discesa, «la pista più difficile che esista». «Anche dei grandissimi campioni» scrive in *Sciatore d'autunno* «non l'hanno saputa fare come si deve. Eppure, anche senza essere dei maestri, si possono fare delle bellissime ghirlande di virate, dei wedeln stupendi. Dipende dalla saggezza, dalla bontà, dalla rassegnazione, dall'humour, dal buon gusto. Soltanto così ci si può salvare.»[122]

Innsbruck 1964: alla ricerca dello spirito di Olimpia

È forse proprio la sua passione per gli sport invernali, con la prerogativa, certo non comune tra i giornalisti di allora, di potersi infilare un paio di sci e raccontare in presa diretta gioie e debolezze del popolo della neve, così come le caratteristiche di una pista (dalla qualità del manto alle difficoltà della discesa), che il «Corriere della Sera» invia Dino Buzzati a Innsbruck, a seguire i Giochi invernali del 1964 (e viene spontaneo domandarsi come mai, tranne un articolo sulla preparazione della squadra sciistica,[123] non avesse raccontato anche quelli di Cortina disputati otto anni prima). Affiancato da altri inviati (come già avvenne per le cronache del Giro d'Italia del 1949), Dino Buzzati «copre» l'avvenimento scrivendo tredici articoli. Articoli che, dal 29 gennaio al 10 febbraio, con cadenza quotidiana, raccontano le Olimpiadi «alla Buzzati», andando cioè al di là della pura cronaca giornalistica delle gare per mettere a fuoco l'atmosfera, il dietro le quinte, l'organizzazione dei Giochi e la psicologia dei partecipanti.

Dino Buzzati comincia proprio «testando» personalmente la pista di Patscherkofel, dove si disputerà la «libera» e dove durante le prove ha perso la vita un discesista australiano di diciannove anni. La descrive punto per punto, compreso quello dell'incidente, con precisione e competenza, senza mai perdere la sua ironia («Mi conforta la presenza d'una americanina

122 D. Buzzati, *Sciatore d'autunno*, in «Dove lo sci», 11 dicembre 1967. Qui vol. II, p. 303.
123 D. Buzzati, *Stanno facendosi gambe, cuori e fiato*, in «Corriere d'informazione», 15-16 novembre 1955. Qui vol. II, pp. 255-58.

dall'espressione mansueta, chissà che non condivida la mia abominevole sorte» scrive).[124]

Poi, già dal secondo pezzo, lascia spazio alla fantasia e, partendo dalla notizia del giorno, costruisce brevi racconti. Così la cerimonia inaugurale viene vista attraverso gli occhi di un marziano, la sconfitta di un atleta italiano nella gara di fondo gli offre lo spunto per riflettere su che cosa è la gloria («nube elettrica e invisibile»),[125] la ricerca del pass per i giornalisti diventa il mezzo per portare il lettore nella cittadella delle Olimpiadi, tra burocrazia e (divertenti) contraddizioni.

Ogni pezzo è una riflessione, un pretesto per ragionare sul ruolo dei campioni, le gare, le cause di una sconfitta, sul vero spirito di Olimpia che nessuno riesce a trovare. Per accentuare la vittoria di due sorelle francesi nello slalom (e mostrare quanto può essere crudele la natura) alterna le fasi della discesa con i movimenti impacciati e le espressioni tristi di una ragazzina quindicenne con una «gambetta minorata», «che non camminava giusto»,[126] mentre si affida soltanto ai commenti degli spettatori per raccontare la gara di fondo; riserva un pensiero affettuoso a tutti coloro che non hanno vinto, agli «ultimi delle classifiche»: come sarebbe stato bello se uno di loro avesse battuto qualche campione, dice, «ma la vita, purtroppo, non ha abbastanza fantasia».[127] Quella fantasia, quel tocco tipicamente buzzatiano che chiude l'articolo dedicato alla pattinatrice giapponese, quando, alla fine dell'esibizione, comincia a girare vorticosamente su se stessa alzando lentamente le braccia. «Miwa Fukuhara non si distingue più, si vede soltanto una specie di vibrante fiamella che palpita disperata. La fiammella diventa sempre più sottile, all'ultima nota di Schu-

[124] D. Buzzati, *Non è poi così cattiva la «pista della morte»*, in «Corriere della Sera», 29 gennaio 1964. Qui vol. II, p. 162.

[125] D. Buzzati, *La semplice gloria di un finlandese*, in «Corriere della Sera», 31 gennaio 1964. Qui vol. II, p. 168.

[126] D. Buzzati, *Due medaglie per due sorelle*, in «Corriere della Sera», 2 febbraio 1964. Qui vol. II, pp. 175-77.

[127] D. Buzzati, *Gli ultimi delle classifiche*, in «Corriere della Sera», 8 febbraio 1964. Qui vol. II, p. 198.

mann si dissolve e svanisce. Sul ghiaccio resta un mucchietto di cenere. Subito gli inservienti lo spazzano via, fra gigantesche ovazioni.»[128]

La montagna narrata: un tranquillo racconto di paura

Fin qui il Dino Buzzati giornalista, che, come si è visto, tende in alcuni casi, con immagini, metafore, a sovrapporsi al Buzzati scrittore. Eppure, se si guarda alla sua «attività propriamente narrativa,» sottolinea Nella Giannetto «Buzzati non scrive delle sue crode nel modo diretto che è tipico dei cosiddetti "scrittori di montagna"»,[129] perché ritiene – lo scrive all'amico Arturo Brambilla nel 1930 quando sta pensando alla storia di *Bàrnabo delle montagne* e se ne va in giro completamente solo per i boschi di Misurina con un quaderno e una matita a cercare l'ispirazione che non trova – che «per far capire cosa sia la montagna bisogna raccontare una storia dove la montagna non sia l'oggetto principale ma si riveli poi da sola completamente».[130] Storie in cui le cime (che nella stessa lettera ritiene l'«unico argomento libero e vergine» trattabile nelle sue «ambizioni letterarie», purché sia innestato «a qualche passione umana» affinché non rimanga «freddo o inesprimibile»), fanno da sfondo alla vicenda, rivestendo via via il ruolo di comparsa, metafora, allusione, sensazione. Una presenza discreta, ma mai casuale, che si riscontra nelle pièce teatrali, nei libri illustrati come *La famosa invasione degli orsi in Sicilia* e *Poema a fumetti*, nel romanzo fantascientifico *Il grande ritratto* e nei quadri, all'interno dei quali contamina «nella stessa immagine l'idea di montagna e l'idea di città».[131]

Esemplare al riguardo il celebre dipinto *Il Duomo di Milano*,

[128] D. Buzzati, *I due capitomboli di Miwa Fukuhara*, in «Corriere della Sera», 4 febbraio 1964. Qui vol. II, p. 184.

[129] N. Giannetto, *Il sudario delle caligini. Significati e fortune dell'opera buzzatiana*, cit., p. 142.

[130] D. Buzzati, *Lettere a Brambilla*, cit., p. 203.

[131] N. Giannetto, *Il sudario delle caligini. Significati e fortune dell'opera buzzatiana*, cit., p. 165.

dove il simbolo della metropoli appare come una cima dolomitica che si alza, misteriosa e imponente, su un accecante prato verde. Allo stesso modo, in tutta la sua pittura le montagne dai profili inequivocabilmente dolomitici prendono il sapore (e la fisionomia) di grattacieli, e i «falansteri» cittadini quello delle montagne: specchio e sintesi della doppia condizione vissuta da Buzzati, uomo di montagna – per il suo lungo legame emotivo con le rocce – in città, e uomo di città, con il suo lavoro di giornalista al «Corriere», in montagna.

In questa antologia si è voluto privilegiare i racconti in cui le «crode» occupano un ruolo di primo piano. Sono pochi, meno di dieci, scritti da Buzzati nell'arco di circa vent'anni. Certo i suoi due primi romanzi (brevi) – *Bàrnabo delle montagne*, pubblicato nel 1933, e *Il segreto del bosco vecchio*, uscito due anni dopo –, pur non inserendosi appieno all'interno della tradizione della letteratura di montagna, la pongono comunque tra i protagonisti della storia: il primo come luogo di formazione, fatto di silenzi, solitudini e scalate, contrapposto alla pianura, il secondo come luogo magico e fantastico, il bosco, «che delle pareti dolomitiche è la soglia».[132] Ma a parte questi due libri sembra proprio che Dino Buzzati abbia rispettato fedelmente quella «scelta precisa di poetica»[133] fatta in gioventù.

Si tratta di racconti dove si mischiano realtà e fantasia (*Notte d'inverno*), racconti fantastici dove le «smagliature del tempo» sembrano (ma solo apparentemente) lasciare lo spazio per cambiare il corso degli eventi (*Uno strano caso in montagna*); storie inquietanti, come *Lo spavento dell'antropologo*, nel quale la montagna diventa un luogo chiuso che non ammette intrusioni – con atmosfere che ricordano *Un tranquillo week-end di paura*, girato da John Boorman ventidue anni dopo –; e storie nere, che narrano situazioni senza scampo in cui i protagonisti sprofondano poco alla volta, senza più riuscire (forse?) a salvarsi (*Neve nera*).

Significativo sia per il periodo in cui fu scritto – l'anno dopo

132 Ivi, p. 145.
133 Ivi, p. 142.

la Liberazione – che per il messaggio così provocatorio che contiene – il divieto assoluto di guardare e parlare di montagne –, *Le montagne proibite* sono un invito a riflettere sulla natura degli uomini, pronti ad accettare, per comodo o vigliaccheria, la privazione forzata di qualcosa di prezioso di cui così facendo si diventerà indegni. Una rinuncia ben diversa da quella presente ne *La guida alpina*, la quale smette di scalare perché «le montagne sono tutte rovinate»[134] e cadono a pezzi.

Una figura che tanto ricorda il Buzzati in là con gli anni quando si rivolge alle Pale di San Martino chiedendo loro perché sono diventate «così grandi e alte di statura, che adesso non si arriva mai», «così fragili», «così marce che appena a toccarvi crollate giù con orrendi schianti e frane di pietra, e viene la paura».[135]

Quel Dino Buzzati che se non può scalarla, la montagna, la sogna, tutte le notti, puntualmente, anche se in cima c'è sempre qualcosa che non va, una casa, un nevaio fatto di tela o gente che lavora, chiacchiera, prende il tè, restando indifferente quando lui precipita giù nelle «viscere profonde della voragine», nel «silenzio sacro della montagna».[136] Il Buzzati che «amava salire in alto tra i dirupi, oltre i rododendri e le rare stelle alpine» e «lì si fermava a leggere la montagna».[137] O che, seduto al tavolo di redazione, pensava alle «bianche nuvole [che] passano lentamente sopra le cime senza eroi spostando le loro ombre viola su e giù per i burroni. E mentre noi qui nella calda città scriviamo e il tram cigola malamente alla voltata, lassù i pallidi giganti misteriosi stanno in silenzio».[138]

[134] D. Buzzati, *La guida alpina*, in *Egregio signore, siamo spiacenti di...*, Elmo, Milano 1960. Qui vol. II, p. 148

[135] D. Buzzati, *O Pale di San Martino*, cit. Qui vol. II, p. 112.

[136] D. Buzzati, *La parete*, «Corriere della Sera», 28 giugno 1966. Qui vol. II, p. 157.

[137] G. De Mario, in *Il mistero in Dino Buzzati*, cit., p. 9.

[138] D. Buzzati, *Le Dolomiti non sono vecchie*, cit. Qui vol. II, p. 50.

Cronologia

1906
Dino Buzzati Traverso nasce il 16 ottobre a Belluno, nella villa di proprietà della famiglia in località San Pellegrino. Ma per gran parte dell'anno i Buzzati risiedono a Milano, nella casa di piazza San Marco 12. Il padre, Giulio Cesare Buzzati, è professore di Diritto internazionale all'Università di Pavia e alla Bocconi di Milano. La madre, Alba Mantovani, è discendente di una nobile famiglia, e sorella del letterato e scrittore Dino Mantovani. I Buzzati avranno quattro figli: Augusto (1903), Angelina (1904), Dino, e Adriano (1913).
Negli anni dell'infanzia si sovrappongono in Dino le suggestioni legate al luogo di origine e quelle derivate dall'ambiente cittadino. «Le impressioni più forti che ho avute da bambino appartengono alla terra dove sono nato, la Valle di Belluno, le selvatiche montagne che la circondano e le vicinissime Dolomiti. Un mondo complessivamente nordico al quale si è aggiunto il patrimonio delle rimembranze giovanili e la città di Milano dove la mia famiglia ha sempre abitato d'inverno» (*L'uomo libero di Buzzati cerca un'uniforme per vincere la paura*, in «Il Giorno», 26 maggio 1959). E la Milano scoperta nei primi anni è quella cui Buzzati rimarrà sempre fedele: il quartiere che si estende tra via San Marco e il Pontaccio, tra corso Garibaldi e piazza Castello.

1916
È iscritto al Ginnasio Parini di Milano, allora con sede in via Lulli. Vi conosce Giovanni Mira e Arturo Brambilla. Mira era lo scolaro migliore, il vero primo della classe. «Brambilla era secondo. E terzo ero praticamente io. Ma la superiorità di Mira era una cosa spaventosa, anche irritante...» (Y. Panafieu, *Dino Buzzati: un autoritratto*, Mondadori, Milano

1973, pp. 62-63). Soprattutto con Arturo si stabilisce un rapporto destinato a durare: il fedele «Illa», che sarebbe poi divenuto professore di latino e greco al Liceo Beccaria, rimarrà il primo degli amici di Dino.

1919
Frequenta il Ginnasio superiore. La famiglia si trasferisce in piazza Castello 28. È una casa dell'alta borghesia colta, dotata di una ricca biblioteca: Dino vi abita con i genitori, i fratelli Augusto e Adriano, la sorella Nina. Nasce in lui la passione per l'egittologia, che coltiva insieme con l'amico Arturo. È un libro di Gaston Maspéro, *La storia dell'arte egiziana*, che accende la fantasia dei due ragazzi. «Eravamo in quarta ginnasio. Avevamo tredici anni. È stato una follia. Tutto quello che era Osiride, Iside, Anubis, Orus, eccetera, Ramsete, Sesostri, bastava vederlo e avevamo un senso di emozione quasi fisica. Lui faceva un poema su Orus, io facevo un poema su Anubis e così via...» (*Dino Buzzati: un autoritratto*, cit., p. 27). Dino è anche affascinato dalle tavole di un grande illustratore inglese, Arthur Rackham. A tredici-quattordici anni comincia a leggere autori come Poe e Hoffmann.

1920
Muore il padre, per un tumore al pancreas. Di lui Dino ha un ricordo «assai vago», come dirà molti anni dopo commentando su un settimanale le foto del suo album di famiglia: «Conservo un ricordo assai vago della sua persona. Forse anche perché portava la barba dava l'impressione, a me ragazzo, di essere molto vecchio. Quello che posso dire con certezza è che era un uomo estremamente chic: aveva una distinzione naturale, amava l'eleganza, non perdeva mai il controllo di se stesso [...] Se ho preso qualche cosa da lui, è stato senza dubbio il mio gusto nel vestire» (G. Grieco, *La mia vita, i miei amici*, in «Gente», 9 luglio 1969). Si sviluppa in lui la passione per la montagna, a cui rimarrà fedele per tutta la vita. Compie le prime escursioni sulle Dolomiti: con il fratello Augusto e poi con gli amici Alessandro Bartoli, Arturo Brambilla, Emilio Zacchi. Di Bartoli Dino ricorderà la vocazione per l'alpinismo: «Era molto più bravo di me, e sarebbe diventato uno dei più grandi alpinisti del mondo, come capacità, volontà e fisico, senonché morì in montagna nel 1928 per un incidente cretino» (*Dino Buzzati: un autoritratto*, cit., p. 60). Comincia a scrivere e a disegnare. Legge i romanzi di Dostoevskij. Nel dicembre compone una prosa poetica, *La canzone alle montagne*. Tiene un diario, in cui continuerà ad annotare, con una breve pausa tra il 1966 e il 1970, impressioni, giudizi, pensieri.

1924
Supera gli esami di maturità. Ne scrive, da Agordo, all'amico Arturo Brambilla: «Essendo passato, sono felice. Me ne frego dei voti più o meno belli. A me basta essere venuto fuori da quell'abominevole scuola» (lettera del 10 agosto 1924, in *Lettere a Brambilla*, a cura di L. Simonelli, De Agostini, Novara 1985, p. 154). Il solo professore per cui conserva sentimenti di gratitudine è Luigi Castiglioni, latinista di fama, docente severo e amato: anche in un articolo di molti anni dopo rievocherà «le sue meravigliose virtù di insegnante» (D. Buzzati, *Tante lodi e tutte sincere paiono troppe a Luigi Castiglioni*, in «Corriere della Sera», 7 maggio 1961).
Dopo alcune esitazioni, si iscrive alla facoltà di Legge.

1926-1927
Chiamato a svolgere il servizio militare, frequenta il corso per allievi ufficiali presso la Caserma Teulié, a Milano, in corso Italia. In una lettera dell'8 settembre 1926 scrive: «Ora sono qui in questa specie di prigione in cui bisogna lavorare senza requie dalla mattina alla sera. Orribilmente ricoperti come forzati, sempre sotto la minaccia di punizioni. Così che le pupe, le montagne, la musica, la libertà appaiono cose così straordinariamente belle che sembra non si potranno più avere» (*Lettere a Brambilla*, cit., p. 182).
Il 30 settembre del 1927 è congedato dal servizio di leva con il grado di sottotenente. Presenta regolare domanda di assunzione al «Corriere della Sera».

1928
È assunto al «Corriere», come praticante cronista. Annota il 10 luglio, nel diario: «Oggi sono entrato al Corriere, quando ne uscirò? – presto, te lo dico io, cacciato come un cane». Raccoglie le notizie dai commissariati e stende brevi trafiletti per la cronaca cittadina.
Il 30 ottobre si laurea in Legge, con una tesi su *La natura giuridica del Concordato*. Riporta una votazione di 95/110. Così valuterà, in una lettera del 15 febbraio 1930, la conclusione dei suoi studi: «Da piccolo a scuola e anche all'università ho conosciuto dei falsi trionfetti che mi hanno montato: mi sono creduto superiore alla media. Il fiasco alla laurea è stato il primo segno del ristagno» (*Lettere a Brambilla*, cit., p. 197).
Si innamora di Beatrice («Bibi») Giacometti. Annota nel diario, in dicembre: «Domenica sono stato a ballare con la Bibi al Camparino. Mi dispiace che la mamma abbia paura di questo amore».

1929

Nel novembre viene promosso redattore interno, e liberato dall'incarico di «fare i commissariati». Diventa anche vice del titolare Gaetano Cesari per la critica musicale. Deve seguire i concerti e il programma minore della Scala. Dino non è digiuno di qualche competenza: aveva, fin dagli anni dell'infanzia, studiato violino e pianoforte. Ma svolge senza entusiasmo tale compito che lo impegna, presumibilmente, fino all'agosto del 1930.

Di Bibi parla nelle lettere a Brambilla. In quella del 25 luglio 1929: «Poi voglio bene alla deliziosa pupa e lavoro al giornale con notevole serenità» (*Lettere a Brambilla*, cit., p. 191), e in una di poco posteriore (2 settembre): «La B., che purtroppo sempre più amo, è ad Alleghe per 10 giorni e ha fatto il viaggio insieme con me» (Ivi, p. 192).

La famiglia si trasferisce nella casa di via Donizetti 20.

1930

In una lettera del 13 gennaio delinea un bilancio della situazione: «Io continuo a fare la solita vita: concerti, paura di fare qualche fotta nella cronaca scaligera, inquietudini, vedere un po' la B., essere solo, pensare alle montagne piene di neve dove sono adesso perfino mio cognato, la Nina e la pupa. Poi vorrei fare qualche cosa d'altro o studiare o suonare il piano, o scrivere qualche capolavoro; ma mi viene un'apatia spaventosa e sento che il mio cervello si spappola nella vita attiva» (*Lettere a Brambilla*, cit., p. 195).

Dopo due anni di praticantato è iscritto come professionista (14 febbraio) al sindacato dei giornalisti (allora Sindacato fascista lombardo dei giornalisti).

In vacanza a San Pellegrino, compie a giugno e settembre due campagne alpinistiche. Nella salita della Cima Piccola di Lavaredo è con lui la guida Giuseppe Quinz, di Misurina.

Durante le escursioni e le scalate raccoglie idee per il primo romanzo. Annota nel diario: «Penso alla storia di "Bàrnabo delle montagne", che attende di essere scritta. Ecco prima la strada che va su verso la valle, la sera e la stanchezza di Bàrnabo giovane; meglio passare al di là – la notte il fuoco lontano, il suono delle sette armoniche. La vita nella casa alta, la caccia, la cornacchia prigioniera, la tempesta ed il racconto di quello ch'era stato. La guardia alla polveriera, il pomeriggio grigio e gli spiriti, i vecchi ultimi spiriti della montagna».

Inizia la collaborazione a «Il Popolo di Lombardia», settimanale «politico-sindacale della Federazione provinciale fascista milanese». Vi pubblica articoli, racconti, disegni.

1932
Il 13 aprile muore improvvisamente, per un attacco di peritonite, Beatrice Giacometti.
Fa leggere al capocronista del «Corriere» Ciro Poggiali il manoscritto di *Bàrnabo*. Poggiali si impegna a trovargli un editore.
Nuovo trasferimento della famiglia in viale Majno 18.

1933
Passa in redazione e cura, insieme con Emilio Radius, le corrispondenze «dalle province». Ricorderà tale incarico, che mantenne fino al '39, in un articolo di molti anni più tardi: «Domenica sera, quando si entrava in redazione, ci aspettava uno spettacolo desolante: gigantesche pile di fogli, dattiloscritti, manoscritti, telegrammi, che venivano da ogni parte d'Italia. Per il 95 per cento cerimonie: adunate, celebrazioni, inaugurazioni, sagre, visite e discorsi di gerarchi; e tutti invariabilmente terminavano con deliranti acclamazioni all'indirizzo del "Duce"[...] Noi redattori dovevamo trasformare quelle corrispondenze, in genere prolisse e nauseabonde, in un notiziario che avesse un minimo di umanità e di decenza. Impresa improba che alle cinque del mattino ci faceva rincasare estenuati, con la testa ridotta a una vescica...» (D. Buzzati, *Quello strano umore che si chiamò fascismo*, in «Corriere della Sera», 21 novembre 1964). Con Radius stabilisce un rapporto di fraterna amicizia. «In questo lavoro ero inesperto, e anche piuttosto intimidito dall'ambiente nuovo. Potevo fare delle fesserie. Ora, lui mi ha aiutato senza quasi ch'io me ne accorgessi. Anziché fregarmi lui mi ha aiutato a fare bella figura, il che è tanto contrario a quello che succede di solito nella vita!» (*Dino Buzzati: un autoritratto*, cit., p. 61).
Pubblica sul «Corriere» il suo primo elzeviro: *Vita e amori del cavalier rospo. Il Falstaff della fauna* (27 marzo).
Il romanzo *Bàrnabo delle montagne* esce per le edizioni Treves-Treccani-Tumminelli.
Su incarico del giornale Buzzati parte per la Palestina. Fa tappa in Grecia, in Siria, in Libano. Ne nascono alcune corrispondenze dalla motonave *Augustus* (*I misteri della motonave*, in «Corriere della Sera», 19 agosto 1933) e dalle città visitate nel corso del viaggio.

1934
Si collocano in questi mesi le prime letture dei libri di Kafka. Buzzati ne dà conto in una lettera ad Arturo Brambilla del 3 aprile 1934: «Non sono andato avanti per complesse ragioni fisiche e temporali, nel libro

di Kafka» (*Lettere a Brambilla*, cit., p. 219) e in una del 2 giugno 1935: «Scrivimi cosa ti sembra *Il Castello*. È più Kafkiano ancora del *Processo*, mi sembra» (Ivi, p. 231).
Termina la stesura del *Segreto del Bosco Vecchio*. Il 28 settembre scrive a Brambilla: «Due minuti fa ho finito la mia storia meditata da oltre due anni. A me piace, ma questo non basta» (Ivi, p. 222).

1935
È colpito da una dolorosa mastoidite che rende necessaria un'operazione. Il decorso della malattia gli suggerisce pessimistiche considerazioni. Da queste fantasie nasce il racconto *Sette piani*, poi su «La Lettura», 1° marzo 1937. Scrive a Brambilla il 29 marzo: «Eccomi oggi di ritorno dalla casa di salute dopo dodici giorni di cosiddetta degenza, piuttosto sfessato e triste. Mi hanno detto che l'operazione è stata abbastanza grave perché hanno dovuto levare pus che si era formato a contatto della prima meninge» (*Lettere a Brambilla*, cit., p. 226).
Pur continuando a lavorare nella redazione del «Corriere», nell'aprile è chiamato a occuparsi del periodico «La Lettura», supplemento letterario che esce con cadenza mensile. Sulla rivista pubblicherà alcuni dei suoi racconti migliori: *Sette piani* (marzo 1937), *Una cosa che comincia per elle* (gennaio 1939), *I sette messaggeri* (giugno 1939), *Eppure battono alla porta* (settembre 1940). Esce, sempre per le edizioni Treves-Treccani-Tumminelli, *Il segreto del Bosco Vecchio*.
Compone con il cognato Eppe Ramazzotti *Il libro delle pipe*, che verrà pubblicato dieci anni più tardi, con preziose illustrazioni dello stesso Buzzati.

1936
Si interrompe il suo lavoro per «La Lettura» e Dino riprende al «Corriere» l'orario completo di redazione.

1939
Il 12 aprile si imbarca a Napoli e parte per Addis Abeba, come inviato speciale. Rimarrà per circa un anno in Etiopia, impegnato in un compito che lo sottrae alla routine del lavoro redazionale. *Gibuti in letargo*, pubblicato sul «Corriere della Sera» del 7 maggio 1939, è l'articolo che inaugura la serie «africana».
Prima di partire consegna il manoscritto de *La Fortezza* a Leo Longane-

si, che lo accoglierà nella collana «Il sofà delle Muse» dell'editore Rizzoli. Longanesi chiederà poi un mutamento del titolo e il romanzo acquisirà allora quello definitivo, *Il deserto dei Tartari*.

1940
Dopo aver superato un attacco di tifo lascia Addis Abeba in aprile per un breve congedo in Italia. Il 6 giugno è a Napoli e si accinge a tornare in Etiopia. Ma le navigazioni per l'Africa vengono sospese: si è alla vigilia del conflitto con la Francia e la Gran Bretagna.
Il 10 giugno a Roma ascolta il discorso di Mussolini e la dichiarazione di guerra.
Richiamato alle armi, il 30 luglio riparte da Napoli, imbarcato sull'incrociatore *Fiume* come corrispondente di guerra, e raggiunge la zona delle operazioni navali del Mediterraneo. Il 27 novembre, a bordo del *Trieste*, partecipa alla battaglia di Capo Teulada. Così lo ricorda un testimone diretto, Giorgio Dissera Bragadin: «Dino Buzzati, pur non essendo dei nostri, non avendo cioè specifiche mansioni nel tiro o nella manovra [...] rimaneva sempre al suo posto, dimostrando calma e coraggio» (*Dino Buzzati*, a cura di A. Fontanella, Olschki, Firenze 1982, p. 350).
Da Addis Abeba continua a seguire le fasi di composizione e di stampa del nuovo romanzo. Scrive il 16 febbraio all'amico Arturo e lo incarica di correggere le bozze e di procedere a un ritocco dettato dal timore di eventuali censure: si dovrà passare dal «lei» al «voi» nei dialoghi, per uniformarsi alle direttive del regime (*Lettere a Brambilla*, cit., p. 249).
Finalmente *Il deserto dei Tartari* esce in giugno, presso l'editore Rizzoli. «La copertina era gialla, con il titolo in carattere egizio e nel risvolto una fotografia dell'autore, molto romantica» (G. Afeltra, *Il tenente Drogo dal «lei» al «voi»*, in «Corriere della Sera», 20 settembre 1990). Il libro ha successo, la prima edizione si esaurisce rapidamente.
Sul «Corriere della Sera» del 2 agosto viene pubblicata una recensione di Pietro Pancrazi, che giudica *Il deserto* «uno dei romanzi più singolari che si siano pubblicati da noi negli ultimi anni». Il 3 agosto da Napoli Dino scrive a Brambilla: «Hai visto l'articolo di Pancrazi? Un bell'onore in fondo. E mi ha detto cose molto simpatiche» (*Lettere a Brambilla*, cit., p. 252).
Lascia Rizzoli e il 25 novembre firma con la casa editrice Mondadori un contratto che lo impegna per la pubblicazione delle opere future (prevede una durata di cinque anni «a datare dalla consegna del primo manoscritto»).

1941
Il 28-29 marzo partecipa alla battaglia di Capo Matapan, assistendo all'affondamento dell'incrociatore *Pola* e rischiando la morte. Il 17 dicembre prende parte alla prima battaglia della Sirte.

1942
Agli inizi dell'anno è a Messina, dove, per incarico delle autorità della Marina, lavora alla preparazione di un libro «sulla attuale nostra guerra navale»: l'opera non verrà portata a compimento. Si imbarca di nuovo in marzo. È presente, sempre come corrispondente di guerra, alla seconda battaglia della Sirte (22 marzo). È a bordo del *Gorizia* quando assiste allo svolgimento delle operazioni, che ricostruirà poi in un ampio e documentato articolo, *La tempesta salvò gli Inglesi nella seconda battaglia della Sirte* («Corriere della Sera», 6 aprile 1947). In un successivo scritto, *Fecero di giorno notte gli Inglesi alla seconda Sirte* (4 aprile 1953), dirà di condividere, da testimone diretto dei fatti, le opinioni e le giustificazioni dell'ammiraglio Angelo Iachino. Nell'agosto è richiamato a Milano. A Messina incontra C.M., la donna con la quale inizia una lunga e difficile relazione. Da San Pellegrino scrive a Brambilla il 29 agosto 1942: «Ma invece mi trovo in una deplorevole condizione: di amare una donna la quale credo, sul serio, che mi voglia abbastanza bene, nello stesso tempo di non vedere nel futuro, per tale legame, che amarezze, lontananza, sospetti eccetera; che cosa posso sperare di tirarne fuori?» (*Lettere a Brambilla*, cit., pp. 268-69). Alla fine della guerra Buzzati rintraccerà la donna, e con l'aiuto degli amici Indro Montanelli e Silvio Negro la farà venire a Milano, occupandosi della sua sistemazione.
Esce la raccolta *I sette messaggeri* (Mondadori, Milano), il primo libro pubblicato da Dino con il suo nuovo editore.
Compare la traduzione tedesca del *Deserto*: *Im vergessenen Fort* (traduzione di R. Hoffman – Zsolnay Verlag – K.H. Bischoff, Wien 1942). È la prima versione del romanzo in lingua straniera.

1943-1944
La caduta del fascismo provoca terremoti al «Corriere» e coglie Buzzati nel pieno svolgimento del consueto lavoro. Il 25 luglio Aldo Borelli è sostituito alla direzione da Ettore Janni, che a sua volta all'arrivo dei tedeschi (9 settembre) si allontana dal giornale. Gli subentra Ermanno Amicucci, con il quale il quotidiano di via Solferino si allinea alle posizioni degli occupanti. Alla fine d'agosto Dino termina il suo ser-

vizio in Marina e lascia l'incarico di corrispondente di guerra: l'ultimo articolo inviato «da una base navale» è pubblicato l'8 agosto 1943 (*Il cappellano porta fortuna*). Mentre si trova a Napoli è richiamato dalla direzione del «Corriere». Rientra a Milano e riprende il suo vecchio lavoro. «L'8 settembre il giornale diede ordine a Buzzati di restare al lavoro in redazione e Buzzati ci restò» (I. Montanelli, *Tali e quali*, Longanesi, Milano 1951, p. 197). Svolge il suo compito in mezzo a difficoltà di ogni genere, mentre la maggior parte dei suoi amici ha abbandonato il «Corriere». Continua a pubblicare, ma con frequenza via via decrescente, articoli e testi che in qualche caso ristamperà in successivi volumi: *La questione della porta murata* (26 settembre 1943), *Progetto sfumato* (29 settembre 1943), *L'uomo nero* (2 aprile 1944), *Patrocinatore dei giovani* (20 aprile 1944), *Cuore intrepido* (27 aprile 1944), *Miniera stanca* (6 maggio 1944), *Mercato nero* (20 maggio 1944), *L'esattore* (3 giugno 1944), *Scherzo* (23 giugno 1944), *Dopo tanto tempo* (25 giugno 1944), *La fine del mondo* (7 ottobre 1944), *Pranzo di guerra* (15 dicembre 1944), *Una goccia* (25 gennaio 1945).

1945
Esce a puntate sul «Corriere dei Piccoli», tra il 7 gennaio e il 29 aprile, *La famosa invasione degli orsi*, con le tavole a colori dello stesso Buzzati. La pubblicazione rimane interrotta e la favola, rielaborata dall'autore, verrà riproposta in volume con il titolo *La famosa invasione degli orsi in Sicilia* (Rizzoli, Milano 1945).
Si dirada la sua collaborazione al «Corriere». Ma è richiamato in redazione il 25 aprile dopo che del giornale ha assunto la direzione Mario Borsa. Ricorda Gaetano Afeltra: «Era a casa come se nulla stesse accadendo. Cenava con la mamma. Gli dissi di venire. Non si scompose, né chiese il perché di quell'unica violazione alla messa al bando di tutti i collaborazionisti. Anche lui arrivò in bicicletta» (*Buzzati e il Corriere*, supplemento al «Corriere della Sera», 12 giugno 1986). Scrive a tamburo battente il racconto delle vicende della città liberata, quella *Cronaca di ore memorabili* che campeggia il giorno dopo in prima pagina («Il Nuovo Corriere», 26 aprile 1945).
Alle vicissitudini politico-editoriali del giornale Buzzati assiste in modo più defilato. È impegnato nel progetto di realizzazione di un nuovo quotidiano, di orientamento liberale moderato, «Il Corriere Lombardo», che realizza insieme con Gaetano Afeltra, Bruno Fallaci, Benso Fini. Il primo numero esce il 30 luglio 1945.
In una pagina di diario datata «Giugno 1945» registra alcune sue im-

pressioni sulla fine del conflitto: «Le città nottetempo sono illuminate, le finestre aperte, gli animi tornati ormai alle cose di un tempo che parevano perdute, il sole vogliamo dire sulle spiagge felici, i suoni di festa dalle aeree logge, le partenze verso regni favolosi, le avventure di notti lontane, le speranze, i sogni (la luna non fa più paura). Eppure da un momento all'altro, oggi o domani, domani o dopodomani l'altro, misericordia di Dio, ma che cosa abbiamo fatto per avere tutto questo? Il silenzio ora regna sulle notti, gli amori, delicate chitarre, sospiri, canti, fischi di locomotive, tenebrose sirene di piroscafi illuminati in partenza, pieni di fatalità. Ma non è un gioco questo, un inganno? Forse che è mutata la nostra condanna, ch'era così giusta?» (D. Buzzati, *In quel preciso momento*, Mondadori, Milano 2006, pp. 21-22). Esce la seconda edizione del *Deserto dei Tartari*. La pubblica Mondadori, cui Rizzoli ha ceduto i diritti di ristampa, dopo laboriose trattative.

1946
Esauritasi l'esperienza del «Lombardo», Buzzati torna nel novembre al «Nuovo Corriere della Sera», diretto da Mario Borsa.

1947
Il 16 luglio quarantaquattro bambini ospiti di una colonia milanese muoiono annegati ad Albenga per il naufragio di una motobarca. Buzzati detta alla telescrivente una cronaca divenuta celebre, *Tutto il dolore del mondo in quarantaquattro cuori di mamma* («Corriere della Sera», 18 luglio 1947).

1948
Scrive *Paura alla Scala*, un ampio racconto in forma di parabola in cui rappresenta la paura "dei rossi" che aveva attanagliato la borghesia milanese dopo l'attentato a Togliatti. Il tema gli era stato proposto da Arrigo Benedetti, direttore de «L'Europeo». Sul settimanale il racconto esce, in quattro puntate e come «romanzo breve», tra l'ottobre e il novembre.

1949
È inviato del «Corriere» al seguito del Giro d'Italia, di cui racconta le vicende, incentrate sul duello tra Bartali e Coppi, con liberi e fantasiosi commenti. Gli articoli di Buzzati, pubblicati dal 18 maggio al 14 giugno, verranno poi raccolti in *Dino Buzzati al Giro d'Italia* (a cura di C. Marabini, Mondadori, Milano 1981).

Pubblica un nuovo libro di racconti, *Paura alla Scala*, sempre presso Mondadori.
Esce la traduzione francese del *Deserto*: *Le Désert des Tartares* (traduzione di M. Arnaud, Laffont, Paris 1949). Farà da apripista alla cospicua fortuna dell'opera buzzatiana tra i lettori francesi. L'editore Robert Laffont è un ammiratore di Buzzati e svolge un ruolo non secondario nel promuovere l'affermazione dello scrittore italiano.

1950
Diviene vicedirettore della «Domenica del Corriere», affidata ufficialmente a Eligio Possenti. Manterrà tale incarico fino al 1963. Il suo nome non figura nello staff della redazione, ma di fatto spetta a lui il compito di sovraintendere alla realizzazione del popolare settimanale (N. Giannetto, *Uno scambio di lettere fra Calvino e Buzzati*, in «Studi buzzatiani», I, 1996, p. 103). Verrà citato solo a posteriori nel numero 1 del 1964, in cui Possenti, abbandonando il suo incarico, ringrazia tra gli altri «Dino Buzzati, geniale e operoso, che mi fu compagno e vicedirettore dal 1950 ad oggi». È in realtà una sorta di direttore occulto e dà un taglio suo alla rivista, scrivendo pochissimo, commissionando articoli e lavorando di fino sui titoli e sulle didascalie. Il suo amore per il mestiere e le sue inclinazioni per un certo *côté* fantastico-popolare trovano non inadeguato ricetto in quel settimanale di larga diffusione: la «Domenica» di Buzzati «reste encore entièrement à découvrir pour pouvoir comprendre l'écrivain, son rapport entre réalité et imagination, son vrai rapport avec le fantastique qui ne passe pas tellement par Kafka (comme on dit souvent) mais par le féerique italien» (A. Cavallari, *Buzzati journaliste*, in *Dino Buzzati*, cit., p. 272).
Viene pubblicato sulla «Revue de Deux Mondes» un articolo di Marcel Brion, saggista e narratore di fama, che contribuisce a richiamare l'attenzione sull'autore del *Deserto*, di cui era uscita l'anno prima la traduzione francese (M. Brion, *Trois écrivains italiens nouveaux*, in «Revue de Deux Mondes», 19, 1950, pp. 530-39).
Presso l'editore Neri Pozza di Venezia, Buzzati pubblica *In quel preciso momento*, una raccolta di prose, abbozzi, pagine diaristiche.

1953
Il 14 maggio viene rappresentato al Piccolo Teatro di Milano, per la regia di Giorgio Strehler, *Un caso clinico*. La pièce ha un esiguo numero di repliche ma è accolta con favorevoli giudizi. Il più autorevole critico del momento, Silvio D'Amico, la recensisce sul «Tempo» del 22 mag-

gio 1953: «Di Dino Buzzati, scrittore sui generis, è stato detto fra l'altro che il suo genere sarebbe il "pezzetto". La verità si è che tra le sue virtù ci sono quelle del costruttore: e buon naso hanno avuto Paolo Grassi e Giorgio Strehler quando, non scoraggiati dall'esito dubbio o negativo d'altri tentativi per portare al loro Piccolo Teatro scrittori di cartello, si sono rivolti al romanziere Dino Buzzati».

1954
Esce presso Mondadori un nuovo volume di racconti, *Il crollo della Baliverna*, con cui l'autore il 23 ottobre vince il premio Napoli, *ex aequo* con Cardarelli, premiato per il suo *Viaggio di un poeta in Russia*.

1955
Viene presentata a Parigi la commedia *Un cas intéressant*, trasposizione di *Un caso clinico*. Autore dell'adattamento è Albert Camus. L'opera va in scena il 9 marzo al Théâtre La Bruyère, con la regia di Georges Vitaly e alla presenza dello stesso Buzzati. Suscita l'interesse del pubblico e della critica; e si avvale dell'acuta presentazione di Camus, che con Buzzati stringe un rapporto di amicizia e di simpatia: «Même lorsque les Italiens passent par la porte étroite que leur montrent Kafka ou Dostoievski, ils y passent avec tout leur poids de chair. Et leur noirceur rayonne encore. J'ai trouvé cette simplicité à la fois tragique et familière dans la pièce de Buzzati et j'ai, en tant qu'adaptateur, essayé de la servir» (in D. Buzzati, *Œuvres*, Laffont, Paris 1995, p. 697).
Compone il libretto di *Ferrovia soprelevata*, racconto musicale in sei episodi, con cui si avvia la sua collaborazione con il musicista Luciano Chailly. L'opera è rappresentata il 1° ottobre al teatro Donizetti di Bergamo.

1957
Conosce Yves Klein alla galleria Apollinaire di via Brera. Alla sua mostra dedica un resoconto (*Blu, blu, blu*) sul «Corriere d'informazione» del 9-10 gennaio.

1958
Esce da Mondadori la raccolta *Sessanta racconti*, un'antologia personale curata dallo stesso Buzzati mediante una selezione di pezzi in parte già inclusi in precedenti raccolte. Il libro ottiene il premio Strega; vin-

ce con 135 voti contro i 118 attribuiti a *Il soldato* di Carlo Cassola. A tale occasione si lega l'importante intervento di Debenedetti, *Dino Buzzati, premio Strega*, in «La Fiera letteraria», 20 luglio 1958 (poi in *Intermezzo*, Mondadori, Milano 1963, pp. 181-89).
Il 1° dicembre alla galleria dei Re Magi, «al pianterreno di un austero palazzetto milanese, con ingresso ad arco e pusterla, nella Milano che rammenta gli scapigliati, fu inaugurata la prima mostra del pittore Dino Buzzati» (A. Sala, *Dino Buzzati pittore: la frontiera perenne*, in *Dino Buzzati*, cit., p. 307).

1959
Nel marzo va in scena alla Scala di Milano *Jeu de cartes* di Igor Stravinskij. Buzzati è autore del bozzetto e dei costumi.
In aprile incontra S.C., la giovane donna che poi diverrà la protagonista di *Un amore*.
Il 30 settembre viene presentata al teatro Villa Olmo di Como l'opera buffa in un atto *Procedura penale*, con musiche di Luciano Chailly.

1960
Pubblica sul «Corriere d'informazione» del 5-6 gennaio un ricordo di Albert Camus (*Era un uomo semplice*), che aveva conosciuto alcuni anni prima a Parigi.
Esce a puntate sul settimanale «Oggi», e poi in volume presso Mondadori, il romanzo *Il grande ritratto*.
Scrive nel diario, riferendosi alla tormentata *liaison* che poi narrerà in *Un amore*: «L'unica, per salvarmi, è scrivere. Raccontare tutto, far capire il sogno ultimo dell'uomo alla porta della vecchiaia. E nello stesso tempo lei, incarnazione del mondo proibito, falso, romanzesco e favoloso, ai confini del quale era sempre passato con disdegno e oscuro desiderio».
Conosce, in estate, Almerina Antoniazzi, che incontra durante la lavorazione di un servizio fotografico per «La Domenica del Corriere».

1961
In una conversazione con Paolo Monelli del febbraio del 1961 rivela alcuni aspetti della sua esperienza privata: «Ci sono individui [...] che maturano tardi, molto avanti con gli anni. Io debbo essere uno di quelli. Molte cose non le capisco ancora, altre le ho capite quando non mi serviva più di capirle. L'amore per la donna, dico l'amore, non l'andarci a letto, le gelosie, le lacrime di passione, il desiderio di morire o

addirittura di uccidersi, il piacere disperato di soffrire per un'ingrata, per un'infedele, tutto questo l'ho scoperto solo in questi tempi. Non saprei dire se son diventato finalmente maturo, o arrivo appena adesso ai veri vent'anni» (P. Monelli, *Ombre cinesi. Scrittori al girarrosto*, Mondadori, Milano 1965, p. 111).
Il 18 giugno muore la madre, Alba Mantovani. «Mia madre era l'unica persona che veramente, se io facevo qualcosa, se avevo un piccolo successo, ne era felice. E se invece avevo un piccolo dolore, era veramente infelice. Questo è l'unico tipo di amore – per quello che conosco io – che veramente realizza in modo perenne (cioè senza squilibri) questa partecipazione meravigliosa, che è proprio l'amore del prossimo» (*Dino Buzzati: un autoritratto*, cit., p. 20). La morte e il funerale della madre producono in Dino un acuto rimorso: le accuse di ingratitudine e di egoismo che rivolge a se stesso si riverberano nella novella *I due autisti* («Corriere della Sera», 21 aprile 1963).

1962
Dino si trasferisce nella casa di viale Vittorio Veneto 24. Nello stabile abitano anche il fratello Augusto e la sorella Nina con il marito Eppe Ramazzotti.

1963
In aprile esce, presso Mondadori, il romanzo *Un amore*, che suscita discussioni e polemiche. Il 18 aprile si svolge alla galleria del Mulino in via Brera una vivace discussione sul libro, sotto forma di "processo a Dino Buzzati".
Il 16 maggio muore Arturo Brambilla. Buzzati dirà a Panafieu, commentando tale perdita: «[...] io dopo la sua morte in un certo senso sono stato un sopravvissuto. In un certo senso sono subito diventato vecchio... Sono diventato l'omino che va al cimitero, una sera di novembre...» (*Dino Buzzati: un autoritratto*, cit., p. 63).
Comincia un'intensa stagione di viaggi in qualità di inviato speciale. Tra il 19 ottobre e il 18 novembre è in Giappone. Da Tokyo manda al giornale una serie di corrispondenze. Al suo ritorno si trova privato del suo incarico di vicedirettore della «Domenica del Corriere».

1964
Nel gennaio è inviato del «Corriere» a Gerusalemme, per seguire il viaggio di Paolo VI. Il pontefice gli dimostra stima e considerazione.
In febbraio si reca a New York e a Washington. A tale tour si lega un

primo articolo sulla Pop Art: *Una folle camera da letto* («Corriere della Sera», 23 febbraio 1964).
In dicembre segue il viaggio del papa a Bombay.

1965
Nella primavera visita Praga. «Mi è piaciuta anche la bellezza di Praga, come città fantastica, benché io l'abbia vista con della popolazione che dava un senso di grande tristezza e miseria» (*Dino Buzzati: un autoritratto*, cit., p. 39). Tra le corrispondenze che invia spicca l'elzeviro *Le case di Kafka* («Corriere della Sera», 31 marzo 1965).
In dicembre compie il secondo viaggio a New York, di circa dieci giorni. Approfondisce la conoscenza degli artisti della Pop Art, di cui visita gli studi. La spedizione è raccontata con humour e con manciate di aneddoti in tre articoli pubblicati sul «Corriere della Sera» (2, 9, 13 gennaio 1966).
Per l'editore Neri Pozza esce il primo libro di versi, *Il capitano Pic e altre poesie*. Sul numero 5 del «Caffè» (5 marzo) compare il poemetto *Tre colpi alla porta*.

1966
Lavora alla stesura del copione de *Il viaggio di G. Mastorna*, per un film che avrebbe dovuto realizzare Federico Fellini. Il quale si dichiarava ammiratore di vecchia data di Dino: ricordava in particolare uno dei primi racconti, *Lo strano viaggio di Domenico Molo*, letto ai tempi del liceo. Tra il '66 e il '67 il lavoro è compiuto ma il film non verrà mai realizzato.
Esce presso Mondadori *Il colombre e altri cinquanta racconti*, che comprende testi pubblicati a partire dal 1960.
Nel maggio espone i suoi dipinti a Milano, presso la galleria Gian Ferrari.
L'8 dicembre sposa nella parrocchia di San Gottardo in Corte Almerina Antoniazzi. Dopo il matrimonio rimane a vivere nella casa di viale Vittorio Veneto, dove tuttora abita Almerina.

1967
Assume l'incarico di critico d'arte per il «Corriere della Sera», subentrando a Leonardo Borgese. In tale veste ufficiale (ma si era già variamente ed eclетticamente occupato, soprattutto sulle colonne del «Corriere d'Informazione», di artisti e pittori) esordisce con *È arrivata l'arte Funk* («Corriere della Sera», 13 ottobre 1967).

1969
Vara la pagina settimanale «Il mondo dell'arte», che dirigerà fino agli ultimi mesi di vita. Il primo numero si apre con un breve editoriale siglato «d.b.», *E se fosse ancora viva* («Corriere della Sera», 26 gennaio 1969).
Pubblica presso Mondadori *Poema a fumetti.*

1970
Gli viene assegnato il premio giornalistico Mario Massai per gli articoli pubblicati sul «Corriere» nel 1969, a commento dello sbarco dei primi astronauti sulla Luna.
Dipinge gli ex voto della serie *I miracoli di Val Morel*. La mostra delle tavole buzzatiane si tiene in settembre a Venezia, nella galleria Il Naviglio.

1971
Nel febbraio avverte i primi sintomi della malattia, un tumore al pancreas.
In estate registra al magnetofono una lunga serie di colloqui con Yves Panafieu, che da quel materiale trarrà il libro-intervista *Dino Buzzati: un autoritratto* (Mondadori, Milano 1973).
Esce presso Mondadori l'ultima raccolta di racconti e di elzeviri, *Le notti difficili*. Il libro non è accolto dalla critica con particolari consensi. Anche Giorgio Bocca pubblica una recensione in cui, pur riconoscendo il talento dello scrittore, ripropone le obiezioni allora correnti sulla sua posizione ideologica: ostile al nuovo e fedele al genere della favola, Buzzati rischierebbe «di stare oggettivamente dalla parte di coloro i quali vogliono che tutto stia fermo com'è per non perdere uno solo dei loro privilegi» (G. Bocca, *I rischi e i timori di un reazionario*, in «Il Giorno», 27 ottobre 1971).
Le sue condizioni di salute si aggravano progressivamente. «Giorno per giorno lo abbiamo visto allontanarsi come l'eroe di uno dei suoi racconti fuori del tempo e dello spazio: sempre più solo, sempre più ombra, bisbiglio, sussurro. Sapeva tutto, prima ancora che lo sapessero i medici. Sin d'allora si era ritirato nella sua inaccessibile spiaggia, e rispondeva ai nostri richiami ghiacciandoci sulla bocca le pietose menzogne di cui li condivamo» (I. Montanelli, *Lo stile di una vita*, in «Corriere della Sera», 29 gennaio 1972).
Dal diario, 1° dicembre: «[...] e invece adesso la storia è terminata, sta per terminare tra l'assoluta indifferenza del pubblico pagante che per

me non ha mai pagato mezzo soldo, è freddo, è il principio di dicembre, farò in tempo a vedere il Natale?».
Pubblica sul «Corriere della Sera» dell'8 dicembre il suo ultimo elzeviro, *Alberi*. Nello stesso giorno viene ricoverato nella clinica La Madonnina di Milano.

1972
Muore il 28 gennaio, alle quattro e venti del pomeriggio.

(*a cura di Giulio Carnazzi*)

Bibliografia

Opere di Dino Buzzati

ROMANZI E RACCONTI

Bàrnabo delle montagne, Treves-Treccani-Tumminelli, Milano-Roma 1933 (poi Garzanti, Milano 1949).

Il segreto del Bosco Vecchio, Treves-Treccani-Tumminelli, Milano-Roma 1935 (poi Garzanti, Milano 1957).

Il deserto dei Tartari, Rizzoli, Milano-Roma 1940 (poi Mondadori, Milano 1945).

I sette messaggeri, Mondadori, Milano 1942.

La famosa invasione degli orsi in Sicilia, Rizzoli, Milano 1945 (poi Martello, Milano 1958).

Il libro delle pipe, in collaborazione con G. Ramazzotti e con disegni degli autori, Antonioli, Milano 1945 (poi Martello, Milano 1966).

Paura alla Scala, Mondadori, Milano 1949.

In quel preciso momento, Neri Pozza, Vicenza 1950 (2ª ed. accresciuta 1955; 3ª ed. Mondadori, Milano 1963).

Il crollo della Baliverna, Mondadori, Milano 1954.

Esperimento di magia. 18 racconti, Rebellato, Padova 1958.

Sessanta racconti, Mondadori, Milano 1958.

Egregio signore, siamo spiacenti di..., con illustrazioni di Siné, Elmo, Milano 1960 (poi con il titolo *Siamo spiacenti di*, con introduzione di D. Porzio, Mondadori, Milano 1975).

Il grande ritratto, Mondadori, Milano 1960.

Un amore, Mondadori, Milano 1963.

Il colombre e altri cinquanta racconti, Mondadori, Milano 1966.

La boutique del mistero, Mondadori, Milano 1968.

Poema a fumetti, Mondadori, Milano 1969.

Le notti difficili, Mondadori, Milano 1971.

I miracoli di Val Morel, Garzanti, Milano 1971 (1ª ed. nel catalogo *Miracoli inediti di una santa*, Edizioni del Naviglio, Milano 1970; poi *Per grazia ricevuta*, GEI, Milano 1983).
Romanzi e racconti, a cura di G. Gramigna, Mondadori, Milano 1975 ("I Meridiani").
180 racconti, con una presentazione di C. Della Corte, Mondadori, Milano 1982.
Il reggimento parte all'alba, con una prefazione di I. Montanelli e uno scritto di G. Piovene, Frassinelli, Milano 1985.
Il meglio dei racconti, a cura di F. Roncoroni, Mondadori, Milano 1990.
Lo strano Natale di Mr. Scrooge e altre storie, a cura di D. Porzio, Mondadori, Milano 1990.
Bestiario, a cura di C. Marabini, Mondadori, Milano 1991.
Opere scelte, a cura di G. Carnazzi, Mondadori, Milano 1998 ("I Meridiani").

POESIA

Il capitano Pic e altre poesie, Neri Pozza, Vicenza 1965 (poi in *Le poesie*, Neri Pozza, Vicenza 1982).
Scusi, da che parte per Piazza del Duomo?, in G. Pirelli – C. Orsi, *Milano*, Alfieri, Milano 1965 (poi in *Due poemetti*, Neri Pozza, Vicenza 1967; quindi in *Le poesie*, cit.).
Tre colpi alla porta, in «Il Caffè», n. 5, 1965 (poi in *Due poemetti*, cit.; quindi in *Le poesie*, cit.).

TEATRO

La rivolta contro i poveri, in «I quaderni di "Film"», 1946.
Un caso clinico, Mondadori, Milano 1953.
Drammatica fine di un noto musicista, in «Corriere d'informazione», 3-4 novembre 1955.
Sola in casa, in «L'Illustrazione italiana», maggio 1958, pp. 75-80.
Le finestre, in «Corriere d'informazione», 13-14 giugno 1959.
Un verme al Ministero, in «Il dramma», aprile 1960, pp. 15-48.
Il mantello, in «Il dramma», giugno 1960, pp. 37-47.
I suggeritori, in «Documento Moda 1960», Milano 1960.
L'uomo che andrà in America, in «Il dramma», giugno 1962, pp. 5-37 (poi in *L'uomo che andrà in America. Una ragazza arrivò*, Bietti, Milano 1968).
La colonna infame, in «Il dramma», dicembre 1962, pp. 33-61.
La fine del borghese, Bietti, Milano 1968.

L'aumento, in «Carte segrete», VI, n. 19, luglio-settembre 1972, pp. 73-85 (l'atto unico, del 1961, è preceduto da una nota di L. Pascutti).

Un caso clinico e altre commedie in un atto, a cura di G. Davico Bonino, Mondadori, Milano 1985 ("Oscar Teatro e Cinema").

Teatro, a cura di G. Davico Bonino, Mondadori, Milano 2006 (raccoglie tutti i testi teatrali).

LIBRETTI PER MUSICA

Ferrovia soprelevata, Edizioni della Rotonda, Bergamo 1955 (poi Ferriani, Milano 1960).

Procedura penale, Ricordi, Milano 1959.

Il mantello, Ricordi, Milano 1960.

Battono alla porta, Suvini-Zerboni, Milano 1963.

Era proibito, Ricordi, Milano 1963.

SCRITTI GIORNALISTICI IN VOLUME

Cronache terrestri, a cura di D. Porzio, Mondadori, Milano 1972.

I misteri d'Italia, Mondadori, Milano 1978.

Dino Buzzati al Giro d'Italia, a cura di C. Marabini, Mondadori, Milano 1981.

Cronache nere, a cura di O. Del Buono, Theoria, Roma-Napoli 1984.

Le montagne di vetro, a cura di E. Camanni, Vivalda, Torino 1989.

Il buttafuoco. Cronache di guerra sul mare, Mondadori, Milano 1992.

La «nera» di Dino Buzzati, 2 voll., a cura di L. Viganò, Mondadori, Milano 2002.

Le cronache fantastiche, 2 voll., a cura di L. Viganò, Mondadori, Milano 2003.

Il panettone non bastò, a cura di L. Viganò, Mondadori, Milano 2004.

Sulle Dolomiti. Scritti dal 1932 al 1970, a cura di M.A. Ferrari, Editoriale Domus, Rozzano 2005.

PREFAZIONI E ALTRI SCRITTI

Ritratto con battaglia, in AA.VV., *Prime storie di guerra*, a cura di A. Cappellini, Rizzoli, Milano-Roma 1942, pp. 39-50.

Difficoltà di Verdi, in AA.VV., *Giuseppe Verdi*, a cura di F. Abbiati, Milano s.d. [ma 1951], pp. 79-81 (pubblicazione del Teatro alla Scala per le onoranze a Giuseppe Verdi nel cinquantenario della morte).

Prefazione a G. Supino, *La vera storia di Galatea*, Ceschina, Varese-Milano 1962.

Milano, in AA.VV., *Lo stivale allo spiedo. Viaggio attraverso la cucina italiana*, a cura di P. Accolti e G.A. Cibotto, Canesi, Roma s.d. [ma 1964], pp. 75-81.

Come fece Erostrato, in AA.VV., *Quando l'Italia tollerava*, a cura di G. Fusco, Canesi, Roma 1965, pp. 101-106.

Il maestro del Giudizio universale, in *L'opera completa di Bosch*, con apparati critici e filologici di M. Cinotti, Rizzoli, Milano 1966 ("Classici dell'arte").

Prefazione ad A. Pigna, *Miliardari in borghese*, Mursia, Milano 1966.

Week-End, in F.S. Borri, *Il Cimitero Monumentale di Milano*, Arti Grafiche E. Marazzi, Milano 1966, pp. 71-75.

Prefazione ad A. Giannini, *Il brevetto*, con tredici disegni di D. Buzzati, Longanesi, Milano 1967.

Prefazione a M.R. James, *Cuori strappati*, Bompiani, Milano 1967 ("Il pesanervi").

Testimonianza di due amici, in A. Brambilla, *Diario*, a cura di F. Brambilla Ageno e A. Brambilla, Mondadori, Milano 1967.

Disegno e fotografia, in *Trieste e il Carso nelle tavole di Achille Beltrame della «Domenica del Corriere» (1915-1918)*, All'insegna del pesce d'oro, Milano 1968, pp. 10-16.

Prefazione a D. Manzella, *L'incontro giusto*, Bietti, Milano 1968.

Prefazione a W. Disney, *Vita e dollari di Paperon de' Paperoni*, Mondadori, Milano 1968.

Introduzione ad A. Sala, *Il giusto verso*, Rusconi, Milano 1970.

Un nobile addio, introduzione a W. Bonatti, *I giorni grandi*, Mondadori, Milano 1971.

Prefazione a E.R. Burroughs, *Tarzan delle scimmie*, Giunti, Firenze 1971.

Prefazione ad A. Pasetti, *L'ora delle lucertole*, Bietti, Milano 1971.

Il giornale segreto, con prefazione di G. Schiavi, Fondazione Corriere della Sera, Rizzoli, Milano 2006.

LETTERE

D. Buzzati, *Lettere a Brambilla*, a cura di L. Simonelli, De Agostini, Novara 1985 (cfr. M. Depaoli, *Il «Fondo Buzzati»*, in «Autografo», vol. VII, n.s., n. 19, febbraio 1990, pp. 101-108).

—, *Il figlio della notte. Lettere inedite di Dino Buzzati ad Arturo Brambilla*, a cura di M. Depaoli, in «Autografo», vol. VIII, n.s., n. 23, giugno 1991, pp. 50-67.

N. Giannetto, *Uno scambio di lettere fra Calvino e Buzzati*, in «Studi buzzatiani», I, 1996, pp. 99-112.

—, *«Di solito ciò che si scrive su di me mi annoia terribilmente...»: una lettera inedita di Buzzati sul libro dedicatogli da Gianfranceschi*, in «Studi buzzatiani», II, 1997, pp. 164-72.

—, *«Sono arrivato all'ultimo capitolo...»: una preziosa lettera di Dino Buzzati a Franco Mandelli a proposito di «Un amore»*, in «Studi buzzatiani», VI, 2001, pp. 95-98.

Bibliografia della critica

BIBLIOGRAFIE E RASSEGNE DI STUDI

A. Marasco, *Buzzati nella critica dal 1967 ad oggi* (con nota bio-bibliografica), in «Annali della Facoltà di Magistero dell'Università degli Studi di Lecce», II, 1972-1973, pp. 3-46.

N. Giannetto, *Bibliografia della critica buzzatiana*, in *Il coraggio della fantasia. Studi e ricerche intorno a Dino Buzzati*, Arcipelago, Milano 1989, pp. 106-51.

G. Fanelli, *Dino Buzzati. Bibliografia della critica (1933-1989)*, Quattroventi, Urbino 1990.

C. Bianchini, *Bibliografia della critica buzzatiana 1989-1994*, in «Studi buzzatiani», I, 1996, pp. 173-203.

N. Giannetto, *Il caso Buzzati*, in *Il sudario delle caligini. Significati e fortune dell'opera buzzatiana*, Olschki, Firenze 1996, pp. 225-52.

L'aggiornamento della bibliografia della critica buzzatiana per gli anni successivi (dal 1995 in poi) è pubblicato annualmente dalla rivista «Studi buzzatiani», edita dagli Istituti editoriali e poligrafici internazionali di Pisa e Roma.

PROFILI BIOGRAFICI E TESTIMONIANZE

E. Montale, *L'artista dal cuore buono*, in «Corriere della Sera», 29 gennaio 1972 (poi in *Il secondo mestiere. Prose 1920-1979*, a cura di G. Zampa, Mondadori, Milano 1996, p. 2991).

I. Montanelli, *Lo stile di una vita*, in «Corriere della Sera», 29 gennaio 1972.

D. Porzio, *Buzzati nel grande deserto*, in «Epoca», 6 febbraio 1972.

Y. Panafieu, *Dino Buzzati: un autoritratto*, Mondadori, Milano 1973.

AA.VV., *Il mistero in Dino Buzzati*, a cura di R. Battaglia, Rusconi, Milano 1974.

A. Buzzati – G. Le Noci, *Il pianeta Buzzati*, Apollinaire, Milano 1974.

G. Piovene, *Avvisi di partenza*, in «il Giornale», 30 ottobre 1974 (poi in D. Buzzati, *Il reggimento parte all'alba*, cit., pp. VII-X).

G. Grieco, «*Mio marito Dino Buzzati*», in «Gente», 17 ottobre 1980 (la ricostruzione biografica prosegue poi nei numeri successivi: 24, 31 ottobre, 7, 14, 21, 28 novembre, 5, 12, 19 dicembre).

A. Montenovesi, *Dino Buzzati*, Veyrier, Paris 1984.

AA.VV., *Dino Buzzati. Vita & colori, Mostra antologica: dipinti, acquarelli, disegni, manoscritti* (catalogo della mostra di Cencenighe, Belluno, 28 giugno - 14 settembre 1986), a cura di R. Marchi, Overseas, Milano 1986.

G. Afeltra, *Famosi a modo loro*, Rizzoli, Milano 1988, pp. 47-49.

M. Carlino, voce "Buzzati Traverso, Dino", in *Dizionario biografico degli Italiani*, vol. XXXIV, Istituto della Enciclopedia Italiana, Roma 1988, pp. 567-71.

G. Ioli, Nota biografica in *Dino Buzzati*, Mursia, Milano 1988, pp. 203-15.

Y. Panafieu, *Les miroirs éclatés*, Panafieu, Paris 1988.

G. Afeltra, *Lungo viaggio di Dino verso la notte*, in «Corriere della Sera», 27 gennaio 1992.

G. Soavi, *Buzzati, narratore di quadri*, in «il Giornale», 18 maggio 1995.

L. Viganò (a cura di), *Album Buzzati*, Mondadori, Milano 2006.

MONOGRAFIE E STUDI DI AMBITO GENERALE

E. Bigi, *Romanzi e racconti di Dino Buzzati*, in «Saggi di Umanesimo Cristiano», V, n. 3, settembre 1950, pp. 26-31.

R. Bertacchini, *Dino Buzzati*, in AA.VV., *Letteratura italiana. I contemporanei*, vol. II, Marzorati, Milano 1963, pp. 1397-1411 (poi in AA.VV., *Novecento. I contemporanei*, a cura di G. Grana, vol. VI, Marzorati, Milano 1979, pp. 5633-59).

W. Pedullà, *Buzzati scivola nel buonsenso*, in «Avanti!», 28 giugno 1966 (poi in *La letteratura del benessere*, Edizioni Scientifiche Italiane, 1968, pp. 200-203; 2ª ed. Bulzoni, Roma 1973).

F. Gianfranceschi, *Dino Buzzati*, Borla, Torino 1967.

C. Marabini, *Dino Buzzati*, in «Nuova Antologia», CII, fasc. 1999, luglio 1967, pp. 357-77 (poi in *Gli Anni Sessanta: narrativa e storia*, Rizzoli, Milano 1969, pp. 113-33).

E. Kanduth, *Wesenzüge der modernen Italienischen. Erzählliterature. Gehälte und Gestaltung bei Buzzati, Piovene und Moravia*, Winter, Heidelberg 1968.

AA.VV., *Dino Buzzati. Un caso a parte*, Delta, Roma 1971.

C. Garboli, *Dino delle montagne*, in «Il Mondo», 21 gennaio 1972.

C. Bo, *Buzzati e il tarlo delle verità*, in «Nuova Antologia», CVII, vol. 514, fasc. 2054, febbraio 1972, pp. 147-50.

A. Veronese Arslan, *Invito alla lettura di Buzzati*, Mursia, Milano 1974 (4ª ed. aggiornata 1993).

G. Gramigna, Introduzione a D. Buzzati, *Romanzi e racconti*, cit.

AA.VV., *Omaggio a Dino Buzzati scrittore pittore alpinista* (Atti del Convegno, Cortina d'Ampezzo, 18-24 agosto 1975), a cura del Circolo Stampa Cortina, Mondadori, Milano 1977.

I. Crotti, *Dino Buzzati*, La Nuova Italia, Firenze 1977.

A. Lagoni Danstrup, *Dino Buzzati et le rapport dialectique de la littérature fantastique avec l'individu et la société*, in «Cahiers Dino Buzzati», n. 3, 1979, pp. 71-116.

B. Baumann, *Dino Buzzati. Untersuchungen zur Thematik in seinem Erzählwerk*, Winter, Heidelberg 1980.

E. Gioanola, *Dino Buzzati*, in AA.VV., *Letteratura italiana contemporanea*, vol. II, Lucarini, Roma 1980, pp. 819-28.

M.B. Mignone, *Anormalità e angoscia nella narrativa di Dino Buzzati*, Longo, Ravenna 1981.

AA.VV., *Dino Buzzati* (Atti del Convegno di Venezia, Fondazione Cini, 3-4 novembre 1980), a cura di A. Fontanella, Olschki, Firenze 1982.

A. Zanzotto, *Per Dino Buzzati*, in AA.VV., *Dino Buzzati*, cit., pp. 77-82 (poi in *Aure e disincanti del Novecento letterario*, Mondadori, Milano 1994, pp. 242-47).

A. Laganà Gion, *Dino Buzzati. Un autore da rileggere*, Corbo e Fiore, Venezia-Belluno 1983.

S. Jacomuzzi, *«Questa quiete assoluta»: la montagna di Buzzati e la letteratura alpinistica*, in AA.VV., *Montagna e letteratura*, a cura di A. Audisio e R. Rinaldi, Museo nazionale della Montagna, Torino 1983, pp. 217-28.

M. Carlino, *Autour de quelques constantes du style narratif de Dino Buzzati*, in «Cahiers Dino Buzzati», n. 6, 1985, pp. 249-66.

A. Veronese Arslan, voce "Buzzati, Dino", in AA.VV., *Dizionario critico della letteratura italiana*, diretto da V. Branca, vol. I, Utet, Torino 1986 (2ª ed.), pp. 445-49.

G. Bàrberi Squarotti, *Invenzione e allegoria: il «fantastico» degli anni Trenta*, in *La forma e la vita: il romanzo del Novecento*, Mursia, Milano 1987, pp. 208-41.

C. Toscani, *Guida alla lettura di Buzzati*, Mondadori, Milano 1987.

G. Ioli, *Dino Buzzati*, Mursia, Milano 1988.

N. Giannetto, *Il coraggio della fantasia*, cit.

V. Anglard, *Technique de la nouvelle chez Buzzati*, Pierre Bordas et fils, Paris 1990.

M.-H. Caspar, *Fantastique et mythe personnel dans l'oeuvre de Dino Buzzati*, Editions Européennes Erasme, La Garenne - Colombes 1990.

M. Suffran – Y. Panafieu, *Buzzati. Suivi des entretiens Dino Buzzati - Yves Panafieu*, La Manifacture, Besançon 1991.

AA.VV., *Il pianeta Buzzati* (Atti del Convegno internazionale, Feltre e Belluno, 12-15 ottobre 1989), a cura di N. Giannetto, Mondadori, Milano 1992.

A. Biondi, *Metafora e sogno: la narrativa di Buzzati fra «Italia magica» e «surrealismo italiano»*, in AA.VV., *Il pianeta Buzzati*, cit., pp. 15-59.

I. Crotti, *Tre voci sospette: Buzzati, Piovene, Parise*, Mursia, Milano 1994.

S. Lazzarin, *Immagini del mondo e memoria letteraria nella narrativa buzzatiana*, in «Narrativa», n. 6, giugno 1994, pp. 139-54.

C. Lardo, *L'universo tangente. Una lettura della narrativa di Dino Buzzati*, Nuova Cultura, Roma 1994 (2ª ed. 1996).

Y. Panafieu, *Le mystère Buzzati. Dédales et labyrinthes. Masques et contradictions*, Y.P. Éditions, Liancourt - St Pierre 1995.

N. Giannetto, *Il sudario delle caligini*, cit.

G. Cavallini, *Buzzati. Il limite dell'ombra*, Studium, Roma 1997.

S. Lazzarin, *Preliminari a uno studio dell'intertestualità buzzatiana*, in «Italianistica», XXVI, n. 2, maggio-agosto 1997, pp. 303-11.

AA.VV., *Dino Buzzati*, a cura di F. Siddell, numero monografico di «Spunti e ricerche», rivista del dipartimento di Italianistica dell'Università di Melbourne, n. 13, 1998.

AA.VV., *Buzzati giornalista*, Atti del Congresso internazionale, a cura di N. Giannetto, Mondadori, Milano 2000.

P. Biaggi, *Buzzati. I luoghi del mistero*, Edizioni Messaggero, Padova 2001.

AA.VV., *Dino Buzzati trent'anni dopo*, a cura di M.-H. Caspar, numero monografico di «Narrativa», rivista del dipartimento di Italianistica dell'Università di Parigi X, n. 23, maggio 2002.

P. Dalla Rosa, *Dove qualcosa sfugge: lingua e luoghi di Buzzati*, Istituti editoriali e poligrafici internazionali, Pisa-Roma 2004.

AA.VV., *La saggezza del mistero. Saggi su Dino Buzzati*, Ibiskos Editrice, Risolo, Empoli 2006.

L. Bellaspiga, *Dio che non esisti ti prego. Dino Buzzati, la fatica di credere*, Ancora Editrice, Milano 2006.

M. Trevisan, *Dino Buzzati, l'alpinista*, Istituti editoriali e poligrafici internazionali, Pisa-Roma 2006.

L. Cremonesi, *Il nemico invincibile. Diari e reportage di Dino Buzzati*, in *Dai nostri inviati. Inchieste, guerre ed esplorazioni nelle pagine del Corriere della Sera*, Fondazione Corriere della Sera, Rizzoli, Milano 2008.

S. Lazzarin, *Fantasmi antichi e moderni. Tecnologia e perturbante in Buzzati e nella letteratura fantastica otto-novecentesca*, Fabrizio Serra Editore, Pisa-Roma 2008.

C. Posenato, *Il «Bestiario» di Dino Buzzati*, Gli inchiostri Associati, Bologna 2010.

A partire dal 1977 l'Association Internationale des Amis de Dino Buzzati ha pubblicato la serie dei già citati «Cahiers Dino Buzzati». Nel complesso i nove volumi usciti tra il '77 e il '94 raccolgono un notevole corpus di testimonianze, documenti, interpretazioni critiche. I numeri 2, 4, 5, 6, 7 e 9 sono dedicati quasi interamente agli atti dei «colloques» organizzati dall'Associazione. Tale eredità è stata raccolta, per iniziativa del Centro studi Buzzati di Feltre, dalla rivista «Studi buzzatiani».

SULLE PRIME OPERE NARRATIVE

M. Brion, *Préface a Bàrnabo des montagnes – Le secret du Bosco Vecchio*, Laffont, Paris 1959.

S. Jacomuzzi, *I primi racconti di Buzzati: il tempo dei messaggi*, in AA.VV., *Dino Buzzati*, cit., pp. 99-119.

F. Spera, *Modelli narrativi del primo Buzzati*, in AA.VV., *Dino Buzzati*, cit., pp. 87-98.

M.-H. Caspar, *Récit iniziatique et discours sur la violence du pouvoir (Il segreto del Bosco Vecchio)*, Université de Paris X, Nanterre 1982.

F. Livi, *«Bàrnabo des montagnes»: genèse d'une mithologie*, in «Cahiers Dino Buzzati», n. 5, 1982, pp. 63-73.

F. Schettino, *Le pouvoir de l'écriture dans «Bàrnabo delle montagne»*, in «Cahiers Dino Buzzati», n. 6, 1985, pp. 229-48.

A. Colombo, *«Un linguaggio universalmente comprensibile». Correzioni e varianti nei primi racconti di Buzzati*, DBS, Seren del Grappa 1996.

SU «IL DESERTO DEI TARTARI»

P. Pancrazi, *«Il deserto dei Tartari»*, in «Corriere della Sera», 2 agosto 1940 (poi in *Ragguagli di Parnaso*, vol. III, Ricciardi, Milano-Napoli 1967, pp. 137-40).

E. De Michelis, *Letteratura narrativa*, in «La Nuova Italia», XII, 1, gennaio 1941, pp. 28-31 (poi in *Narratori al quadrato*, Nistri-Lischi, Pisa 1962, pp. 159-64).

M. Brion, *Trois écrivains italiens nouveaux*, in «La Revue des Deux Mondes», 1° ottobre 1950, n. 19, pp. 530-39.

F. Livi, *Le désert des Tartares. Analyse critique*, Hatier, Paris 1973.

M. Carlino, *Come leggere «Il deserto dei Tartari» di Dino Buzzati*, Mursia, Milano 1976.

M. Suffran, *Bastiani ou le For intérieur. Racines et prolongements mythiques de l'oeuvre de Dino Buzzati*, in «Cahiers Dino Buzzati», n. 3, 1979, pp. 119-37.

I. Calvino, *Quel deserto che ho attraversato anch'io*, in «la Repubblica», 1° novembre 1980 (ora in *Saggi 1945-1985*, a cura di M. Barenghi, Mondadori, Milano 1995, pp. 1012-15).

AA.VV., *Analyses et réfléctions sur «Le Désert des Tartares» de Dino Buzzati. La fuite du temps*, Marketing, Paris 1981.

AA.VV., *Lectures de «Le Désert des Tartares» de Dino Buzzati*, Belin, Paris 1981.

G. Amoroso, *Una «rientrata avventura»: Il deserto dei Tartari*, in «Humanitas», XXXVI, 2, aprile 1981, pp. 270-74.

A. Biondi, *Il Tempo e l'Evento (tre momenti della narrativa buzzatiana)*, in «Il Contesto», nn. 4-6, 1981, pp. 307-20.

S. Jacomuzzi, *1939: l'armata del Nord davanti al Deserto dei Tartari. Per una rilettura del romanzo di Dino Buzzati*, in «Sigma», 1, gennaio 1981, pp. 56-68 (poi in *Sipari ottocenteschi e altri studi*, Tirrenia, Torino 1987, pp. 255-68).

G. Nascimbeni, *Buzzati: i Tartari in mezzo a noi*, in *Il calcolo dei dadi. Storie di uomini e di libri*, Bompiani, Milano 1984, pp. 233-36.

G. Bàrberi Squarotti, *La fortezza e la forma: «Il deserto dei Tartari»*, in AA.VV., *Dino Buzzati*, cit. (poi in *La forma e la vita: il romanzo del Novecento*, Mursia, Milano 1987, pp. 133-48).

J.L. Borges, *Prólogo*, in D. Buzzati, *El desierto de los tártaros*, Hyspamérica Ediciones, Buenos Aires 1985, p. 9.

D. Unfer, *Il deserto del tempo e le frontiere del desiderio. Una lettura del «Deserto dei Tartari»*, in «Inventario», XXIII, n. 15, settembre-dicembre 1985, pp. 97-116.

G. Fanelli, *Le tre edizioni del «Deserto dei Tartari»*, in «Il lettore di provincia», XIX, n. 71, 1988, pp. 22-31.

G. Afeltra, *Il tenente Drogo dal «lei» al «voi»*, in «Corriere della Sera», 20 settembre 1990.

A. Mariani, *«Il deserto dei Tartari» di Dino Buzzati ed «Aspettando i Barbari» di J.M. Coetzee: il tema dell'attesa*, in AA.VV., *Lingua e letteratura italiana nel mondo oggi* (Atti del XIII Congresso AISL-LI, Perugia, 30 maggio - 3 giugno 1988), a cura di I. Baldelli e B.M. Da Rif, vol. II, Olschki, Firenze 1991, pp. 481-88.

SU «SESSANTA RACCONTI»

A. Bocelli, *Racconti di Buzzati*, in «Il Mondo», 1º luglio 1958.

E. Cecchi, *«Sessanta racconti»*, in «Corriere della Sera», 10 luglio 1958 (poi in *Letteratura italiana del Novecento*, vol. II, Mondadori, Milano 1972, pp. 1006-11).

G. Debenedetti, *Dino Buzzati, premio Strega*, in «La Fiera letteraria», 20 luglio 1958 (poi, con il titolo *Buzzati e gli sguardi del «Di qua»*, in *Intermezzo*, Mondadori, Milano 1963, pp. 181-89).

P. Milano, *Dino Buzzati o il brivido borghese*, in «L'Espresso», 20 luglio 1958 (poi in *Il lettore di professione*, Feltrinelli, Milano 1960, pp. 321-24).

C. Varese, *Scrittori d'oggi*, in «Nuova Antologia», XCIV, fasc. 1897, gennaio-aprile 1959, pp. 119-23.

L. Bianciardi, Prefazione a D. Buzzati, *Sessanta racconti*, Club degli Editori, Milano 1969.

N. Bonifazi, *Dino Buzzati e la «catastrofe»*, in *Teoria del fantastico e il racconto «fantastico» in Italia: Tarchetti-Pirandello-Buzzati*, Longo, Ravenna 1982, pp. 141-70.

P.L. Cerisola, *I «Sessanta racconti» di Dino Buzzati*, in «Testo», nn. 6-7, gennaio-giugno 1984, pp. 56-69.

E. Esposito, *«Il cane che ha visto Dio» di Dino Buzzati*, in «Narrativa», n. 6, giugno 1994, pp. 5-14.

N. Giannetto, *Sessanta racconti e una lingua da scoprire*, in *Il sudario delle caligini*, cit., pp. 167-223.

SU «UN AMORE»

G. Piovene, *Il nuovo sorprendente romanzo di Dino Buzzati, poeta bambino*, in «La Stampa», 10 aprile 1963.

E. Montale, *«Un amore»*, in «Corriere della Sera», 18 aprile 1963 (ora in *Il secondo mestiere. Prose 1920-1979*, cit., p. 2567).

A. Bonsanti, *Un amore di Buzzati*, in «La Nazione», 23 aprile 1963.

G. Vigorelli, *Un atto di coraggio*, in «Il Tempo», 4 maggio 1963.

P. Citati, *I gentili automi di Buzzati*, in «Il Giorno», 15 maggio 1963.

G. Pullini, *Buzzati, «Un amore»*, in «Comunità», XVII, 106, maggio 1963 (poi in *Volti e risvolti del romanzo italiano contemporaneo*, Mursia, Milano 1971, pp. 152-54).

—, *«Il deserto dei Tartari» e «Un amore»: due romanzi in rapporto speculare fra metafora e realtà*, in AA.VV., *Dino Buzzati*, cit., pp. 169-93.

V. Volpini, *Un compiacimento decadente*, in «Il Popolo», 12 giugno 1963.

D. Fernandez, *La call-girl*, in «L'Express», 19 marzo 1964.

M. Brion, *Un roman d'amour de Dino Buzzati*, in «Le Monde», 4 aprile 1964.

A. Biondi, *Il Tempo e l'Evento*, cit., pp. 320-28.

G. Bàrberi Squarotti, *L'ora dell'alba e la città*, in AA.VV., *Il pianeta Buzzati*, cit., pp. 151-74.

SU «IN QUEL PRECISO MOMENTO»

Per la bibliografia storica si rimanda al libro di G. Fanelli, *Dino Buzzati. Bibliografia della critica: 1933-1989*, Quattroventi, Urbino 1990, e ai successivi aggiornamenti pubblicati su «Studi buzzatiani».

F. Linari, *Dalla narrativa al diario: strutture diaristiche nella raccolta buzzatiana «In quel preciso momento»*, in «Studi buzzatiani», V, 2000.

L. Viganò, Introduzione a D. Buzzati, *In quel preciso momento*, Mondadori, Milano 2006.

SUL TEATRO

S. D'Amico, *«Un caso clinico» al Piccolo Teatro di Milano*, in «Il Tempo», 22 maggio 1953 (poi in *Cronache del Teatro*, a cura di E.F. Palmieri e S. D'Amico, vol. II, Laterza, Bari 1964, pp. 785-88).

R. De Monticelli, *«Un caso clinico» di Dino Buzzati*, in «L'Illustrazione italiana», giugno 1953, n. 6, p. 49.

A. Camus, *«Le Cheval Dino Buzzati»*, in «Combat», 10 marzo 1955.

G. Marcel, *Le théâtre. Un cas intéressant*, «Les Nouvelles Littéraires», 24 marzo 1955.

M. Esslin, *The Theatre of the Absurd*, Anchor Books, London 1961 (trad. it. *Il teatro dell'assurdo*, Abete, Roma 1975, pp. 240-41).

F. Grisi, *«Ferrovia soprelevata»*, in *Incontri in libreria*, Ceschina, Milano 1961, pp. 71-78.

Y. Panafieu, *Thanatopraxis*, in «Cahiers Dino Buzzati», n. 1, 1977, pp. 85-134 (poi in *Les miroirs éclatés*, cit., pp. 458-66).

R. Bertacchini, *L'«assurdo» teatrale di Buzzati*, in AA.VV., *Novecento*, a cura di G. Grana, vol. X, Marzorati, Milano 1980, pp. 9954-65.

P.L. Cerisola, *Il teatro dell'assurdo: Dino Buzzati*, in «Testo», n. 12, luglio-dicembre 1986, pp. 99-112.

L. Chailly, *Buzzati in musica*, EDA, Torino 1987.

N. Giannetto, *Buzzati a teatro. Rassegna*, in «Quaderni Veneti», n. 14, dicembre 1991, pp. 117-46.

P. Puppa, *Il teatro di Buzzati: modelli vecchi e stimoli nuovi*, in AA.VV., *Il pianeta Buzzati*, cit., pp. 307-18.

—, *Buzzati: la lingua in scena*, in AA.VV., *Dino Buzzati: la lingua, le lingue* (Atti del Convegno internazionale, Feltre e Belluno, 26-29 settembre 1991), a cura di N. Giannetto, con la collaborazione di P. Dalla Rosa e I. Pilo, Mondadori, Milano 1994, pp. 55-64.

M. Marcone, *Su Buzzati librettista e la sua collaborazione con Luciano Chailly: l'esperienza di «Procedura penale»*, in «Studi buzzatiani», I, 1996, pp. 27-43.

SULL'OPERA POETICA

C. Marabini, *Buzzati poeta*, in «Il Resto del Carlino», 10 marzo 1965.

G. Gramigna, *Il capitano trova la rima (su alcuni aspetti della poesia di Buzzati)*, in AA.VV., *Dino Buzzati*, cit., pp. 321-30.

B. Pento, *Prosa in versi di Buzzati*, in «Letteratura», nn. 91-92, gennaio-aprile 1968, pp. 147-49.

F. Bandini, Scheda bibliografica in D. Buzzati, *Le poesie*, Neri Pozza, Vicenza 1982.

A. Sala, *Quando Buzzati scriveva versi*, in «Corriere della Sera», 11 luglio 1982.

P. Corbo, *Buzzati poeta*, in «Margo», IV, 7, dicembre 1991, pp. 54-65.

SU «POEMA A FUMETTI» E SULL'ULTIMO BUZZATI

G. Nascimbeni, *Buzzati a fumetti*, in «Epoca», 19 ottobre 1969.

V. Lisiani, *L'Aldilà di Dino Buzzati*, in «La Notte», 13 novembre 1969.

E. Falqui, *I fumetti di Buzzati*, in «Il Tempo», 14 novembre 1969.

I. Montanelli, *L'ultimo Buzzati*, in «Corriere della Sera», 15 novembre 1969.

C. Della Corte, *Orfeo a fumetti nella Milano-pop dell'ultimo Buzzati*, in «Il Gazzettino», 16 novembre 1969.

F. Giannessi, *Orfeo ed Euridice oggi, a fumetti*, in «La Stampa», 16 novembre 1969.

C. Marabini, *È uscito il volume di Dino Buzzati «Poema a fumetti»*, in «TiSette», 23 novembre 1969.

A. Sala, *Orfeo con chitarra*, in «Corriere d'informazione», 26-27 novembre 1969.

C. Garboli, *Tutta la vita in venti minuti*, in «Il Mondo», 4 dicembre 1969.

A. De Lorenzi, *Orfeo cantautore a Milano*, in «Il Messaggero veneto», 7 dicembre 1969.

C. Quarantotto, *Orfeo a fumetti*, in «Roma», 11 dicembre 1969.

L. Gigli, *Quando i fumetti diventano poesia*, in «Gazzetta del Popolo», 16 gennaio 1970.

D. Borioni, *«Poema a fumetti» di Dino Buzzati*, in «Gazzetta di Parma», 27 gennaio 1970.

D. Buzzati, *L'autore giudica i suoi critici*, in «Corriere della Sera», 8 febbraio 1970.

S. Castelli, *Fumetti di Buzzati*, in «Avanti!», 22 febbraio 1970.

G. Casolari, *Poema a fumetti*, in «Letture», aprile 1970, pp. 289-92.

D. Porzio, Introduzione a D. Buzzati, *Le notti difficili*, Mondadori, Milano 1971, pp. V-XI.

D. Del Giudice, *Gli incubi di Buzzati*, in «Paese Sera», 29 ottobre 1971.

G. Pampaloni, *Buzzati uno e due*, in «Corriere della Sera», 19 dicembre 1971 (su *Le notti difficili* e *I miracoli di Val Morel*).

A. Veronese Arslan, *«Poema a fumetti»*, in *Invito alla lettura di Buzzati*, cit., pp. 106-107.

L. Pozzoli, *Dino Buzzati tra limpidità e lucidità*, in «Letture», giugno-luglio 1975, p. 442.

A. Laganà Gion, *Caratteri unitari nell'opera di Buzzati: i rapporti tra letteratura e pittura*, in *Dino Buzzati*, Atti del congresso di Venezia, 3-4 novembre 1980, cit., pp. 290-304.

A. Sala, *Dino Buzzati pittore: la frontiera perenne*, in AA.VV., *Dino Buzzati*, cit., pp. 305-11.

A. Laganà Gion, *Una pittura esistenziale su uno sfondo naïf* e *Rapporti fra letteratura e pittura*, in *Dino Buzzati. Un autore da rileggere*, cit., pp. 89-109.

G. Zampa, *Una partenza senza perché*, in «il Giornale», 27 gennaio 1985.

C. Marabini, *Buzzati guida un reggimento carico di pena*, in «Tuttolibri», supplemento de «La Stampa», 2 marzo 1985.

G. Gargiulo, *Il lettore degli anni Sessanta nel «Cut-up» di «Poema a fumetti»*, in AA.VV., *Il pianeta Buzzati*, cit., pp. 293-306.

A.P. Zugni Tauro, *L'affabulazione fantastica ne «I miracoli di Val Morel»*, in AA.VV., *Il pianeta Buzzati*, cit., pp. 341-71.

C. Donati, *Scrittura-immagine nel «Poema a fumetti» di Dino Buzzati*, in *Letteratura italiana e arti figurative*, Olschki, Firenze 1988, pp. 1139-47.

M. Ferrari, *L'immaginario dipinto*, in *Dino Buzzati. La donna, la città, l'inferno*, a cura di M. Ferrari, Canova, Treviso 1997, pp. 15-18.

—, *Buzzati 1969: il laboratorio di «Poema a fumetti»*, Mazzotta, Milano 2002.

AA.VV., *Poema a fumetti di Dino Buzzati nella cultura degli anni '60 tra fumetto, fotografia e arti visive* (Atti del Convegno internazionale), a cura di N. Giannetto, Mondadori, Milano 2005.

L. Viganò, Introduzione a D. Buzzati, *Poema a fumetti*, 7ª ed. Mondadori, Milano 2009.

SU DINO BUZZATI E LA MONTAGNA

G. Zecchini, *Le creste dei sogni. Incontro con Dino Buzzati e le sue montagne*, in «Le Alpi Venete», primavera-estate 1975.

G. Mazzotti, *L'alpinista*, in *Omaggio a Buzzati* (Atti del convegno, Cortina 1975), Mondadori, Milano 1977.

P. Mazeaud, *Dino Buzzati et la montagne*, in «Cahiers Dino Buzzati», n. 3, 1979.

I. Crotti, *Le montagne geografiche e metafisiche di Buzzati*, in AA.VV., *Montagna e letteratura*, a cura di A. Audisio e R. Rinaldi, Museo Nazionale della Montagna, Torino 1983, pp. 195-99.

C. Sgorlon, *Dino delle montagne*, in «Nuova Antologia», CXX, 1985, pp. 336-47.

G. Franceschini, *Vita breve di roccia*, Nuovi Sentieri, Belluno 1986, pp. 83-143.

J. Lacroix, *Le montagne, mythologie buzzatienne de l'écriture*, in «Cahiers Dino Buzzati», n. 7, 1988, pp. 23-57.

Le Dolomiti di Dino Buzzati (catalogo della mostra promossa nel 1989 dall'Associazione Dino Buzzati, dal CAI di Feltre e dalla Cominità Montana Bellunese), a cura di M. Fiori e B. Pellegrinon, con interventi di N. Giannetto, M. Fiori, G. Franceschini e testi di D. Buzzati, Nuovi Sentieri, Belluno 1989.

A. Biancardi, *Dino Buzzati Traverso: pagine di letteratura alpinistica*, in «Giovane montagna», luglio-settembre 1992.

C. Cima, *Buzzati e le sue montagne*, in AA.VV., *Il pianeta Buzzati*, a cura di N. Giannetto, Mondadori, Milano 1992, pp. 553-58.

F. Faoro, *Fra i monti di Buzzati*, in «Il Gazzettino», 29 luglio 1992.

L. De Anna, *Dino Buzzati e il segreto della montagna*, Pubblicazioni di lingua e cultura italiana, Università di Turku, Turku 1993 (poi Tararà Edizioni, Verbania 1997).

AA.VV., *Le montagne di Buzzati fra vissuto e rappresentazione. Montagne di vetro, di pietra, di carta* (Filmfestival Internazionale Montagna Esplorazione Avventura "Città di Trento". Atti della Tavola Rotonda tenutasi il 6 maggio 1993), con interventi di S. Metzeltin, I. Pilo, N. Giannetto, E. Camanni, M. Trevisan, C. Donati, D. Ribola, A. Giorgetta, P. Dalla Rosa, Vivalda, Torino 1994.

N. Giannetto, *Montagne di pietra, di vetro, di carta*, in *Il sudario delle caligini. Significati e fortune dell'opera buzzatiana*, Olschki, Firenze 1996, pp. 139-66.

E. Kanduth, *Il paesaggio alpino nell'opera di Dino Buzzati*, in «Archivio per l'Alto Adige», XCI-XCII, 1997-1998, pp. 317-28.

AA.VV., *Le Alpi di Buzzati* (volumetto pubblicato in margine alla mostra documentaria tenutasi a Belluno nell'ottobre 1999), a cura di R. Ricci, con interventi di A. Stragà, N. Giannetto, R. Ricci, M. Trevisan, G. Sandrini, Grafiche Antiga, Cornuda 1999.

S. Metzeltin, *Le Alpi di Buzzati*, in «Studi buzzatiani», IV, 1999, pp. 157-66.

AA.VV., *Le Alpi di Buzzati*, in «Quaderni del Centro Studi Buzzati», n. 2, Istituti Editoriali e Poligrafici Internazionali, Roma-Pisa 2002.

P. Dalla Rosa, *Al di sopra dei lucernari e delle guglie: gli «altrove» intravisti da Dino Buzzati*, in «Narrativa», 23, 2002, pp. 127-43.

R. Marchi, *Così gli feci rivivere l'emozione della prima scalata*, in «Gazzetta dello Sport», 28 gennaio 2002.

G. Franceschini, *Le cinque vie nuove di Dino*, in «Le Dolomiti bellunesi», I, estate 2005, pp. 16-17.

Per una bibliografia più esaustiva si rimanda al catalogo elettronico della Biblioteca del Centro Studi Buzzati di Feltre (Belluno).

SULLE TRADUZIONI E LA FORTUNA EUROPEA

N. Giannetto, *Bibliografia delle traduzioni delle opere di Buzzati*, in *Il coraggio della fantasia*, cit., pp. 93-101.

C. Bec – J.-M. Gardair – F. Livi, *Cinquant'anni di letteratura italiana nei paesi europei di lingua francese (1937-1986)*, in AA.VV., *Lingua e letteratura italiana nel mondo oggi*, cit., vol. I, pp. 193-201.

AA.VV., *Dino Buzzati: un écrivain européen. Problèmes de traduction et d'analyse textuelle* (Actes du colloque international organisé les 10, 11 et 12 avril 1992), a cura di M. Bastiaensen e E. Hoppe, in «Idioma», 5, 1993.

Y. Frontenac, *Réflexions sur Dino Buzzati écrivain européen*, in «Cahiers Dino Buzzati», n. 9, 1994, pp. 355-60.

AA.VV., *Dino Buzzati: la lingua, le lingue*, cit., con un'appendice di M. Formenti e I. Pilo, *Buzzati all'estero*, pp. 267-76, che integra la precedente bibliografia di N. Giannetto.

(*a cura di Lorenzo Viganò*)

Nota del curatore

Questa antologia raccoglie la parte più importante e significativa degli scritti di Dino Buzzati dedicati al tema della montagna (per la cui bibliografia completa si rimanda al volume di Maurizio Trevisan, *Dino Buzzati, l'alpinista*, Istituti editoriali e poligrafici internazionali, Accademia editoriale, Pisa-Roma 2006). Quelli cioè che a mio avviso rappresentano meglio il profondo e articolato rapporto dell'autore con l'alpinismo, attraverso i ritratti delle cime, degli scalatori e delle imprese che lo hanno caratterizzato. Accanto a questi trovano spazio un capitolo dedicato allo sci e un altro che raccoglie per la prima volta le sue cronache da inviato per il «Corriere della Sera» ai Giochi invernali di Innsbruck del 1964.

Di ogni articolo e racconto viene indicata la sede della prima apparizione, anche per quelli poi ripubblicati in volumi e antologie. In certi casi, nonostante approfondite ricerche, non è stato possibile risalire con esattezza al giornale o alla rivista che li ospitò: me ne scuso con i lettori.

Anche i titoli, la maggior parte dei quali mostra inequivocabilmente la «mano» di Dino Buzzati, sono quelli redatti al momento della prima comparsa. Soltanto nel capitolo «Uomini», per chiarezza, è stato aggiunto sopra il titolo un occhiello redazionale con il nome e cognome del personaggio trattato.

Nel pieno rispetto filologico dei testi, si è inoltre mantenuta inalterata la doppia grafia di alcuni toponimi (Himalaya/Imalaia, Gusela/Gusella, ecc.), nomi propri (Asburgo/Absburgo, ecc.) e vocaboli (raggera/raggiera, marce/marcie, binocolo/binoccolo, ecc.). Si è invece scelto di uniformare le iniziali maiuscole e minuscole di alcuni di essi (come Tre Cime di Lavaredo, Cima Ovest di Lavaredo, Cima Scotter, ecc.) e di correggere i refusi più evidenti, lasciando invece l'indicazione (*sic*) nei passaggi più controversi.

La difformità di parole sensibili come "Italiani/italiani", "Patria/patria", "Paese/paese" è stata rispettata, così come la punteggiatura e l'uso che ne faceva Dino Buzzati, anche quando, per accentuare la musicalità e il ritmo della frase, essa trasgredisce le regole tradizionali.

In articoli dedicati allo stesso argomento – vedi soprattutto *Mezzo secolo di scandalo sulle più aeree Dolomiti* e *Piaz il «ribelle» delle Dolomiti*, incentrati sulla morte di Tita Piaz – alcune parti appaiono ripetute, risultando a volte simili, altre identiche. Proprio per testimoniare la rarità, in una produzione giornalistica tanto vasta come è quella di Dino Buzzati, di una pratica che l'avvento del computer avrebbe reso più che frequente (il «copia e incolla»), si è deciso di non sacrificare uno scritto per l'altro, lasciandoli entrambi.

Desidero ringraziare (e non lo farò mai abbastanza) la signora Almerina Buzzati per la stima e l'amicizia che mi riserva sempre, per il ricco e prezioso materiale che mi ha messo a disposizione, e per la fiducia con cui mi ha lasciato immergere nell'archivio personale del marito.

Ringrazio inoltre: Flavia C., per tutto; Walter Bonatti, per aver aperto con generosità il suo album dei ricordi; Cesare Maestri, per la sua candida e puntuale disponibilità; Maurizio Trevisan, per avermi rassicurato; Danilo Fullin, per le ricerche d'archivio e i consigli da appassionato (di montagna e di Buzzati); Gabriele Villani per la spontanea sollecitudine; «iPaoli» (Paola Violetti e Paolo Valentino) per l'entusiasmo e la precisione con cui hanno seguito la realizzazione di questo volume; Elisabetta Risari ed Elena Banfi per la loro appassionata e attenta regia.

Un grazie particolare: a Zelda, per le mail, sperando che questo libro la riappacifichi con la montagna; e all'Associazione Internazionale Dino Buzzati di Feltre per il prezioso lavoro che svolge.

Lorenzo Viganò

Settembre 2010

I fuorilegge della montagna

LA CANZONE ALLE MONTAGNE

Montagne! che siete belle, purissime nelle albe violacee
Frementi negli arrossati tramonti
I vostri picchi strapiombanti nelle nevi eterne. io amo
I vostri ghiacciai silenziosi
Vorrei stare tra i giganti - i giganti di roccia che van=
no nel cielo -
I frementi giganti che cantano le silenziose canzoni
dell'infinito
I giganti che ascoltano le cupe leggende dei ghiacciai
venute come uno strano mormorio dal seno dei
crepacci profondi
Montagne divine, che nulla è più bello, regine della
libertà e dell'infinito
Pinnacoli superbi contornati dalle eterne nevi.
Se pure vostre roccie fremono, fremono tutte al sole
che ci batte -
Le bianche vostre roccie luccicando scintillano
Cantate nelle notti - guglie vertiginose
Mentre sembrate alla luna bianchi magri fantas=
mi di ghiaccio
Siete belle montagne siete la cosa più pura più sublime
Io vorrei stare tra voi nei dorati tramonti di sole
quando tutto si cinge di rosso
Io vorrei stare tra voi nelle albe azzurrine e velate

Io vorrei stare fra voi sulle roccie sui ghiacci di voi
i meriggi sotto al limpido sole
Voi siete sole - montagne con le montagne
Nell'alto nemmeno un misero sterpo di verde avete
Nemmeno un'umile bianco edelweiss vellutato
Qualche anima audace vi tenta
Qualche solitario camoscio vi calca
E voi - coi secoli che passano - immobili
A tutto al vento all'acqua alle tempeste resistete
Sempre uguali gli stessi dirupi nelle gole precipitano
Sempre uguali le stesse pareti riflettono il so=
le.

12-1920-MILANO

Da A. Buzzati – G. Le Noci, *Il pianeta Buzzati*, Apollinaire, Milano 1974

Prologo

I fuorilegge

Ricordo la mattina di un lontanissimo settembre quando per la prima volta venni a contatto con le famose Dolomiti. Avevo quindici anni e la montagna era già entrata dentro di me addirittura come un'ossessione d'amore. Il Resegone, i Corni di Canzo, le Prealpi della mia Belluno erano bastati a quella grande stregoneria. E, dopo interminabili discussioni con la mamma avevo ottenuto il permesso, e i soldi, per fare qualche arrampicata sul serio. Sul serio? Andavo, figuratevi, a fare il Becco di Mezzodì sopra Cortina, per la via normale. Oggi, a pensarci, viene addirittura da ridere.

Io invece avevo il batticuore. Quante sere, fino a tarda ora, avevo consumato sulla guida del Berti, con la fantasia scalando decine e decine delle più celebri crode, di cui conoscevo ormai a memoria i camini d'attacco, le lastre, le cenge, i canaletti, le creste, le forcelle, e l'immaginazione trasfigurava rupi banali in folli e vertiginose architetture. La prosa del Berti, che riusciva anche nelle descrizioni tecniche a far vivere le cime come personaggi favolosi, mi trasportava su per le celebri e temute pareti e l'illusione in certi momenti era tale che per la paura di quegli abissi spaventosi mi veniva meno il fiato.

Naturalmente ero con una guida, altrimenti la mamma non mi avrebbe mai detto di sì. La guida in quei tempi ormai remoti sembrava l'unico legittimo castellano delle montagne. Senza guida, almeno a un ragazzetto di buona famiglia come me, sembrava inconcepibile affrontare quei pericoli. La mia era una guida vecchio stampo che aveva già cinquant'anni e mi ricordo tentava di convincermi come solo a cinquant'anni l'uomo diventava finalmente un uomo al massimo delle sue possibilità: la qual cosa mi lasciava sbalordito. Era stato lui a propormi per primo assaggio il Becco del Mezzodì, salita breve e senza passi impegnativi, tuttavia già tipica delle Dolomiti. La Croda da Lago, che nella guida del Berti assumeva un fascino di severità leggendaria, sarebbe venuta il giorno dopo.

Ansioso com'ero, feci di tutto per anticipare la partenza. Era un mattino bellissimo senza una nuvola e alle otto già ci eravamo incamminati sull'ampio sentiero che porta alla Forcella d'Ambrizzola. In realtà si poteva partire anche dopo mezzogiorno, di tempo ce ne sarebbe stato sempre di avanzo.

Com'ero orgoglioso, ragazzino ancora, di avere una mia guida. Di fronte ai turisti che affollavano il rifugio, probabilmente mi davo un sacco d'arie. Nella mia testa un po' spavalda e avventurosa, cento volte di più che un soldato di mestiere. E chi era con la guida partecipava della sua intrepidezza, gli assomigliava, apparteneva al suo mondo, se non altro per la comunanza della corda.

Proprio questa faccenda della corda mi eccitava. Non l'avevo mai provata. E alla sera nel rifugio mi guardavo intorno commiserando in cuor mio quelle mediocri larve di turisti che si accontentavano di trasferirsi da una capanna all'altra. E quando la mia guida, entrando, appese a un piolo la matassa della corda, gli occhi di tutti – era l'ora di pranzo – si volsero; e mi sentii invidiato. Corda voleva dire vertigine, abisso e una quantità di altre affascinanti cose proibite. Per tutta la sera mi sentii circondato da una diffusa curiosità e ci fu uno che mi chiese: «Sul serio tu fai le cordate?» e io risposi di sì con ipocrito distacco come se quella fosse mia vecchia abitudine.

Soltanto due c'erano, che non badavano minimamente né a me né alla guida né alla corda. Erano due giovanotti, avranno avuto diciotto diciannove anni, erano vestiti piuttosto in modo scalcinato, uno era secco, la faccia affilata e stranamente viva, l'altro, benché ancora adolescente, piuttosto tozzo e carico di muscoli. Mi ricordo che sedevano a un tavolino e stavano giocando a scacchi. Quando la guida ed io si entrò, furono i soli, ripeto, a non voltarsi. O ci avevano visto entrare dalla vetrata e facevano apposta per non darmi soddisfazione? Stupido come ero, ne ebbi un sentimento di dispetto. Pensai che fossero degli studenti in vacanza, dei tipi di secchioni, che non sapessero assolutamente niente di crode, arrampicate e corde, esclusi insomma da quel paradiso in cui io stavo per entrare.

Ma il mattino dopo di buonora mentre salivo verso la Forcella di Ambrizzola, e dinanzi a me, a tracolla della guida, la matassa della corda dondolava facendo un curioso movimento ritmando il lento passo, mi accorsi che dietro di noi, pure usciti dal rifugio, due venivano. Erano ancora lontani, saranno stati cinquecento metri, ma camminando più svelto via via si avvicinavano. Finché li riconobbi. Erano i due studenti secchioni che avevo visto la sera prima giocare a scacchi.

Ci raggiunsero poco prima della forcella, là dove si lascia il largo sentiero per puntare all'attacco per i ghiaioni. «Buongiorno.» «Buongiorno.» Era il normale saluto fra gente che si incontra in montagna, cortesia oggi, chissà perché, praticata sempre meno.

Io chiesi: «Dove andate?». Quello magro fece un cenno con il mento. «Qui» disse «al Becco.»

Rimasi, lo confesso, un poco male. Che due studenti, sia pure più vecchi di me, si permettessero, da soli, di tentare la stessa arrampicata che io avrei fatto con la guida, che per mesi e mesi avevo vagheggiato al punto di farne una specie di incubo, era quasi una mortificazione.

Lo strano era che, all'apparenza, non possedevano la corda. O che l'avessero nascosta dentro a uno dei loro due pesanti sacchi? Non ebbi il coraggio di chiederlo.

Intanto ci avevano sopravanzati, avviandosi per una vaga traccia di sentiero che si intravedeva sul ghiaione.

Ma a un certo punto essi lasciarono questo barlume di viottolo, traversando a sinistra.

Allora la mia guida: «Ehi, ragazzi,» gridò «guardate che l'attacco è su da questa parte». E indicava il cono di detriti proprio sopra di noi.

Il secondo dei due si volse: «No,» disse «noi andiamo a fare il camino». E si allontanò con il compagno.

La mia guida fece un'alzata di spalle. Io chiesi: «Che camino? Il camino Barbaria?». A forza di leggere la guida del Berti sapevo a menadito tutte le vie delle Dolomiti di Cortina.

«Ma,» fece la guida «teste matte, quelli lì. Scommetto che stasera dovremo andare noi a cercarli!»

Quei due ragazzi dall'aspetto inoffensivo andavano dunque a tentare una scalata che oggi non fa la minima impressione, ma che è pur sempre un pulito quarto grado e che allora mi sembrava addirittura tabù.

Ecco lassù, a sinistra, sopra di noi, la nera fenditura che tagliava nel mezzo la parete verticale dalla base fino alla vetta, con sinuosità sinistre, i bordi qua e là strapiombanti, repulsiva per le tenebrose concavità che parevano perdersi nel cuore della rupe.

Il gesto di quei due ragazzi mi sembrò qualcosa di assurdo. Senza guida avventurarsi in un'arrampicata classica e dura, di cui, nei rifugi, alla sera, si discuteva con reverente rispetto. Una presuntuosa sfida, come la rottura di una regola, il sovvertimento di una legge.

Ne ebbi una rabbia. Quei due pivelli! Al loro paragone la mia impresa diventava una faccenda ridicola, uno scherzo da signorine, addirittura. E poco prima ne ero orgoglioso!

In cuor mio, sarà abbietto ma è così, mi augurai che i due, dopo un breve assaggio della rupe, facessero scornati dietro front; o che a metà restassero incrodati e a Cortina si formasse una spedizione di soccorso.

Solo più tardi quando, giunti facilmente in vetta, udimmo, giù dall'altra parte, dove l'abisso sprofondava, le voci dei due avvicinarsi a poco a poco, e quindi da una sottile breccia, sul ciglio del baratro, vedemmo spuntare il berretto rosso del magrolino e infine la sua faccia sorridente, solo allora mi resi conto che la mia rabbia era soltanto invidia. All'improvviso, cosa che non avevo realizzato mai, mi resi conto che andare per pareti e ghiacciai assicurati alla corda di una guida è sì una bellissima cosa e che le guide, una per una, sono degli uomini magnifici, degni del massimo rispetto, ma fin che c'è una guida davanti la quale è così forte e brava da ridurre al minimo il rischio di lasciarci la pelle, l'alpinismo non arriva mai fino in fondo, non ci dà mai tutto quello che può dare all'uomo. E che il vero autentico alpinismo è il fidarsi delle sole proprie forze, l'andare incontro alle minacciose e impenetrabili cattedrali di rocce e di ghiaccio senza l'aiuto di nessuno.

Oggi questo distacco è avvertito molto meno. A quei tempi, parlo di una quarantina di anni fa, fra alpinismo con guida e alpinismo senza guida c'era un abisso. E i senza guida, che almeno da noi, si contavano pressapoco sulle dita, apparivano addirittura dei giovani arrabbiati, dei ribelli, dei sovversivi, dei rivoluzionari, delle teste calde, dei fuorilegge, dei pazzi da tenere alla larga.

Da quel giorno – e girando per le montagne mi capitò di incontrarne parecchi – gli accademici furono per me qualcosa di straordinario e irraggiungibile. Ero ragazzo, alle mie prime armi, ma con profondo dispiacere intuii che mai e poi mai sarei riuscito ad avere tanta forza, tanta sicurezza di me, tanta indipendenza, tanta energia morale da battermi con la montagna da solo.

E poiché ne conobbi alcuni da vicino, e gli divenni amico, ebbi in seguito la fortuna di fare con loro alcune scalate, anche abbastanza difficili. E quando, al nostro ritorno, qualche guida, informatasi di che cosa avevamo fatto, scuoteva incredula la testa, io ne ero ingenuamente felice. Ma, ahimè, era un inganno che facevo a me stesso. Arrampicavo con gli accademici ma non ero uno di loro; ero un ospite; ero un peso morto. Il rapporto fra loro e me era lo stesso, in fondo, di quello che c'era stato con le guide.

Ne ho fatte, di montagne, nella mia vita (modeste, per lo più). Ma, nel ricordo, le ore più belle ed esaltanti sono senza dubbio quelle che mi hanno fatto vivere, su per fessure e lastre e spigoli, gli amici accademici di Belluno.

Adesso, che sono ormai quasi vecchio e i fortissimi amici di un tempo si sono dispersi chi qua chi là oppure hanno smesso la montagna, adesso che io ritorno da solo, di quando in quando, alle mie crode, ma bene assicurato alla corda di una paziente guida alpina brevettata, vivo e amaro è il rimpianto di non essere stato all'altezza dei miei sogni, di non avere avuto abbastanza coraggio, di non aver saputo lottare da solo, di non essermi impegnato a fondo così da poter essere, o per lo meno da poter assomigliare, a uno di loro.

Ormai, purtroppo, è troppo tardi. Ma, guardandomi malinconicamente indietro, ora capisco come soltanto a loro, ai capicordata, alle guide, e soprattutto agli accademici e a quelli che, senza avere la formale laurea appartengono tuttavia alla loro intrepida famiglia, ora capisco come unicamente a loro la grande montagna abbia rivelato i suoi più gelosi e potenti segreti. E non ai poveretti come me, che hanno avuto paura.

Da *I cento anni del Cai*, Edizioni Cai, Milano 1963

UOMINI

E tutto intorno sta una gente candida e onesta, i pionieri, i poeti, i vittoriosi delle massime muraglie, i morti degli abissi.

Aristofane e Tolstoj sui monti vanno d'accordo

TITA PIAZ

Mezzo secolo di scandalo sulle più aeree Dolomiti

A una bambina che lo fissava esterrefatta, Tita Piaz – il più singolare personaggio delle nostre Alpi – domandò: «Perché mi guardi così? Non hai mai visto un uomo più brutto di me?». E la bambina: «No. Mai!».

Nel suo libro di ricordi *Mezzo secolo di alpinismo* pubblicato ora da Cappelli, c'è a pagina 56 una fotografia giovanile del «mostro»; gli è accanto Ugo De Amicis, figlio dello scrittore e di Piaz discepolo in alpinismo. Due begli uomini, dal volto simpatico e ragionevole, e si sarebbe imbarazzati a fare la scelta. Come è possibile che fin da allora – si parla del principio del secolo – la faccia di Piaz fosse giudicata diabolica? Eppure le testimonianze, sue e dei biografi, sono d'accordo: i bambini erano spaventati e qualche cliente, dopo averlo visto, disdiceva con improvvisi pretesti l'impegno per l'escursione.

In realtà nei suoi ritratti più recenti c'è qualcosa di mefistofelico. Ma il «satanismo» di Tita Piaz ha probabilmente più vaste origini. Il fatto è questo: un uomo deciso a essere genuino fino in fondo, a non tradire la propria natura, a lottare contro ciò che gli sembra ingiusto è destinato fatalmente a una vita difficile, a farsi coprire di scomuniche. La sincerità è un lusso che il mondo fa pagar molto caro.

Arrampicatore di spettacolosa bravura, Piaz è stato tra i grandi fenomeni dell'alpinismo moderno. Le Torri di Vajolet, per esempio, devono alle sue straordinarie imprese e pazzie molta della loro celebrità.

Con la bravura alpinistica c'era tuttavia una personalità di eccezione: generosa, ribelle, eccentrica, geniale, eccessiva e umanissima. Al suo confronto le nobili classiche figure delle vecchie guide alpine diventano degli sbiaditi *clichés*. E questo spiega perché da molto tempo Piaz nel mondo delle montagne sia una leggenda. Anche senza l'indimenticabile ritratto scritto da Guido Rey, anche senza il completo e bel libro di Arturo Tanesini, *Il diavolo delle Dolomiti*, anche senza l'attuale volume autobiografico la sua ispida gloria vivrebbe ugualmente: guide, portatori, albergatori, turisti la vanno tramandando, accanto al fuoco, la sera, nella intimità dei rifugi. Viene in mente, fatte le debite proporzioni, un misto di Benvenuto Cellini e Martin Lutero.

Fin da ragazzetto – è nato nel 1879 – cominciò a uscir dalle regole arrampicandosi sul campanile della cattedrale di Bolzano. Continuò per tutta la vita a sfidare il luogo comune, le frasi fatte, il conformismo, le convenzioni: non per far colpo o per spirito di contraddizione: semplicemente perché voleva far di testa sua e non era una testa qualunque. Temerità e stranezze lo fecero guardare con apprensione perfino dai compaesani della Val di Fassa. Si vociferò che avesse fatto un patto col diavolo; come si poteva altrimenti andar su per le rocce come andava lui? E le vecchiette, incontrandolo, scantonavano facendosi il segno della croce.

Già il modo violento e quasi irrispettoso con cui amava le montagne sembrò un'eresia. Alla vista di una formidabile parete, Piaz non piegava le ginocchia adorando umilmente, non citava terzine di Dante come era costume in quei tempi, né proclamava di sentirsi più vicino a Dio. Piaz partiva quasi selvaggiamente all'assalto, prendendo solenni impegni che potevano costargli la vita. Esempio, fra i tanti, la parete ovest del Totenkirchel, nei Kaisergebirge, le famose rupi tra Austria e Baviera, dai nudi apicchi a canne d'organo, più repulsive delle peggiori Dolomiti. Al principio del secolo i massimi arrampicatori di Monaco ci si erano provati inutilmente. Esasperato, Rodolfo Schitzold, per non darsi per vinto, la percorse dall'alto in basso, calandosi con tremendo lavoro di corde doppie: il che era più umiliante di una sconfitta. Alla fine lo stesso Schitzold insistette presso

Piaz affinché venisse a tentare: solo lui sarebbe potuto riuscirci. La fama della giovane guida trentina era arrivata fin lassù. Nel 1908 Tita andò e come vide la paurosa muraglia non «ebbe neppure un lampo di dubbio». Esplorò la parete col binocolo, poi disse ai compagni: «Vedete lassù quella paretina a destra, con un'incrinatura appena percettibile verso sinistra? Orbene, vi dico che passeremo di lì; anzi vi prometto che se non passerò precisamente di là mi farò frate zoccolante». Ma Dio misericordioso evitò la vestizione di così problematico novizio.

Gran signore, pur con tutte le sue stramberie, diventava un leone se qualcuno si trovava in pericolo ma per offenderlo basta chiedergli notizia del suoi salvataggi, che di sicuro superano i cento. Insofferente di oppressioni, ha conosciuto imparzialmente le prigioni di Francesco Giuseppe, di Vittorio Emanuele, di Mussolini e di Hitler. Per moltissimi anni fu nelle Dolomiti la guida più brillante e di moda, andare in cordata con lui era un onore, suoi clienti furono re e principi del sangue. Ma era una guida diversa da tutte le altre. Il suo modo di comportarsi al rifugio e in parete fu un continuo scandalo.

Il turista, una volta legato a Tita, diventava una specie di suddito o schiavo. Nei momenti grami Piaz non esitava a trattarlo come un vecchio sergente non farebbe con l'ultima delle reclute. «Muoviti, rinoceronte!» gridava a un arciduca che stentava a seguirlo. «Canaglia, carogna, creatura infame, capra!» urlava a una signorina in difficoltà sotto il famigerato passo di Winkler. E si era mai vista una guida andar per corda vestito peggio di un barabba?

Erano i «signori», prima dell'avvento di Tita Piaz, a concepire e a tracciare l'itinerario delle nuove salite; si provassero ora a dare ordini o semplicemente consigli. Era la guida, una volta, ad aspettare rispettosamente i clienti sulla soglia del rifugio, al mattino: ora i clienti attendono spesso ore intere che Piaz abbia fatto colazione con tutto il suo comodo. Era la guida a portare il sacco con le provviste: adesso il sacco lo porta chi paga. E nei passi più difficili all'alpinista scoppiato giungeva il paterno incoraggiamento della guida; ora, con Tita, è più frequente una pioggia di contumelie. Piaz non conosce differenze di ranghi sociali; dedica una cima nuova (la Punta Emma) a una sguattera di rifugio, tratta col tu, bruscamente, principi e ministri. Divora carne andata a male e corvi arrosto, seppellisce nel proprio stomaco il suo celebre cane Satana a cui pure voleva molto bene.

Umanissimo con gli sventurati, è perfido coi presuntuosi. C'era un giudice prussiano, suo amico, fanatico della montagna, pessimo arrampicatore. Un giorno che Piaz, commosso da tanta passione, lo ebbe condotto a fare una via nuova – nuova ma facile – il giudice si montò la testa. E pretese che il giorno dopo Tita lo portasse, insieme con un'altra cordata, alla via dei camini sulla Torre Delago, ascensione durissima. «È troppo per te, non ci riuscirai,» disse Piaz che lo conosceva «io non ti porto. Non sono un carnefice e ho un po' di cuore. Lo sai che ne morresti?» L'altro non gli dava pace: «Mi taglierete in due con la corda, non importa, purché abbia fatto la Delago». «Ebbene sia,» cedette Piaz «ma ricordati che non avrò pietà.»

Andarono. Già al primo camino il giudice cominciò a lamentarsi che non si sentiva bene. «Taci, animale da presepio!» fu la risposta di Piaz «e avanti!» Ben presto il giudice fu sfiancato, non era più capace di muovere un dito. «Non ce la faccio. Torniamo!» Troppo tardi. Piaz dall'alto tirava e la parete diventava sempre più difficile. Tanto tirò che il giudice, ridotto un fantoccio senza vita, giunse in vetta più di là che di qua. E il ritorno fu quasi peggio. «Giulio, Giulietto mio,» gli gridò Tita dopo averlo deposto alla base delle rocce che non dava quasi più segno di vita «il tuo conto è saldato!»

Molta acqua è passata da quei tempi anche sotto i ponti delle Dolomiti. Ciò che nel 1910 faceva tenere il fiato oggi è ordinaria amministrazione. Piaz fu uno dei più splendidi campioni dell'arrampicamento libero che risolveva le difficoltà coi mezzi naturali (corda e chiodi servivano di regola per la sola sicurezza). Poi venne la tecnica moderna, il trionfo dei mezzi artificiali, il sesto grado e la conquista delle ultime grandi pareti fino allora inaccessibili: fu un progresso clamoroso. Ma era possibile che Piaz si considerasse sorpassato? Tutto quell'armeggiare di chiodi e corda a forbice gli sembrava una «serie di imbrogli», di «deturpazioni sportive»; e nel suo libro non mancano i sarcasmi per i «superuomini» del sesto grado. Anche la graduazione e la misura delle difficoltà con criteri matematici gli dava ai nervi. «Allora» scrive «non eravamo ancora entrati nel regno dei cieli con la scala di Welzenbach.» Eppure, a 53 anni suonati, Piaz scese ancora in campo e mostrò che anche lui era capace di «imbrogli». Ne vennero fuori le due arditissime vie di sesto grado sulla parete nordest della Winkler e sull'ancora più aereo spigolo orientale dello stesso picco. Anche lui, quei giorni, fu «superuomo»: ma in cuor suo preferiva le antiche vittorie, meno spettacolose e più pure.

La sua ultima impresa è questo libro. Nella maggior parte le avventure qui narrate c'erano già nel volume di Tanesini, nessuna rivelazione quindi dal punto di vista cronistico. Ma val la pena di leggerlo perché è un ritratto molto fedele: come lui sconcertante, simpaticissimo e umano.

«Corriere d'informazione», 26-27 novembre 1947

TITA PIAZ

Piaz il «ribelle» delle Dolomiti

Tita Piaz è finito tragicamente ma non precipitando da una parete. Ha trovato la morte in una caduta da bicicletta, come poteva accadere a un ragazzino. Potrebbe sembrare, a chi non l'ha conosciuto, una crudele ironia. Ci pare invece che perfino nel chiudere la sua singolarissima e geniale vita, Piaz sia rimasto fedele a se stesso: procurando un'ultima, ahimè questa volta troppo dolorosa, sorpresa agli innumerevoli amici, ribellandosi come si era ribellato per tutta l'esistenza, alle frasi fatte, alle convenzioni, al luogo comune il quale forse avrebbe voluto una sua morte «in bellezza» giù da un dirupo delle sue Vajolet o nel letto della vecchia casa di Pera di Fassa, circondato dai cimeli delle sue imprese.

Diciamo questo perché, se Piaz fu senza dubbio uno dei maggiori pionieri dell'alpinismo moderno su roccia e una delle più grandi guide che le montagne abbiano mai visto, la sua eccezionale fama, anche fuori del mondo degli scalatori, nacque soprattutto dallo sconcertante fascino della sua personalità umana: generosa, eterodossa, estrosa, eccessiva e nobilissima. Al suo confronto le classiche, austere e bonarie guide alpine di vecchio stampo parevano quasi delle figure sbiadite. Le donne di Pera sussurravano ch'egli avesse un patto col diavolo, non si spiegava altrimenti come egli volasse con tanta temerità su per gli strapiombi delle Vajolet, suo incontrastato regno. Satana, si chiamava il suo cane. I «signori» non erano più clienti da curare rispettosamente; non erano più, nelle prime salite, i condottieri dell'impresa, che concepivano e indicavano la via da seguire. Il «signore» era lui, lui comandava, lui stabiliva cima, itinerario e ora di partenza: bontà sua se alla corda poteva legarsi l'ambizioso turista. Dedicava la Punta Emma (di fronte alle Vajolet) a una sguattera di rifugio, dava del tu – e copriva d'insolenze se nei punti difficili stentavano a salire – a principi del sangue e ministri. A un arciduca di casa Absburgo gridava, tirando la corda: «Su, rinoceronte!». «Carogna, creatura infame, capra!» urlava a una signorina «incrodata» sotto il famigerato passo di Winkler. Eppure fu uno degli uomini più amati: tenuto alla larga o addirittura perseguitato dalle autorità (conobbe via via le prigioni di Cecco Beppe, di Vittorio Emanuele e di Hitler), popolarissimo però tra i valligiani e gli alpinisti di tutto il mondo; Preuss, Guido Rey, re Alberto e Leopoldo del Belgio, Ugo De Amicis, Amedeo di Savoia-Aosta furono orgogliosi di andare in cordata con lui.

All'età di 53 anni, dopo aver in più occasioni beffeggiato i «superuomini» del «sesto grado» che vincevano i più pazzi strapiombi a base di chiodi, volle dimostrare di non essere una volpe dinanzi all'uva; e a sua volta si trasformò in «superuomo» tracciando diverse vie estremamente difficili, usando anche lui la tecnica della «corda a forbice». E non mollò mai nonostante gli inevitabili guai dell'età; anche l'estate scorsa tornò ad arrampicare, e continuava a scorazzare su e giù per l'Alto Adige e il Trentino in bicicletta e in motocicletta. La sua prima salita – e i patemi d'animo di quella spedizione sono narrati con grande spirito nel suo recente libro autobiografico *Mezzo secolo di alpinismo* – fu il Catinaccio, per la via del canalone: aveva allora 17 anni. La stessa via del Catinaccio, percorsa a 78 anni,* fu il suo ultimo incontro con le crode.

Il suo volto camuso, che era ormai tutto scavato da forti rughe, quella sua maschera beffarda e umanissima che spaven-

* Tita Piaz, nato nel 1879, scala per l'ultima volta la cima del Catinaccio il 10 settembre 1947, a 68 anni e non a 78 come erroneamente scritto da Buzzati. L'errore (di battitura? di calcolo?) viene corretto nell'articolo successivo, dove Piaz torna ad avere 68 anni.

tava i bambini e affascinava i grandi, è adesso immobile per sempre. Siamo sicuri che pure ieri, vedendosi venire incontro la morte, egli abbia fatto uno dei suoi mefistofelici sorrisi. Ci aveva pensato parecchio, a questo momento fatale, intelligente e acuto com'era. Ma non poteva smentirsi. Forse gli sembrò che dinanzi gli sorgesse all'improvviso la più spaventosa parete ch'egli avesse mai visto, tutta a tetri strapiombi per migliaia e migliaia di metri, la «sua» parete, finalmente. E Piaz vi mosse incontro.

«Corriere d'informazione», 7-8 agosto 1948

TITA PIAZ

È morto ciclista l'arrampicatore delle Dolomiti

Nel rifugio sotto le Torri di Vaiolet, il vecchio glorioso Tita Piaz tirò fuori da un ripostiglio certe sue antiche corde tutte ingarbugliate. La figlia usciva dalla cucina con due zuppiere in mano. «E così, domani vuoi andar su?» gli chiese. Lui si fermò, la guardò di traverso come quando stava per arrabbiarsi. «Su dove?» «Non vai in croda, domani? Non mi hai detto che vai col professore sulla Winkler?» «E se fosse? C'è qualcosa che non va?» «Figurati, tanto a discutere con te...» «Perché? Cosa vuoi dire? Che son matto? Che dovrei metterla via? Che a sessantotto anni è ora di star quieti? Lo so, voialtri... non è mica la prima volta che sento questi discorsi... Un cadavere sono!...» Si riscaldava. Di là, alle sue urla, i turisti avevano smesso di chiacchierare. La figlia se n'andò con le zuppiere. «Sti maledetti spaghi!» Ora se la prendeva con le corde che si erano annodate insieme. Cambiata idea, le scaraventò in un angolo, prese una grossa roncola, uscì all'aperto.

Corse giù per i ghiaioni, sentì che qualcuno lo chiamava, non si voltò nemmeno. Sarebbe sceso al bosco per tagliare un ramo. Era un pezzo che il tavolo della cucina aveva bisogno di una gamba nuova.

Ma non era un pretesto ridicolo? La verità non era che sentiva il bisogno di restar solo? E pensare che domani doveva essere una giornata straordinaria, anche i giornali ne avrebbero parlato. Emozionato forse?

Diversi mesi prima aveva scritto a B. il professore, vecchio alpinista e amico, pressapoco della stessa età: «Devo darti la grande notizia che fisicamente mi trovo benissimo e spero di fare il capocordata sulle Torri fino a ottant'anni, dunque ancora dodici. La prossima estate farò le nozze d'oro con la Torre di Winkler... Tu dovresti venire una volta da me in estate e noi due veterani di passati radiosi tempi si potrebbe dare una estrema prova dell'antico valore! Ti difetta l'ambizione? Che diresti di fare assieme le Torri al chiarore di luna con centoquarant'anni sulla gobba?».

Così egli aveva scritto. E il professore B. proprio quella sera sarebbe giunto. La sera dopo, partendo dal rifugio dopo il tramonto, avrebbero salito tutte e tre le Torri sotto la luna.

Ci ripensava saltando di pietra in pietra giù per il vallone. Al sole la testa gli scottava. Ci passò su una mano, sentì i capelli irti e tepidi. Cominciava a fare caldo.

Si fermò. In alto gente parlava. Era un gruppo di quattro cinque giovani che salivano la mulattiera. C'era una ragazza in costume da bagno. Si vedevano le gambe cotte dal sole ma la faccia per la distanza non si distingueva.

Sotto la luna! Anche se fossero saliti di giorno, sarebbe stato lo stesso, si capisce. Era vecchio il professore B., viveva sempre in città, non poteva avere il fiato e la forza di lui, Tita Piaz. E doverlo tirar su al buio, nei camini gelidi, con la stagione così incerta, non era un'imprudenza? No, meglio arrampicare di giorno. Ma si preoccupava veramente per il professore? O era per caso una specie di paura?

Si fermò. Guardò la propria ombra sui sassi bianchi. Sempre la stessa, sì. In fin dei conti non era l'identica sagoma di trent'anni, di quarant'anni prima? Dal bosco, ormai vicino, giunse un sibilo. Un fischio lieve in sordina, come un segnale. Lui guardò ma tutto era tranquillo.

Paura, lui? Neanche del demonio. No, meglio andar su col sole, sarà molto più allegro. Passano lentamente, verso sud, nuvole altissime e bianche, isolate, nuvole di bel tempo. Un colpo di vento dà uno speciale rumore nel canalone, come un sospiro.

Da questo punto la Torre Winkler si vede di profilo, bellissima. Quante volte l'ha salita? Cinque, seicento volte? Non c'è niente al mondo che sia più «suo», neppure i figli, neppure la casa.

Si riscuote, riprende la discesa, è già sui primi prati, al limite del bosco. Ancora un fischio, breve, sordo, come fatto per avvertire. No, le marmotte non fischiano così, e poi da queste parti non ce ne sono. Gli pare a un tratto che una cosa si muova dietro a lui, in alto, se ne accorge con la coda dell'occhio. Niente: un'illusione ottica: spostandosi le nubi, sembra che si muovano le cime. Per un istante gli era parso proprio che la Torre Winkler camminasse. Ma che curioso colore ha oggi, è diventata chiara, quasi livida. Strano però, gli era proprio sembrato che si muovesse.

E perché continua a pensarci? Anche a occhi chiusi sarebbe capace di salirla. Anche se ne manca da due anni, ha in mente la via pietra per pietra. Non potrebbe dimenticarsene neanche volendo.

Silenzio. Come mai c'è un simile silenzio? Piaz siede su un sasso. E se al famigerato passo di Winkler la mano destra non trovasse più l'appiglio? Se qualcuno lo avesse scalpellato? Ce ne sono di questi superuomini pieni di invidia che martellano via gli appigli buoni perché nessuno passi più. Piantare un chiodo di sicurezza prima di buttarsi in fuori? Ma non c'è posto per chiodi sulle pareti del camino, la roccia è tutta liscia.

L'avrà ripetuto, quel passo, almeno cinquecento volte. A occhi bendati potrebbe farlo. Basta andar piano. Certo alla sua età non potrà volare. E che cosa gli è venuto in mente a quel vecchio pazzo di accettare la proposta? Poteva starsene quieto, il professore, e non tornar quassù a cercare guai. Ormai, quello non si tira più indietro di sicuro. E la colpa è tutta di lui, Tita, sempre con la sua smania di sbalordire il mondo ad ogni costo.

E perché colpa, poi? Colpa di cosa? Che mai dovrà succedere di male? Lo vedranno, i giovanotti, cosa si può fare ancora a settant'anni, quando ci si chiama Sua Maestà Piaz.

Ancora il sibilo di prima. Prolungato, stavolta, querulo, con un tono beffardo. E veniva non più dal bosco, ma dall'alto, come se uno chiamasse da lontanissima distanza.

E di colpo, gli viene addosso un peso, una specie di nausea, una perdizione. Questo perché la Torre d'improvviso ha cambiato faccia, e si muove. Le pareti non stanno più ferme come muri ma tremolano, si direbbe, come un velario. E l'estremo picco assomiglia a una testa incappucciata, e dondola, e si innalza a poco a poco. Non è più la «sua» Torre che lui ha posseduto metro per metro ma una bizzarra guglia mai vista, tutta pencolante, orrenda.

Che si senta male? Adesso però si ricorda di aver già visto la stessa cosa spaventosa tanti anni fa, un giorno che tentava la parete nord del Campanile Toro. Si era incastrato in una fessura strapiombante e non riusciva più a avanzare. Due tre volte aveva provato a uscire dalla stretta ma sentiva sempre qualcosa che lo tirava giù, che gli faceva perder l'equilibrio. Guardando in basso aveva allora visto, a picco sotto di lui, a incredibile distanza, i ghiaioni quieti sotto il sole, e in mezzo una figura che si muoveva lentamente; pareva un uomo avvolto in un gran mantello grigio, magro e di altezza spropositata; e dondolava piano piano la testa, alludendo a lui, Piaz, che stava per precipitare. Capì ch'era la morte. Con infinite precauzioni, senza dire niente al compagno di cordata, era ridisceso. Giunto che egli fu sulla cengia, la misteriosa figura era scomparsa.

«No! No!» si mette a urlare. Non può essere. Eppure la sinistra Torre, non più sua, continua a tremolare. E lui, il famoso selvaggio Pavarin, è piccolo come un bambino, Dio mio, che cosa succederà domani? Un ronzio lieve di moscerini, nient'altro si ode in tutta la montagna.

«Pavarin! Pavarin!» sente chiamare. La voce si avvicina. Che quel pazzo di professore sia già arrivato?

«Pavarin!» chiamano. Ora un ragazzo sbuca lassù dal ciglio della mulattiera. Lo riconosce. È suo nipote. «Pavarin!» grida. «C'è un telegramma!»

Un telegramma! Tita balza in piedi, butta via la roncola, si lancia su per i ghiaioni. E che motivo c'è da essere così allegri adesso? «Purché non sia del professore!» dice da solo ad alta voce; e ride, ride come un matto.

Si ferma, grida al ragazzo: «E cosa aspetti a muoverti! Portami giù questo telegramma!».

Lo ha tra le mani. Apre. È del professore: «Indisposizione costretto rimandare mia venuta spiacentissimo». Come risplende allegramente al sole il foglio giallo.

Fissa il ragazzo per capire che cosa pensi. Ma il ragazzo non fiata. «Niente più Torre, domani» gli spiega. «Il professore non viene... Avverti tu al rifugio, io scendo giù al paese... ho da guardare i muratori... Vuol dire che andremo noi uno di questi giorni, sulla Winkler... Tu capocordata... e dovrai tirar su il demonio sottoscritto!»

Ora sì che non si sente più addosso gli anni. Vola giù per i prati. Che sole. Nel bosco cantano gli uccelli. Salvo! Si volta un attimo per sbirciare la Torre: adesso è ferma, indifferente, senza nulla di cambiato. Salvo! Pensa ai giorni futuri. I lavori per allargar la casa. Il nuovo libro che ha quasi finito di scrivere. Le montagne, sì, naturalmente anche le montagne, ma non domani, un altro giorno quando non ci siano in giro gli spiriti su per le creste. Quanti anni ancora? Dodici, venti? All'appuntamento con la morte lui domani non ci sarà.

Alla malga trova la bicicletta. Giù adesso per la strada. Non c'è nessuno. Pomeriggio pieno, l'aria gli fischia nelle orecchie con piacevole sussurro. Non un'anima viva. Possibile che con una simile giornata non ci sia gente in giro?

Ancora un sibilo come quelli di prima. No, deve essersi sbagliato. A una curva, tra i rami, intravede la Torre. Si è fatta piccola per la distanza ma risplende. «Eh, son vecchio!» dice ad alta voce soddisfatto.

«Pavarin! Pavarin!» Una voce sottile, quasi ansiosa, l'ha chiamato. Ancora: «Pavarin!». Viene dal bosco. Egli volge il capo, scruta in mezzo ai tronchi.

Ma la ruota davanti urta di schianto contro un pietrone franato dalla ripa. Un volo. Attento a come cadi, Pavarin.

Pace. Qualcosa gli è calato davanti agli occhi. Non riesce a muoversi, come se avesse un gran peso sulla testa; e un ronzio nel fondo delle orecchie, come una ruota che giri con fatica. Poi vede: precipitando una dentro all'altra, ecco le montagne. Sono intorno a lui, solitarie e immense, coi camini neri a sghembo che si protendono a tetro baldacchino, i colonnati a picco, gli strapiombi rossi da cui colano gli stillicidi, le creste smantellate, gli spigoli ricurvi con profili inquietanti di teste e nasi e bocche quasi umani. Le riconosce: ad una ad una le sue creature. E perché così d'un tratto sono venute? Queste cerimonie si usano con chi sta per morire. Ma lui ne ha ancora tanti di anni buoni da vivere. Le pareti gli si inabissano di sotto, come se lui salisse in volo senza toccarle. Poi non resta che la pace del bosco, quei sussurri. Ma che succede? Perché non c'è nessuno ad aiutarlo? Perché silenzio?

«L'Europeo», 23 agosto 1948

SEVERINO CASARA

Il caso degli strapiombi nord mise a rumore le Dolomiti

A uno dei più candidi, diritti e buoni uomini di nostra conoscenza toccò, parecchi anni or sono, per un paradossale scherzo della sorte, il calvario dello scandalo. Alludiamo a Severino Casara, di Vicenza, e ai famosi strapiombi nord del Campanile di Val Montanaia. Fu uno scandalo *sui generis*, tra persone serie e bene educate come conviene agli ambienti alpinistici e non degenerò mai in aperta polemica sui giornali. Ma ci fu un tempo che nei rifugi delle Dolomiti era l'argomento del giorno e Casara veniva additato come la pecora nera. E lui soffrì in silenzio quella tacita morte civile anche perché, come vedremo, gli era praticamente impossibile dimostrare la sua innocenza. Finché il tempo a poco a poco cancellò ciò che doveva essere cancellato, rimettendo le cose a posto. Ma ce ne vollero degli anni.

Dopo l'altra guerra pochi Italiani giravano sulle Dolomiti. Il magnifico gruppo veneto di scalatori (ricordiamo i nomi di Berti, dei fratelli Fanton, di Tarra, dei Capuis) rappresentava ormai la vecchia generazione. Il moderno arrampicamento – quello del sesto grado per intenderci – non era ancora nato. E le fortissime cordate dei bellunesi, dei triestini, dei lecchesi erano di là da venire. Se molti si avventuravano tra le crode, in gran parte per noi terra vergine, pochi erano in grado di salire le cime veramente difficili. Le vie di Preuss e Duelfer, ad esempio, mettevano una soggezione paurosa, e nessuno era andato a ritentarle. E non c'era rupe che non avesse qualche interessante problema insoluto. Severino Casara, allora giovanissimo, vero «invasato della montagna», andò avanti a tentare.

Nacque, dal suo ardimento, una serie numerosissima di vie nuove, alcune delle quali molto belle. Era consolante leggere, sui libri dei rifugi e sui libretti delle cime, fra tanti nomi tedeschi, l'annuncio di qualche vittoria nostrana. Itinerari classificati oggi di terzo, al massimo di quarto grado: ma per quei tempi erano imprese straordinarie. In breve Casara fu il più quotato «accademico» delle Dolomiti.

Nel pomeriggio del 3 settembre 1925, insieme con alcuni amici, egli giunse alla forcella che domina il Campanile di Val Montanaia, nel gruppo dei Monfalconi. Tra fumate di nebbia ecco comparire, sola e potente nel circo di precipitosi ghiaioni, la formidabile sagoma del picco. Casara non aveva un deciso programma, tanto più che i suoi compagni di gita non avevano velleità acrobatiche. Ma a quella vista ogni esitazione cadde. Giù per i ghiaioni, di corsa, verso l'attacco. Gli amici restarono a guardare.

Era già pomeriggio inoltrato e la nebbia aumentava. Fatto è che, invece di attaccare le rocce da sud, secondo le regole, egli cominciò ad arrampicare sul versante opposto. Ben presto si trovò ai piedi di una muraglia preoccupante che si incurvava a strapiombo. Aveva sbagliato strada? In quel mentre si accorse che alcuni metri più in su, appesa a quattro chiodi, era tesa una corda. Sarà una variante, pensò Casara; e su, senza esitazioni.

Raggiunse i chiodi, si aggrappò alla corda, tentò di traversare a destra, in strapiombo, puntando a uno spigolo dentato che pareva permettesse di proseguire. Solo quando si trovò terribilmente «incrodato», in posizione delicatissima, e, quel che è peggio, nell'impossibilità di ritornare, Casara si rese conto della verità: era quello nientemeno che il famigerato strapiombo nord del Campanile, già invano tentato prima della guerra dai fratelli Fanton, Bleier e Schroffenegger. Di là l'uomo passava soltanto in discesa, a corda doppia, penzolando completamente nel vuoto a motivo del forte strapiombo.

Ormai non c'era più scelta. O riusciva a passare o andava a sfracellarsi nelle rocce di sotto. Casara era nel fiore delle energie e in allenamento perfetto. Neppure lui seppe come, ma riuscì a passare. Si abbrancò con un estremo sforzo allo spigolo dentato e su per questo fino a rocce più facili e poi a una comoda cengia. Trentacinque metri in tutto, ma quale vittoria.

Dalla cengia, dopo avere girovagato a lungo in cerca della via, raggiunse la vetta per la via normale. Dalla cima le sue grida si persero nella nebbia. Gli amici se n'erano andati e gli rispose solo il fischio del vento. Intanto si addensava una bufera.

Passò la notte sotto la cima e al mattino, con l'aiuto di un moncherino ridicolo di corda, si calò fino alla base della torre per la via normale. Giunse a Calalzo in condizioni pietose. Lo sforzo era stato tale che egli cadde malato e ne ebbe per oltre un mese. I giornali parlarono dell'impresa.

L'estate successiva, passando una sera per Cimolais, nell'alto Friuli, Casara si fermò ad ascoltare una curiosa canzone che veniva da un casolare. Una giovane donna cantava:

Sul ciampanil de Val Montanae
là l'è la to cross, là l'è el to moross!

Là l'è la to cross! Chissà perché, gli parve che le parole fossero state inventate apposta per lui, uno strano presentimento gli restò nel cuore. Ed ecco infatti il Campanile di Val Montanaia tramutarsi per Casara in penosissima croce: qualche anno dopo, alcuni dei primi nostri «sestogradisti», che si potevano considerare tecnicamente più forti di Casara, andarono a ritentare lo strapiombo e si convinsero che senza mezzi artificiali era umanamente impossibile passare di là. Da questo al dubbio che Casara avesse inventato tutto di sana pianta il passo fu breve.

Che un alpinista menta è cosa inconcepibile. Titolo di nobiltà degli uomini di montagna è questa assoluta legge d'onore che non ha mai avuto bisogno, grazie a Dio, di norme o sanzioni. Il giudizio di vari capicordata, allora tra i primissimi al mondo, parve definitivo. Fu insomma una specie di «caso Grossi» delle Dolomiti.

Che poteva fare Casara? Ritentare, in condizioni psicologiche evidentemente difficilissime, un'impresa ch'era stata compiuta al margine estremo delle sue possibilità con la forza della disperazione? C'era tutto da perdere e nulla da guadagnare. Naturalmente contrario a esporsi in una pubblica polemica di carattere così odioso, egli tenne chiusa in sé l'umiliazione ingiusta. Per capire la sua sofferenza basti pensare che per un paio d'anni le Dolomiti lo aspettarono inutilmente.

Tutto era dipeso da una errata indicazione nel descrivere la via di salita. La fessura che a detta della relazione Casara costituiva la chiave del passaggio in realtà non offre appiglio sufficiente. Casara si valse di un'altra fessura, parallela, pochi decimetri più in basso. Tanto è vero che in seguito Fabian e altri di Trieste passarono servendosi di questa seconda crepa. Ma Casara se ne rese conto troppo tardi quando già la tacita condanna, per così dire, era passata in giudicato.

Parecchio tempo è trascorso da allora, ogni meschinità si è dissolta, la «controprova» assolutoria di varie altre cordate cancellò anche gli ultimi sospetti, Casara tornò in croda e ricominciò a costellare, con impegno e intuizione magnifici, le crode di vie nuove, anche là dove pareva che di vergine non restasse neanche uno spuntone. Già sulla soglia della quarantina – esempio raro di serietà alpinistica e di tenacia – varcò gli inquietanti confini del «sesto grado», e col grande Emilio Comici aprì diverse vie estremamente difficili come sul Sigaro del Sasso Lungo e sulla Cima d'Auronzo. Recentemente anche gli alpinisti milanesi hanno applaudito un film di arrampicamento invernale da lui girato sulle Tre Cime di Lavaredo. Ora è uscito il suo secondo libro di montagna (*Al sole delle Dolomiti*, editore Hoepli): un volume grande e bellissimo, zeppo di illustrazioni, dove egli racconta, senza ombra di vanità sportive, alcune delle sue più notevoli avventure.

Il libro è il ritratto di Casara: animo entusiasta, cordiale, generoso, umano, istintivamente convinto che tutti siano bravi e schietti come lui, innamorato prima delle montagne che degli acrobatismi necessari a scalarle. Può sembrare qua e là un poco ingenuo? Certe meraviglie dinanzi alla natura, certe digressioni descrittive paiono forse superate? Meglio così, quasi. L'autore non conosce né vuol conoscere le scaltrezze letterarie e ci disarma con la forza della sincerità. Vecchio stile, sia pure.

In realtà Casara, benché ancora fisicamente in piena efficienza, è assai più vicino ai vecchi cari alpinisti di antico stampo che ai modernissimi colleghi, che egli pure ammira moltissimo, quasi esclusivamente tesi al superamento della parete di sesto grado, ché se per caso fosse appena di quarto giudicherebbero la fatica sprecata. Così di chiodi e staffe non si parla molto nel libro, ma si parla in compenso delle Dolomiti come sono, con le loro leggende, le storie dei grandi pionieri oggi dimenticati, le guide alpine, i pastori, lo scampanio delle malghe, i corvi, il fiorellino, le voci del bosco, la serenità immensa degli alti valloni. Che riposo, ascoltarlo. E a noi tornano alla mente tante altre giornate, nostre, altre misteriose crode, apprensioni, pareti, boschi, precipizi, tetri camini, aeree cime, lontane ore di sole che furono buone e felici.

«Corriere della Sera», 13 gennaio 1948

GABRIELE FRANCESCHINI

Da solo sul «sesto grado»

«Non ho avuto paura neppure per un istante. Sono state le più belle ore della mia vita» ci ha detto la guida Gabriele Franceschini dopo aver salito il Sass Maor per la via Solleder sulla parete est: uno dei classici «sesti gradi» delle Dolomiti.

È stata, almeno dal punto di vista umano, una delle più notevoli imprese dell'ultima stagione. Tra tutti i modi di andare in montagna, l'alpinismo solitario è insieme il più pericoloso ed il più puro. E logicamente richiede doti eccezionali di coraggio, di tecnica, di nervi a posto. Non parliamo poi se si tratta del «sesto grado» cioè dell'estremamente difficile: non solo viene a mancare la possibilità di manovrare con la «corda a forbice» e di essere assicurati ma non c'è neanche il sostegno morale, molto spesso più illusorio che reale e tuttavia efficacissimo, della corda che pende dietro. I «pazzi» che vi si dedicano – il grosso pubblico, è inutile, li giudica così – dicono che la soddisfazione è infinitamente maggiore che nelle solite ascensioni. Nell'assenza del compagno, ogni sensazione è più genuina e l'assoluta solitudine la moltiplica. È insomma l'estremo lusso dei gran signori; e ne è la prova che parecchi dei massimi scalatori amavano andarsene da soli. Così Winkler, così il mitico Preuss, così Emilio Comici che ripeté da solo la propria via sull'apicco nord della Grande di Lavaredo. Accanitissimo alpinista solitario è tra gli altri il maestro Ettore Zapparoli, che si arrischia – ed è proprio l'estremo azzardo – sulle grandi pareti di ghiaccio e anche quest'anno ha aperto una via nuova nel gruppo del Rosa.

In realtà ci sono dei «sesti gradi» dove un uomo solo non potrebbe combinare nulla: alludiamo alle vie che richiedono largo impiego di mezzi artificiali e sulle quali l'arrampicatore, per poter piantare i chiodi indispensabili, ha bisogno che un compagno lo trattenga a carrucola dal basso. Ma ci sono altri «sesti gradi» di stile più puro e assai meno contaminati dai chiodi (spesso anche per la materiale impossibilità di usarli data la conformazione della roccia). Citiamo, tipici esempi dolomitici, gli itinerari di Tissi sulle Torri Trieste e Venezia. Di questo secondo genere è appunto la via Solleder sul Sass Maor.

È una muraglia impressionante che si innalza per millecento metri dal fondo della Val Canali, nel gruppo delle Pale di San Martino. Forse sarebbe ancora vergine se non ci fosse la possibilità, come appunto fece Solleder, di evitarne i primi cinquecento metri, repellente bastione di lastre grige, senza una fessura, tutte a strapiombi.

Primi salitori della parete furono, nel 1926, la leggendaria guida di Monaco Emil Solleder – famosissimo soprattutto per la direttissima sulla Civetta, «pietra miliare» è stato scritto e non a torto «dell'ardimento umano» – e Franz Kummer. Entrambi poi caddero in montagna: Solleder sulla Meije, nel Delfinato, e Kummer proprio sull'opposto versante del massiccio del Sass Maor, mentre tentava da solo lo spigolo del Velo. Raramente, come in questa muraglia, si può apprezzare quella che si dice genialità di concezione. Superato il grande zoccolo laterale di roccioni erbosi e innalzatosi per una serie di camini obliqui, Solleder riuscì a penetrare nel cuore della parete. Qui, sopra di lui, si innalzava uno sgomentante apicco a forma di grande diedro: è quella caratteristica rientranza che solca tutta la metà superiore del picco e che si distingue anche da lontano. Avanzare di là era impossibile; e invalicabili a prima vista sembravano pure le rupi ai lati, anch'esse gialle e a piombo. (Il colore giallo in dolomite è un chiaro segno: vuol dire che la pioggia non ci batte, e se la pioggia non batte significa che la roccia pende in fuori.) Eppure Solleder, a destra del diedro seppe decifrare un punto debole. Ancora adesso, quando si esamina col cannocchiale quel pezzo, sembra inverosimile. Si trattava di uscire dal diedro attraversando a destra, in assoluta verticale, fino a una esilissima fessura; superare questa fessura in cui entrano solo le dita, quindi con una traversata in senso inverso rientrare nel diedro assai più sopra, dove esso diventa meno disumano. Proprio queste due traversate, e specialmente la seconda da compiersi in gran parte col corpo buttato indietro dagli strapiombi, sono la chiave della salita.

Sulla relazione tecnica si legge: «... parete gialla quasi verticale e poverissima d'appigli... manovra delicata nella massima esposizione... fessura che si segue infilandovi le mani, col corpo nel vuoto... strapiombo molto faticoso...» e così via. In seguito restò da superare una brutta placca. Una volta poi raggiunto il fondo del diedro, qui solcato da una serie di camini, Solleder capì di aver partita vinta: neanche parlarne, del resto, di tornare, anche se ce ne fosse stato bisogno: va bene calarsi a corda doppia, ma gli strapiombi erano tali che la manovra sarebbe stata vana.

Tra i molti «sesti gradi» delle Dolomiti la Solleder del Sass Maor resta, appunto per l'estrema verticalità e per quella doppia aerea scorribanda fuori e dentro del diedro, uno dei più eleganti. Franceschini la salì una prima volta come secondo di cordata; la ripeté da primo nell'estate scorsa. Non gli bastava. L'idea di ripercorrerla da solo gli entrò nell'animo come una tentazione irresistibile. Finì che non pensava ad altro. «Se non ci vado prima che venga il freddo» ci diceva «so già che avrò tutto l'inverno avvelenato.»

Franceschini ha 26 anni, è un bel giovane biondo dalla faccia cordiale e aperta. La sua tempia destra è infossata per un buon centimetro: cicatrice di una caduta (naturalmente, come succede quasi sempre ai più bravi, egli si trovava in un punto facilissimo; ma si sentì male, avvelenato da cibi guasti). Benché sia forte, non ha la sagoma tradizionale di guida. È nato infatti da una famiglia borghese di Feltre; suo padre faceva il medico. Sotto certi aspetti può ricordare un po' Emilio Comici (benché Franceschini sia sempre allegro mentre Comici, pur compagno simpaticissimo, era uno degli uomini più profondamente malinconici che ci fu mai dato d'incontrare). Come Comici egli non viene da una razza di montanari; come Comici non ha la passione ma addirittura l'ossessione della montagna; come Comici ha cultura e scrive volentieri (adesso è iscritto alla Facoltà di agraria); come Comici non esita a perdere buone occasioni di guadagno per esplorare da solo qualche via nuova. È solo un accostamento – intendiamoci – per farne capire il tipo umano, non un paragone: lui stesso, Franceschini, protesterebbe, tanta è la sua venerazione per il grande caposcuola.

L'estate sembrava già finita malamente quando settembre tirò fuori una sfilata di giorni stupendi, senza una nube. E il giorno 23 Franceschini, che sta già per rassegnarsi a rinviare di un anno la spedizione, parte alle 8 dalla Malga Canali. Ha con sé il martello, qualche chiodo e un leggero cordino per una eventuale discesa nel caso di incidente prima delle traversate, non si sa mai (dopo le traversate il ritorno è da escludere senz'altro). Per viveri, zucchero in zollette. Dal basso, con un binoccolo, una sua cliente, la signora Ellen Wegeli Seszl, lo seguirà per tutta l'ascensione.

Supera lo zoccolo iniziale per un lungo canale sghembo, evitando le terrazze erbose e aprendo così una variante nuova. Alle 11.40, dopo i camini obliqui, è all'attacco vero e proprio. Il sodo comincia adesso. Manda un grido all'amica che lo osserva dal fondo della valle. Dopo venti minuti è all'inizio della prima traversata. Procede cauto, sicuro, senza strafare. Ecco la fessura «estremamente difficile». Si aiuta, per salire, coi quattro chiodi lasciati dai precedenti salitori. In cima alla fessura lancia un *Jodel* di contentezza.

Neanche nella traversata superiore Franceschini deve dar fondo alle sue risorse. È allenatissimo, tranquillo. A un certo punto pianta un chiodino con legato un fazzoletto: che resti segno del suo passaggio se mai qualcuno avesse poi la voglia di sollevare dubbi. Sotto, si spalancano ottocento metri di vuoto assoluto. Un sasso cade, si aspetta di udire il colpo sulle ghiaie; niente, il suono non arriva, tanta è la voragine.

La traversata è vinta. Vinta anche la placca famigerata. Su, adesso, per i camini. Un motivo di canzone, come succede, lo perseguita fin dall'inizio, ma insieme gli tiene compagnia. È quella in cui la ragazza dice: «Il mio padre era il sole, la mia madre era la luna, mie sorelle son le stelle, che scintillano lassù». Ormai, a paragone con le difficoltà di prima, la scalata sembra un gioco. Su, fino alla cresta. In vetta, il sole, tante cime. Franceschini apre le braccia, così ci ha detto, «come per ringraziare la montagna». Ha impiegato due ore e 50′ a superare 600 metri circa di sesto grado: meno della metà delle cordate precedenti.

Ma non gli è bastato il Sass Maor. Nei giorni successivi Franceschini ha aperto quattro vie nuove, tutte in Val Canali, e il suo bottino di prime salite è così salito a 61, più dieci varianti. Ancora oggi se lassù non ha cominciato a nevicare, si può star certi che lui sta grattando qualche parete ignota.

Gli avevano parlato, giorni or sono, di un campanile vergine, bellissimo, nel gruppo del Tamer sopra Agordo. Non ha potuto andarci dovendo accompagnare un dentista di Fiera di Primiero a un paio di salite. Ecco il contratto. Dentista: «Per due ascensioni quattro denti da rimettere? Troppo, mi dispiace!». Guida: «Allora niente. Allora vado per mio conto». Dentista: «Eh, che furia! Aspetti... Facciamo così: tre denti e un'otturazione per la Croda Grande e la Cima dei Lastei». Guida: «E va bene! Ho la bocca proprio in malora. Andiamo pure».

«Corriere d'informazione», 8-9 ottobre 1948

ANTONIO BERTI

Aristofane e Tolstoj sui monti vanno d'accordo

Nessuno va ad arrampicare nel Cadore senza «il Berti». Di quelle Dolomiti Antonio Berti è il castellano che apre la porta agli ospiti con un sorriso pieno di bontà. Antonio Berti è vecchio ma gli alpinisti non hanno bisogno di saperlo, tutt'al più lo immaginano come un fratello di età maggiore che è passato lassù prima di loro. Berti è un chirurgo assai valente ma chi va per croda non lo sa, nonostante l'amicizia che li lega. Nella storia della letteratura alpina infatti la sua guida delle Dolomiti orientali, detta familiarmente «il Berti», è un singolarissimo fenomeno. Fu scritta vent'anni fa a scopi utilitari – era il primo testo italiano contenente tutti gli itinerari alpinistici dei monti cadorini – e divenne subito indispensabile a tutti i «senza guida»; nello stesso tempo riuscì, probabilmente senza che l'autore lo supponesse, un'opera di autentica poesia. Si legge: «L'attacco si trova in corrispondenza di un nero colatoio bagnato dall'inizio del canalone... dal pulpito si traversa a sinistra per dieci metri (diff.)... segue una parete verticale che si supera con elegante arrampicata... quindi, balzando di masso in masso, si raggiunge la piattaforma della vetta». Non c'è una parola di superfluo, tutto è preciso e circostanziato come si conviene al tema. Eppure, non sapremmo dire come, da quella nuda prosa tecnica viene un calore umano; l'animo di lui, Berti, è rimasto, si direbbe, impigliato tra le righe. Proprio come nei lavori di certi vecchi artigiani che credevano di far soltanto una sedia o un canterano e inconsapevolmente facevano un'opera d'arte. Quante sere d'inverno, e come noi chissà quanti altri, leggendo e rileggendo la sua guida, e le ore passavano di volo quasi fosse un libro di avventure, e con la fantasia si galoppava su per le pareti più famose, dentro ai camini tetri o sugli aerei ballatoi pieni di sole, ed ecco si incontravano, vivi così da non dimenticarli più, i grandi conquistatori delle crode, il vecchio Grohmann, i Siorpaes, i Verzi, i Dimai, gli Innerkofler, Dibona, il leggendario Preuss. Non a costo di divagazioni tutto questo, o con spreco di fogli. Bastava un aggettivo talora, uno speciale giro di frase per illuminare la pagina. Tutto acquistava un vago sapor di favola. Così «il Berti», non che l'accompagnatore necessario, divenne per gli alpinisti un caro amico; e bastava sfogliarlo perché sorgesse violentissima la voglia di tornare alle montagne, pur in mezzo alla polvere e alla nebbia della pusillanime pianura.

Poi passarono gli anni, venne il sesto grado, quasi incredibili itinerari furono aperti sulle pareti che sui disegnini del «Berti» figuravano ancora intatte. In questa folle corsa, il libro, ormai classico, rimase indietro. Dove era scritto «difficile», oggi si diceva facile, insomma le sue valutazioni divennero un poco sorpassate. Tuttavia chi, partendo per il Cadore, poteva dimenticarlo a casa? Si continuò a studiarlo e ristudiarlo seduti sulle panche dei rifugi, nelle serate di vigilia, e lo si sfogliò ancora ansiosamente a metà parete quando la via sembrava perdersi tra rupi assurde. Le pagine diventavano un po' gialle, agli angoli si arricciavan le orecchiette, sulla copertina tracce di candele, graffi, macchie di umidità, segni di botte e di bivacchi. La voce, pure attraverso gli anni, restava sempre la stessa: calda, fraterna, incoraggiante. Del resto, benché i confronti siano odiosi, che squallore al paragone le più moderne guide degli altri gruppi uscite negli anni successivi: tecnicamente ineccepibili, calcolate proprio al millimetro, come trattati di scienze esatte. Anche qui si legge: «L'attacco si trova... si traversa a sinistra...» eccetera, ma è tutto nudo e freddo; il fatto è che a scriverle non era più un artista. (Per fortuna l'anno venturo la famosa guida uscirà in una nuova aggiornatissima edizione divisa in due volumi; con tutte le vie nuove degli ultimi vent'anni, con tutti i sesti gradi e la documentazione dei progressi tecnici; ma anche, ne siamo certi, con l'uguale umanità di prima, lo stesso spirito poetico, lo stesso animo sparso qua e là, inavvertitamente, tra le scarne righe.)

Intanto Antonio Berti, con materia e in forma assai diversa, ha rinnovato in certo senso il suo fenomeno. Questa volta non sono descrizioni di rupi e di salite. Si tratta di un graziosissimo libretto, *Parlano i monti*, che Hoepli ha stampato con molto stile. In 550 pagine sono raccolte 419 brevi testimonianze di ogni genere sulla montagna. Breviario? Antologia? Florilegio? «Libro dei mille savi» alpino? Non c'è un termine adatto. Parlano Dante, Guido Rey, Shakespeare, Emilio Comici, la Bibbia, Gervasutti, Jacopone da Todi, Lammer, Senofonte, Tita Piaz, le grandi guide, le vecchissime gazzette, gli antichi testi indiani, i «cannoni» del sesto grado, i poeti e i romanzieri delle Alpi. Le «voci» sono in ordine alfabetico. Ecco le prime: Abisso, Acrobatismo, Alba, Allenamento, Alpi, Alpini. E sotto «Alpini» per esempio: «Fioi, avanti per l'onor del baston, chi torna indrio lo copo mi» (un caporale ignoto, subito fulminato sulla Schönleitenschneide, ottobre 1915). Apriamo alla G.: Gloria, Gola, Grandine, Grotta, Guerra, Guglia. Apriamo all'N: Nebbia, Nembo, Neve. E sotto «Neve»: «Où il y a la neige, on peut toujours passer» (D. Maquignaz, guida). Apriamo all'R: Rifugio, Ripa, Ripetizione di salite, Ripidezza. E sotto a «Ripidezza»: «Non l'altitudine, è il pendio che è terribile!» (Nietzsche, *Così parlò Zarathustra*). Versi, descrizioni, detti memorabili, brani polemici, pagine di diario, episodi strani, avventure agghiaccianti, fulminei resoconti di tragedie, brani di poemi e di romanzi, confidenze di grandi scalatori, e per ciascuno poche righe, al massimo un paio di pagine. Non pretese di enciclopedia, non scopi di pura erudizione, non mentalità di professore. Ma la scelta com'è stata fatta? Col sentimento, prima di ogni altra cosa. E nel coloritissimo mosaico – così come avvenne nella guida – le cento e cento voci di ogni tempo si compongono in una voce sola, nobile, umana, familiare. Parlano Aristofane, Zsigmondy, Victor Hugo, Cassin, Tolstoj, Giacosa; ma Berti, senza una riga di commento, li ha combinati in modo che si incastrano per incanto l'uno nell'altro con straordinario effetto. Non son che citazioni, eppure è come leggere un romanzo. Di colpo tornano a noi i mille volti della montagna, le albe, le paure, i temporali, le delusioni, le soste al sole sulla cima, la pioggia sotto la tenda, i malinconici ritorni, i boschi, le nuvole, le rupi. E tutto intorno sta una gente candida e onesta, i pionieri, i poeti, i vittoriosi delle massime muraglie, i morti degli abissi. Finché, dietro questa folla, riconosciamo finalmente lui, anche se qui non parla e cerca di non farsi scorgere, il vecchio Antonio Berti, il fedele amico che non abbiamo mai visto di persona eppure giureremmo di essere stati tante volte insieme, legati alla stessa corda, su per le cime del Cadore; laggiù in fondo, eccolo, un po' stanco oramai, un'ombra di dolore sulla fronte per il figlio perso in deportazione, eppure sempre sereno e saggio come nei tempi andati diritto in piedi, lo riconoscete? fermo alla soglia del suo fatato regno.

E adesso ci sia permesso un appunto. Tutto c'è, della montagna, in questo piccolo libro riuscito così felicemente. Ma inutilmente abbiamo cercato le voci: Nani, Gnomi, Folletti, Spiriti, Vecchio della Montagna e simili. Sotto «Divinità» c'è un fugace accenno agli elfi in tema di mitologia germanica. Nient'altro. Degli spiriti non una parola. Ora noi chiediamo: possibile che in tanti anni di croda Berti non ne abbia mai incontrati?

«Corriere della Sera», 25 dicembre 1948

ANTONIO BERTI

Il diabolico invito di una Dolomite superstite

Immaginate una grande e affascinante villa dove siete stati spesso ospiti in passato. E che con gli anni a poco a poco è diventata vecchia, scrostata, quasi inabitabile. Ora vi dicono che l'hanno rimessa in sesto, con tutte le comodità moderne. Dove era la luce a gas, lampade elettriche; dove catini e brocche, acqua corrente calda e fredda; e rivestiture contro i rumori, e aria condizionata, e ascensore, e lavanderia elettrica, tutte le perfezioni della tecnica. Ahimè, voi dite, si starà comodi ma dove sarà finito il vecchio incanto, quel senso di vita perpetuantesi senza rotture da una generazione all'altra? Mal prevenuti e scettici, voi andate. E, meraviglia, pur con tutti i progressi degli impianti, benché rimessa a nuovo, la cara nobile misteriosa magione non è cambiata; anzi per uno strano miracolo vi sembra avere ancora più poesia di una volta. A ricevervi, col suo buon sorriso, c'è sempre lui, anche se coi capelli bianchi, lo straordinario padrone di casa. Entrate e vi si fanno intorno i vecchi amici, tutti, proprio come una volta, sorridendo, quasi alludessero ai lontani giorni. C'è anche una quantità di amici nuovi, ragazzi, senza però la strafottenza dei giovani che perché giovani si credono tanti padreterni. Anzi, parlano proprio come gli anziani, hanno gli stessi gusti, cosicché non c'è il minimo imbarazzo. E ci sono pure i morti, dolci ombre le quali non spaventano ma siedono in crocchio coi vivi serenamente, ciascuno a turno raccontando. Eppure di là c'è il *frigidaire*, e il grammofono automatico e tutto è nuovo, fiammante, modernissimo. Come è stato possibile un restauro simile senza contaminare i tempi andati?

Questa è la consolante sensazione che ci ha dato la nuova guida delle *Dolomiti orientali* che Antonio Berti ha scritto e compilato sviluppando il ceppo della sua famosa guida uscita nel 1908 e nel 1928 riapparsa in una seconda più completa edizione. È il dodicesimo volume di quella «Guida dei monti d'Italia», ardua e ammirevole impresa assunta dal Club Alpino e dal Touring Club in comune sforzo. Dal punto di vista editoriale, è un modello, e in quanto all'autore c'è bisogno di dire chi sia Antonio Berti, valente chirurgo (ma in questa sede ciò non conta), pioniere dell'arrampicamento senza guide in Dolomite, che coi suoi scritti ha portato e accompagnato alle montagne migliaia di giovani, e che ci appare come un Guido Rey delle crode cadorine? (Recentemente, rara distinzione, il Club Alpino austriaco lo ha fatto socio onorario per i suoi libri di montagna e di guerra alpina.)

Queste guide sono libri specialissimi, costano anni e anni di pazientissimo lavoro e possono paragonarsi, per la minuzia, a certi testi di entomologia o a certi cataloghi di stampe antiche dove sono descritte le minime differenze tra uno «stato» e l'altro di ogni rame (il secondo ramo del penultimo albero a destra porta sette foglie invece di cinque, il piede del frate dista tre millimetri e mezzo anziché tre dal bordo, e così via). Chi non sappia niente di alpinismo è probabile che dica: ma questa è pura follia. Ascoltate, per esempio: «Si prosegue per un tratto privo di appigli fin sotto enormi tetti bianchi. Si traversa a d. per roccia gialla molto infida poi in parete, perpendicolarm., espostissimi, a raggiungere la fessura...» (parete N della Cima Cason di Formin). Oppure a pag. 246, direttissima della parete SE della Croda Rossa: «... si raggiunge una lunga parete strapiombante stretta e difficilissima per mancanza di appigli (roccia molto friabile, nel tratto vennero adoperati 16 chiodi...)». O a pag. 513, parete N della Cima Ovest di Lavaredo: «... si sale per una parete strapiombante con difficoltà esasperanti (impossibile piantare chiodi)... poi ancora sei metri nella stessa direzione (sempre sesto gr. sup. non essendo possibile piantar chiodi; si è sul ciglio del colossale strapiombo, a 250 m. dalle ghiaie...)».

Di solito, avendo uno scopo decisamente utilitario e richiedendo la condizione massima per poter essere maneggevoli, sono anche libri aridi, illeggibili per chi non si interessi di scalate. Ma sotto questo aspetto il vecchio «Berti» rappresentava una eccezione. Chissà come, tra riga e riga di quelle nude relazioni, l'autore era riuscito a insinuare un soffio di poesia. Era alle volte un solo aggettivo in più, un episodio interpolato, una breve pausa lirica in mezzo a quell'emporio di camini, cenge, colatoi, diedri, lastroni, spigoli. E poi c'erano i disegni a penna, bellissimi, del compianto Annibale Caffi. Fatto è che quel libretto (di 800 pagine però) oltre a riuscire un indispensabile compagno di cordata, era un piacere leggerlo, anche se non si andava per crode. E quante sere d'inverno passammo su quelle pagine, rivivendo con la fantasia, metro per metro, le leggendarie gesta di Verzi, Duelfer, Dibona, Innerkofler, Preuss.

Ma da allora sono passati 22 anni e nel frattempo l'alpinismo ha fatto passi giganteschi, svuotando di senso la parola impossibile, ad una ad una le massime pareti che sembrava pazzia solo guardare, sono cadute, nel frattempo ci sono stati i Comici, i Tissi, i Cassin, i Carlesso, i Dimai, gli Andrich, gli Scoiattoli di Cortina. Il vecchio «Berti», pareva diventato un patriarca. Nella edizione del 1928 era descritto, se non sbagliamo, un solo itinerario di sesto grado, cioè la celebre via Solleder sulla Civetta. Ora di sesti gradi, cioè di itinerari estremamente difficili, al limite delle difficoltà umane, se ne contano a decine.

Era quindi legittimo temere che il nuovo «Berti» '950 risentisse, nello sforzo di aggiornarsi, del dilagante tecnicismo, che il trionfo del «sesto grado», umiliando le imprese classiche, costringesse ad assumere un linguaggio diverso, scarno e duro, che la quantità stessa delle nuove vie imponesse una maggiore sintesi e che quindi la poesia ne venisse espulsa. No. Antonio Berti, e bisogna fargli tanto di cappello, non ha rinunciato a essere se stesso, a vedere e amare le crode come quarant'anni fa. Intanto, al posto di un volume, ce ne saranno due: quello uscito in questi giorni e un secondo, annunciato per il 1954, che comprenderà i gruppi dello Zoldano e quelli sulla sinistra del Piave. Cosicché la materia, benché enormemente aumentata dal 1928, può avere sempre il suo respiro. Non solo; quasi a contrappeso dei nuovi sviluppi che, per l'uso e l'abuso di mezzi artificiali, talora sembrano la negazione stessa del puro stile antico, il Berti ha, se mai, accresciuto tutto ciò che parla al sentimento. Più intense, ricche e vive le note di presentazione a ciascun gruppo; qua e là, per ricordare che l'alpinismo non è sola acrobazia, brevi versi di grandi poeti; e c'è all'inizio una sintetica storia dell'alpinismo nel Cadore riuscita più interessante di un lungo racconto d'avventure. I sesti gradi, si intende, sono presenti tutti e col dovuto onore. Ma di là delle esigenze tecniche, esaudite con uno scrupolo esemplare, il nuovo «Berti» supera anche il precedente per il suo calore umano. Le crode, descritte metro a metro, non sono pietre inanimate ma vivono cariche di ricordi emozionanti; e i «primi salitori» non si riducono a nomi senza volto ma attraverso una infinità di discrete citazioni riappaiono, creature di carne e ossa e anima, popolando le 750 pagine. Cosicché un catalogo di itinerari è diventato, sia consentito il paragone, una piccola Bibbia delle crode. E anche chi non è rocciatore può leggerlo e gustarlo. C'è infine da notare che anche i disegni sono di primo ordine; li ha fatti Mario Alfonsi raccogliendo nel modo più degno e persuasivo la difficile eredità di Caffi.

E adesso? si domanda lo stesso Berti dopo aver raccontato l'epopea del sesto grado. Nel 1881, reduce dall'avere scalato la Piccola di Lavaredo – e fu una tappa memorabile –, Michele Innerkofler disse: «Più cattiva della Cima Piccola nessuna cima può essere: quella è un demonio». Ed era appena il terzo grado. Nove anni dopo Schmitt, che tornava dall'aver fatto il suo famoso camino sulle Cinque Dita, domandava: «Chi verrà a raccogliere la nostra carta da visita?». Ed era appena il quarto grado. Ancora più perentoriamente si negò la possibilità di andare oltre quando Solleder nel 1925 vinse la muraglia della Civetta. Si era già al sesto grado. «Ma da quell'anno abbiamo veduto scalate di difficoltà progressivamente se pur lentamente crescenti le quali hanno riempito il sesto grado talmente che sembra ne vogliano presto straripare.» E qualcuno ha proposto addirittura l'istituzione di un settimo grado.

Certo, si può benissimo immaginare che l'acrobatismo progredisca ancora. Negli ultimi anni si è arrivati a usare scalpelli, zeppe di legno, si parla perfino di perforatrici a mano. Tuttavia il grande banchetto del sesto grado, nelle Dolomiti, è alla fine. La febbre della conquista fatalmente si placherà per mancanza di materia prima. Grandi pareti interamente vergini non ne esistono più. Se mai rimangono da risolvere delle pazzesche bizzarrie che alpinisticamente avrebbero discutibile interesse. Per esempio la direttissima sull'agghiacciante strapiombo della Cima Ovest di Lavaredo, che Cassin superò in traversata. O addirittura il superamento, fine a se stesso perché sopra non c'è che una piatta cresta, del ciclopico e singolarissimo «Portale» presso la Cima Scotoni nel gruppo di Fanis. Figuratevi una specie di nicchia per una statua, calcolando che la statua sia alta più di quattrocento metri. Questo nicchione alla sommità si incurva a cupola con uno strapiombo spaventoso. Ci sarà mai qualcuno – chiede Berti, e si direbbe che così scrivendo scuota il capo disapprovando –, ci sarà qualche campione delle corde e dei chiodi che osi rispondere «Vengo» al diabolico invito?

«Corriere della Sera», 12 luglio 1950

ANTONIO BERTI

Il Guido Rey delle Dolomiti non sapeva d'essere un artista

Estremamente modesto come sempre, se n'è andato in silenzio, a 74 anni, Antonio Berti, l'ormai vecchio ma non mai invecchiato maestro d'alpinismo, il caro e amato castellano delle crode, il Guido Rey, si può dire delle Dolomiti del Cadore. La notizia della morte, per suo desiderio, è stata data a sepoltura avvenuta. Gli onori e le cerimonie non li aveva mai potuti soffrire.

Veramente singolare il destino per cui questo valente chirurgo e scienziato veneziano (per 33 anni primario all'ospedale di Vicenza) si è procurato, senza volerlo, un posto notevolissimo nella letteratura di montagna e una luminosa fama nel vasto mondo degli alpinisti. Appassionato fin da giovane dei monti, e specialmente dei «monti pallidi», affermatosi fra gli ottimi arrampicatori senza guida nei primi decenni del secolo (innumerevoli le sue «prime» in cordata con Fanton, Tarra, Canal, Cappellari, Celli, De Carlo, Capuis, Andreoletti, Casara), ufficiale degli alpini nella prima guerra mondiale, entusiasta animatore di giovani, Antonio Berti era un autentico scrittore ma non lo sapeva o, meglio, non voleva saperlo.

Molto ha scritto di montagna nella lunga vita, ma nulla che avesse ambizione letteraria. Anche *Guerra in Cadore*, del 1936, voleva essere soltanto un documento rievocativo. Ma siccome il sangue non è acqua, la sua natura d'artista veniva fuori, suo malgrado. E soprattutto si manifestò, con rara forza di suggestione, in un'opera che di per se stessa sarebbe dovuta essere il testo più arido di questo mondo, quella guida delle Dolomiti cadorine che, attraverso le successive, sempre più nutrite edizioni (dal 1908, al secondo volume, ancora atteso, delle *Dolomiti orientali* nella collana del Club Alpino-Touring Club), ha accompagnato chissà quante migliaia di cordate sulle più belle e ardite vette del Cadore. Doveva essere una raccolta di nude e secche descrizioni di scalate, un manuale essenzialmente tecnico, un lavoro quanto mai utilitario; e riuscì invece un'opera di poesia. Probabilmente senza che lui se ne rendesse conto, la passione, la fantasia, la nobiltà d'animo di Antonio Berti trapelarono, fra mezzo a tante scarne indicazioni informative, con brevi, ma frequenti e vivide luci; e ne venne a tutto il libro una sorta di strano incanto, per cui lo si poteva leggere come un bellissimo romanzo.

Proprio per queste non volute virtù che trasformavano un Baedeker alpinistico in un'opera d'arte, la sua guida, chiamata familiarmente «il Berti», insegnò ad amare le crode molto più che tanta letteratura alpina piena di pretese «artistiche» e gonfia di vuoto lirismo; e procurò all'autore un plebiscito di gratitudine e di affetto da parte di innumerevoli giovani.

Da parecchi anni, Antonio Berti non poteva più «andar per crode»; ma, anche attraverso la bella rivista «Le Alpi Venete» diretta dal figlio Camillo a cui aveva trasmesso l'amore per la montagna, era sempre, nel mondo alpinistico, una viva e pura forza spirituale. Recentemente, da Vicenza, si era trasferito a Padova. Oltre agli scritti di montagna, lascia parecchie pubblicazioni di carattere scientifico.

«Corriere della Sera», 12 dicembre 1956

ETTORE ZAPPAROLI

Zapparoli

Benché io non sia mai stato là, lo vedo uscire dal rifugio Marinelli alla luce della luna e allontanarsi attraverso le rocce e poi sulla fosforescente neve, tric tric si ode il suono ritmico della sua piccozza sulle pietre, tric tric sempre più lontano e poi silenzio, soltanto la sua sottile sagoma scura tra i ghiacci, dritta, viva, fin troppo romantica, con la eleganza rigorosa di chi parte per l'eternità. (Era stato da me pochi giorni prima. Mi aveva detto di essere rimasto due giorni bloccato dal maltempo nel rifugio Resegotti. «E che cosa facevi?» Rise. «Niente, ascoltavo la musica del vento che fischiava contro i tiranti di metallo... come violini, suumm, suumm, facevano... Wagner, ricordi?»)

Così lo vedo farsi via via più piccolo e vago nel pallore della notte. Ma a questo punto, per quanto io sforzi la immaginazione, non riesco a vederlo scomparire. È sempre là che manovra con la picca e, un passo dopo l'altro, si addentra nello sterminato labirinto con attaccata la sua sottile ombra sghemba rovesciata in giù lungo lo sdrucciolo. È separato ormai senza remissione da noi, dalle calde stanze, dagli amici seduti in circolo la sera, dalle lampadine accese sui leggii dei principeschi pianoforti neri. Di là della frontiera, irraggiungibile, che non si volta neanche se noi urliamo, e mai si ferma. Eppure, per quanto egli si allontani spaventosamente, io continuo a vederlo là, solo, che lotta in mezzo ai ruderi fantomatici delle sue vitree cattedrali.

E benché io non ci sia stato, vedo pure la grande parete est del Monte Rosa, suo regno, non bella nel solito senso del vocabolo, bensì congegnata in un disordine selvaggio, scena sconvolta di sfatte rupi, tragiche macerie di ghiacci scaraventate giù, canali fradici che si intersecano tra massi pencolanti, disgregazione delle cose, dove egli tuttavia scorgeva le architetture della sua poesia, navate, cripte, pilastri, statue di moloc, giardini pensili, nicchie, colombari, cortiletti, capriate, cupole, zampe di leone, scalee, veneri bianche addormentate. Ma dovrebbe esserci qui lui a spiegarcelo, con i suoi stupefacenti paragoni.

Un uomo di ormai cinquant'anni se ne va incontro alla sorte, senza compagni, senza che nessuno lo sappia, come un ragazzo che fugga da casa. È un musicista, uno scrittore. Dicono che da giovane, quando scendeva dalle cime, sembrasse un biondo arcangelo. Qualcosa di vagamente angelico, di candido, è rimasto. Alto, asciutto, la bella faccia forte e buona, una eleganza naturale di stile britannico, si può dire ancora un giovanotto. Ma giovanotto fino a quando? Stupiva in Ettore Zapparoli quella freschezza continua di speranze e di progetti, come se la vita dovesse sempre cominciare. In questo senso era veramente giovanissimo.

Come artista non era mai stato fortunato. Un suo balletto, *Enrosadira*, aveva raggiunto la porta della Scala, era già stato annunciato in cartellone. Poi erano venute giù le bombe, non se n'era più parlato. Ma proprio quella sua natura aperta all'avvenire compensava in certo modo la sfortuna. Con tutte quelle idee, quell'entusiasmo, per forza avrebbe dovuto fare strada.

Gli accadeva però di incontrare gli amici della stessa età che avevano ormai posizioni solide, collaudata fama, moglie, figli già al liceo, segretaria, villa, automobile. Mentre lui si trovava quasi alla partenza; ed era solo. Ma, dolcissimo di animo, incapace di invidia, gentiluomo per istinto, non se ne crucciava affatto; o per lo meno dissimulava la tristezza con un pudore straordinario. Lo consideravano l'«artista», il fuori regola, il *bohémien*, un Peter Pan adulto, un personaggio ottocentesco nato col ritardo di un secolo. Di qui una impossibilità di innestarsi nella cosiddetta vita. Di qui anche una dispersione del talento in troppi diversi tentativi. Con lui la gente stava con gioia perché era una persona geniale, schietta, umana, e parlava della musica e della montagna come nessuno, con straordinarie immagini, aggettivi, onomatopee, incantevoli nel loro barocchismo perché assolutamente sincere e originali. Ma soprattutto bisognava che narrasse le sue scalate solitarie, i bivacchi sopra i tremila, le tempeste; qui era il meglio di lui, le parole per quanto insolite e bizzarre suonavano di una assoluta verità; e infatti nei suoi romanzi *Blu nord* e *Il silenzio ha le mani aperte*, le parti più belle sono quelle di montagna.

Gli amici gli volevano bene ma poi, dopo la lunga chiacchierata, ciascuno se ne tornava ai fatti suoi e alla sua casa. E Zapparoli l'artista, il *bohémien*, andava solo per le vie deserte, rimuginando le speranze del domani. Sì, il meglio doveva ancora cominciare. Ma cinquant'anni sono tanti. E viene il giorno in cui all'improvviso si misura la strada che rimane: ieri sembrava senza fine; ahimè come si è fatta corta, e stretta, e malagevole, e intorno non più foreste e ninfe ma cespugli secchi e all'orizzonte il polverone della steppa. Viene il giorno in cui l'animo giovane non basta perché la pelle si rattrappisce un poco, sulla faccia dell'arcangelo si scavano le rughe e intorno incalza una torma di ragazzi famelici mai visti. E allora nasce il dubbio che la grande storia, la quale doveva cominciare, non comincerà più, e che il tempo buono sia finito.

Ma gli restava la montagna. Molto più degli uomini la montagna era stata buona con lui; lassù Zapparoli aveva trovato gioie autentiche e perfino un riverbero di gloria. Ed egli le era grato, la avvicinava con rispetto e amore, non la attaccava a vanvera, ma dopo lunghi studi e tentativi; e si allenava con commovente scrupolo, al punto da fare in primavera lunghe camminate con il sacco carico di pietre. Certo, senza una buona investitura di fortuna, nessuno sarebbe mai riuscito a fare imprese come le sue, giochi di azzardo temerari su per orrendi paretoni in isfacelo mitragliati da sassi e da slavine.

A questo punto, mentre scrivo, vengono i rimorsi; di non essere stato più gentile con lui l'ultima volta che è venuto a trovarmi in redazione, di avergli detto crudelmente che un suo certo racconto non andava, di non avere avuto più umiltà e pazienza con lui che ne aveva tanta, di non aver saputo capirlo meglio quando per dignità taceva ciò che lo rodeva dentro, di scrivere qui oggi cose che forse a lui dispiaceranno. Sono tuttavia sicuro che, mansueto e indulgente com'era, se egli fosse qui e leggesse queste righe – e chi può escluderlo? che ne sappiamo in fondo noi? – lui sorriderebbe, giurandoci che tutto è vero anche se non lo è, per non farci dispiacere.

Un uomo di cinquant'anni che comincia a sentire il peso della vita esce dunque di notte dal rifugio, e va incontro all'avventura. Sotto la grande luna, la parete grandeggia fra trasognate risonanze di crolli lontani. L'artista sfortunato e stanco torna all'unica creatura che, dopo il padre e la madre, sia stata buona con lui.

Può darsi che poco fa, al rifugio, prima di partire, sdraiato in cuccetta, egli abbia a lungo fantasticato sullo squallido domani. Forse egli si vide non più giovanotto, non più Peter Pan, ma ormai esile vecchietto, senza più i genitori ch'erano le sue radici, con tutto o quasi da cominciare ancora, solo, per le piovose strade di Milano, nel più sconsolato avvilimento, e le montagne distanti, inaccessibili. Forse si vide girare di qua e di là offrendo i suoi lavori letterari o musicali che probabilmente avevano bisogno di tempi più agevoli e quieti, proclivi all'arte, di gente raffinata; o battere alle porte dei giornali, degli editori, dei teatri, dei vecchi amici che hanno altro per la testa, degli amici distratti ed egoisti come me. Forse intravide questo malinconico tramonto di un pomeriggio che non c'era neanche stato. E intorno il frastuono di un mondo avido e straniero che non sapeva che farsene di lui.

La montagna sarebbe stata generosa anche stavolta? Sebbene a dirlo sembri infame, io mi domando se la grande parete non sia stata buona veramente. «Zapparoli, Zapparoli!» noi gridiamo, facendo portavoce delle mani, ai ghiacciai che non rispondono; «Zapparoli, perché non torni?». Ma in fondo, non siamo degli ipocriti? Che avremmo da offrirgli, se tornasse? Così invece egli è rimasto intatto, preservato nella sua sagoma di arcangelo, tratto via in una specie di trionfo, mentre il vento, le pietre, le nevi, le acque, i ghiacci suonano le sinfonie ch'egli avrebbe voluto scrivere. E io lo vedo ancora là, che manovra con la picca, tremendamente sprovveduto e solo, piccolissimo, un bambino, nella immensità misteriosa del santuario.

«Corriere della Sera», 1° settembre 1951

L'abisso costa caro

È pieno settembre, la stagione probabilmente migliore per le scalate in dolomite (tranne che per certi paretoni nord che sono già un po' troppo freddi): ma sulle pareti non c'è un gatto. Assolutamente vuote di uomini, senza la più piccola nube, con le rocce alla temperatura giusta, le famosissime crode espongono invano al sole, in uno spettacoloso schieramento, le più classiche vie (spigolo e parete del Cimone, camini della Rosetta, spigolo e pilastro della Pala, parete del Campanile di Val di Roda, Sass Maor, spigolo del Velo della Cima della Madonna e molti eccetera).

San Martino è deserta come ci fosse passata la peste. Gli alberghi, in maggioranza requisiti dagli alleati, sono chiusi ermeticamente eccezion fatta per il Sass Maor, dove si alternano i reparti inglesi che vanno a fare esercitazioni di tiro al Passo di Rolle. Dinanzi a uno dei pochi caffè aperti sono sedute a prendere il sole sei sette persone; c'è la figlia del proprietario che fa la calza, ci son due giovanotti indigeni imbambolati dalla noia, ci sono tre guide alpine: il caro Carlo Zagonel, 51 anni, figlio del leggendario Bortolo che a 80 va ancora a far legna nel bosco (Carlo è incurvato precocemente da un'artrite che non gli impedisce però, se occorre, di portar cordate sui quarti e quinti gradi); il figlio Lino, 24 anni, alto ed atletico, tipico esempio della guida dolomitica moderna, più raffinato ma forse già meno autentico, che il padre amorosamente ma imperiosamente istruì sugli apicchi fin dall'età di 11 anni, donde scenate e pianti in bilico sui precipizi, e poi mandò a studiare in un collegio tedesco; Giacomo

Scalet, 37 anni, già campione di fondo in sci, il volto alquanto mefistofelico, dispostissimo a sbertucciare, sullo stile di Tita Piaz, un cliente che esiti tremebondo dinanzi al *mauvais pas*. Ma tutti e tre bravissimi uomini, tranquillizzanti e cortesi, con cui è piacevole vivere. Seduti al sole, ora se ne stanno, un po' malinconicamente, a vedere morire l'estate. Silenzio.

«Carlo!» chiama ad un tratto, senza voltarsi, uno dei due giovanotti indigeni.

«Cosa c'è?» fa Zagonel, manovrando nella sua pipa.

«Sai sulla strada del Colbricon, dove c'è quel lastrone? Ieri ho trovato una *brisa* (fungo porcino) grande così.»

«Eh, se ne trovano adesso, di gross!»

Lungo silenzio.

«E come era?» chiede all'improvviso Scalet. «Era già marcia?»

«Eh sì, un poco» risponde il giovanotto indigeno.

Segue un altro lungo silenzio. Camion inglesi passano ogni tanto, semivuoti, per la strada deserta, coi loro musicali motori. Da Rolle, intervallate esplosioni; oggi, esercitazioni di mortai. Tra poco anche l'ultima faccia di turista scomparirà, i rifugi si chiudono, le cime si faranno bianche della prima neve.

DECADENZA DELLE GUIDE? Quest'anno a San Martino le guide hanno lavorato poco. Meglio è andata per quelle di Cortina d'Ampezzo, ma anche qui non c'è da far confronto con le stagioni d'una volta. A San Martino di guide patentate ce n'è circa una dozzina; solo tre hanno avuto clienti con una certa regolarità. Le altre, sia pure a malincuore, hanno provveduto altrimenti: chi guardia-forestale, chi occupandosi in imprese di lavori, chi nell'industria alberghiera, chi dandosi al commercio (e una guida che si dà alle compre-vendite, sarà vecchio pregiudizio, ma ci fa venire in mente un poeta nella sala delle grida in Borsa). A Cortina le guide in attività sono state quest'anno 16-18, un numero non di molto inferiore a una ventina d'anni fa, ma solo poche hanno potuto metter via un gruzzoletto decente. Qualcuna in tutta l'estate non ha raccolto più di 20.000 lire. Ci hanno detto invece che altre sono arrivate alle 150.000, il che non sarebbe da buttar via; ma noi ne dubitiamo.

La guerra ha forse accelerato la fatale lenta decadenza di

questa nobile categoria di montanari, depositari di una vecchia aristocrazia d'animo e di modi, che di padre in figlio si trasmettono non solo la bravura tecnica ma una straordinaria finezza di umanità, che come i veri artisti fanno dimenticare completamente la banale circostanza ch'essi non faticano gratis? Già lo sci, inutile negarlo, aveva portato a un grave compromesso. Un tempo le guide lavoravano solo d'estate e i guadagni estivi bastavano per tutto l'anno. Sviluppatosi l'alpinismo senza guide, la moda degli sci fu loro provvidenziale. Chi conduceva cordate in agosto, in gennaio cominciò a insegnare il «Cristiania» alla figlia dell'industriale milanese. Ma era un peccato, un po' come se Bach o Huberman andassero a suonar al caffè concerto, come se Tosi e Morandi si dedicassero agli *affiches* pubblicitari. Non era per esempio un po' malinconico vedere il povero grande Emilio Comici, romantico e puro condurre al mattino, sui campi d'esercitazione di *Sestrieres*, le ragazzette del corso C? Persero così le guide il loro vecchio e ruvido aspetto, sorsero sagome nuove, atletiche, longilinee, mondane, e spesso galanti. La passioncina per il maestro di sci divenne quasi di prammatica nel romanzo della moderna figlia di milionari. Non che per questo le guide, venuta l'estate, arrampicassero meno bene.

È UN LUSSO. Il grave colpo alla categoria lo ha dato il generale abbassamento del tenore di vita successivo alla guerra. Andare in montagna con guida richiede una spesa preoccupante. Le nuove tariffe ufficiali per le vie più frequentate non sono state ancora stabilite dal Club Alpino, e bisogna convenire che di volta in volta le guide danno prova di grande discrezione, spesso moltiplicando i compensi soltanto per cinque anziché per quindici o venti volte come vorrebbe il costo della vita. Ma una salita di 3° grado (medie difficoltà) costa sempre, se di lunghezza non eccessiva, tra le due e le tremila lire. Qualche esempio: traversata del Cimon della Pala, (3° grado) L. 3000. Gran Pilastro della Pala di San Martino, L. 6000 data la lunghezza, Punta Martino, L. 6000 data la lunghezza, Punta Fiames (3° grado, tipica scalata ampezzana) L. 2500. Per i sesti gradi (massimo delle difficoltà) non esiste, come del resto non esisté mai, una tariffa. Se si dovessero valutarle (*sic*) sulla base dell'ascesa dei prezzi, si arriverebbe comodamente alle 100.000 e passa. In pratica pensiamo che, offrendole 25.000 lire, una brava guida sarebbe disposta ad accompagnarvi, ammesso che ne siate capaci, anche sulla celeberrima via Solleder-Lettenbauer della Civetta (prima della guerra si parlava di 10.000). In quanto alla tariffa giornaliera (dieci giorni per esempio, a *forfait*, pioggia o bel tempo, scalate facili o difficili) se prima della guerra bastavano 100 lire quotidiane, oggi ne occorrono 1500.

A questo si aggiunga il vitto, che per tradizione il cliente è tenuto a provvedere. Nei rifugi del Club Alpino dove a onor del vero si spende meno che negli alberghi di fondovalle nonostante il trasporto dei viveri e della lègna a dorso di portatore, si può campar bene con circa 800 lire al giorno. Fate un giro di quindici giorni, tirate le somme e capirete facilmente perché alle guide alpine la stagione possa essere stata difficile.

UN LUSSO ANCHE SENZA GUIDA. Sulla Pala di San Martino, dove in certi giorni d'estate pareva d'essere in piazza, tanto era l'andirivieni di rocciatori, quest'anno sono salite appena sette cordate. Sulle altre cime il bilancio non è dissimile. Quest'anno si è arrampicato molto poco. Forse che la passione della montagna si è affievolita dopo la guerra? Pare di no, se i soci del Club Alpino si sono quasi raddoppiati, raggiungendo gli 80.000. Il fatto è che anche senza guida l'alpinismo è un lusso e l'animo dei borsaneristi, gli unici che potrebbero scorazzare a cuor leggero per le Dolomiti, non sembra incline agli sforzi e ai pericoli delle Alpi. Si tenga conto prima di tutto delle difficoltà di trasporto e delle perdite di tempo imposte dai rarefatti orari delle corriere; si calcoli l'alloggio in albergo o rifugio, il costo dell'equipaggiamento (un paio di scarponi sulle 7000 lire, un paio di pedule di *manchon*, feltro speciale per roccia, 2800 lire, un buon sacco dalle 2000 lire in su), il costo della corda, dei chiodi e degli altri consueti arnesi alpinistici: una volta si poteva partire dalla città con poche centinaia di lire, oggi non bastano 1000 lire al giorno.

E GLI ALLEATI? Se l'inverno passato, specialmente a Cortina, inglesi e americani si divertivano, inesperti com'erano, a fracassarsi sci e tibie giù per le piste del Col Drusiè e dei Tondi di

Faloria, venuta l'estate, dimentichi delle glorie di Whymper, Tyndall, Winkler, Phillimore e Raynor, essi hanno assistito imperterriti agli splendori delle Dolomiti, senza che il più piccolo fremito li inducesse a tentare la sorte. Pazienza gli americani, con nessuna tradizione dietro alle spalle, ma gli inglesi! Da Cortina si segnala qualche tentativo timido e poco costante da parte britannica, qui a San Martino assolutamente zero. C'era un maggiore che voleva organizzare una piccola scuola di ghiaccio, ma l'iniziativa è finita in niente anche perché cercare simili brividi su queste Pale (recinte da magre vedrettine e da sparuti canali di ghiaccio, misteriosamente contraentisi di anno in anno) è come andare apposta agli Uffizi per trovare la pittura fiamminga. A titolo di cronaca registriamo inoltre la traversata turistica dal rifugio Mulaz a San Martino attraverso l'altipiano di un gruppo di artiglieri inglesi guidati da una signorina; dopo essersi lungamente attardati nei passi più in piedi, i biondi iniziati furono sorpresi dalla notte a mezza via e trascorsero, sotto il diluvio, tra i ruderi del rifugio della Rosetta (bruciato dalle SS) una notte il cui gelido ricordo li accompagnerà vita natural durante.

CAMPIONI VECCHI E NUOVI. Anche i due celebri gruppi di scalatori senza guide che portarono il nostro alpinismo di roccia alla ribalta europea, i bellunesi e i lecchesi, non hanno fatto quest'anno parlare di sé sulle Dolomiti. Il grande Attilio Tissi, colonna del gruppo bellunese, ha risentito fino a poco fa dei supplizi elettrici fattigli subire dalla gendarmeria nazista al tempo della resistenza (se i compagni non lo avessero fatto evadere con un colpo di mano, probabilmente non sarebbe più tra noi); poi Tissi ormai ha una certa età (46) e la sua impresa di costruzioni gli lascia poco tempo. Insomma, non ha fatto niente. Alvise Andrich, che volò anni or sono, sbalorditiva meteora, su per i più agghiaccianti sesti gradi, è fin dall'inizio della guerra pilota in aviazione e le crode le guarda dall'alto. Il restante drappello si è dissolto e le speranze si rivolgono ora a un giovanissimo nuovo gruppo in gestazione.

Vanno ora piuttosto per la maggiore gli Scoiattoli di Cortina d'Ampezzo: ragazzi prodigiosi che si bevono i sesti gradi e si distinsero l'anno scorso in un difficilissimo salvataggio sulla parete della Civetta. (Qualche nome: Ettore Costantini, ritenuto il più bravo e già diplomato guida, Ugo Pompanin, Luigi Ghedina, Armando Apollonio, Bortolo Pompanin, Albino Alverà, Ugo Illing.) Suggestionati da quelle correnti di propaganda postnazista che tentano nel Cortinese di vivificare i residui filotedeschi e filoaustriaci, gli Scoiattoli tempo fa però si alienarono la maggioranza delle simpatie, rifiutandosi di andare a togliere una bandiera austriaca comparsa un mattino in cima all'aguzzo campanile di Cortina; il che parve quanto meno ridicolo e di pessimo gusto. Altri due gruppi in via di sviluppo, gareggianti con gli Scoiattoli, sono i Camosci di Auronzo e i Ragni di Pieve di Cadore, pure giovanissimi.

POCHE NOVITÀ. Ma che rimarrà da fare a questi nuovi campioni? Di problemi importanti, in dolomite, che abbiano una logica alpinistica, non rimane quasi più niente. Tutte le grandi pareti già superate per via direttissima, tutti i maggiori spigoli vinti e stravinti. Bisogna ormai accontentarsi delle briciole, stabilire delle varianti, tentare minori crode fuori mano, assaltare muraglie ancora vergini ma di contrafforti secondari (come sulla Marmolada) e di propaggini senza nome. Di novità notevoli ci consta solo la prima salita dello spigolo del gran pilastro della Tofana di Rozes, che incombe sulla strada del Falzarego: un sesto grado aperto dai cortinesi i quali hanno recentemente ripetuto anche la «direttissima» Tissi sulla stessa parete. Dal massiccio della Civetta, regno del sesto grado, notizie N.N. L'impressionante «diedro De Gasperi» (che non ha nulla a che fare col presidente del Consiglio), unica grande incognita rimasta insoluta pur dopo numerosi tentativi su quelle gigantesche bastionate, aspetta ancora.

«Corriere Lombardo», 28 settembre 1946

ELISEO CROUX

La promessa temeraria della guida Eliseo Croux

> Non credete a questi alpigiani se in un giorno di tristezza o malumore vi giurano che di montagne ne hanno abbastanza e non intendono più continuare una vita così grama.

Venne un momento, due anni fa, che la guida alpina Eliseo Croux di Courmayeur decise di spaccare in due la sua piccozza e di rinunciare per sempre alla montagna. Non era rabbia, non era delusione, non era sfiducia nelle proprie forze. Piuttosto l'impressione di essere stato tradito slealmente, come quando l'avversario al gioco, creduto fino allora un galantuomo, si rivela all'improvviso un baro.

Saliva con un cliente il Monte Bianco per la classica via della Brenva, a un tratto il pendio di neve cominciò a scappargli in su. Subito si rese conto che era invece lui a precipitare. Pensò: «Muoio! E dove muoio! Qui nessuno mi troverà più!». Piantò disperatamente la piccozza. Riuscì a fermarsi. Ma il cliente, portato via anche lui dalla valanga, diede alla corda uno strattone tale che Croux smarrì la presa e fu di nuovo scaraventato giù.

Così in volo per duecento metri. Finalmente un blocco di ghiaccio che emergeva. Croux vi si arpionò con un rampone. Fece un guizzo. Grazie a Dio, fermo. Ma il cliente stava arrivando come un bolide. La guida subito si protese in fuori, con una mano abbrancò al volo l'uomo per la giacca. Tenne con tutte le sue forze. Salvi!

Ma adesso c'era sopra di loro quel lungo maledetto sdrucciolo su cui era passata la valanga e bisognava risalirlo fino in cima ed erano tutti e due molto malconci, e disponevano di una piccozza sola. La sua, di Croux, era rimasta confitta lassù in alto.

Adagio adagio, la raggiunse. Col suo fidato arnese tra le mani, riuscì a evadere dalla trappola insidiosa. Ma ecco il tempo imbruscarsi: vento, tormenta, nebbia. Le tracce cancellate. Non si vedeva niente. Freddo cane, smarrimento. E guai ad attardarsi in quell'inferno.

«Appena riesco a cavarmi fuori da questi schifosi ghiacci, a metter piede sul terreno solido,» borbottava Croux «io metto la piccozza su due pietre e poi giù un bel colpo con un masso. Basta con queste dannazioni, basta per sempre far la guida.»

Ma poi quando giunsero sul terreno solido, pioveva a cateratte. E Croux pensò che in quel diluvio la piccozza poteva ancora servirgli da bastone. «La spaccherò appena giunto a Chamonix.»

Senonché, quando fu arrivato a Chamonix, era così inzuppato d'acqua che l'unico pensiero fu di spogliarsi e ficcarsi in letto sotto un mucchio di coperte. «La spaccherò domani, appena sveglio.»

Ma poi, al mattino, quando nel sonno ebbe smaltito i furori e la stanchezza, il Monte Bianco non gli sembrava più tanto carogna come gli era parso il giorno prima. E provvisoriamente rimandò l'esecuzione del progetto.

Riportò quindi la fedele piccozza a Courmayeur. E tutte le volte che la vedeva là in un angolo, sotto alla matassa delle corde, stava un momento in forse. E sempre rimandava. Poi si sono consumati le settimane, i mesi e gli anni, ma la piccozza di Eliseo Croux è ancora intera. Ciò non toglie che lui sempre ripeta: «Un giorno o l'altro la devo ben spaccare. E la spaccherò, garantito. Se non la spacco non smetterò mai più di far la guida».

Questa piccola storia, passata a un pelo dalla morte, simboleggia molto bene la esistenza delle guide alpine; le quali, nelle giornate nere, fanno dei gran brontolamenti e magari maledicono il giorno che si sono messe a quel mestiere gramo e giurano che questa sarà l'ultima volta, e che per campare ci sono lavori più cristiani. E invece voi potete tornare il giorno dopo, o dopo anni, e se chiedete loro di portarvi su questa o quella cima, le farete felici. Perché naturalmente anche le guide sono di carne ed ossa e devono mangiare, ma se fosse solo per il guadagno mai e poi mai avrebbero scelto quella vita. Prima dei soldi, in tutte, c'è l'amore per la montagna, un sentimento talvolta ingenuo, rozzo, inespresso, inconscio: mai falso e retorico.

Proprio questa purezza, che non è una favola, rende le guide alpine diverse dagli altri montanari; e ne fa delle figure straordinariamente amabili anche se in apparenza ispide e scabre; e dà loro quasi sempre una delicatezza d'animo che neppure i gran signori; e conferisce uno strano incanto alle storie che raccontano, pur se si tratta di casi molto semplici; e spiega perché Fulvio Campiotti abbia voluto raccoglierne una quantità, di tali storie, dalla viva voce dei protagonisti; e ne abbia fatto un libro (*Le guide raccontano*, Cappelli editore); e spiega anche come mai – a parte la competenza alpinistica e la bravura narrativa dell'autore – un libro simile, composto di un materiale a prima vista un po' uniforme, riesca così divertente, vario, umano e spesso commovente.

I nomi? Sono parecchie delle più brave e famose guide di Courmayeur, di Valtournanche, di Champoluc, cioè le guide del Bianco, del Cervino e del Rosa; spesso votate al nobile mestiere da una gloriosa tradizione di famiglia; sono, per citare solo i cognomi più celebri, i Rey, i Croux, i Gaspard, i Bich, i Carrel, i Pellissier.

Ora noi ci auguriamo che Campiotti non si fermi qui e batta anche la restante cerchia alpina a far bottino di altre storie, e che dovunque le guide gli aprano il segreto scrigno dei ricordi. Ma faccia presto. Solo che aspetti una decina d'anni, rischia di non poter completare la sua opera. Le guide alpine sono sempre meno. È una razza che purtroppo tende a estinguersi. In certe valli, dove una volta se ne contavano decine, oggi non se ne trova più neppure una.

E dove è più nei rifugi alpini l'«angolo delle guide», che ci riappare nella memoria con i colori più romantici, illuminato fiocamente dagli ultimi barbagli del fuoco della sera, mentre i turisti sono già stesi in cuccetta? Tra i piaceri più acuti della vita ricordiamo proprio certe vigilie di ascensioni, dopo pranzo, quando si stava ad ascoltare i loro discorsi così vivi, ingenui, emozionanti: *mauvais pas*, disgrazie bizzarre e misteriose, casi comici, salvataggi disperati, strapiombi, frane, presentimenti tragici, imprese da far tenere il fiato. E quel meraviglioso odore di pipa e di toscano, quelle grappe rupestri, quel caldo, quel delizioso senso di esaltazione, di stanchezza e di inconfessato orgasmo (perché di fuori, oltre gli ospitali muri – il pensiero non ci lasciava un attimo –, di fuori incombevano, coi loro tetri camini a imbuto, con le guglie a forma di incappucciati monaci, coi canali di ghiaccio verde e nero, le montagne, chiuse nel gelo, nel buio e nel silenzio).

«Corriere della Sera», 17 luglio 1954

ANGELO DIBONA

Ci fu una scommessa per la terribile Cima Una

In povertà e quasi completamente dimenticato è morto nella sua Cortina la guida Angelo Dibona, una delle più grandi figure dell'alpinismo mondiale.

I giornali che non risparmiano colonne ai campioni di qualsiasi sport, interessandosi perfino delle loro vicende sentimentali e relative complicazioni, è tanto se hanno dato notizia della morte della guida Angelo Dibona, una delle più grandi e belle figure della storia dell'alpinismo mondiale, un uomo al paragone del quale la grandissima maggioranza dei più celebri «assi» potrebbe benissimo andare a nascondersi. È morto Dibona; e sui giornali sono comparse al massimo poche righe d'annuncio, quasi clandestine.

Negli ultimi anni lo si vedeva passare tra la folla elegante e rumorosa nella via principale di Cortina, vecchietto piccolo e magro, poveramente vestito. Un vecchietto che aveva però il suo nome citato in centinaia di libri; un vecchietto che, già in vita, aveva due monumenti, come nessun altro al mondo: uno vicino a casa, di pura dolomia, il Campanile Dibona, nel gruppo del Cristallo; l'altro lontano, di granito, nel Delfinato, una guglia arditissima del gruppo degli Oisans.

Il libretto di Angelo Dibona, anzi i libretti, che numerose volte dovette rinnovare, tante furono le ascensioni compiute e tanti i clienti che accompagnò sulle montagne di casa sua e fuori, registrano più di settanta vie nuove di primissimo ordine, tutte caratterizzate dall'audacia del tracciato che è quasi sempre rettilineo. Molte di esse, di quinto grado superiore, stanno tra lo straordinariamente difficile e l'estremamente difficile, alle soglie di quello che sarà il sesto grado! E si era nei lontanissimi anni dal 1907 al 1912!

Angelo Dibona, nato a Cortina, comincia la sua carriera nel 1906, a 27 anni, non appena dimessa la divisa di Kaiserjäger (allora quella città era sotto l'Austria). Non perde tempo: con Von Pauer affronta la Torre Leo, nel gruppo dei Cadini, la vince e risolve quello che era ritenuto uno dei grossi problemi alpinistici dell'epoca. Ma ben altri problemi attendono ancora una soluzione e, senza volerlo, glieli indica Tita Piaz, il diavolo delle Dolomiti, una sera che al rifugio Vajolet parla con turisti austriaci. Li nomina: sono la parete ovest della Roda di Vael, nel gruppo del Catinaccio; la parete nord della Cima Una (Dolomiti orientali), la parete sudovest del Croz dell'Altissimo (Dolomiti di Brenta) e la parete nord della Laliderer, nel Karwendel (Austria). Nella stanza accanto, Dibona ascolta le parole della guida fassana che, più giovane di lui ma solo di un anno, è già celebre.

Pochi giorni dopo con il compaesano Agostino Verzi, Mr Broone, presidente del Club Alpino britannico e Mr Corning supera la parete ovest della Roda di Vael e la ovest della vicina Roda del Diavolo. Sono due prime spettacolose. Quando Piaz lo viene a sapere monta su tutte le furie contro chi gli ha soffiato due vie che gli stavano a cuore, poi si mette a ridere e brinda alla salute e alla fortuna del rivale di Cortina. Il quale non dorme sugli allori e in quello stesso anno – siamo nel 1907 – passa di conquista, imponendosi alla attenzione di tutti.

I fratelli Guido e Max Mayer di Vienna lo ingaggiano poi per una serie di ascensioni. Con loro e con la guida Luigi Rizzi di Campitello (i quattro formano la più forte e affiatata cordata di quel tempo) arriva in Val Fiscalina, dove lo attende la parete nord della Cima Una, la muraglia che aveva respinto perfino Sepp Innerkofler. Degli ottocento metri di quell'immensa sinistra rupe, la famosa guida di Sesto ne aveva percorsi trecento; poi Sepp si era ritirato lasciando a un passaggio-chiave un chiodo con un anello per la discesa a corda doppia. A Sesto i due grandi si incontrano. Innerkofler immagina che Angelo sia venuto per tentare la sua parete.

«Quella lì non la fai, te l'assicuro. Se non ci sono riuscito io, nessun altro ci passa» gli dice.

«Passerò» risponde Angelo. Accalorati dalla discussione e più dallo champagne offerto dai «signori», i due fanno una scommessa. Sepp offrirà ad Angelo cento corone (una bella somma!) se questi riuscirà non a vincere la parete, cosa impossibile, ma solo a riportargli l'anello di corda lasciato a meno di metà strada. Dibona accetta.

Il 18 luglio del 1910 – quasi un anno è passato da quella sera – Angelo apre la via diretta sulla parete nord della Cima Una e il giorno dopo riporta a Sepp l'anello di corda ricuperato durante la salita.

Nell'agosto successivo la cordata di Angelo sulla parete sud-ovest del Croz dell'Altissimo, apre una via non meno ardita della precedente. Già a Molveno, quando sanno della strepitosa vittoria, suonano le campane a festa. Ma non basta. I quattro ripartono subito per l'Austria e superano lo spigolo nordovest del Grosser Oedstein, una vertiginosa lama di seicento metri.

L'ultimo problema accennato da Tita Piaz era la parete nord della Laliderer. Nell'agosto del 1911, compiute numerose «divertentissime» arrampicate di allenamento, Angelo Dibona con gli amici è ai piedi della Laliderer. Studia, metro per metro, la parete (che di metri ne conta ben novecento), esamina i primi passaggi, poi parte. Due fortissimi scalatori tedeschi seguono i progressi del capocordata; quando sanno che è Dibona dicono: «La parete ha le ore contate». E così fu. Ma per vincere, la guida a cui ripugnavano i mezzi artificiali i quali trasformavano l'alpinista in un muratore, sono parole sue, piantò sei chiodi, sei dei dodici che aveva impiegato in vita sua.

Sempre con i due Mayer (amici fraterni più che clienti) e Rizzi, Dibona va nelle Alpi occidentali. Non le aveva mai viste. Nel 1912, nell'anno in cui moriva a Chamonix Edward Whymper, il vincitore del Cervino, egli affronta per la prima volta i colossi di ghiaccio e di roccia. Non gli fanno paura. Ha certi progetti per la testa... Il maltempo, in principio, lo ostacola parecchio.

Dibona non si scoraggia e si rifà nelle montagne del Delfinato. Vince la parete sud della Meije, quella che già aveva ucciso Emil Zsigmondy, il primo dei grandi «senza guida» dell'alpinismo e che uccide nel 1931 il fortissimo Emil Solleder, uno degli iniziatori del sesto grado. E non fu questa la sola vittoria riportata nelle Occidentali. Nei gruppi della Barre des Écrins e del Bianco aprì vie che sbalordiscono per la loro audacia.

Nel 1914 scoppia la prima guerra mondiale. Nel 1918 Cortina ritorna all'Italia. Dibona ha sempre molto lavoro anche se aumenta il numero dei «senza guida». Porta centinaia di clienti (i fratelli Mayer non tornarono più a Cortina) sulle pareti e sugli spigoli delle sue crode. Tra i clienti ebbe anche un re, Alberto del Belgio. Proprio con lui gli capitò l'unico incidente della sua carriera. Stavano superando una paretina quando, mossi probabilmente dai corvi, caddero dei massi. Per evitare che il sovrano ne fosse colpito, gli si parò davanti; una pietra gli spezzò due costole. Rimase all'ospedale un mese. Poi riprese le sue arrampicate.

Gli anni passano; Angelo non disarma. Nel 1939, a sessant'anni, ripete con un americano la nord della Cima Una, nel '40 rifà lo spigolo del Grosser Oedstein, con il figlio Ignazio, pure abilissimo scalatore, morto più tardi, vittima di una valanga mentre con il suo reparto compiva un'esercitazione sciistica nel Gran Sasso.

Nel 1945, finita la guerra, è ancora in servizio. Sicuro e forte come sempre. Ma i clienti scarseggiano. Un giorno si decide alla dolorosa rinuncia. Con le lacrime agli occhi dà l'addio alle sue montagne. Non salirà più per le crode che ha dominato per mezzo secolo. È la miseria. L'uomo che fu la gloria di Cortina si piega ai lavori più umili. Valente sciatore è ridotto, d'inverno a colmare le buche che altri sciatori, cadendo, hanno fatto sulle piste di discesa. Rende piccoli servizi, aiuta in casa (ma cosa non sanno fare le guide?), cura i suoi fiori.

Angelo Dibona è morto. «Con la sua scomparsa» scrive Severino Casara, che gli fu amico affezionato e devoto «si chiude il ciclo del più puro alpinismo.» I giornali ne hanno quasi ignorato la morte. Ma gli uomini della montagna non l'hanno dimenticato ed erano con lui il 22 aprile, giorno dei suoi funerali.

Al cimitero l'accompagnarono tutte le guide e tutti gli Scoiattoli di Cortina, le guide di Sesto e di Misurina, e moltissimi scalatori italiani, gente che amava il vecchio Dibona e vedeva in lui uno dei più nobili e valorosi cavalieri dell'Alpe.

«La Domenica del Corriere», 13 maggio 1956

FRANCESCO JORI - ARTURO ANDREOLETTI - ALBERTO ZANUTTI

Cordata di tre

Usago di Travesio. In questo angolo bellissimo e abbastanza remoto del Friuli, ai piedi delle prime verdi montagne siamo venuti per assistere a un singolare incontro. A trentacinque anni da un'impresa che a quei tempi parve una follia, i tre che vi parteciparono hanno voluto ritrovarsi.

Nell'Agordino, in fondo alla Val di San Lucano, che è uno degli angoli più strani e impressionanti della terra, si erge con impeto pauroso – dal fondovalle per contemplarla bisogna torcere la testa in su – l'architettura massima di tutte le Dolomiti. È il Monte Agnèr, che incombe con un apicco di un chilometro e mezzo (e di fronte, appena oltre il torrente, più modeste ma non meno allucinanti, le muraglie delle Pale di San Lucano stanno). La cima, in fatto di statura non è gran che, neppure 1900 metri. Ma quale altra cattedrale delle Alpi ha un'abside simile? Quando fiammeggia nel tramonto e nel moto delle bianche nubi sembra innalzarsi lentamente, si stenta quasi a credere che una tale cosa possa esistere.

Nell'estate del 1921, quando il sesto grado era ancora di là da venire, tre uomini osarono tentare il fianco nord dello sgomentante picco. La lotta durò due interi giorni. Sbucarono dal freddo abisso, dove non giunge mai luce di sole, che sulla cima splendeva il plenilunio. Oggi sulla guida del Castiglioni troviamo scritto: «Ore 15. Arrampicata grandiosa sulla più alta parete delle Dolomiti, del massimo interesse alpinistico,

5° grado». Appena quinto grado, oggi. Ma a quei tempi sembrò quasi inverosimile.

Tutti e tre erano già celebri (una celebrità s'intende limitata al ristretto mondo degli specialisti, allora l'alpinismo era pieno di pudori, allora i vittoriosi, rientrando al rifugio, non trovavano ad aspettarli schiere di fotografi e cronisti). Erano la guida Francesco Jori di Val di Fassa, cognato del grande Tita Piaz; l'accademico Arturo Andreoletti, infaticabile e audace esploratore delle Dolomiti occidentali; e il triestino Alberto Zanutti, le cui salite in cordata con Napoleone Cozzi sono ancora oggi leggendarie (basta citare le Torri Venezia e Trieste sul Civetta).

Da quel giorno i tre, pur restando amicissimi, non si trovarono mai più insieme in parete. E adesso eccoli qui seduti sotto il portico della casa di Zanutti, una bella dimora tipicamente friulana con un piccolo prato davanti, chiusa in una sua segreta intimità.

Si fanno, con un sorriso malinconico, gli amari conti. Jori 67 anni, Andreoletti 72, Zanutti 78. Anche se non si arrampica più, Jori è ancora molto in gamba. Anche se non si arrampica più, Andreoletti è in gambissima, più della metà dell'anno la passa viaggiando su e giù per l'Europa. Zanutti è meno fortunato. A Trieste, poco dopo la fine della guerra, una jeep americana lo investì. Batté la testa, rimase qualche giorno più di là che di qua, poi si riprese. Ma le conseguenze si sono avute con l'andar del tempo. A motivo di quel colpo, il parlare stentato e il passo incerto mortificano la vecchiezza di una delle più buone e candide creature. E ora quassù, nella casa paterna, Zanutti vive in povertà e completa solitudine. Egli sa che non potrà mai più salire alle montagne, scopo della sua vita, sa che probabilmente non le potrà neanche rivedere, né lo consola alcuna ragionevole speranza di un futuro migliore. Eppure una misteriosa luce lo sostiene che non sappiamo donde nasca: dalle remote cime? da una rassegnazione eroica? dalla saggezza? oppure direttamente da Dio? Certo, nel suo sorriso c'è una letizia strana e negli occhi chiarissimi l'intatto sereno dei vent'anni.

L'auto è entrata dal cancello, fermandosi al limite del prato, fatto recondito dal muro che lo cinge. Laggiù, la casa, il portico, un uomo seduto. Tutto era estremamente tranquillo.

Per primo è sceso Andreoletti e si è affrettato laggiù, con liete voci di saluto. Ma l'uomo non gli è venuto incontro, non si è levato in piedi, è rimasto immobile, seduto, solo agitando un po' le mani.

Sul prato batte il sole. Qualche ronzio di insetto. All'ingresso nel portico una tavoletta con la scritta «GARS – Capanna affiliata». Il GARS è il famoso gruppo alpinisti rocciatori sciatori del Club Alpino di Trieste. Ogni tanto quelli del GARS, in numerosa compagnia, vengono fin quassù a rallegrare per qualche ora l'esilio del loro antico presidente. E quella tavoletta è una simbolica finzione quasi per garantire a lui che la casa non si trova in pianura, come tutto lascia pensare, ma in realtà sorge in fondo a una diruta valle e intorno non ci sono monti a panettone bensì meravigliosi picchi intarsiati di ghiaccio e a Zanutti basterebbe uscire dal cancello per toccare le prime rocce, per trovarsi all'attacco delle immense crode che lo aspettano.

Mi affaccio all'interno delle stanze, dove si ode il caratteristico silenzio delle dimore vuote. Appesi alle pareti, vedo i cari ricordi: la Torre Trieste, il Campanile di Val Montanaia, lui che su una cima è chino a sturare un fiasco, lui con la piccozza in mano sotto il Crozzon di Brenta, una cartolina di amici pazzi di gioia per la liberazione di Trieste con la data: 4 novembre 1918.

Quante cose avranno adesso da dirsi i tre dopo tanti anni che non si vedono, quanti ricordi da rivangare insieme. Pensavano, chissà, di raccontarsi l'un l'altro certe bellissime storie dei monti, forse quella di trentacinque anni fa, con loro tre aggrappati sullo spaventoso muraglione, che cercano nell'unico sacco qualcosa da mangiare ma non c'è più neanche una briciola, grattando contro i bordi dei camini la tela si è spezzata e giù in fondo i corvi stanno sbeccottando. Per questo hanno voluto ritrovarsi, sperando, sia pure per un attimo, di far risorgere l'incanto struggente della giovinezza. Ma, dopo i primi saluti, gli abbracci, le strette di mano, il discorso subito ristagna. Continuano a guardarsi e si sorridono. Per Zanutti parlare è una tale fatica: rauchi e confusi suoni che anche gli amici stentano a capire.

Fare di tutto allora perché lui non si affatichi, non interrogarlo, non aprire la porta dei rimpianti. Solo quel tanto che basta a non lasciare entrare, là sotto il portico, il grande silenzio che intorno preme minaccioso. (Dov'è la corda che li tenne legati, veramente per la vita e per la morte? Dove i chiodi e il martello? Dove i monotoni richiami dall'alto in basso all'invisibile compagno, dal basso in alto al capocordata invisibile, che ogni volta gli echi delle opposte rupi moltiplicavano beffardi, quasi per fare il verso, perdendosi finalmente nella tetra profondità delle voragini? Ahimè la corda non c'è più. Da tempo immemorabile gli echi sulla parete sono spenti, in giro non c'è quasi nessuno che si ricordi della grande impresa, lo stesso Agnèr, ai più, risulta sconosciuto.)

«Si prosegue per ripidissime placche» è spiegato sulla guida «finché la muraglia verticale obbliga a rientrare nel gran canale direttore, che qui si restringe in una serie di fessure faticose, sbarrate da numerose strozzature e strapiombi difficilissimi. Esse hanno termine in una grotta sotto l'ultimo salto verticale della...» In questo stesso istante, sul bordo di quella grotta spiovente sull'abisso, un sasso frastagliato, in bilico, dondola a una raffica di vento. Trentacinque anni fa si trovava un po' più in alto. Fu Zanutti a toglierlo di lì per poter passar la corda sopra un piccolo spuntone e far sicurezza ai due compagni. Il sasso cadde fermandosi due metri sotto, in posizione incerta e da allora non si è mosso, sempre indeciso se restare là o cedere alla tentazione dell'abisso. Dunque tutto, lassù, sulla mastodontica parete, è rimasto tale e quale. Soltanto loro sono cambiati, gli uomini. (La mano che smosse quel sasso mai più tasterà il bordo della grotta cercando un buon appiglio, mai più sfiorerà lo scabro fianco delle rupi.) Nel frattempo l'Agnèr non ha subito mutamenti, oggi è come un mese fa, come un anno fa, precisamente come trentacinque anni fa senza la minima differenza. Jori, Andreoletti e Zanutti potrebbero benissimo essere passati ieri, o addirittura stamattina, tanto la scena si è mantenuta identica. E qui appunto è il mistero e la potenza delle montagne.

Per fortuna – dirlo è spietato ma le cose stanno proprio così – Bepi Mazzotti, il maggior nostro scrittore di montagna, che ci ha accompagnato da Treviso, sistema un telo per proiettare una serie di fotografie a colori («Bello! Bello!» mormora Zanutti rivedendo la sua Marmolada, il suo Campanile di Val Montanaia, il suo

Civetta, le fantastiche rocche del suo reame perduto). Così passa più di un'ora senza bisogno di mascherare la comune pena; perché voltarsi a guardare in giù, nelle dissolte profondità del tempo, è un gioco rischioso, e il passato si vendica crudelmente.

Chi per primo, senza farsi accorgere, ha gettato un fulmineo sguardo all'orologio? La strada del ritorno è lunga, e c'è il treno da non perdere a Treviso. Niente di strano se dopo un paio d'ore affiorano i primi accenni di commiato.

«Devi rimetterti in gamba» dice Andreoletti abbracciando l'amico «altrimenti come torniamo sull'Agnèr?» Zanutti fa segno di sì, di sì, incredulo, la sua faccia si illumina di un indefinibile sorriso.

Saliamo in macchina, la macchina si muove, prima che passi l'angolo mi volto per un'ultima occhiata. Nel quieto portico un vecchio signore seduto muove una mano salutando. Passiamo l'angolo. Ecco, lui è di nuovo solo. Gli alpinisti se ne sono andati: al custode della inverosimile capanna non resta che il silenzio, gli scricchiolii dei vecchi legni, il fruscio del vento, il rombo dei pensieri simile all'eco di una cateratta lontana.

L'incontro che doveva essere una festa si è trasformato, chissà come, in patimento. E la partenza è quasi un sollievo. Addio, dunque. Mentre noi fuggiamo al sud per le strade deserte fra praterie deserte, penso a Zanutti sempre seduto sotto al portico. Forse è meglio così. Meglio che non si sia alzato, che non abbia tentato di accompagnarci. Se avesse potuto dare una occhiata fuori, si sarebbe accorto che, intorno alla sua capanna immaginaria, i picchi, le guglie, i pinnacoli, le torri, i campanili, le rupi meravigliose non esistono. Le montagne della sua vita sono ormai lontane, incredibilmente lontane, un diafano, irraggiungibile miraggio.

«Corriere della Sera», 23 giugno 1956

EMILIO COMICI

Un meschino agguato distrusse l'arte prodigiosa di Comici

Il 19 ottobre 1940 a Selva di Val Gardena colui che probabilmente, dopo Preuss, è stato il più grande e geniale arrampicatore mai esistito, andò a fare una passeggiata con tre amici e una signorina. I tre volevano esercitarsi in roccia e lui li condusse a una paretina, in fondo a una valletta, dove ci si poteva allenare discretamente: una rupe di una cinquantina di metri, sopra cui continuavano i boschi e i prati. I tre amici si legarono in cordata e cominciarono a inerpicarsi. Rimasta sola col grande scalatore, la signorina disse che anche a lei sarebbe piaciuto provare. Una seconda corda non c'era, e allora lui cercò nel sacco dell'amico: trovò infatti tre vecchi cordini di quelli che si adoperano per le calate a doppia corda. Li unì insieme e così assicurò alla bell'e meglio la ragazza. Naturalmente, con quello spago non si fidò a portarla in posti difficili.

Quasi in cima alla rupe, sbucarono su una cengia erbosa. Sopra la cengia c'era un salto di roccia, lieve ma verticale. L'uomo lo superò quasi per abitudine, senza pensarci. Ma quando fu sopra, capì che era superfluo far salire di là la ragazza inesperta e assicurata così alla garibaldina. Le disse quindi di slegarsi; tanto, lei era al sicuro. I cordini sarebbero serviti a lui per ridiscendere sulla cengia.

Così fu fatto. Quando ebbe i cordini, lui ne passò uno intorno a un piccolo spuntone e vi si appese per provarne la resistenza. Il cordino teneva. Allora si abbandonò in fuori nel vuoto per discendere. Il cordino si spezzò.

L'uomo precipitò nel vuoto. Raccontano che, in allenamento, egli usasse esercitarsi anche nelle cadute o meglio nei voli che capitano abbastanza spesso ai capicordata sul sesto grado: l'importante era staccarsi dalle rocce in modo da poter cadere sui piedi quando la corda, trattenuta da un chiodo o dal compagno, fosse venuta in tensione. Guai invece a tenersi attaccati alla parete, in modo da sbattere contro ogni sporgenza.

Ebbene, dicono che, mentre volava giù, questa volta senza nessuna speranza che un compagno lo tenesse, con la presenza di spirito e la perfezione di movimenti che avrebbe potuto avere in una innocua palestra, egli facesse con le braccia e le gambe, ritmicamente, il gesto di respingere da sé la roccia. Capiva che l'unico eventuale scampo era di andare a cadere su un prato, o su un pendio di ghiaia. L'urto diretto con la roccia sarebbe stato comunque fatale.

Infatti piombò in fuori, sull'erba. Ma era un volo di 40 metri. Restò ucciso sul colpo.

C'è, nella fine di Emilio Comici, una tale congiura di circostanze maligne, un gioco così meschino di fatalità che ancor oggi, quando ci si pensa, viene un moto di rivolta. Da notare una cosa: benché osasse acrobazie quali nessuno al mondo prima di lui aveva tentato, Emilio Comici era un alpinista prudentissimo, che non si vergognava affatto di piantare un chiodo di assicurazione sul terzo grado, se la roccia gli sembrava infida. Proprio l'abbondanza di assicurazione era una caratteristica della sua tecnica (e uno dei suoi grandi segreti). La prima volta che fu, non diciamo imprudente, ma meno cauto del solito – e sembrava, comunque, una imprudenza da nulla, addirittura ridicola, su quella lieve paretina da allenamento che lui avrebbe potuto salire con gli occhi bendati –, la morte era là, pronta. E così questo ignobile tranello distrusse una delle personalità più forti, originali e affascinanti che siano mai comparse sulla scena delle Alpi. A neppure 17 anni dalla morte, Comici è ormai diventato una leggenda.

Non era nato montanaro. Triestino, lavorava ai Magazzini del Porto quando cominciò a pensare alla montagna. Ben presto la montagna lo prese completamente. Magro, non alto, era un atleta perfetto. Ma l'importante non erano i muscoli. In breve divenne un fenomeno. Di più, fu pioniere e maestro del sesto grado, portò la tecnica della cosiddetta scalata artificiale a risultati che parvero pazzeschi. Mai si era visto un uomo superare un soffitto orizzontale, esattamente come fanno le mosche. Quando la «Domenica del Corriere» pubblicò una serie di fotografie di una simile manovra, fu un coro di proteste: non era lecito – scrissero una quantità di lettori – sorprendere così la buona fede del pubblico con un trucco fotografico. E ai lettori non si poteva dare completamente torto: la faccenda aveva quasi dell'inverosimile.

Ma le complicate e apparentemente sofisticate manovre – questo era soprattutto meraviglioso – Comici le eseguiva con una eleganza, con una leggerezza ed armonia di movimenti da incantare. Lui stesso – era un animo sensibilissimo, suonava bene il pianoforte, lo si poteva definire un intellettuale della montagna – considerava l'arrampicamento come una vera e propria arte. Tale, in ogni modo, egli la rese. Dopo averlo visto innalzarsi con la levità di un grazioso insetto, su per gli strapiombi, tutti gli altri arrampicatori, anche bravissimi, apparivano al confronto dei goffi e pesanti scimmioni.

Da così stupefacente bravura nacquero le sue grandi imprese, meravigliose non tanto per l'audacia quanto per la bellezza rigorosa della concezione (la linea verticale assoluta dalla base alla vetta corrisponde, in alpinismo, alla perfezione estetica). Basta citare la nord della Grande di Lavaredo, il famoso spigolo giallo della Piccola, lo spigolo nordovest pure della Piccola: tre capolavori che in un certo senso rimarranno immortali.

Ma quest'arte si è dissolta con lui. Restano i dati tecnici delle sue innumerevoli «prime», restano, tracciati sulle fotografie con una linea a tratteggio, i suoi allucinanti itinerari, resta qualche breve filmetto girato da amici sulle paretine di Val Rosandra. Tanto, purtroppo, non basta a ricordarlo degnamente.

Ebbene, un suo grande amico, Severino Casara, alpinista, scrittore, regista – in cordata col quale Comici compì l'ultima grande impresa, il Campanile del Sassolungo che ora porta il suo nome –, quasi per una specie di ribellione alla crudeltà del destino, ha con lungo e paziente lavoro, consultando tutti gli amici e compagni dello scomparso, tentato un'impresa che non era mai stata fatta per alcun alpinista e probabilmente per nessun altro uomo: a forza di fotografie, ricostruire il prodigio che fu Emilio Comici in roccia, ridargli, negli avari confini della pagina, una specie di seconda vita. Ne è venuto un libro magnifico editorialmente (*L'arte di arrampicare di Emilio Comici* – Hoepli editore, L. 6000) ma soprattutto singolare e impressionante.

C'è una parte scritta – relativamente breve, ricca di interessanti notizie e patetica di acerbo rimpianto – ma il resto sono fotografie in grande formato: la bellezza di 342 tavole tutte sul medesimo tema: Comici. È un martellamento fitto, minuzioso e quasi ossessivo di immagini, meticolose descrizioni di passaggi, di acrobazie, di manovre, di virtuosismi sopra i più repellenti precipizi; immagini che a un certo punto riescono veramente a dare una strana sensazione. A un certo punto sembra davvero che Comici sia ancora dinanzi ai nostri occhi, vivo, che si innalzi di strapiombo in strapiombo irresistibile, senza lasciar vedere la minima fatica, col suo stile fluido, ispirato, musicale. Neppure un film, forse, otterrebbe un simile effetto perché qui interviene anche la nostra fantasia. E ci pare di udire ancora la sua curiosa voce in falsetto, di percepire l'alone di misteriosa e romantica mestizia che lo accompagnava sempre. In questo monumento iconografico, fra tante immagini che narrano la sfortunata fiaba di un eroe, solo due tre, confrontate col ricordo, risultano non convincenti e manierate: quelle in cui si vede Comici ridere con la spensieratezza di un ragazzo.

Non era spensierato. Evidentemente, in certi giorni pure Comici avrà riso, avrà scherzato, avrà cantato. Anche ad Amleto capitava. Ma il suo vero ritratto è precisamente il contrario. Perché – saremo stati magari sfortunati – ma Comici, ridere spensieratamente non l'abbiamo udito mai, anche in questo era così lontano dal consueto *cliché* del montanaro, Comici era anzi uno degli uomini più profondamente malinconici che si possano incontrare sulla terra.

«Corriere della Sera», 5 luglio 1957

CESARE MAESTRI

Da solo e senza corda su e giù per il sesto grado

Giorni or sono, la guida Cesare Maestri di Trento, 27 anni, ha scalato da solo la parete est del Sass Maor nelle Pale di San Martino, 600 metri di sesto grado, nel tempo di due ore (dieci anni fa Gabriele Franceschini, pure da solo, ci aveva messo due ore e 50, ciò che era parso quasi incredibile).

Cosa anche più stupefacente, Maestri è ridisceso per la stessa via, sempre da solo, in arrampicata libera, cioè senza corde doppie né altri mezzi artificiali: tempo, ore 2,15.

Domenica scorsa, poi, lo stesso Maestri, da solo e senza aiuto di corda, dopo aver raggiunto con la funivia la vetta della Paganella, sopra Trento, ne ha disceso la verticale parete per la «direttissima» (300 metri di 5° grado superiore) e, giunto alla base, è risalito per la stessa via: complessivamente due ore e un quarto. (Nella sola salita una normale cordata impiega dalle 5 alle 6 ore.)

Maestri non è nuovo a imprese del genere. Sempre in arrampicata libera, ha già fatto, in su e in giù, la famosa paretina Preuss sul Campanile Basso di Brenta (5° grado), la via delle guide sul Crozzon di Brenta (6° grado inferiore, 800 metri di dislivello), la via Dibona sul Croz dell'Altissimo (5° grado, 1000 metri), la via De Tassis, sullo stesso Altissimo (5° e 6° grado, 1000 metri).

Qualcuno, come c'era da aspettarsi, pur rendendo omaggio alla bravura, si è domandato che senso abbiano queste *performances* acrobatiche, deplorandole come degenerazioni virtuosistiche dell'alpinismo ortodosso; mentre è proprio tutto il contrario. È questo, infatti, il bello: che Maestri, formidabile specialista dell'arrampicata artificiale (chiodi, cunei, staffe, corde a forbice, ecc.), cioè dell'alpinismo tante volte deprecato dai puristi, ha voluto reinserirsi, per dir così, nel filone classico del più intransigente stile, che ebbe per banditore il grande Paolo Preuss.

Basta essere andati in roccia una volta per sapere che un tratto di parete superato in salita senza eccessivi sforzi, sembra, a doverlo ridiscendere, di gran lunga più difficile. Se poi la roccia è verticale, a guardare in giù, si ha addirittura l'impressione che la faccenda sia impossibile. Fatto è che in pratica le ascensioni di roccia sono costituite della sola salita; in discesa si cerca una via più facile e, quando una via più facile non esiste, si ricorre sistematicamente, dal 3° grado in su, alle calate a corda doppia, che talora possono essere laboriose ma non presentano, tecnicamente, nessuna speciale difficoltà.

Proprio contro questa abitudine alzò la voce, nel lontano 1911, l'ormai affermatissimo Preuss, considerato il maggior caposcuola dell'alpinismo moderno in roccia. «Dove non si è capaci di scendere coi propri mezzi non si ha il diritto di salire» scriveva. «Una salita fatta non avendo la coscienza di poter eseguire anche la discesa senza l'aiuto di mezzi artificiali, significa leggerezza ed è alpinisticamente una lotta ad armi impari, antisportiva e anticavalleresca.» Pretendeva perfino che una montagna «non fosse privata della sua verginità se anche la discesa non fosse stata fatta senza aiuti artificiali». Tutto in omaggio alla purezza dello stile. E bisogna dire che, a questa intransigenza, Preuss era fedelissimo. Non usò mai chiodi come appigli, non si calava mai per mezzo della corda. Ma di Preuss ce n'era uno solo. E la sua troppo nobile protesta lasciò il tempo che trovava.

Non per niente il non meno famoso Tita Piaz, con quel suo accidentaccio di temperamento, gli diede sulla voce, in nome del buon senso, difendendo l'uso ragionevole dei mezzi artificiali: «È sofisticando che si può e si vuole dimostrare che la discesa senza corda non è più difficile e pericolosa della salita. In teoria è giusto, in pratica no. Fino a prova contraria, in salita è la testa che, generalmente munita di un paio di buone finestre, cerca la strada e le possibilità per le mani, ed anche per i piedi, che normalmente sono gli ultimi. In discesa invece sono questi ultimi che vanno avanti, se tutto va bene, ed è risaputo che ai piedi Domineddio credette superfluo regalare un secondo paio d'occhi, non avendo forse pensato allora alla teoria di Paolo Preuss». E via sbeffeggiando.

L'antica polemica segnò una pagina curiosa nella storia dell'arrampicamento e niente più. Gli alpinisti continuarono e continuano a calarsi con la corda doppia, la chiodatura divenne formalità *sine qua non* delle scalate più difficili, e non risulta che il ferreo comandamento di Preuss abbia avuto molti seguaci; se ci furono, certo non superarono per numero le dita di una mano.

Ci voleva un carattere insieme bellicoso e romantico come Cesare Maestri per risuscitare una norma di cavalleria così estremista. E ci voleva, naturalmente, la sua eccezionale capacità.

In realtà, a parte il risultato stilistico caro a Preuss, la discesa libera sul sesto grado rappresenta uno dei più rigorosi se non il più rigoroso test d'arte arrampicatoria. Maestri, e non per iattanza perché non è il tipo, sostiene che, almeno per lui, la discesa è addirittura più facile che la salita: tutto sta a farci l'abitudine. Dice che in discesa la forza di gravità è un aiuto anziché un ostacolo, che se si tiene una positura corretta, col corpo cioè molto in fuori, gli appigli si avvistano meglio, e che si realizzano posizioni impossibili in salita, così da potersi calare «ad ogni colpo» per l'intera lunghezza del corpo; ragione per cui di norma fa più presto all'ingiù che all'insù. Però riconosce anche lui che in salita se un appiglio «parte» si può rimediare, mentre in discesa un guaio del genere rischia di riuscire fatale. Ammette pure che in discesa la tensione nervosa è assai più alta.

Indipendentemente dalla maggiore o minore difficoltà rispetto alla salita, secondo Maestri la discesa libera dà soddisfazioni senza pari. Si ha l'impressione, dice, di essere liberati dal peso del corpo. E in queste condizioni di estrema lievità i movimenti riescono più ritmici, efficienti, armoniosi. Senza contare che in discesa libera l'alpinista, dimostrando a se stesso la completa padronanza della montagna, prova una sensazione di pieno appagamento spirituale.

Insiste, Maestri, sul concetto di sicurezza e di prudenza apparentemente in contrasto con l'audacia di tali imprese. «Io non prendo mai un passaggio col dubbio; altrimenti ci rinuncio» dice. «E così vado sicuro.» In quanto alla corda, se la porta dietro, a scanso di imprevisti, per eventuali ritirate strategiche nel caso, per esempio, di improvviso maltempo.

«Sa, piuttosto,» dice Maestri «il vero pericolo di queste mie scalate solitarie? Ne sapeva qualcosa Comici ai suoi tempi. Le sue fenomenali scalate gli facevano una réclame negativa. La gente restava intimidita dal "fenomeno", si metteva in mente che sotto il sesto grado lui si sentisse umiliato e al momento buono di fare una gita andava a cercarsi un'altra guida, più di ordinaria amministrazione. Così Comici, con tutta la sua bravura, non trovava clienti. Ora io non voglio paragonarmi a Comici, ma lo stesso inconveniente tocca a me. Dicono: che bravo Maestri, piacere di conoscerla, mi spieghi qui, mi spieghi là, insomma un mucchio di complimenti. Però, quando gli vien voglia di andare in roccia, vanno a cercare un altro. Chissà perché. Credono che io non sarei felice di accompagnarli anche sul terzo e sul secondo grado? E anche sul primo, si capisce.»

«Corriere della Sera», 2 luglio 1958

CESARE MAESTRI

Leggerete questa introduzione?

Premetto che non scrivo questa introduzione volentieri. Non si scrivono volentieri cose che in partenza sappiamo che pochi o nessuno leggeranno.

Che cose inutili, le introduzioni. Io, per esempio, da quando sono nato, non ho mai letto l'introduzione di un libro e mi ci sono trovato benissimo; credo anche di averne avuto vantaggi alla salute.

Cesare Maestri, figurarsi, è perfettamente d'accordo con me. Ma ci sono gli usi e costumi. E gli editori alle introduzioni sono affezionati, bisogna anche capirli, loro sempre preoccupati di usare al pubblico tutti i riguardi possibili.

Comunque, se mi si offre l'occasione di fare una cosa gradita a Maestri, la faccio molto volentieri. Perché lo stimo e gli voglio bene. Non è che pensi: be', poi quest'estate lui mi porterà a fare una bella scalata gratis.

Non c'è più il pericolo, ormai. Mi ostino sì, di quando in quando, a toccare ancora la roccia, ma per cosette fin troppo modeste. Avrei vergogna a farmi portar su da Maestri per un terzo grado, mi sentirei estremamente mortificato. Sarebbe come avere a disposizione una Ferrari e dover andare a 40 all'ora, avere a disposizione la Marilina Monroe e dover accontentarsi di fare insieme una partita a scacchi.

E allora veniamo al dunque, cioè cerchiamo di dire con il minor numero di parole possibile perché questo è un libro interessante e degno di essere letto. Questo soltanto dovrebbe essere lo scopo delle introduzioni, mica il gusto che si prendono certi di sfoggiare la propria erudizione o di far bella figura con giochi di virtuosismo critico. Senza contare che quanto più breve è una introduzione, tanto più è gradita al lettore e questa mi ha l'aria di essere riuscita già troppo lunga, solo che ho ancora da dire le sole cose che importano.

Al lettore insomma può interessare conoscere, prima di cominciare a leggerlo, i motivi per cui un libro merita di essere letto. Nel caso di *Arrampicare è il mio mestiere*, i motivi sono principalmente due.

Primo: questo libro è la testimonianza diretta su alcune imprese alpinistiche di questi ultimi anni, veramente eccezionali, sia per la difficoltà tecnica, sia per la singolarità delle circostanze. Per esempio, sia la calata nella bufera giù dal diedro sud della Paganella, sia il salvataggio di Luciano Eccher, rimasto appeso nel vuoto sulla parete dello spallone ovest del Campanil Basso (specialmente il secondo) sono tra le avventure del brivido più emozionanti che mi sia capitato di leggere.

In quanto a descrizione di *performances* addirittura pazzesche, che a un profano possono apparire quasi inverosimili, bastino le pagine sulle scalate solitarie sul sesto grado in salita e discesa (la discesa, quando non è fatta a corde doppie, cioè in arrampicata libera, riesce di gran lunga più difficile e impressionante che la salita, se non altro perché gli appigli per i piedi non si vedono e all'occhio si presenta in continuazione il sottostante abisso) e la cronaca della direttissima sulla Roda di Vael, scalata che era stata giudicata impossibile anche da sestogradisti abituati a superare con mezzi artificiali strapiombi di centinaia di metri.

Nel campo della tecnica arrampicatoria infatti Cesare Maestri è senza dubbio uno dei più grandi campioni viventi e nessuno anzi gli sta a pari nella veramente diabolica e, per me ancor oggi incomprensibile, capacità di scendere in arrampicata, da solo, giù per muraglie «estremamente difficili». A qualcuno imprese simili possono sembrare fatte «per scommessa»: alpinisticamente, quello che importa è la salita, la discesa poi si fa generalmente per la strada più facile, non si chiede mai niente di più.

Maestri invece ha voluto applicare con rigore assoluto la famosa massima del grande Preuss secondo cui un alpinista dovrebbe rinunciare a superare un passaggio se non è sicuro di poter ridiscendere coi propri mezzi. Norma forse eccessivamente severa, che ben pochi in pratica applicano e che comunque è rimasta superata dall'uso sistematico di chiodi e staffe. Per scrupolo di stile, Maestri le è rimasto fedele. E a questo scopo ha perfezionato la sua tecnica portandola a raffinatezze inimmaginabili.

Come documento, il perno, per così dire, di questo libro è la conquista del Cerro Torre, fantastico picco della Patagonia, tutto incrostato di una corteccia di ghiaccio, corteccia che spesso non aderisce alla roccia sottostante ma ne resta staccata come una squama, non solo, ma che, se appena la temperatura diminuisce, si sbriciola, si sfalda, si distacca formando terrificanti valanghe. Ciò fa sì che la salita non solo presenta ostacoli tecnici ignoti nelle Alpi, ma, per l'impossibilità di una vera «sicurezza» e la frequenza dei crolli, rappresenta un pericolo veramente esagerato.

Lo dimostrò purtroppo la morte di Toni Egger, uno dei massimi scalatori europei, travolto nell'abisso da una di quelle spaventose cateratte di ghiaccio e neve. E le pagine di Maestri su questa tragedia, così nude e sincere, resteranno nella letteratura alpinistica un passo indimenticabile.

Secondo motivo di interesse, secondo ma non secondario, è il fatto che questo libro, per essere stato scritto con estrema schiettezza, ci offre un perfetto ritratto dell'uomo Cesare Maestri.

Dovrei ora qui io descriverne i connotati fisici e morali? Fisicamente, immaginate un volto sul tipo degli atleti greci dell'epoca d'oro, con qualcosa di più forte e rude ma con la stessa complessiva gentilezza. In quanto al restante corpo, nudo io non l'ho mai visto, però immagino, date le prestazioni fornite, che debba essere quello che si dice oggi un fusto formidabile, benché di statura non molto alta.

Ma quello che è più notevole in lui, e gli dà un fascino personalissimo, è il temperamento. Ed è qui che le mie parole sono perfettamente inutili. Perché il suo temperamento viene fuori pari pari da quello che egli scrive, con i suoi impeti, impuntature, orgogli, rabbiose ribellioni ai torti e alle ingiustizie, meravigliosa assenza di furberia, generosità d'animo, bizze, scoramenti, imprevedibili estri, slanci appassionati, odi frenetici (ma sempre di breve durata). Una creatura umana nel miglior senso del termine, che ignora, beato lui, i rispetti umani e ha il coraggio, fino in fondo, di riconoscere i propri difetti e anche di non nascondere le proprie virtù.

Presso alcuni che lo conoscono poco, Maestri ha fama di essere un piantagrane, un uomo difficile, permaloso, scorbutico, di facili entusiasmi e dagli ingiustificati scoramenti, insomma un uomo scomodo e troppo «artista». Ma c'è una prova pratica della sua fondamentale serietà: il lavoro, cioè la roccia. Ogni volta che «attacca» una cima, egli sa quello che fa e ciò a cui va incontro, e se va a infognarsi in una impresa temeraria, non lo fa per leggerezza, ma perché quella volta ha deciso di rischiare. Quando è in parete, il vulcano del suo temperamento si spegne, ogni sua forza, materiale e morale, è tesa allo scopo. E, lode massima, bisogna riconoscere che non ha mai fatto un passo più lungo della gamba.

Ma c'è anche un terzo motivo, che dà valore a questo libro: cioè il modo con cui è scritto. Non già che Cesare Maestri pretenda di essere uno scrittore e un poeta. Le astuzie letterarie egli non le conosce né si cura di impararle. Ma è sincero, ciò che ha in animo lo scrive fino in fondo.

Di qui la forza indiscutibile e la poesia di molte sue pagine. In cui c'è l'entusiasmo, spesso quasi la follia per la montagna; mai la retorica. Se occorre, Maestri è capace anche di maledirle, le montagne, di sentirne la nausea.

Nella grandissima maggioranza della letteratura alpina, infatti, la montagna appare una deità indiscutibile, bella e affascinante anche quando è crudele, tutto vi è puro, pulito, sano, e più si sale «più ci si sente vicini a Dio».

Con Maestri, e gliene sia dato atto, non è così. I suoi sentimenti ondeggiano in alto e in basso, come fanno effettivamente i sentimenti dell'uomo. E le montagne non sono sempre belle, non sono sempre adorabili e pure. Vengono dei giorni che Maestri ne è stufo marcio, non le può più vedere. Salvo poi a precipitarsi di nuovo ai lori piedi.

Proprio questa così fluttuante e vibrante realtà psicologica dà agli scritti di Maestri uno speciale incanto, di là dell'interesse intrinseco delle imprese.

Basti, come esempio, la sua rabbia, il suo «schifo» sulla sommità del Cerro Torre, vetta dei suoi sogni. Aveva vinto ed era infelice. Come mai? Perché lui ha la grande e rara virtù di sapersi ogni tanto umiliare (almeno di fronte a se stesso).

Prefazione a Cesare Maestri, *Arrampicare è il mio mestiere*, Garzanti, Milano 1961

ACHILLE COMPAGNONI

L'uomo bruciato dal K2

31 luglio. Giusto quattro anni fa gli italiani conquistavano il K2, la seconda vetta del mondo. Quattro anni, e sembra ieri, si dice di solito. Proprio il contrario: appena quattro anni e pare invece un fatto lontanissimo, quasi inverosimile, come le battaglie antiche che si leggono sui libri di scuola e si stenta a credere vere da tanto sono belle.

Forse perché in questi quattro anni sono successe tante cose? Forse perché le note polemiche sul K2 (pro e contro Desio, per intenderci) si sono prolungate con una perseveranza degna di miglior causa, così da risultare, nel ricordo, lunghe come la fame? Forse perché nel frattempo quasi tutti gli altri «ottomila» sono caduti e quindi, nella prospettiva storica, la scalata del K2 sembra appartenere ai tempi eroici? No, probabilmente questo allontanamento psicologico deriva soltanto dal fatto che l'impresa fu davvero straordinaria, e le difficoltà grandissime, e la vittoria stupenda, l'impresa insomma fin dal giorno successivo fu istintivamente trasferita, dalla coscienza popolare, nel reparto leggende, nel sacrario – se è lecita questa forzatura retorica – dei giorni fausti alla Patria, che per la verità da molti anni veniva molto avaramente rifornito.

I partecipanti – come si sa – si erano impegnati per tre anni a non divulgare notizie, pubblicare resoconti e così via. Tale patto, voluto dal capo della spedizione, prof. Ardito Desio, diede poi luogo a una quantità di commenti e recriminazioni. Desio l'aveva stabilito nell'interesse della spedizione stessa, perché alla spedizione sarebbero andati, come andarono, i proventi del libro, ufficiale per così dire, da lui scritto sull'impresa. E tutti l'avevano firmato di buon grado. Ma, una volta scalato il K2 e tornati tutti a casa, l'impegno, col passar del tempo – e la cosa in fondo è umana – parve ad alcuni esageratamente gravoso. Ecco uno dei motivi che per un certo periodo turbarono gli spiriti. Comunque, i tre anni passarono, il patto fu superato e mesi or sono comparve, sulla conquista del K2, un libro di Mario Fantin, il fotografo e cinematografista della spedizione, che faceva parte del «gruppo anti-Desio»: *K2, sogno vissuto*. Bisogna però onestamente riconoscere che questo volume, pubblicato in magnifica veste e con una ricchissima documentazione fotografica, dall'editrice Tamari, è complessivamente spassionato e ha deluso i soliti buongustai di pettegolezzi, che vi hanno invano cercato l'attesa percentuale di veleno.

Ancora più sereno il libro di Achille Compagnoni, che esce proprio oggi 31 luglio, nel quarto anniversario, col titolo *Uomini sul K2*, illustrato da molte fotografie inedite (editore Luigi Veronelli).

Tutti sanno come sia stato Compagnoni, insieme con Lino Lacedelli, a toccare la vergine sommità del picco, dopo una lotta veramente epica. Era Compagnoni, l'uomo designato da Desio a guidare l'assalto finale. E, senza togliere una briciola al merito degli altri che fu grandissimo e decisivo, sappiamo da Desio stesso, che lo ricorda nella prefazione, come Compagnoni sia stato, moralmente, una colonna incrollabile – esemplare per serenità, intrepidezza e decisione –, quando la furia delle interminabili bufere sembrava stesse per piegare l'animo degli alpinisti aggrappati ai più alti spalti dello Sperone Abruzzi. «Egli fu veramente l'uomo» scrive Desio «da cui dipesero ripetutamente le sorti della conquista dell'eccelsa montagna: senza di lui ben difficilmente si sarebbe potuto vincere.»

Certo nessuno dei suoi compagni, Desio compreso, è rimasto marcato a fuoco dal K2 come Achille Compagnoni. Tutti gli altri, dopo una pausa più o meno prolungata, sono tornati alla solita vita e al solito lavoro. Lo stesso Lacedelli, pur avendo perso un pezzo di dito per congelamento, ha potuto riprendere con la stessa bravura di prima le arrampicate in roccia. Per Compagnoni il K2 è stata invece un'esperienza sconvolgente. Vien quasi fatto di pensare che, dopo aver chiesto la vita del bravo Puchoz, che riposa per sempre ai suoi piedi, il K2 abbia rivolto su Compagnoni i suoi incantesimi vendicativi. Di lassù Compagnoni tornò diverso da come era partito. Qualcuno dei suoi vecchi amici ebbe l'impressione, rivedendolo, che egli avesse veramente speso lassù il meglio delle sue risorse vitali. E che il 31 luglio 1954 fosse cominciato il suo tramonto.

Non era proprio così, per fortuna. Oggi Compagnoni è un uomo ancor giovane e in gamba. Ma qualcosa è cambiato. Il congelamento alla mano sinistra, che gli ha tolto per sempre l'efficienza di due dita, la lunga malattia polmonare certamente dovuta al sovrumano sforzo, lo stesso *choc* psichico della grande vittoria, le successive diatribe – a cui non volle mai partecipare ma che fatalmente lo toccavano –, il turbamento e le inquietudini per la nota vicenda giudiziaria relativa al film sulla spedizione, vicenda risoltasi per lui sfavorevolmente, tutto questo ha lasciato una traccia profonda.

Compagnoni è un uomo d'animo semplice e buono, incapace di meschinità e di rancori (in un certo senso era fatale, giusto perfino, ch'egli perdesse la causa in tribunale, non perché avesse torto – nonostante la sentenza siamo più che mai convinti che la ragione stesse dalla parte sua –, ma perché non sono le vittorie come queste, cioè le vittorie di soldi, che si addicono a tipi come lui). Inoltre, Compagnoni è un uomo profondamente sensibile. E anche quando tace, è tuttavia capace di soffrire, e capisce molte più cose di quanto talora non sembri. Il K2 è stato il grande dramma della sua vita, pur se glorioso. E lui se ne è reso perfettamente conto.

Proprio in questi giorni, Compagnoni ha voluto portare il figliolo Giordano, di 12 anni, sulla vetta del Cervino. Con rassegnata saggezza, ha voluto così simbolicamente conchiudere la sua grande carriera di montanaro. Non che egli intenda non avventurarsi più sulle pareti e sui ghiacciai, sarebbe davvero troppo presto. Altro era il suo pensiero. Ecco il mio traguardo – pareva dire –: dalla vita ho avuto molto, molto più di quanto da ragazzo non osassi sperare, posso dirmi contento, ora posso passare le consegne al mio figliolo: così tutto quello che potrò ancora avere, sarà un di più concessomi dal Cielo, e a cui ormai io non pretendo.

Il suo libro – che esce oggi – è una nuova testimonianza di questo nobile atteggiamento d'animo. Non che spunti polemici, non vi si può trovare una parola dura o risentita. È l'autoritratto di un perfetto gentiluomo. Naturalmente Compagnoni non ha mai avuto la pretesa di essere uno scrittore; in molte lunghe sere d'inverno egli ha raccontato la sua favola vera all'amico Guglielmo Zucconi. E Zucconi le ha dato nerbo e vivacità narrativa, con assoluta fedeltà, non solo ai fatti riferiti, ma anche allo spirito di chi li riferiva.

Quattro anni sono passati, nei suoi dati essenziali la vicenda è risaputa e fin da principio sappiamo benissimo come andrà a finire. Eppure è una storia che si legge d'un fiato. Gli ultimi capitoli poi, quelli sulla conquista della vetta e del pauroso ritorno nel buio, resteranno senza dubbio fra le pagine più forti ed emozionanti della letteratura alpina. Anche moralmente, ci fanno respirare l'aria degli ottomilaseicento metri.

«Corriere della Sera», 31 luglio 1958

ATTILIO TISSI

Il primo italiano che vinse il «complesso del sesto grado»

Non solo negli ambienti delle Dolomiti ma in tutto il mondo alpinistico internazionale la tragica fine di Attilio Tissi, caduto durante una calata a corda doppia dalla Torre di Lavaredo, ha fatto una enorme e dolorosissima impressione.

Ai giovani campioni del modernissimo super-sesto grado il nome di Tissi forse si confonde con quello dei tanti ormai lontani pionieri dell'«estremamente difficile». Ma in realtà a Tissi, nella storia dell'alpinismo dolomitico, spetta un posto preminente e decisamente glorioso.

Bisogna risalire agli inizi del sesto grado, diciamo al periodo dal 1925 al '30, quando la scuola bavarese vantava un incontrastato dominio, anche sulle nostre Dolomiti. Basti pensare alla più che famosa direttissima sulla parete nordovest della Civetta tracciata nel '25 dalla guida Solleder in cordata con Lettenbauer. Questa scalata divenne subito leggendaria fra gli arrampicatori, sinonimo di ineguagliabile audacia e tecnica quasi esoterica.

Tutti sanno, si può dire, che cosa sia la parete della Civetta: una muraglia di 1200 metri (nel punto più alto) che si estende per chilometri con architetture da far tenere il fiato a chi le contempli dai ghiaioni della base. La sua bellezza è tale che fin dal principio del secolo i massimi arrampicatori avevano tentato di conquistarla, ed erano state tracciate infatti alcune vie, per quei tempi arditissime, che risolvevano tuttavia il problema solo in parte, non raggiungendo direttamente la vetta; la via degli inglesi, la via dei tedeschi, la via degli italiani. Esse avevano vinto la barriera nel punto debole, a destra della cima, là dove la parete è più rotta e meno scoscesa, con lunghi andirivieni intorno al piccolo ghiacciaio pensile.

Solleder attaccò la parete sulla verticale teorica calata dalla vetta e questa dirittura mantenne fino in cima con una precisione quasi geometrica. Bastava guardarla, quella fetta ciclopica di rupe, per capire che era stato compiuto qualcosa senza precedenti.

Ebbene, non è esagerato dire che la Solleder della Civetta provocò nelle file degli alpinisti italiani una specie di complesso di inferiorità. Chi di noi sarebbe stato capace di ripetere l'impresa? Il sesto grado, di cui si cominciava a discutere nei *clans* degli iniziati e che sulle colonne dei giornali non era stato ancora mai nominato, divenne una specie di ossessione, un incanto che bisognava rompere perché il nostro alpinismo potesse mettersi in linea. E il sesto grado era impersonato dalla Solleder. Ma chi osava? Chi aveva le forze necessarie?

A rompere questo incanto furono due: Emilio Comici, che sarà sempre considerato uno dei più grandi alpinisti e dei più geniali capiscuola; e Attilio Tissi. Ma in un certo senso, benché come bravura tecnica ed eleganza d'arrampicata Comici fosse superiore, Tissi rappresentò ancor più il «fenomeno». Perché Comici veniva da una lunga e accanita preparazione sulle pareti della Val Rosandra e delle Giulie. Tissi fu invece la subitanea rivelazione del «genio». Di alpinismo non aveva fatto quasi nulla, ed era già sotto la trentina. Ma la passione divampò in lui, trovando, come elementi straordinariamente favorevoli, un fisico potente, una volontà di ferro e una solidità morale quale si incontra raramente. Tissi si improvvisò asso dell'arrampicamento, ma nessuno fu più lontano di lui dal colpo di testa, dalla temerità insensata, dalla smania di vincere costi quello che costi.

Il suo primo notevole successo fu la scalata della Cima Maria José, nelle selvagge Pale di San Lucano sopra Agordo, cime fino allora dimenticatissime per la scoraggiante difficoltà degli approcci e la bieca ripidezza delle pareti finali. Ma soprattutto fece sensazione la notizia che, in cordata con Giovanni Andrich, Tissi aveva ripetuto, e senza bivacco, cioè in un tempo eccezionale, la famigerata via Solleder della Civetta.

Fu per lui, questa, la laurea, che lo pose di colpo in primissimo piano. Da allora, per qualche anno, egli fu probabilmente il massimo esponente del nostro arrampicamento (le grandi imprese di Comici e degli altri «cannonissimi» vennero in seguito). Non solo. Il suo esempio creò nel Bellunese una gara di emulazione per cui, ispiratore anche l'allora presidente del Club Alpino Italiano di questa città, signor Terribile, si creò un vivaio di fuori classe. E per vari anni gli stessi austriaci e tedeschi rimasero eclissati.

Adesso le creazioni di Tissi, comparate con le nuove quasi pazzesche imprese delle nuove generazioni, possono sembrare cose di secondo ordine. Ma bisogna riportarsi a quei tempi. In un certo senso la intrepidezza necessaria per affrontare e vincere la parete sud della Torre Venezia (con la celebre traversata di 40 metri!), lo spigolo ovest della smisurata Torre Trieste, la parete nordovest del Pan di Zucchero, tutte nel gruppo della Civetta, era maggiore, probabilmente, e di certo almeno pari a quella che oggi occorre per sfidare gli strapiombi della parete nord della Ovest di Lavaredo, di cui tanto i giornali hanno parlato recentemente.

Non è qui il caso di ricordare tutte le bellissime vie di sesto grado aperte da Attilio Tissi. Un piccolo capolavoro, che il tempo non è bastato a offuscare, fu, tra le altre, la prima salita del Campanile di Brabante (in cordata con Tissi c'era Leopoldo, principe ereditario del Belgio). Si tratta di un torrione dalla sagoma estremamente bizzarra, più stretto alla base che in alto, cioè inizialmente tutto a strapiombo. Per vincere questo strapiombo, Tissi eseguì uno dei passaggi più arditi ed eleganti che le cronache dolomitiche ricordino. Sulla parete liscia che piega in fuori e quasi priva di appigli, con un solo chiodo di assicurazione iniziale, egli traversò diagonalmente sfruttando le minime asperità della roccia, e i compagni dal basso lo seguivano col batticuore, quasi increduli. Non erano ancora i tempi delle chiodature sistematiche per cui gli appigli naturali non servono quasi più. Tutto era affidato alla bravura, al coraggio, all'intelligenza, al senso dell'equilibrio, all'intuizione. Del «sesto in libera» come si dice in gergo, quello rimane certo uno degli ammirevoli esempi.

Non dava l'impressione di volare, o di essere sostenuto dalle ali di un invisibile angelo custode, come era per Comici. Attilio Tissi avanzava lento, guardingo, e a prima vista poteva dare perfino l'impressione di essere in difficoltà; poi lo si vedeva venir su da orribili strapiombi senza ansimare, calmo, con un completo dominio della situazione. Non era un tipo da offrire saggi di acrobazia alle folle raccolte ai piedi delle rupi. Era uno che parlava poco e non si aspettava che i giornali parlassero di lui; uno che andava al sodo e che con le sue imprese portò il nostro prestigio di fronte al mondo alpinistico, alla massima altezza.

Della sua serietà di uomo e di alpinista – non parliamo qui delle sue eroiche benemerenze di partigiano né della sua attività nel campo politico – c'è del resto una prova lampante. Mentre la maggioranza dei sestogradisti, una volta passato il fiore della giovinezza, quando non è più possibile mantenersi al massimo livello, abbandonano la montagna, come se la loro passione fosse stata alimentata quasi esclusivamente dall'ambizione, Tissi continuò ad arrampicare tutte le estati. Non si batteva più col sesto grado. Si accontentava del quinto, del quarto e non disdegnava neppure il terzo. Più che la gloria e la gioia delle clamorose conquiste – questo il fatto – egli amava semplicemente la montagna.

Ora che non si cimentava più con l'estremamente difficile, portava in cordata la moglie, appassionata anche lei di roccia e ottima sciatrice. Proprio a lei è toccato il crudelissimo destino di vederlo precipitare per un incidente banalissimo. Ironia della sorte, è quasi sempre la «buccia di banana» che porta alla morte i grandi della montagna.

«Corriere d'informazione», 24-25 agosto 1959

PIERO GHIGLIONE

L'intramontabile Ghiglione perito in uno scontro d'auto

Fino a quando? ci si chiedeva tutti, ormai da parecchi anni, ogni volta che Piero Ghiglione, dai più remoti e strani Paesi, dall'Imalaia, dalle Ande, dal Centro Africa, dal Sahara, dalla Groenlandia, ci mandava notizia di qualche sua nuova conquista. Quanto ancora durerà? Possibile che gli anni passino su di lui come un lieve soffio d'aria sul granito?

I sessant'anni sono generalmente per un alpinista un termine spietato. A quell'età la grande maggioranza, anche nel caso di campioni, ha già rinfoderato le armi e, se la passione non cede, cede però il cuore, e via via si ridiscende dal sesto al quinto, dal quinto al quarto grado e così via, finché ci si accontenta di nostalgiche passeggiate ai piedi dei grandi picchi scalati nei bei tempi. Chi arriva ai settant'anni senza venir meno alla montagna è una rarissima eccezione; ma pure in questi casi l'attività deve ridursi a proporzioni minime. Ghiglione no. Ghiglione toccò i settanta senza che le sue strepitose energie, fisiche e morali, subissero il più piccolo mancamento. Settantuno, settantadue, settantacinque, settantasette. All'anagrafe, un vecchio. Nella realtà un uomo in piena forma, che un misterioso incantesimo di giovinezza sembrava sospingesse senza tregua, da un continente all'altro, senza limite di tempo.

Chi, giovanissimo, si era unito a lui in cordata considerandolo già veterano, nel frattempo si era sposato, aveva figli ormai in liceo e capelli bianchi sulle tempie, si era rassegnato a relegare in soffitta corda e piccozza, e le pareti si accontentava ormai di rimirarle dal fondovalle: Ghiglione invece continuava imperterrito. Chi, giovanissimo, aveva preso da lui le prime lezioni di sci considerandolo già un nonnino, da tempo aveva rinunciato alla Tofana o alla Parsenn e si consolava portando al Sestriere i nipotini: Ghiglione non mollava. Nei brevi periodi che si tratteneva in Italia fra una spedizione e l'altra, ogni sabato era in treno coi suoi sci, e non si accontentava già di farsi issare in alto da funivie o skilift, ma partiva con le pelli di foca per lunghissime ascensioni ai tre, quattromila metri; e, se non c'era un amico che lo accompagnasse, si avventurava solo soletto.

Alle volte veniva perfino il dubbio di un suo patto segreto col Tempo, il quale gli avesse detto: «Ghiglione, prometto di lasciarti giovane a una sola condizione: che tu non ti fermi mai». Infatti Ghiglione non si concedeva riposi. La sera stessa che tornò a Milano dalla spedizione all'Aba Dablam nell'Imalaia, mi ricordo, la sua preoccupazione era di non perdere il treno per Briga, donde, il mattino dopo, avrebbe fatto una escursione in sci. Nella sua casa si ammucchiavano i cimeli; ma lui non perdeva molte sere a contemplarli. Non aveva fatto in tempo a tornare dall'Asia che già incalzava un nuovo progetto per le Ande, era appena tornato dalle Ande che già telefonava a destra e sinistra per una puntata al Ruvenzori. A poco a poco, l'eccezione era diventata fenomeno, il fenomeno si era trasformato in leggenda, in una specie di mito faustiano.

Quando si risposò due anni fa, con una gentile e simpatica creatura che in base al conto numerico degli anni poteva essere comodamente sua nipote, tutti pensarono: ecco, finalmente, Ghiglione ha trovato l'approdo. Il matrimonio, che in molti trentenni spegne le grandi velleità e gli slanci avventurosi, per lui, ultrasettantenne, significherà una serena sistemazione conclusiva. Niente. Il suo viaggio di nozze fu una galoppata in aereo verso il Sudamerica dove lo aspettava non so più quale vergine «nevado».

E gli amici ricominciarono a domandarsi: fino a quando? La natura ha delle sue regole ineluttabili, la cui elasticità può essere sforzata fino a un certo limite, ma non oltre. Quando si fermerà? Un triste giorno, quella misteriosa spinta verrà meno all'improvviso? O l'infaticabile cuore a un tratto si metterà a perdere colpi a metà di un erto ghiacciaio? O sarà lui a gettare la spugna, rintanandosi in casa per un amaro tramonto, attorniato da tanti ricordi felici? Oppure – si prospettava pure questa ipotesi folle – Ghiglione è il primo e unico depositario di un prodigioso segreto e non si fermerà mai? Generazioni e generazioni nasceranno e moriranno, ma lui continuerà imperterrito, da una vetta all'altra, concreto simbolo dell'antico sogno dell'uomo, che è quello di non lasciare mai la giovinezza?

Il destino, con la sua imprevedibilità crudele, ha ora risposto. Ghiglione non si è fermato a metà di un ghiacciaio, non è stato bloccato dalla malattia, non è stato sconfitto dagli anni. Quello che proprio nessuno, per lui, sarebbe stato capace di prevedere: un banalissimo, benché fatale, incidente d'automobile.

È difficile a dirsi, può essere anche giudicato cinico, ma, nel dolore per la perdita di un uomo così eccezionale, che fra l'altro era nostro caro e fedele collega, si insinua istintivamente un pensiero quasi di consolazione. Per un uomo come lui, il supremo insulto sarebbe stato dover vivere gli ultimi anni nella immobile prigionia dell'infermità e del decadimento fisico: gli è stato risparmiato. Ghiglione non dovrà subire la nefanda umiliazione della vecchiaia, chiuso nella sua casa, fra i malinconici ricordi. Quella specie di fantastico mito ch'egli era riuscito a impersonare, la favola dell'eterna giovinezza, non è stato distrutto. Non se ne va un combattente alla fine sopraffatto dal soverchiante nemico, se ne va ancora un vittorioso. È morto un giovane di settantasette anni.

«Corriere della Sera», 11 ottobre 1960

ANDREA OGGIONI

Andrea Oggioni patetico dramma

Mi ricordo che parecchi anni fa, nell'ufficio del collega Vincenzo Gibelli, qui al «Corriere», trovai un ragazzo che era venuto a trovarlo. Stava parlando di scalate in montagna e capii subito che, nonostante la giovanissima età, era già arrivato al sesto grado come capocordata.

Allora lo guardai meglio. Era, fisicamente, un tipo curioso. Piccolo, robusto ma ben proporzionato, con una caratteristica faccia popolaresca, larga e schiacciata, un po' da mongolo. Una faccia da folletto delle caverne. Non ho mai visto nessuno che, pur in così piccole dimensioni, esprimesse un così intenso concentrato di energia fisica. Per definirlo adeguatamente non esiste che un nostro aggettivo dialettale: stagno. Che vuol dire insieme forte, duro, sodo, tosto, compatto, infrangibile.

Ciò che Andrea Oggioni stava raccontando corrispondeva del resto a questa idea che ci si poteva fare di lui a una prima occhiata. Un episodio da far tenere il respiro. Con l'amico Aiazzi, che per diversi anni poi doveva essere il suo più assiduo compagno di cordata, era andato a ripetere la famosa via Cassin sulla parete nord della Cima Ovest di Lavaredo. È una salita di prima della guerra ma ancor oggi il suo prestigio resiste intatto. Siccome la parete si protende in fuori con una grande pancia, che a quei tempi non si riteneva possibile superare (in seguito è stata vinta anche quella), la chiave dell'ascensione consiste in una traversata orizzontale di circa ottanta metri in pieno strapiombo. Colui che per primo osò avventurarsi di là, senza sapere se sarebbe riuscito a passare e con scarsissime o nulle possibilità di tornare indietro se il tentativo andava buco, doveva avere un fegato di ferro. Non per niente si chiamava Riccardo Cassin.

A un certo punto di questa spaventosa traversata, fatta naturalmente a base di chiodi, il compagno Aiazzi «volò». I chiodi per fortuna tennero, ma Aiazzi si trovò a dondolare sospeso nel vuoto appunto perché la parete è in quel punto a rigoroso strapiombo.

Ora cercate di immaginare la scena. Il capocordata appeso a un chiodo, coi piedi non appoggiati ma afferrati, per così dire, a minuscole sporgenze della roccia sfuggente di sotto, in posizione estremamente impegnativa. E il compagno ciondoloni nel vuoto.

A rigor di logica si direbbe una situazione tragica. Sollevare di peso un uomo, anche se si è sistemati su un comodo e solido terrazzino è, di norma, una impresa superiore alle forze anche di un robustissimo alpinista. Figuratevi poi in quella precaria posizione da ragno in cui si trovava Oggioni.

Ebbene. Con le sue sole energie, senza perdersi d'animo, attraverso sforzi sovrumani, bloccando con astute manovre la corda a ogni centimetro che riusciva a guadagnare, Oggioni riuscì a tirare su il compagno finché Aiazzi poté aggrapparsi di nuovo alle rocce e mettersi in sicurezza. Dopodiché i due proseguirono, raggiungendo felicemente la vetta.

Era evidente che un ragazzo simile sarebbe arrivato lontano. Come infatti avvenne. Negli ambienti alpinistici, e poi anche fuori perché ne parlarono sempre più spesso i giornali, il nome di Oggioni cominciò a farsi conoscere. Finché, di parete in parete, egli entrò a far parte del drappello di punta, accanto ai massimi esponenti dell'alpinismo mondiale.

Ma non è per la sua eccezionale bravura che la morte di Oggioni sul Monte Bianco è un fatto così patetico. Per capire l'amara crudeltà della cosa bisogna sapere che uomo era.

Non solo per le sue origini, ma proprio per sua natura, Oggioni era la quintessenza dell'umiltà. Quando lo conobbi, era semplicemente manovale in uno stabilimento di Monza. Poi con gli anni migliorò la sua condizione, rimanendo però sempre un semplice operaio. Non era bello, non era brillante, non era colto, non era un «fusto» da incantare le ragazze, non possedeva nessuna di quelle qualità che spesso compensano la modestia della condizione sociale. (Piccole, in proporzione, erano del resto le sue ambizioni nella vita comune. Un suo grande sogno si era realizzato pochi giorni fa: il possesso di una magnifica motocicletta nuova. Ne era felice. Era venuto a trovarci al giornale, come sempre faceva dopo le sue vittorie alpinistiche e aveva assolutamente voluto che Gibelli, a cui era molto affezionato, scendesse ad ammirare il capolavoro: come se quella fosse la prima motocicletta comparsa al mondo.)

La forza fisica era l'unico capitale toccatogli in sorte. Ma è sintomatico come Oggioni lo investisse fino in fondo in una delle attività più pericolose e meno remunerative che esistano al mondo: l'alpinismo. Non è questo, in un ragazzo del popolo, il segno di una rara nobiltà di gusto e d'animo? Nell'alpinismo egli cercò la grande evasione della vita. Tutti i giovani, che non nascono favoriti dalla fortuna, cercano una fuga; chi nelle avventure amorose, chi nello sport, chi nelle baldorie, chi nei soldi, i peggiori nella malavita, i migliori nell'arte o nello studio. Oggioni la trovò sulle più selvagge e terribili rupi, tanto più grandi di lui.

E la montagna a poco a poco lo trasformò. Non solo adesso era vestito meglio, ciò che in sé non avrebbe la minima importanza, ma si mostrava più disinvolto, parlava con più garbo; non solo: invitato da circoli alpinistici a raccontare in pubblico le sue imprese, se la cavava magnificamente, molto meglio di tanti più colti di lui, magari con degli strafalcioni qua e là, ma con un brio e uno spirito che nessuno, un giorno, avrebbe mai sospettati in lui.

Eppure, in questo suo raffinamento, avvenuto in lui automaticamente senza che lui se ne accorgesse, Oggioni non aveva mai tradito la sua solida, aspra, seria e umile natura. Era arrivato alla fama, sia pure nell'ambito del mondo delle montagne, eppure non si dimenticava di essere semplicemente l'operaio Oggioni Andrea. In un certo senso era un personaggio da *Cuore*.

Ora capite perché dicevo che la sua fine è patetica? Durante la disastrosa ritirata dal Grande Pilastro, nel furore della tormenta, egli si moltiplicava per aiutare i compagni in difficoltà. Era tanto naturale, del resto, fare assegnamento su di lui. Non erano inesauribili le sue energie? Che cosa avrebbe mai potuto sfiancare il torello? Perfino Bonatti, il grande Bonatti che sul K2 pernottò impunemente a ottomila metri di quota senza sacco da bivacco, si sarebbe detto più vulnerabile di lui. E invece il «mulo» come lo chiamavano talora i compagni appunto per la diabolica resistenza, è stato atterrato a tradimento dalla montagna, il suo unico e immenso amore, dove egli sembrava invincibile.

Andrea Oggioni ha avuto la morte degli eroi. Ma una morte in stile con lui, in certo senso umile e oscura, una morte da milite ignoto, non da generalissimo, una morte senza bagliori di battaglia. Non è stato il folle volo di Preuss nell'ebbrezza di una arrampicata solitaria; non è stato il campione fortissimo strappato giù a sorpresa nell'abisso, come Gervasutti; non è stato l'artista romantico inghiottito misteriosamente dal ghiacciaio in una notte di luna, come Zapparoli; non è stato lo schermidore più bravo del mondo trapassato da una stilettata alle spalle al cospetto degli amici, come Emilio Comici. L'ex manovale di Monza, che aveva saputo alzarsi alle vette, è stato, fra la sorpresa di tutti, demolito a colpi di tormenta e di gelo, finché si è arreso. «Non ce la faccio più. Di qui ormai non mi muovo.» Per una bassa vendetta, ha voluto umiliarlo, fino in fondo, la montagna, che lui aveva tante volte umiliata.

Non verrà più a trovarci in redazione, il folletto delle caverne, non ci racconterà più la sua ultima vittoria con un luccichio felice nei piccoli occhi da mongolo. Domenica, a Courmayeur, sono andato al cimitero per rivederlo un'ultima volta. All'ingresso c'era un carabiniere che aveva l'ordine di non lasciar passare. «Sono un suo amico» ho detto. «Sono già venuti a decine» ha risposto il carabiniere. «Oggi tutti sono diventati suoi amici.»

E ha richiuso il cancello.

«Corriere della Sera», 18 luglio 1961

PAUL PREUSS

Il fenomeno Preuss

Il più grande alpinista che sia mai esistito è l'austriaco Paul Preuss (1886-1913). Questa la ferma conclusione a cui arriva Severino Casara al termine di un poderoso e illustratissimo libro (*Preuss, l'alpinista leggendario,* editore Longanesi) che è costato molti anni di studi, di ricerche, di viaggi, di pazienti investigazioni per rintracciare una testimonianza, un documento, una fotografia, un minimo episodio a oltre mezzo secolo dalla morte. Del medesimo avviso è, nella prefazione, Aldo Bonacossa, uno dei nostri più forti accademici della vecchia guardia, che di Preuss fu compagno di cordata nella memorabile prima salita dell'Aiguille Blanche de Pétéret per la cresta sudest.

Che cosa autorizza ad attribuire a Preuss questo primato? Preuss realizzò meravigliose salite che a quei tempi rappresentavano la massima vetta della difficoltà e che ancor oggi conservano alto prestigio. Ma anche altri – come Angelo Dibona, Duelfer, Redlich, Fichtl, Piaz – negli stessi anni compivano imprese altrettanto ardue. Perché dunque considerarlo in testa a tutti? Possibile che non sia stato eclissato dalle meraviglie del sesto grado?

La sua prima e fondamentale virtù è la intransigente purezza dello stile. Preuss destò quasi scandalo, provocò una clamorosa polemica, e venne definito suicida perché si batteva strenuamente contro l'uso dei mezzi artificiali. I chiodi non li ammetteva, non dico allo scopo di forzare un passaggio altrimenti insuperabile, ma neppure a titolo di assicurazione. Negava pure l'uso della corda doppia: non si doveva salire una parete se non si era in grado di discendere coi propri soli mezzi per la stessa via. Nel corso di tanta prodigiosa attività egli piantò soltanto due chiodi, ma vi fu costretto per evitare, sul pilastro della Trisselwand, un penoso bivacco a una compagna di cordata.

Nelle Dolomiti due sono i suoi più celebri capolavori: la parete est del Campanil Basso di Brenta e la Piccolissima di Lavaredo. Su per la muraglia sommitale del Campanil Basso, che a quei tempi pareva sinonimo di follia, egli si avventurò da solo, e vinse in due ore: dopodiché discese per la stessa strada senza ricorrere alla corda (*exploit* che nessuno ha mai più ripetuto). Su quei duecento metri di secco quinto grado Preuss non piantò neppure un chiodo; adesso ce ne sono infitti venticinque.

E quindici chiodi costellano oggi la via Preuss, tracciata, con uguale castità, sulla Cima Piccolissima di Lavaredo, che per molti anni, anche dopo la prima guerra mondiale, metteva un quasi superstizioso terrore.

In fatto di pura arte arrampicatoria, senza intervento di attrezzi, sembra proprio che nessuno sia andato più in là. E per valutare fino in fondo le sue imprese va tenuto conto anche del progresso psicologico, di estrema importanza in alpinismo come in quasi tutti gli sport, per cui io stesso a cinquant'anni riuscivo a fare delle cose che a vent'anni, quando ero molto più forte, mi parevano assurde.

Eccezionale era in Preuss anche la rapidità di salita. In sole due ore e tre quarti, con una nuova variante, scalò da solo la parete ovest del Totenkirchl, ritenuta allora la più difficile delle Alpi, che pochissime cordate avevano fatta, con largo uso di mezzi artificiali, impiegando più di dieci ore: e tutto il mondo alpinistico ne restò sbalordito. Val poi la pena di ricordare la traversata da solo in dodici ore delle quattro cime più alte del Sassolungo, seimila metri di difficile arrampicata, e la doppia traversata in poche ore della Cinque Dita e della Piccola di Lavaredo per tutte le vie.

Di più. La sua meravigliosa abilità non si limitava alla roccia. Anche in ghiaccio era un campione; e Aldo Bonacossa ne ammirò la «perfetta lieve tecnica di ramponista». Si aggiunga la instancabile attività di sciatore: le più lunghe e ardue traversate sopra i tremila e quattromila metri, tra cui la prima del Gran Paradiso.

Basterebbero i dati numerici a farne un «essere quasi soprannaturale». Oltre duemila ascensioni, per lo più molto difficili – cinquecento da solo – in una decina d'anni di vita alpinistica, in cui egli passò circa tremila giorni in montagna. Bilancio che nessun altro scalatore è riuscito soltanto ad avvicinare.

Ricostruire quasi giorno per giorno l'esistenza di un uomo scomparso da oltre cinquant'anni, con due guerre mondiali di mezzo, deve essere costata una bella fatica a Severino Casara, instancabile alpinista, scrittore, regista di film di montagna. La meticolosa precisione del lavoro, le date, le cifre, i nomi, non mortificano però la luce che viene da quella affascinante figura.

Era di media statura, esile, elegante, però tutto un fascio di muscoli scattanti (come Emilio Comici), benché fosse stato dichiarato inabile dalla commissione militare di leva. Le numerose testimonianze raccolte da Casara lo fanno apparire un giovane estremamente educato, modesto, ottimo parlatore, ricco di *humour*, pronto allo scherzo. Non si riesce a intravedere un difetto, per piccolo che fosse.

Un primissimo della classe dunque, incensurabile, ammirevole, ma nel complesso affliggente per l'eccesso di virtù? Sarebbe ingiusto dirlo, anche se Severino Casara, che per Preuss ha sempre avuto una autentica venerazione, indulge qua e là al tono apologetico.

Aveva avuto tutto dalla vita; ottima famiglia (suo padre era musicista) ottima educazione, salute, ingegno (si era laureato in scienze naturali) strabiliante successo in ciò che più gli premeva nella vita (nel libro di Casara non si fa il minimo cenno ad amori). Il 3 ottobre 1913, nel tentativo solitario di scalare la prima volta lo spigolo del Mandlkogel, ed era giunto fin sotto la vetta, fu sorpreso da una bufera violentissima, proprio in un delicatissimo traverso. Strappato via dalla rupe. Dieci giorni dopo, sotto una coltre di neve, il suo corpo fu ritrovato ai piedi della parete.

Nell'amaro rimpianto per una giovane gloriosa vita troncata si mescola un dubbio: non fu la sorte a lui misericordiosa? Se quel giorno fosse giunto in vetta sano e salvo, se avesse proseguito sulla strada che sembrava protetta da una fortuna invincibile, se fosse sopravvissuto alla guerra, a quali ignominie sarebbe andato incontro Paul Preuss, ch'era figlio di un ebreo? Se lo chiedeva il suo grande amico Tita Piaz. La proscrizione, il vituperio della stella gialla, l'esclusione da ogni attività pubblica, le umiliazioni, la miseria, l'infamia, addirittura il campo di sterminio, a lui «il grande Preuss, il sommo arrampicatore, il più grande di tutti i tempi e di tutte le nazioni»?

«Corriere della Sera», 31 agosto 1970

WALTER BONATTI

Un nobile addio

Parecchi anni fa mi chiesero di presentare Walter Bonatti, che teneva una conferenza ad Arzignano, nel Veneto. L'invito era doppiamente lusinghiero: perché stimavo Bonatti una delle più belle figure dell'alpinismo mondiale; e perché, evidentemente, lui Bonatti dimostrava nei miei riguardi una certa stima.

Risposi di no, perché ho sempre saputo di essere fisiologicamente negato a qualsiasi forma di oratoria, pur modestissima. Ma i comuni amici insisterono tanto, che alla fine cedetti. Dopo tutto, pensavo, si trattava di parlare per un paio di minuti, niente più; e chi fosse Bonatti, l'avevo ben chiaro nella mente, benché di persona ci fossimo incontrati appena una volta.

Credevo anzi di avere sull'argomento idee così limpide e precise che, somma stoltezza, mi arrischiai a improvvisare, senza aver preventivamente messo nero su bianco, parola per parola, ciò che dovevo dire. Fatto è che, una volta sul podio, mi si fece, nella testa, un vuoto spaventoso. Altro che idee chiare. Cominciai a balbettare, e con miserabili sforzi, inceppamenti, impapocchiamenti, tirai fuori tre quattro frasi esageratamente melense, che si conchiusero tra l'imbarazzo generale: mio, prima di tutti, del pubblico, e anche di lui Bonatti, che ovviamente si era aspettato qualche cosa di meno penoso.

Dopodiché, ad aggravare la mia situazione, prese la parola Walter Bonatti. E gli spettatori penso dovettero sudar fatica a trattenere le risa, al pensiero che un oratore così spigliato, comunicativo, elegante e sicuro di sé fosse stato presentato da uno «scrittore» in modo tanto sciagurato. Bene. La medesima situazione psicologica mi si prospetta oggi, al momento di scrivere una introduzione, una prefazione, chiamatela come preferite, al nuovo libro di Bonatti. D'accordo che nello scrivere sono forse un po' meno sprovveduto che nel parlare in pubblico. Comunque, avverto la presunzione e la fondamentale inutilità di questo mio intervento. Lasciamo stare la fama di Walter Bonatti uomo della montagna; anche come scrittore, ormai, Bonatti non ha il minimo bisogno di commendatizie o di avalli.

Tuttavia, come vecchio alpinista (di ordine infimo, pressapoco al livello di zavorra per sollevatori di pesi) e come vecchio giornalista, credo di poter sottolineare, di questo libro, le cose che mi sembrano più belle ed importanti:

– Prima di tutto mi ha impressionato ancora una volta l'esemplare stile narrativo di Bonatti. Privo rigorosamente di retorica (virtù rara nella letteratura di montagna). Di scarna efficacia e di serrato ritmo nelle pagine più drammatiche, e ne è un esempio superiore il racconto della «grande tragedia» sul Pilone Centrale del Monte Bianco, terribile esperienza che diede luogo, forse ricorderete, a una serie di polemiche che più balorde non potevano essere. E di straordinaria evidenza nel descrivere le pareti via via affrontate, così che, ignari e lontanissimi, ci par di vederle coi nostri occhi: prestazione questa, narrativamente, di alta difficoltà, paragonabile a quella di far capire, con le semplici parole, come sia fatta una scultura astratta; e di sculture più o meno astratte si tratta qui, anche se alte migliaia di metri.

– Altro merito, la sincerità, in certi punti quasi brutale, e che di per se stessa non esclude l'orgoglio, là dove Bonatti, direttamente o no, valuta l'importanza storica delle grandi imprese compiute («forse non brillo di modestia ma l'obiettività impone chiarezza»).

– Esemplare poi mi sembra il suo atto di fede nei valori morali e spirituali dell'alpinismo. È questo, da immemorabile tempo, un discorso difficile, delicato, che non finirebbe mai. Ne sono stati scritti dei saggi lunghissimi, dei veri e propri trattati. Bonatti sintetizza i termini del problema con prospettiva decisamente moderna, ormai del tutto staccata dalla «moralità classica che sorreggeva i martiri e i guerrieri antichi», e che trova la ragione d'essere in una ribellione, consapevole o no, alle miserie della nostra società tecnicistica.

E con pari intelligenza, senza impermalirsi o gridare al sacrilegio, mette le cose a posto di fronte alla bolsa, vecchissima obiezione della radicale inutilità degli ardimenti alpinistici. Obiezione che, par fin impossibile, riaffiora pubblicamente di quando in quando, in occasione di tragiche scalate.

– Ma in questo libro vorrei soprattutto notare – di là dalle avvincenti pagine di battaglia sugli apicchi più giganteschi e feroci delle Alpi – un sentimento bellissimo, nobile e struggente, che non esisteva nelle precedenti opere di Bonatti. Intendo dire il sentimento dell'addio, che qua e là affiora in varie circostanze, e a cui è coraggiosamente dedicato un intero capitolo.

È una scelta non imposta dal peso degli anni – Bonatti è ancora un uomo nel fiore delle forze, dalle risorse fisiche, oltre che di carattere, addirittura mostruose – ma da una meditata rinuncia. «Bonatti ha ora finito di essere l'alpinista Bonatti.» E probabilmente egli dà il commiato ai suoi terribili giganti nel momento più saggio, quando la sua stella ha toccato il punto più alto della parabola ed è improbabile che possa innalzarsi ancora; quando il suo mito, la sua leggenda (il termine non è esagerato) risplende della massima luce, senza la mortificazione di una sia pur piccola ombra. Deve essere stata per lui una decisione difficile e amara. Ed è con eleganza da gran signore ch'egli riesce a nascondere la malinconia del grande distacco. Bonatti anzi sorride, sembra soddisfattissimo, si direbbe che non senta il peso di alcun rimpianto. Certo, Bonatti non si allontana dalla Natura, anzi. Si è messo a girare il mondo nelle contrade più remote, ardue e strane, per raccontarne a noi le meraviglie con la penna e con la macchina fotografica (una macchina, bisogna ammettere, affermatasi ormai tra le più brave del mondo). E in questo stesso libro ce ne offre due cronache affascinanti.

Quanti ricordi, quanta virile commozione, quanti sentimenti intrisi di lacrime si intravedono però tra riga e riga, dissimulati con pudore meraviglioso. Buona sorte, grande Bonatti! Dalla coperta della nave che ti porta chissà dove, verso nuove stupefacenti avventure, forse altrettanto pericolose che i biechi sdruccioli della nord del Cervino, tu ci guardi con gli occhi stranamenti lucidi (ma non ci avevi garantito poco fa di essere così felice?) e un comune pensiero improvvisamente ci unisce, che dire qui sarebbe forse crudele.

Introduzione a Walter Bonatti, *I giorni grandi*, Mondadori, Milano 1971

IMPRESE

Nell'antichissimo castello, in cima alla più superba torre, esisteva ancora una stanzetta dove nessuno era mai stato. La porta finalmente è stata aperta. L'uomo è entrato e ha visto. E di misteri non ne restano più.

L'Everest

Sesto grado: estremamente difficile

Quando tutte le cime furono toccate, esplorati tutti i valloni, scalate le più esili guglie; quando l'alpinismo di roccia pareva aver raggiunto il massimo dell'audacia, rimanevano ancora intatte le grandissime pareti. Le maggiori Dolomiti hanno quasi tutte la loro «parete»: il fianco tagliato a picco, dove la fisonomia della croda si concentra più dura e solenne. Architetture sublimi che alzano le loro colonne per centinaia e centinaia di metri, quelle rupi conservavano pura la loro solitudine. Vi passavano soltanto le nubi. Non si udiva altra voce che il vento. Ma un giorno, molti anni or sono, ecco avvicinarsi ai piedi della muraglia degli uomini. I geni della parete quella mattina sporsero il capo, dai loro aerei pulpiti, sospettosi. Non era però ancora giunta l'ora. Sulle pareti della Civetta, del Pelmo, della Tofana gli audaci salirono sì fino all'estrema cresta; ma non fu una completa vittoria; essi si erano arrampicati ai lati, dove le rocce cominciavano a placarsi; erano piegati dinanzi all'impeto selvaggio della rupe centrale.

I pittori continuarono a fermarsi sotto, con il cavalletto e i pennelli, cercando inutilmente di riprodurre quella perfetta opera d'arte. Gli alpinisti la sogguardarono ancora per anni con indifferente freddezza: «Di là non ci passeranno che i corvi» e continuarono il cammino. Dalla cima alcuni gettavano occhiate nell'abisso, ma per scorgere soltanto i ghiaioni del fondo.

Ventisette chiodi segnano invece oggi la via direttissima sulla parete nordovest della Civetta, la più grandiosa muraglia delle

Dolomiti, che, con le sue vertiginose scanalature, può assomigliare alla sagoma di un organo immenso. Quello che un giorno era «assurdo» non desta adesso più meraviglia. In sette anni già ventun cordate hanno ripetuto l'impresa. Intanto anche le altre pazzesche pareti hanno dovuto capitolare. Di invincibile non rimane, nei gruppi più importanti, che la facciata nord della Cima Grande di Lavaredo: essa ha respinto finora con sdegno ogni tentativo: curva sul vuoto, con i suoi negri strapiombi tiene ancora chiuso il suo tremendo segreto.

Con la conquista delle ultime formidabili rocche, l'alpinismo moderno ha avuto le maggiori vittorie. Gli arrampicatori di prima della guerra erano meno audaci degli attuali? Questo non si può dire. È certo però che un grande progresso si è fatto. La tecnica ha possibilità molto più vaste, come più ampie sono le concezioni teoriche. Soprattutto l'Italia, che un tempo doveva, per quanto riguarda le Dolomiti, calcare le orme straniere, ha moltiplicato mirabilmente le sue forze. Si è ottenuto oramai l'umanamente possibile. Il progresso infatti – secondo il giudizio dei competenti – non potrà prolungarsi. Non è insomma lecito prevedere per un avvenire prossimo un ulteriore sviluppo dell'arrampicamento. Uomini più perfetti, atleticamente e moralmente, non è facile immaginarli; e in fatto di mezzi meccanici di ausilio si è adoperato tutto quanto è ammissibile secondo i criteri di un sano e onesto alpinismo.

Si è vista una meravigliosa coincidenza: il massimo dell'uomo ha corrisposto al massimo della montagna. Dove le crode fanno l'estremo sforzo, innalzandosi a piombo e a strapiombo, là l'alpinista ha toccato il confine delle proprie risorse. Tutti e due giungono alla cima sfiniti.

Dall'incontro delle più belle pareti con gli arrampicatori più forti sono scaturiti i capolavori dell'alpinismo moderno: le salite di sesto grado, «estremamente difficili», che «esigono le estreme umanamente possibili capacità di prestazione fisica d'uno scalatore». Per la maggioranza degli alpinisti anche molto abili, esse vogliono dire l'impossibile. Non basta essere valenti ginnasti. Atleti inappuntabili, condotti sulle crode, hanno fatto un fiasco solenne; mancava l'elemento morale, quello che divide nettamente l'alpinismo da tutti gli altri sport. Alle doti materiali deve essere unita una straordinaria forza d'animo. Pochi minuti di scoraggiamento, durante una di quelle durissime lotte, bastano a finire un uomo, esauriscono rapidamente tutte le sue risorse, lo lasciano affranto e indifeso in balia dei precipizi.

La lunghezza è una delle caratteristiche del «sesto grado». Una salita di duecento metri, per ardua che sia, anche se fa consumare a un valente rocciatore tutte le cartucce, non può pretendere all'alta qualifica. La più breve dell'eletta famiglia è la parete nord del Catinaccio (via Piaz-De Zulian), di circa 400 metri: un «sesto grado» di limite inferiore. Gli esempi classici sorpassano il chilometro: oltre mille metri di ascensione per avanzare, in linea orizzontale, di poche decine. Ecco la via Solleder-Lettenbauer (1100 metri) e quella Comici-Benedetti (1150) sulla Civetta; la Solleder-Kummer sulla parete est del Sass Maor (1100); lo spigolo ovest della Busazza vinto da Rittler, Rudatis e Videsott (1100) fino al *record* dell'Agner che allunga il suo spigolo nord (via Gilberti-Soravito) per 1500 metri.

Creature d'eccezione, le salite di sesto grado nelle Dolomiti venete raggiungono appena la ventina: ricordiamo, oltre le già citate, la parete ovest del Pan di Zucchero, salita nell'estate scorsa, lo spigolo ovest della Torre Trieste (vie Tissi-Andrich-Rudatis), la via Tissi-Zanetti-Andrich-A. Zancristoforo e la Stoesser-Hall-Schütt sulla Tofana di Rozes, la direttissima sullo spigolo SO della Marmolada (via Micheluzzi-Peratoner-Cristomanno), la parete SO della Croda Marcora (via Dimai), la Furchetta dal Nord (via Solleder-Wiessner), la direttissima sulla Cima Una (via Steger-Wiesinger) e sulla Croda dei Toni (via Schranzhofer), il camino O della Torre su Alto, nella Civetta (via Schneider-Merk), la parete ONO della Busazza (via Gilberti-Castiglioni), lo spigolo SE del Pan di Zucchero (via Peterka-Hall), la parete nord del Pelmo (via Simon-Rossi), quella est del Catinaccio (via Steger-Masè Dari) e quella NO della Sorella di Mezzo nel Sorapis (via Comici-Fabian). Vale la pena di ricordare come anche la Presolana, notissima ai milanesi, abbia un suo «sesto grado», sullo spigolo nord, per merito della cordata Gilberti-Castiglioni.

Questo il glorioso bilancio dell'estremamente difficile. Alcune di queste imprese hanno quasi un sapore di leggenda. Ne parlano con passione, alla sera, nei rifugi, gli alpinisti, in interminabili discussioni, ricordandone gli eroi. I nomi degli arrampicatori da «sesto grado» sono ben popolari nel mondo dolomitico. Un elenco preciso sarebbe impossibile; ma, eccettuando le guide, si calcola che tra gli accademici siano una mezza decina: Attilio Tissi, Celso Gilberti, Renzo Videsott, Raffaele Carlesso e Ernani Faè. Naturalmente si parla soltanto di capicordata perché solo il primo viene messo alla massima prova. Anche per fare il secondo o il terzo di cordata, in simili imprese, occorre sentirsi ben forti, ma non si chiedono qualità di assoluta eccezione. Assicurati da una fune che pende dall'alto, si riesce a fare con cuor leggero quello che da soli sarebbe pazzesco tentare. Tra le guide che hanno superato il «sesto grado» ricordiamo Emilio Comici, Luigi Micheluzzi, Tita Piaz, i fratelli Dimai, Verzi e Schranzhofer.

La Scuola di Monaco, vivaio degli alpinisti tedeschi di roccia, conta invece circa una cinquantina di giovani che hanno avuto il battesimo del «sesto grado». È questa una nuova prova dello sviluppo immenso che la passione per la montagna ha raggiunto al di là delle Alpi. Ma in breve spazio di tempo il progresso dei nostri è ancor più ammirevole. Se la quantità non è ancora comparabile, la qualità è in primissimo ordine. Non è azzardato affermare che alcuni degli Italiani abbiano superato i più celebrati assi germanici.

«Quando all'alba si va all'attacco, mi sembra di andare al macello» confessava un alpinista in gamba, che pure non conosceva il «sesto grado». La frase è un po' esagerata, eppure quelli che hanno affrontato per la prima volta, da soli, una parete molto difficile sanno quale oppressione prema sull'animo nell'accostarsi alle rupi arcigne, ancora immerse nell'ombra notturna. Che cosa ci sia nel cuore degli alpinisti mentre stanno per attaccare un «sesto grado» non si potrà mai sapere con precisione. Certo il rischio del gioco è ben diverso dal solito. Altro è assalire una rupe di due o trecento metri, sulla quale rimarrà sempre aperta la possibilità di un ritorno; altro è penetrare nel mondo oscuro di una muraglia sconosciuta che sembra non debba mai finire. L'alpinismo dolomitico avvicina qui e talora sorpassa le grandiose battaglie che si combattono sui grandi monti ghiacciati. Non si sfida più il «passo cattivo» con la sicurezza che le maggiori difficoltà subito dopo siano finite. È un'avventura sempre incerta, qualche volta disperata. Dopo il primo «passo cattivo» che fa tendere al massimo muscoli e nervi, ce ne saranno altri a decine, in una successione senza tregue. Quando al termine di un estenuante camino, il volto si affaccia sul piccolo piazzaletto di riposo, ecco profilarsi subito dopo un'altra infida spaccatura e ancora più in su una terza; tutto è ostile e maligno, fin dove arriva lo sguardo.

Bisogna attaccare le rocce in uno stato di grazia. Si compie in quel momento decisivo il massimo sforzo sopra se stessi; bisogna ricacciare decisamente tutte le piccole vigliaccherie che bisbigliano seducenti, consigliando al ritorno. C'è un intenso attrito psichico sino a che le mani non abbiano afferrato la rupe. S'inizia quindi una specie di esaltazione lucidissima, cervello e corpo toccano la massima perfezione. I chiodi attaccati alla cintura tintinnano con amichevole suono. La vista dei lastroni lisci e repellenti eccita, invece che impaurire. L'eleganza tecnica permette di risparmiare al massimo le energie per le più dure ore che verranno. Soprattutto se si tratta di un tentativo, nell'incognita delle difficoltà successive, l'economia delle forze è il primo elemento di successo.

Una volta superato il primo tratto di abisso il dado è tratto. Fare dietro front a metà parete spesso è sinonimo di sicura catastrofe. Le nubi di un temporale imminente hanno minacciose ombre di morte. Invocare aiuto in quella aspra solitudine sarebbe vano. Guai a chi resti imbottigliato nella ciclopica trappola.

Qualche volta si gioca il tutto per il tutto. Chi si è avventurato per la prima volta su certe pareti di oltre mille metri, pur sentendosi forte di una tecnica raffinata e di una resistenza a tutta prova, doveva pur sapere che se a duecento metri dalla cima la via era sbarrata, la speranza di uscirne salvi si riduceva a poca cosa.

Ne conosce, di questi silenziosi drammi, l'apicco NO della Civetta: ricorda la laboriosa ritirata dei fratelli Schmid, sorpresi da un temporale; la caduta di H. Mayer che dovette essere calato con sforzi sovrumani dal compagno Peterka giù per i paurosi camini; la lotta a denti stretti impegnata contro la bufera nel 1930 da Sepp Emmer e da Domenico Rudatis a 600 metri dalla base. L'uno e l'altro, all'inizio della disastrosa discesa, mentre colonne d'acqua e scariche di sassi precipitavano sul loro capo, avevano rinunciato in cuor loro alla salvezza, ma scendevano, così, per una specie di forza d'inerzia. Nelle calate nel vuoto la corda non toccava il fondo; si doveva fare il pendolo fino a poter aggrapparsi con le mani alle rocce, per piantare un chiodo e proseguire la fuga. Più tragica è stata la bufera del settembre scorso che è costata la vita a Leo Maduschka, uno dei più apprezzati stilisti bavaresi.

Anche la Furchetta ha voluto due vittime. Già tentata da Duelfer prima della guerra, la parete nord venne vinta nel 1925 da Solleder, la guida tedesca specialista (e non è dir poco) in roccia marcia, che doveva poi perire sulla Meije. Da allora non è più stata ripetuta. Giunti sotto all'ultima barriera di rocce, gli alpinisti si guardarono attorno, smarriti, cercando. La rupe si innalza indecifrabile, assurda, senza una indulgenza. Il problema risolto da Solleder sembra rientrato nel mistero, come se la montagna, dopo aver lasciato passare un suo beniamino, abbia di nuovo sprangato un'invisibile porta.

La notte, quasi sempre, giunge a interrompere la fatica. Bisogna bivaccare. Si cerca, tra le tenebre sempre più fitte, un piazzaletto, un ballatoio, una cengia, una grotta, da poter restare almeno seduti. Viene assicurato alle rocce il sacco da bivacco, di seta impermeabile, che riparerà gli alpinisti dalla pioggia e dal freddo. Ma qualche volta bisogna accontentarsi di un appoggio per i piedi. Infisso un chiodo nella roccia, ci si assicura con la corda perché un colpo di sonno non si tramuti in una mortale caduta.

C'è stato anche un bivacco comico, sul «sesto grado», durante la prima salita dello spigolo O della Busazza nel 1929. Superato oramai nel buio un lungo camino, Rittler, Videsott e Rudatis si arrestano sopra un piccolissimo terrazzino, rassegnati a passarci la notte. Le rocce nere sembrano innalzarsi sopra di loro a picco, con difficoltà sconcertanti; ma non si può distinguere bene. Muoversi sarebbe imprudente. Una notte d'inferno, legati come salami sul misero piedestallo. Ma ai primi barlumi dell'alba tutti e tre scoppiano in una risata. Di fianco al loro minuscolo sostegno si stende una comodissima cengia ghiaiosa, invisibile nella notte. Ma non basta: la parete è ormai finita; sopra il piazzaletto si alzano soltanto le facili rocce terminali. A una trentina di metri è la vetta, la larghissima Cima della Busazza che potrebbe accogliere senza fatica un intero battaglione.

«Corriere della Sera», 6 ottobre 1932

Tecnica della doppia corda sulla parete del Nibbio

Una cinquantina di persone si sono distese sull'erba e pare guardino verso il cielo. Circa trenta metri più in là si alza una parete rocciosa, rigorosamente a strapiombo. Se un sasso si staccasse dalla cima toccherebbe il fondo a due o tre metri dalla base. È la parete del Nibbio, la nota avanguardia, per così dire, della Grignetta. Tutti quelli che da Ballabio Superiore sono saliti al Pian dei Resinelli hanno in mente la sua caratteristica sagoma, forse non ardita, ma con un certo che di sinistro.

Gli alpinisti che, per caso, c'erano passati vicino, non l'avevano neppur presa in considerazione. Sembrava loro un concreto sinonimo dell'impossibile. A parte il fatto dell'assoluto strapiombo, non si riusciva a trovare un camino, una cengia, una scanalatura che indicasse una ipotetica via di salita. Non più di ottanta metri, ma sembra molto più alta.

Questa mattina, la guida Emilio Comici tenta decisamente la scalata. Sarà una delle più belle lezioni della sua scuola di roccia che si svolge in Grignetta. Tema: superamento di strapiombi, con la tecnica della doppia corda (da non confondersi con la corda doppia per la discesa). A parole è una cosa molto semplice.

Di solito – e tutti lo sanno –, il capocordata è unito al compagno da una sola corda che serve quasi esclusivamente d'assicurazione: se il primo cade, il secondo, almeno teoricamente, lo trattiene. Quando gli appigli sono scarsissimi o malsicuri e il rischio più grande, il capocordata fissa un chiodo nella roccia, vi aggancia un moschettone (cioè un anello con apertura elastica come quelle per le catene degli orologi) e, attraverso il moschettone fa passare la corda. Esempio: se il capocordata è salito venti metri sopra il compagno, in caso di caduta precipiterebbe per venti più venti cioè per quaranta metri. Se, invece, dopo quindici metri, il capocordata aveva piantato un chiodo, il capitombolo si riduce complessivamente a soli dieci metri. Il chiodo, nel caso, risparmierebbe trenta metri di caduta. Fin qui la corda ha soltanto una funzione di sicurezza. Nella tecnica più moderna essa, invece, può diventare un vero e proprio strumento per poter salire.

Il Comici è legato a due corde, di differente grossezza perché possano venir distinte a colpo d'occhio. All'altro capo della prima è un promettente scalatore di Lecco, Antonio Piloni. La seconda collega il capocordata a Mario dell'Oro, detto più brevemente «Boga», anch'egli di Lecco, giovane, ma espertissimo arrampicatore. Ecco il sistema: dove la parete si piega all'infuori e mancano sufficienti appigli, il Comici pianta un chiodo e con un moschettone vi fissa la corda grossa, che viene subito tirata dal compagno rimasto più in basso. Anche se la roccia è strapiombante, il capocordata può essere trattenuto così sul vuoto. Allora egli pianta, un po' più in alto, un secondo chiodo, al quale fissa la corda sottile; la fune grossa viene allentata e l'altra, invece, tirata. Il Comici, e questo naturalmente con straordinaria delicatezza di movimento ed estremo sforzo muscolare, riesce allora a guadagnare un altro piccolo tratto, sempre trattenuto dal basso. Così, di chiodo in chiodo, fino a che lo strapiombo sia superato. Un sistema di carrucole, per esprimere sinteticamente, se pur con inesattezza, il concetto.

Acrobazia – si dirà – che ha ben poco da fare con il vero alpinismo. Ma bisogna tener conto dello sforzo nervoso, morale e muscolare per compiere simili manovre sotto quegli ombrelli di roccia; bisogna pensare al rischio che un chiodo si stacchi. Sopra una rupe di ottanta metri, con la possibilità di soccorsi dall'alto, l'ardimento può avere il sapore di pura esercitazione acrobatica sportiva. Ma quando questo avviene a metà di una immensa parete, di centinaia e centinaia di metri, dopo lunghe ore di sfibrante lotta, nella solitudine più selvaggia, nell'impossibilità di chiedere o ricevere aiuti, allora c'è veramente qualcosa di eroico.

Quando Comici attacca, la parete si è appena svegliata dal sonno, porta ancora delle ombre umide e sinistre. Poi il sole a poco a poco la scalda. Dai rifugi del Pian dei Resinelli arrivano placidamente gli «allievi» della scuola o semplici curiosi. Si raccolgono sul prato, si distendono per vedere meglio; a stare in piedi verrebbe un torcicollo. Le loro chiacchiere coprono sgradevolmente le voci del torrente giù in basso e degli uccelli che cantano tra i rami.

L'altro ieri, insieme con il Dell'Oro e la signora Mary Varale, una delle poche donne le quali facciano dell'alpinismo sul serio, il Comici aveva già superato la prima metà della parete, lasciando tra gli strapiombi diversi chiodi e un anello di corda. E perciò il primo tratto può essere scalato oggi abbastanza rapidamente. Segaligno e leggero, il Comici pare che non si trovi mai «impegnato». Non vince le difficoltà con la forza ma con l'eleganza dello stile. Alle prese con lo strapiombo iniziale egli si distende traversalmente, con il corpo tutto all'infuori, toccando invisibili appigli.

Ora è giunto proprio sotto a un tetto, una sporgenza nerastra che ripararebbe comodamente dalla pioggia. Egli fa un delicato giro su se stesso, si butta all'esterno, raggiunge con una mano l'anello di corda, si issa lentamente. Passando di chiodo in chiodo, dà ai compagni, raccolti in una nicchia, gli ordini per la manovra delle funi: «Tirare la grossa!... mollare la sottile!... lasciare le corde!». Sorride, quando raggiunge un piccolo ballatoio dove si può riposare. Saluta gli amici riuniti giù in basso. Ha una voce strana con un timbro roco.

Ora tocca salire ai suoi due compagni, avvantaggiati dalle corde che pendono dall'alto. Ma anche per fare i secondi di cordata, in salite del genere, bisogna avere cuore e muscoli come si deve. L'ultimo a salire, il «Boga», anche lui smilzo e leggero, si assume la fatica di togliere i chiodi. È un lavoro difficilissimo restare appesi con una mano sola e con l'altra battere, un colpo per parte, il ferro che non si vuol smuovere.

E adesso? Da che parte potranno andar su? Qualcuno che con

un binocolo ha osservato metro per metro la muraglia scuote la testa, incredulo, anche dopo quello che ha visto. Il Comici è di nuovo in azione. Si è infilato in un diedro liscio come una canna d'organo. Le sue pedule appoggiano sulla roccia soltanto con l'ultima estremità. Dal basso le suole si distinguono perfettamente. Il brutto ora è traversare a sinistra per raggiungere una piccola fessura a sghembo. Gli spettatori finalmente tacciono, emozionati. Torna a salire dal basso il lontano rombo dell'acqua. Tornano a farsi udire gli uccelli.

Le due corde, passate a zig-zag da un chiodo all'altro, stentano a scorrere proprio mentre il Comici sta compiendo un estremo gioco d'equilibrio. Intanto dalla parte della Grignetta giunge il suono di una canzone: un dolce ritornello, non c'è nulla da dire, ma in questo momento dà noia. Il Piloni e il Dell'Oro sono rannicchiati sul piazzaletto, pronti a trattener le corde in caso di caduta. Segue un lungo silenzio.

La fessuretta è ormai raggiunta. In posizione meno assurda, il Comici ora sgombera una sporgenza da alcuni ciuffi d'erba, che scendono lentamente ondeggiando nel vuoto. Il sole è girato nel cielo e la parete è rimasta tutta in ombra. Sale dalla valle un suono di campane, un suono da mezzogiorno. Tra poco il Comici toccherà un comodo pulpito, una decina di metri sotto la cresta terminale.

Anche l'ultimo tratto, in traversata, non lascia un secondo di respiro. Si scorge il Comici, divenuto piccolo piccolo, con le gambe aperte al massimo, il torace tutto piegato da un lato che con il martello cerca di fissare un chiodo alla sua sinistra. Si ode distintamente la vibrazione del metallo sforzato sotto i colpi.

In tutti è oramai la certezza della vittoria. Il brusio tra gli spettatori si è ridestato. Scoppiano qua e là delle risa. Quando infine – tre ore e mezza dopo l'inizio – il capo di Comici si profila oltre il limite della parete e un raggio di sole a sghembo brilla tra i suoi capelli, echeggiano degli applausi. È un suono che qui non sta bene.

Mezz'ora dopo anche i secondi di cordata sono scomparsi al di là della cresta e stanno discendendo per le facili rocce dell'altro versante. I curiosi lentamente se ne sono andati. È tornato il silenzio. Ora la parete è ancora quella di prima, bieca e solitaria. Le piccole erbe ricominciano a crescere tra le sue vecchissime crepe. E ronzano, alla base, gli insetti. Di quanto è successo poco fa sembra che non sia rimasto neppure il ricordo. Anche i pochi chiodi rimasti, grigi sulla grigia roccia, non si scorgono neppure.

«Corriere della Sera», 30 maggio 1933

L'ardua lotta per la conquista della più impervia parete dolomitica

«Perché il prestigio dell'alpinismo italiano rifulga in faccia al mondo della stessa luce che in altri campi illumina il valore e la tenacia degli Italiani di Mussolini, nei giorni 12, 13, 14 agosto 1933 abbiamo aperto la via di salita sulla parete nord della Cima Grande di Lavaredo: Angelo Dimai, Giuseppe Dimai, Emilio Comici.»

Ecco le parole che sul libro dei visitatori del Rifugio Principe Umberto ricordano la più meravigliosa impresa dell'alpinismo dolomitico. La parete nord della Cima Grande di Lavaredo rappresentava senza dubbio il problema più affascinante nel mondo delle crode, così come nelle montagne ghiacciate è la parete nord delle Grandes Jorasses, non ancora violata.

Sono 550 metri di muraglia, una rupe che non trova alcun confronto in tutti i Monti Pallidi. Nettamente strapiombante nella prima metà, poi verticale, si innalza dal piedestallo di ghiaie con un balzo solo fino alla vetta, simile alla facciata di una ciclopica cattedrale gotica.

I pur grandissimi Dülfer e Preuss l'avevano creduta impossibile. In tempi più recenti, il famoso Solleder, quando venne nelle Dolomiti per risolvere i problemi più belli (Civetta, Furchetta, Sass Maor), disse: «Chissà, forse fra alcuni anni, qualche giovane matto potrà tentarla». Ed il primo a provare fu Steger che salì forse una settantina di metri; ma poi rinunciò dichiarando impossibile proseguire.

La cronaca dei successivi tentativi ricorda i nomi di Carlesso, di Tissi, di qualche rocciatore tedesco e l'anno passato della guida Emilio Comici il quale, con Zanutti, riuscì ad attraversare per circa 15 metri dal punto toccato da Steger e a raggiungere una fessura che lo portò 30 metri più in alto. Per quel giorno – così egli stesso racconta –, Comici ne ebbe abbastanza.

Oramai gli sguardi di tutti i più forti arrampicatori, italiani e stranieri, erano fissi su quella fantastica rupe. Dai primi del mese corrente una cordata di fortissimi rocciatori tedeschi faceva la ronda, attendendo, in giornate di intenso allenamento, che giungesse l'ora, l'ispirazione, lo stato di grazia necessario per osare tanto. E anche Stösser si esercitava nel gruppo della Marmolada, serbando in cuore la stessa grande speranza.

Abbiamo già dato notizia nei giorni scorsi della memorabile ascensione. Durante il tentativo del 12 corrente, al quale parteciparono, con Emilio Comici, le guide cortinesi Giuseppe e Angelo Dimai, il giovane Dibona e il fotografo Ghedina, scoppiò un temporale. La pioggia veniva giù a dirotto ma gli alpinisti restavano all'asciutto tanto la parete era strapiombante. Essi vedevano scendere nel vuoto, a qualche metro di distanza, le cortine d'acqua che piombavano, frammiste a sassi, dai tetti incombenti.

Il giorno dopo mossero all'attacco vittorioso Comici e i due Dimai. In 4 ore raggiunsero il punto toccato la sera precedente. Qui cominciò l'eroica lotta, sempre più terribile. Fino allora, almeno, ci si poteva aiutare con delle fessure, per quanto strapiombanti. Ora invece la parete si innalzava compatta, con soffitti e tetti, senza possibilità di piantar chiodi sicuri.

Comici dovette ricorrere alla tecnica più raffinata e pericolosa. Ci vollero oltre cinque ore per avanzare una trentina di metri. Il capocordata si innalzava millimetro per millimetro, appoggiandosi ai chiodi con infinita precauzione, come se fossero di vetro, tanto erano malsicuri e tratteneva, per istinto, il respiro, con l'illusione di essere un po' più leggero. Ecco, finalmente una piccolissima terrazza. Qui Comici fu raggiunto da Giuseppe Dimai, il quale, più fresco, prese il posto di testa e, fatta una traversata, superò ancora uno strapiombo.

I tre erano appena a 250 metri dall'attacco, ma la vittoria era oramai conquistata. Più in alto il furore della croda si placava. Calava ormai la notte. Dal ghiaione, laggiù in fondo, salivano incerte, sottili, come pigolii di uccelli, le voci degli amici. Spossati dall'indicibile sforzo, sovranamente felici, le tre guide si preparavano a bivaccare: certo il bivacco più bello della loro bella esistenza.

Al mattino, calati fino alla base i sacchi con una lunghissima cordicella, i tre ripresero, più leggeri, la fatica. Gli ostacoli che restavano, benché valutabili al quinto grado, parvero uno scherzo in confronto alle folli difficoltà vinte la sera prima. In tre ore e mezzo gli scalatori superarono gli ultimi duecento metri di parete. Alle 9.30 il sole li salutava sulla vetta.

Questa grande vittoria è stata accolta con particolare esultanza dal Gruppo alpinistico rocciatori sciatori della Società alpina delle Giulie, in quanto Emilio Comici ne è uno dei fondatori ed il GARS teneva in quegli stessi giorni sulle Cime di Lavaredo il suo terzo convegno estivo.

È ormai nota negli ambienti alpinistici la caratteristica delle adunate «garsine». Il convegno sul Montasio, con cinquanta arrampicatori convenuti sulla vetta per le diverse vie difficili e quello dell'anno successivo sul Jof Fuart con settanta persone salite alla cima per ben dodici vie di pura roccia, sono stati superati, forse per entusiasmo, ma certamente per difficoltà e varietà di scalate, da quello tenuto nei giorni 12-15 agosto alle Cime di Lavaredo. Basta, a darne l'idea, il nudo elenco delle salite: Cima Piccolissima, salita via Preuss, discesa via Dülfer; traversata della Cima Piccolissima e Punta di Frida; Cima Piccola, via normale (quattro cordate), via Helversen, della parete est e via Fehrmann; Cima Grande, via Dülfer, parete est, spigolo Dibona, Camino Mosca e via normale (quattro cordate); Cima Ovest, via Dülfer (prima salita italiana e terza assoluta), e via normale (due cordate); Croda del Rifugio, via Casara-Granzotto; la Torre Toblin e la Cima del Monte Paterno.

«Corriere della Sera», 20 agosto 1933

Montagne sconfitte

Ecco la stagione di mezzo in cui la corda sta ancora asciugando al sole e già si cominciano ad ungere le scarpe da sci. Metamorfosi delle vetrine sportive; gran lavoro per i fotografi, incaricati di ingrandire, quasi a grandezza naturale, da pellicole larghe come francobolli, le negative delle cime e delle pareti vergini conquistate quest'anno.

Sono in maggioranza fotografie di rupi bianche e riarse. Poche le visioni di ghiacci. Il bilancio estivo ha fatto risaltare ancora una volta la differenza sostanziale tra alpinismo di ghiaccio e di roccia, occidentale e orientale.

Sulle Dolomiti, dove le cime non subiscono il minimo mutamento neppure attraverso i secoli, dove il maltempo raramente assume mortale potenza, l'elemento uomo ha un gioco molto più vasto. L'esito di un tentativo dipende, salvo casi eccezionali, esclusivamente dall'abilità dello scalatore. Sono montagne morte e passive, anche se difficilissime.

Sulle grandi cime ghiacciate, anche col progresso della tecnica, si deve invece fare sempre il conto con i capricci del caso, pregare Iddio che risparmi tormenta, soprattutto che non vengano giù sassi o, se proprio devon venire, che caschino almeno qualche metro più in là. Sono montagne irrequiete, ipocrite, di cui non c'è da fidarsi neppure dopo anni e anni di rapporti cordiali. Quando le rupi giacciono in silenzioso letargo, si possono guardare con tranquillità anche i più biechi strapiombi, ma chi resiste all'orribile scroscio dei sassi tempestanti i gelidi canali di cristallo?

Per questo il maltempo estivo ha ostacolato assai più gli «occidentalisti». Per questo i progressi dell'alpinismo hanno avuto modo di manifestarsi più clamorosamente nelle salite di roccia. Per questo i vecchi patriarchi blindati di ghiacci, che spesso sembrano eclissati dalla irrompente fama delle sorelle pallide dell'est, conservano pur sempre intatto il tradizionale prestigio, mentre si vedono famose Dolomiti sclassate in breve volger di stagioni. Niente di più stupido che discutere se è meglio l'uno o l'altro alpinismo. Ma abbiamo la vaga impressione che le Occidentali in futuro correranno meno il rischio di invecchiare.

Neppure sulle Occidentali però il maltempo ha voluto dire fallimento. Nei brevi varchi fra una tempesta e l'altra gli alpinisti sono partiti all'attacco, con lo slancio a lungo represso nelle interminabili attese dietro i vetri imperlati di pioggia o di neve. In quelle avare oasi di sole, parecchi canaloni e dirupi che dall'epoca della creazione avevano goduto assoluta solitudine, hanno visto per la prima volta l'uomo. Lo sanno, ad esempio, le nere rocce della parete nordovest del Pic d'Olan, nel Delfinato, vinta da Giusto Gervasutti con Lucien Devies. È questa una delle maggiori vittorie dell'annata, notevole non solo per le difficoltà intrinseche della muraglia, alta 1100 metri e definita senza esitazioni di sesto grado, ma soprattutto perché essa è stata colta in terra straniera, su di una parete già studiata a lungo dagli scalatori francesi e considerata come uno dei più affascinanti problemi delle Occidentali. Il Gervasutti si è così affermato ancora una volta in primissimo rango nel campo internazionale e probabilmente non sbagliano quelli che lo definiscono l'alpinista attualmente più completo d'Italia, capace di far da capocordata tanto sui più difficili ghiacciai quanto sui sesti gradi di dolomia.

Ricordiamo, tra le molte altre belle imprese, le audacissime piste lasciate da Chabod e dallo stesso Gervasutti sul canalone nordest del Mont Blanc du Tacul (direttissima) e sul canale ovest della Tour Ronde; la terza scalata della cresta sud della Aiguille Noire de Peuterey per opera di Boccalatte e della signorina Ninì Pietrasanta; la via diretta tracciata da A. Lucchetti con la guida

G. Schenatti sulla nord del Disgrazia. Troppo lungo sarebbe ricordare tutte quelle che lo meriterebbero.

Magnifico il bollettino delle Dolomiti; il primato tradizionale degli arrampicatori tedeschi è definitivamente tramontato. Sono i nostri oggi alla testa, che dicono l'ultima parola.

Numerose le nuove vie estremamente difficili. Di anno in anno va ampliandosi il ceto dei privilegiati che si permettono il lusso del sesto grado. Ecco le crode che hanno ricevuto il grande battesimo: parete sud della Torre Trieste (R. Carlesso e B. Sandri), parete nordovest della Punta Civetta (Alvise Andrich e E. Faè), parete sud della Torre Grande di Averau (G. Dimai, A. Verzi, C. De Gasper e G. Ghedina), pareti est della Cima Canali, nord del Focobon e spigolo sud del Sass Maor (E. Castiglioni e B. Detassis), parete nordovest della Punta De Gasperi (G. Benedetti e R. Zanutti), parete sudest della Piccolissima di Lavaredo (G. Cassin, G. Vitali e L. Pozzi), spigolo sudovest della Torre Venezia (A. Andrich, B. Zancristoforo e E. Faè), parete est della Brenta Alta (B. Detassis, U. Battistata e E. Giordani), diretta sulla parete sudovest del Cimon della Pala (A. Andrich, Mary Varale e F. Bianchet), parete nordest del Dente di Sassolungo (G. Soldà e F. Bertoldi), parete ovest della Torre Bindel (M. Noggler e F. Peroso).

Alcuni spunti di cronaca: Tissi ha dovuto riposare per tutta l'estate a causa di un grave incidente motociclistico capitatogli nell'autunno dell'anno scorso. Comici ha assaggiato la paurosa parete nord della Cima Ovest di Lavaredo, una delle pochissime grandi muraglie dolomitiche ancora del tutto inviolate; ne aveva già superato un buon tratto e si preparava all'attacco decisivo quando è sopravvenuto il maltempo; egli si è parzialmente rifatto con vari nuovi quinti gradi e con lo spigolo ovest del Jalouz, nelle Alpi Giulie, estremamente difficile. Ma due affermazioni van soprattutto notate: le bellissime imprese dei Giovani fascisti lecchesi, postisi, nella scorsa stagione, anche con vie di sesto grado sulle Dolomiti e sulle pareti lombarde, in prima fila tra gli arrampicatori italiani; e l'apparizione sulla scena dolomitica di una tempra affatto eccezionale, Alvise Andrich, diciannovenne, che in primavera provava per la prima volta in vita sua le pedule su macigni di pochi metri e in settembre aveva già al suo attivo tre ascensioni nuove estremamente difficili. Quelli e questo, eloquentissimi esponenti delle fresche generazioni dell'Italia nuova.

Spettacoloso anche quest'anno il progresso dell'arrampicamento, che non va tanto attribuito, come spesso si sente dire, a un perfezionamento di carattere tecnico. Quello che si è visto recentemente sulle maggiori pareti delle Dolomiti dimostra che il progresso è soprattutto di indole spirituale. Non è che gli atleti siano più agili o più forti; è l'animo che è andato temprandosi a prove più dure.

Basta osservare le vie tracciate, prima della guerra, senza alcun uso di chiodi, da Preuss, vie meravigliose se pur superate, per convincersi che gli accorgimenti acrobatici del corpo umano per superare strapiombi, camini, fessure avevano già allora toccato il loro fastigio. Sì, è vero, l'uso generalizzato dei chiodi ha aperto delle possibilità nuove e questo rientra nei perfezionamenti tecnici. Ma chiodi, staffe, corda «a forbice» o «tripla» non bastano a giustificare le conquiste degli ultimi anni.

Come spiegare che la parete nord della Grande di Lavaredo, due anni fa considerata ancora inespugnabile, sia già stata salita una dozzina di volte? Che vie ritenute addirittura «da olio santo» come la Preuss della Piccolissima, siano già state prescelte a meta di gite sociali? Che alcune guide siano riuscite a raggiungere il sesto grado solo a cinquant'anni?

Posseggono gli arrampicatori d'oggi una molto maggiore perizia acrobatica? Non crediamo. È la mentalità che è progredita. Una specie di esempio: l'idea di attraversare una strada in equilibrio su di un filo teso a dieci metri d'altezza farebbe paura a chiunque (eccetto che a pochi saltimbanchi specializzati); ma se vedeste familiari ed amici passeggiar su e giù per quel filo con la massima flemma, anche voi non avreste paura e probabilmente riuscireste a superare la prova senza sforzi. Fatte le debite proporzioni, lo stesso succede in montagna. Non per fare un paradosso ma, entro certi limiti, basta essere convinti che una salita sia facile perché la salita diventi facile davvero.

Nell'alpinismo, forse più che in qualsiasi altro sport, è lo spirito che conta. Perciò, in fatto di imprese alpine, l'Italia ha potuto fare, negli ultimi anni, un così grande passo innanzi. I muscoli, da soli, non hanno grande probabilità di successo; non diciamo che se ne possa fare a meno, ma quasi. È l'animo che tien su tutto. (Naturalmente gli alpinisti spesso non se ne accorgono e se parlate loro di queste faccende, dicono che è tutta retorica.)

«Corriere della Sera», 7 novembre 1934

Gli invisibili compagni di ascensione

I quattro corpi erano già stati liberati dalla neve della valanga, portati giù alla città e accompagnati alla sepoltura. Ma essi, era ben certo, erano rimasti ad aspettare lassù: Augusto e Lisetta Porro, Roberto Cazzaniga e Maria Vittoria Torrani. E i loro compagni, giovani e vecchi amici di cordata e di sci, sono saliti a salutarli.

Ancora un'ascensione insieme, come al solito, come tante altre domeniche sopra i tremila. Solo che questa volta l'appuntamento non è alla stazione, per il sabato sera, ma addirittura poco sotto la vetta, senza che sia fissata un'ora precisa. Anche ad arrivare in ritardo, essi saranno là ad attendere, pazienti, perché oramai non hanno più fretta, né sentono bisogno di scendere giù al paese prima di notte.

Lunghe colonne di piccoli omini si vedono avanzare lentamente per i candidi valloni. L'intera famiglia dello Sci Club CAI Milano è arrivata. Ciascuno ha qualcosa da dire ai quattro compagni caduti. Non era giusto che il lieto lungo discorso continuato per anni, ogni settimana, tra le grandi montagne, fosse stato interrotto così di colpo. Non era giusto e non sarà neppure detto. Qualcosa, in fondo, non è finito e rivivrà per molti anni, anche se la gente estranea non riuscirà ad accorgersene.

Circa duecento sci, e duecento bastoncini, infissi nella neve a Forcella Surley formano una ispida selva sul livido sfondo delle pareti del Bernina, dove ancora non è arrivato il sole. Vicino, su una piccola gobba, è stato preparato un altare con la neve e gli sci. Ardono anche i ceri, dentro due lanterne da montagna. Don Gilardi, che non è sciatore ma come vecchio alpinista è pure della famiglia, indossa sopra la giacca da montagna i sacri paramenti e inizia la messa. Ai suoi fianchi sono i gagliardetti dello Sci Club, del Club Alpino di Milano e della Falc. I drappi pendono inerti perché non c'è un filo di vento.

Attorno sono tutti gli sciatori, in un gruppo compatto ed immobile. In nessuna chiesa si sono mai udite così nette e precise le preghiere della messa come in questo immenso silenzio. La montagna è straordinariamente tranquilla, senza un'ombra di nube, raggelata dal freddo.

Poi don Gilardi rivolge un nobile saluto ai quattro scomparsi. Pochissime parole perché, come lui stesso dice, di discorsi qui non c'è bisogno. Basta questa solitudine, basta l'impenetrabile volto delle formidabili cime presenti a far comprendere quello che occorre.

Terminato il rito, si va a prendere gli sci e si parte. È già mezzogiorno e le montagne giacciono in un pigro torpore. Una pista comincia ad allungarsi su dalla Forcella Surley verso i fianchi del Piz Corvatsch, dove essi caddero.

Non è il Corvatsch un monte pauroso né audace di linee. In confronto del Roseg, che gli sta gigantesco di faccia, può anzi sembrare povero e brutto. Eppure, anch'esso ha un'espressione potente. Anche esso – e non è cinismo questo – ha acquistato a caro prezzo una sua tremenda bellezza. Perché è dura la legge delle montagne: sono gli uomini, con il dono della vita, che hanno fatto la loro gloria e la loro grandezza.

Si sale circa un'ora per valloncelli rigurgitanti di neve. Emergono a poco a poco, sul fondo dell'orizzonte, sempre nuove innumerevoli cime dall'aspetto molto solenne. Forse in realtà sono cose da poco, ma d'inverno anche vette modeste che nella calda stagione appaiono timide e insignificanti fan l'impressione di altissimi colossi, blindati di insidiosi ghiacciai. E i veri giganti andrebbero confusi con essi se non ostentassero, sui fianchi, l'azzurra mareggiata dei crepacci.

Ecco il posto della valanga. La cupola sommitale del Piz Corvatsch è circondata da una fascia di roccioni che formano il suo piedestallo. A un certo punto questa bastionata è interrotta e si apre un ripido canalone, diviso in due da una sporgenza di roccia. Invece di scegliere un passaggio più in basso, quello abitualmente battuto, i quattro sciatori salirono per la ramificazione destra del canale.

Doveva essere una giornata come questa, con un sole trionfale che faceva apparire il mondo felice e sicuro. D'imprudenza non si può parlare: il pendio bianco che saliva diritto fino al ciglione della cima appariva compatto e solido. Nessuno smottamento, nessuna di quelle piccole scie che denunciano il terreno sospetto. Le tracce sono quasi completamente scomparse. Oramai la neve ha restaurato la frattura. Il fianco della montagna appare ancora intatto, senza uno sfregio. Solo alla base del canalone le gibbosità della neve rivelano le macerie dell'avvenuta rovina. E a sinistra, proprio sotto le rocce, si apre una profonda fossa. Di là vennero tratte fuori le salme.

Gli sciatori che arrivarono sul posto subito dopo la sciagura dicono che lo strato gelato che copriva il pendio si mosse improvvisamente, a partire dal ciglione sommitale, per una larghezza di un duecento metri. Come un fulmineo bianco sipario che fosse stato lasciato piombare dall'alto. Uno scroscio di tetro suono, una nuvola candida che il vento in breve disperse e poi ancora la pace e il silenzio.

Nel fondo della fossa, dove il sole non riesce ad entrare, si distinguono ancora due nette buche, da dove furono sollevate due salme. Hanno per caso una forma rettangolare, come due bianche bare incastrate nel fianco della montagna. I compagni, levatisi gli sci, vanno a deporvi mazzi di fiori rossi.

Ma ora si deve riprendere il cammino. I quattro caduti sono qui, aspettano d'essere accompagnati alla cima. È l'ora più bella del rito. L'ascensione che la morte aveva interrotta deve essere continuata sino alla vetta. La fila degli sciatori si ricompone e attacca l'ultimo cupolone del monte. Davanti, prima di tutti, vanno i quattro compagni. Non è una fede retorica, questa, benché i loro passi siano troppo leggeri per lasciare tracce nella neve.

Nel silenzio non si ode che lo scricchiolio alterno dei bastoncini che mordono nella crosta gelata. Una teoria di lunghissime ombre accompagna i salitori, strisciando sul nevaio ricurvo. Ecco apparire la cima, circonfusa, contro luce, dal polverio della tormenta.

Quello che rimaneva da compiere è ora finito. Tutti sono raccolti sulla cima, sotto un vento gelido che batte con ininterrotto respiro. Anche essi, i quattro, sono raccolti quassù, contrariamente all'opinione comune. La loro presenza è sentita da tutti come una verità concreta e indiscutibile. Perciò non resta altro che intonare la prediletta canzone, come se non ci fosse nulla di diverso dal solito. A Ugo di Vallepiana tocca «attaccare», a lui che è il capo di questa famiglia alpina. No, non è la commozione che fa vacillare, all'inizio, la sua voce. È stato semplicemente il vento troppo freddo che chiude la gola. Ascoltate infatti, dopo un poco, come il coro si alza limpido e sereno.

Il sole scende verso il profilo dei monti, il freddo si fa sempre più intenso, è venuta anche l'ora di partire. Si staccano dagli sci le pelli di foca e ci si getta giù verso la valle. Mentre prima, in salita, c'era una pista sola, adesso ce ne sono a decine, che si rincorrono precipitosamente a larghe curve armoniose scomparendo nel fondo. Ben presto gli sciatori si fanno piccoli piccoli, poi non si distinguono neppure, si scorgono soltanto qua e là, ad ogni colpo di cristiania, piccole nuvolette di neve che scintillano al sole.

La vetta così rimane sola, sotto all'infaticabile vento. Anzi «sembra» deserta, perché i quattro caduti devono esserci rimasti. In silenzio essi devono essersi seduti sulla neve, sorridenti, a guardare i compagni che fuggono a valle. Non c'è più fretta oramai, nulla resta da fare giù nella città della pianura. Essi hanno dimenticato la paura della notte buia e della tormenta, essi possono restare per sempre tra le solitarie cime.

Mentre si avanza la sera, a tendere le orecchie, si possono udire i loro passi, i soffici colpi degli otto invisibili sci sulla neve, tac tac, che battono misteriose piste sempre più in alto, chissà dove.

«Corriere della Sera», 15 gennaio 1935

Il Cervino perduto per un sorso di grappa?

Quando, bambini, dalle favole si passò alla vera storia, cominciarono i dispiaceri. Non c'erano più fate o maghi che arrivassero nel momento buono ad aggiustare le cose. Gli eroi erano lamentosamente abbandonati a se stessi e non di rado finivano male.

Sono ancora vive, nel nostro ricordo, queste amare sorprese. E ogni tanto riaffiorano. La morte di Ettore, per esempio, non ci guastò qualche ora dei nostri anni beati? Non ci si rodeva leggendo la fine di Giulio Cesare e non gli davamo dello stupido pensando agli infausti segni che gli avevano sconsigliato di andare al Senato? La fatalità della famosa strada incassata di Waterloo che inghiottì la cavalleria francese e insieme l'ultima *chance* di Napoleone non ci sembrò un'ingiustizia? E la uccisione di Siegfried? E il massacro dei Paladini a Roncisvalle? E perfino la battaglia di Lissa? Non furono per noi altrettante rabbie? Poi, con gli anni, su molti di questi casi si cambiò opinione, imparando a vedere le cose meno ingenuamente. Forse Napoleone, che ci affascinò da bambini, è nel frattempo diventato odioso. E probabilmente anche Siegfried, dopo le esperienze degli ultimi anni, non riesce più simpatico come una volta. Ma fra tante delusioni una non riusciamo neppure adesso a mandarla giù: che il Cervino sia stato vinto da Whymper e non dal nostro Carrel. Non è questione di nazionalismo. Se mai era giusto che un uomo riuscisse per primo a metter piede sul nobile picco, quest'uomo non poteva essere che Jean Antoine Carrel, guida di Valtournanche, detto il «Bersagliere», che al Cervino aveva dato tante speranze, progetti, tentativi, fatiche, audacie senza precedenti.

È una vecchia storia ormai, letta o sentita raccontare un'infinità di volte, la pagina probabilmente più celebre negli annali dell'alpinismo. Ogni volta ci rimaniamo male. Ricordate? Dopo lunghe esplorazioni, ansie, puntate d'assaggio, Carrel ha ormai spianato la via alla vetta più bella e terribile delle Alpi e non gli resta più che da compiere l'ultimo balzo, quando per una congiura di disgraziate circostanze la vittoria gli viene soffiata via, il 14 luglio 1865, dall'inglese Whymper. La scena è da vecchia stampa popolare. Sul picco estremo compaiono all'improvviso prima due esili figurette (sono Whymper e la guida di Zermatt Michele Croz) e poi altre cinque, gli urrà di trionfo si spandono nel silenzio riecheggiati dalle potenti muraglie, i vincitori sporgono il capo verso l'Italia e scorgono 250 metri più in basso, a una lontananza che il precipizio fa immensa, Carrel e i suoi tre compagni di cordata. «*Ah! les coquins*» grida Croz «*ils sont bien en bas!*» E gli Italiani, vinti, tornano lentamente sui loro passi.

Perché – ci si domandò allora e ancora oggi ci si chiede – quella mattina il «Bersagliere» non si svegliò più presto così da poter precedere il rivale? Perché alla vista dell'Inglese sulla vetta tornò indietro? Perché non volle insistere per raggiungere anche lui, lo stesso giorno e da un altro difficile versante, la rupe più disputata delle Alpi che era stata il suo massimo sogno? Non sarebbe stato ugualmente, per lui e per il nostro alpinismo, un successo formidabile? Possibile sia bastata la delusione a spegnere ogni volontà di riuscire? Né furono certo le difficoltà tecniche a sbarrargli il passo se appena tre giorni dopo egli si poté prendere la rivincita. La questione è dibattuta da oltre ottant'anni.

Prima di tutto bisogna stabilire: potevano Jean Antoine Carrel e i suoi compagni César Carrel, Carlo Gorret e Jean Joseph Maquignaz precedere l'Inglese se fossero partiti più di buon'ora? Uno dei più scrupolosi e competenti conoscitori dell'argomento, Francesco Cavazzani, nel suo recente *Uomini del Cervino* e in un altro breve studio pubblicato sulla «Rivista mensile» del Club Alpino Italiano risponde decisamente di no; e ce ne dà particolareggiatamente le prove.

Piuttosto: qual è il vero motivo che indusse Carrel e compagni a far marcia indietro? Fu la comparsa dell'Inglese sulla vetta? Questa tesi, che si presenta come la più ovvia, venne accolta da Guido Rey nel suo *Monte Cervino* che resta pur sempre uno dei classici della nostra letteratura alpinistica. Ora il Cavazzani la dimostra infondata. Quando Whymper comparve sulla cima, i quattro Italiani erano già sulla via del ritorno; lo raccontò al vittorioso rivale lo stesso Carrel e lo conferma un diario manoscritto dell'abate Aimé Gorret che partecipò alla prima salita italiana, diario scovato negli anni scorsi da Adolfo Balliano.

Ma allora sorge un altro enigma: perché avevano deciso di tornare prima ancora che gli stranieri apparissero in vetta? Pare che Carrel avesse poi spiegato a Whymper il fatto così: a un certo punto fra i quattro montanari era nata una discussione; lui e Maquignaz intendevano proseguire, gli altri due invece volevano scendere, protestando che si era fatto troppo tardi. Carrel taglia corto: «O tutti o nessuno». E da poco hanno voltato le spalle alla vetta che risuonano le grida dei vincitori: Carrel alza gli occhi e riconosce lassù i bianchi caratteristici calzoni di Whymper.

Lo storico però scuote il capo: è mai concepibile che un uomo autoritario e autorevole come Carrel abbia ceduto alla volontà di due semplici portatori? «*Ici je suis le maître*» usa dire quando in montagna sorgono contestazioni; e gli altri sempre abbassano il capo. La disputa ci fu ma per un diverso motivo. E i quattro ne hanno tenuto in sé il segreto fino alla morte. Solo una volta Carrel, molti anni più tardi, vi accennò fuggevolmente: «Si sarebbe riusciti prima se ci fosse stato un po' più di accordo».

Qualcosa di più ci dice il diario inedito dell'abate Gorret. Vi si parla di un litigio scoppiato fra Carrel e i compagni «*pour des questions de personnalité et d'amour propre que je devrait peut-être un jour decouvrir*». Il Gorret non si decise mai alla rivelazione; ma il tono così cauto delle sue parole lascia supporre qualcosa che i quattro non avrebbero raccontato volentieri.

E a questo punto – come spesso succede quando nella storia si va a scavare fino in fondo – l'alone di leggenda si dissolve per lasciar intravedere le piccole debolezze degli uomini. A questo punto Cavazzani attira l'attenzione su quelle fiaschette di pelle di capra che le guide di allora portavano con sé fin troppo volentieri; fiaschette capaci di contenere anche cinque litri di vino; e ricorda pure che a quei tempi la simpamina portava il rustico nome di grappa. È insomma troppo irrispettoso per la gloriosa memoria del «Bersagliere» supporre che lui e i compagni avessero bevuto un po' troppo? e che quell'alcole avesse trasformato in lite una semplice divergenza d'opinioni? o addirittura che il vino o l'acquavite siano stati la prima origine dell'alterco? Tutto ciò forse è triste, ma sembra non ci siano spiegazioni più verosimili. Il Cervino perduto per una sorsata di grappa!

Quando tre giorni dopo Carrel sbucò sulla vetta, non si sapeva ancora nulla a Valtournanche della catastrofe che aveva sorpreso sulla via del ritorno la comitiva di Whymper. Ma guardando per caso in basso, il «Bersagliere» notò con stupore ai piedi della terribile muraglia settentrionale, sul bianco del ghiacciaio (da dove i montanari di Zermatt erano andati a cercare i corpi delle quattro vittime), tante esili piste che si intersecavano irregolarmente. Fatale simmetria di situazione: dalla cima Whymper aveva scorto sull'opposto versante i concorrenti sfortunati e vinti, dalla cima Carrel tre giorni dopo scorgeva i segni della sventura altrui e tra i quattro morti era proprio Croz, colui che lo aveva beffeggiato. Ma il «Bersagliere» non poteva ancora sapere. «Chi è andato a trafficare laggiù, su quei ghiacci strani, sotto il bombardamento delle pietre?» si sarà domandato. «E per fare che cosa?» Un funesto dubbio attraversò allora la sua mente: ma egli non fece parola per non impressionare i compagni. Ora li aspettava la discesa, duro cammino, forse ancor peggiore di quello già compiuto. Di sangue freddo c'era ancora bisogno. E le inquietanti tracce sulla neve, dal fondo dell'abisso, sembravano oscuramente ammonire.

«Corriere d'informazione», 23-24 aprile 1948

Dovevano tutti morire ma la montagna non volle

Fin dall'infanzia ci si porta dietro una quantità di luoghi comuni che consideriamo vangelo, senza mai curarci di controllarne l'esattezza. Poi finalmente uno si decide a guardare le cose da vicino: e scopre che non è vero niente.

La «montagna omicida» ne è un esempio. Da che esiste l'alpinismo ci si è abituati a vedere nei ghiacci e nelle rupi una forza a noi ostile, desiderosa della nostra rovina. Cade un arrampicatore? La montagna si è vendicata, dicono. Il Lyskamm è il «divoratore di uomini». Poi i nomi: Disgrazia, Mont Chetif, Becca della Tribolazione, Mont Maudit, Camino della morte obliqua e così via.

Ed ecco un alpinista francese – che si fa chiamare Saint-Loup – avventuratosi a cuor leggero in una traversata ritenuta da tutti facilissima, trovarsi ai mali passi. È una di quelle montagne che i Francesi definiscono «da vacche», spregiata dai grandi scalatori, però con ghiacciai, e crepacci, e rocce anche verticali. Saint-Loup non ha portato corda né ramponi. La sua compagna di gita ha scarpe insufficienti. In due posseggono una piccozza sola. E non conoscono la strada. Cosicché questi errori, sommandosi, trasformano una escursione elementare in un calvario di angosce e di spaventi.

Finalmente, dopo due giorni di lotta e di paura, i due si mettono al riparo. E Saint-Loup si chiede: a chi il merito se non ci abbiamo lasciato la pelle? Non è un miracolo? È proprio vero che la montagna ci è nemica? Allora gli vengono alla mente tanti altri casi di alpinisti che, ficcatisi in situazioni senza scampo, sono tornati a casa sani e salvi. Come quando uno è condannato a morte e mentre il boia alza la mannaia arriva il messaggero con la grazia.

Su questa via egli arriva a una scoperta sorprendente; che a ben pensarci può parere semplicissima, addirittura ovvia, eppure è una smentita all'opinione universale. E la scoperta è questa: non è vero che la montagna sia cattiva, anzi. Se le si vuole proprio attribuire un sentimento, siamo costretti, se mai, a giudicarla buona, di una tolleranza estrema, talora di una misericordia commovente. Considerate infatti le migliaia di persone che ogni estate vanno in montagna, la loro preparazione, l'equipaggiamento, la tecnica impiegata, la presunzione, le condizioni fisiche; e non vi spiegherete come mai ogni estate non succedano delle ecatombi. Nelle stagioni più sfortunate le vittime sono qualche decina al massimo. E si *dovrebbero* contare a centinaia.

«C'è un Dio anche per gli ubriachi.» A dimostrare, per i monti, la meravigliosa validità del proverbio, Saint-Loup ha scritto un libro singolare. È intitolato *La montagna non ha voluto*, l'ha pubblicato l'Eroica, l'ha tradotto molto bene Ettore Cozzani. L'autore non perde il tempo a ragionare. Ma cita otto casi decisivi: otto cadute che non potevano ragionevolmente concludersi se non con la morte e invece gli uomini sono rimasti illesi. Otto incomprensibili miracoli. Modelli perfetti e romanzeschi di una infinita serie di incidenti e situazioni dove la montagna ha voluto «perdonare». Ed è un bel caso che da tanti brividi venga fuori un'onda di ottimismo.

Chi sia Saint-Loup non lo sappiamo. Perfino al suo editore non ha voluto dire il suo vero nome (un nuovo caso Traven della letteratura alpina?). Si capisce però che ama immensamente la montagna, che in montagna si sente di casa. Questa volta tuttavia guarda le cose dal di fuori, senza parzialità, analizzando i fatti con una precisione addirittura poliziesca. Inoltre è un autentico scrittore: nelle sue mani le otto avventure raggiungono una tensione pari alla violenza dei migliori film gialli e di *gangsters*.

Due degli otto casi sono già noti a chi segue la letteratura di montagna. Si tratta di Lammer, il famoso scalatore solitario, caposcuola dell'alpinismo moderno, tedeschissimo, nietzschiano, pieno di «volontà di potenza» come un uovo, conquistatore di vette, per così dire, con accompagnamento di Wagner. Nella sua *Fontana di Giovinezza* pagine impressionanti sono dedicate alle due terribili e quasi incredibili esperienze: il volo giù dal canalone Penhall, sul Cervino, per ben duecento metri, in cordata con Lorria, e la caduta in un crepaccio del ghiacciaio inferiore dell'Ortlès, di ritorno dalla parete nord della Thurwieser. Straordinario ch'egli sia rimasto vivo. Ma forse sbalordisce ancor di più la sua forza d'animo: la prima volta per trascinarsi carponi, in uno stato di semi-incoscienza, attraverso la morena, come un verme, puntellandosi sui gomiti, fino a una baita di pastori; e la seconda per risalire il pozzo di ghiaccio vivo che l'ha inghiottito a tradimento.

Era pure nota, almeno nei suoi termini cronistici, la tremenda scivolata di Whymper alla Testa del Leone sul Cervino, dopo una delle sue esplorazioni solitarie. Meno illustri gli altri «miracolati». Ma il loro *exploit* è ancora più stupefacente, come gravità di circostanze.

Durante una escursione primaverile al passo di Muande-Bellonne (Oisans) nel 1942, la guida Fernand Bellìn e il comandante Rouillon, spintisi sul ciglio di un crestone, sprofondano per il cedimento della cornice e in mezzo a cumuli di neve precipitano giù per la ripidissima parete. Niente li può fermare più. Sono cinquecento metri di agonia. Ma a un tratto la velocità diminuisce. Rouillon si trova in piedi, intatto, sul piano del ghiacciaio. A sessanta metri il compagno, anche lui senza la minima ferita.

In una passeggiata collettiva alla facilissima Cima di Roghè, nel novembre 1945, M. Moricet slitta, scendendo, giù per la cresta nevosa, un piede gli si impiglia, lui cade in avanti, scivola lateralmente, si infila a testa in giù in un ertissimo canalone a imbuto, lanciato a velocità pazza fa tre salti mortali, riesce a fermarsi cinquecento metri più in basso.

Sulla parete nord dell'Aiguille Verte una valanga trascina giù dal Canalone Couturier la cordata Gréloz-Valluet e la scaraventa fino in fondo. Un volo record di settecento metri. In fondo, tutti e due si rialzano, conciati come dei barabba, pesti e laceri, ma vivi.

Dal Gran Canalone di Peigne, sopra Chamonix, infuriando un temporale, una tromba d'acqua rovescia una orrenda valanga di pietre, alcune grandi come un vagone ferroviario. In quel momento sul canale, a varie altezze, sono impegnati, in sei cordate, ventisei allievi della Scuola militare d'alta montagna. Sono tutti condannati. Eppure tra il movimento della cataratta e quello degli uomini si attua un prodigioso sincronismo. Il cataclisma passa, i ventisei restano illesi.

Sul Ghiacciaio dei Nantillons, nel 1934, l'ingegnere parigino Guy Labour precipita, come Lammer, in un crepaccio. Ma ha perso la piccozza e inutilmente tenta, come riuscì a Lammer, di risalire all'orlo. Altri alpinisti passano nei pressi. Lui ode le voci, e dal fondo chiama. Non lo sentono. Un giorno, due, tre, quattro, cinque. Guy Labour ormai giace privo di forze nel ghiaccio, raccogliendo però tutti i superstiti spiriti vitali per durare più a lungo possibile. Il sesto giorno due guide lo ripescano.

Da persona intelligente, Saint-Loup ha concentrato la sua curiosità su ciò che i «miracolati» provarono negli eterni attimi del volo. La sua ricostruzione psicologica di queste rapidissime agonie è affascinante. Chi in montagna, guardando giù nel precipizio, non ha pensato di poter cadere? Allora, più che la morte in sé, ci fa paura il volo, la vista delle rocce del fondo che ci precipitano incontro, l'attesa spasmodica del colpo, l'essere vivi e capire che tra poco si sarà delle cose sanguinolenti e informi. Si pensa a una angoscia estrema, a uno spasimo bestiale. Non è così, per fortuna. Nessuno dei superstiti ricorda di aver *sofferto* mentre durava la caduta. La sofferenza è cominciata dopo. Whymper sentiva una grande pace «come uno che si operi sotto il cloroformio». Lammer narra che, precipitando dal canalone, gli dava fastidio soltanto la luce del sole negli occhi; e confessa anche un fulmineo pensiero: «Il professore Schulz (un suo avversario in polemiche alpinistiche) scriverà trionfalmente: sì, ecco come finiscono queste cose!». In Rouillon, dopo la rassegnazione iniziale, sorse una furiosa fame di vivere. Moricet valutò la sicura fine ma solo teoricamente, resistendo una profonda convinzione: «Non è possibile che adesso sia vivo e che tra un attimo sia morto!». Sulla Verte, Valluet pensò: «Adesso tocca a me. Non ci posso far nulla» e Gréloz: «Curioso, non avrei mai immaginato che potessi ammazzarmi così bestialmente su questa parete».

Pare escluso – contrariamente a quanto fu sempre detto – che i morituri negli attimi supremi vedano sfilare in fulminea sintesi gli episodi principali della vita. «I documenti raccolti in questo libro» scrive Saint-Loup «dimostrano che l'alpinista non si interessa che in modo mediocre del suo passato... La medesima osservazione a proposito del problema della fede... Nel caso di Lammer, di Rouillon, di Valluet, di Labour, non c'è un solo secondo in cui l'alpinista allo sbaraglio rimetta il suo destino nelle mani di Dio.»

Tutti gli otto «miracoli» sono avvenuti sul ghiaccio. Si direbbe che sulle rupi non ci sia posto per queste grazie *in extremis*. La roccia è dura. In una nota Saint-Loup dice soltanto che «nelle Dolomiti un solitario avrebbe fatto, senza il menomo guaio, una caduta a volo di circa quaranta metri nella roccia nuda»: il che sembra proprio esagerato. Forse egli allude al caso di Alvise Andrich, precipitato sulla via Carlesso della Torre Trieste, in pieno sesto grado. L'episodio è infatti straordinario. Dalla prima cengia che taglia la terribile muraglia, Andrich salì in arrampicata libera l'apicco sovrastante per oltre trenta metri. Impegnato in un difficilissimo strapiombo, mentre cercava di piantare un chiodo, perse la presa e si rovesciò nel vuoto. Volando, riuscì a raddrizzarsi. Piombò non sulla roccia ma sui soffici rami di un mugo cresciuto sulla cengia: e non si fece niente. Anch'io ricordo di avergli chiesto: «E mentre precipitavi, che cosa ti è venuto in mente?». «Ho pensato alla foto che porto sempre in tasca, per scaramanzia.» «E che fotografia è?» Me la fece vedere: era un morto di montagna, spaventoso, come un fantoccio senza scheletro, sdraiato selvaggiamente sulle ghiaie.

«Corriere della Sera», 25 ottobre 1950

L'Everest

C'è da essere contenti che sia stato conquistato l'Everest? È il 29 maggio 1953 veramente un giorno lieto per l'umanità? Dobbiamo esserne orgogliosi?

Ma certo. Occorre chiederlo? rispondono le persone di buon senso. Non è solo l'avvenimento più importante che la storia dell'alpinismo abbia mai registrato e che non avrà l'uguale in avvenire. Ma, anche per chi non si interessa di alpinismo, è un fatto storico, un giorno di gloria che i posteri ricorderanno nei secoli, una data destinata a figurare d'ora in avanti in ogni enciclopedia, pur se piccola e sommaria, che la maestra a scuola farà imparare a memoria dai bambini: paragonabile alla conquista del Polo Nord, al primo volo, allo scoppio dell'atomica. Una tappa, un grande traguardo, un punto di arrivo, un confine estremo per arrivare al quale c'è voluta una serie interminabile di progetti, tentativi, studi, ardimenti, eroismi, tragedie, sforzi quasi sovrumani.

E adesso è fatta, finalmente! Due uomini in piedi su un pinnacolo di ghiaccio alto 8888 metri, e al di sopra non c'è nulla, nessuno mai è stato e sarà mai più alto. Perché quella è la cima del mondo, il massimo anelito della crosta terrestre, la rugosità più accentuata di quante ricoprono questa vecchia mela avvizzita su cui viviamo, sospesa negli spazi siderali. E nello stesso tempo – senza che ci sia retorica – è la Vetta, il Culmine Supremo, il simbolo stesso dell'Ideale e dell'Ascesa.

Non valeva la pena di sostenere tante fatiche, tante spese, tanti sacrifici? Sì, anche se il costo fosse stato cento volte peggio, era nostro dovere sopportarlo. Per esempio, a voi chiediamo: qualora la sorte vi avesse dato le energie e l'opportunità di accompagnare il colonnello Hunt, non sareste partiti anche voi? Certo. Chi si sarebbe rifiutato a una tentazione simile? Bisognava essere dei vermi, dei bruchi, dei pidocchi per non sentirsi affascinati dall'impresa. In fin dei conti era l'ultima fortezza della Natura vergine rimasta inviolata. Oceani, deserti, giungle, ghiacci polari, tutto esplorato ormai. Restava solo la cuspide, la somma cupola, il campanile di questa piccola borgata litigiosa che noi chiamiamo Terra. Lassù nessuno c'era stato. E riuscite a immaginarlo ciò che avvenne nel cuore dei due uomini nell'atto che toccarono la cima e volgendo gli occhi in su non videro più ghiacci o creste, o rupi o muraglioni incombenti, ma c'era il nulla, il cielo vuoto, le voragini blu dell'universo?

Girando i due lo sguardo intorno, per quanto lontano lo spingessero, anche di là degli ultimi orizzonti, tutto era più basso e più meschino. Riuscite allora a immaginarla la spaventosa e pura felicità che essi provarono? Come un fiume immenso di gioia che si rovesciava a fiotti nell'animo; senza pensieri miseri, né rimorsi, né vanità, né scorie. Anche se boccheggiavano, anche se si sentivano mancare, anche se stentavano a tenersi in piedi. Altro che Napoleone alle Piramidi. Disposti ormai anche a morire senza rimpianti. Smarriti in una beatitudine suprema.

Gloria dunque al neozelandese Hillary, al nepalese Tensing, al colonnello Hunt, capo della spedizione, a tutti i loro compagni. Noi li invidiamo. Le loro facce oneste è giusto che compaiano sui giornali di tutti i Paesi, in prima pagina, spodestando divi, dive, campioni e uomini politici. Qualsiasi onore sarebbe bene speso.

Ma ora qui noi, lontani, esiliati nella polvere e nei rumori infetti della città, sul piatto fondo di una banalissima pianura, ripetiamo la domanda: c'è proprio da essere contenti? Non era forse meglio se l'Everest fosse rimasto intatto?

Guardatela la superba montagna, la solenne cattedrale che fino al 29 maggio poteva essere creduta un miraggio, una parvenza, un mito. Non è forse più piccola di ieri? Non è in certo senso meno bella? E quell'infinitesima traccia che i quattro ramponi e le piccozze hanno lasciato sulle cornici della suprema cresta, quelle peste di formiche sulla testa vitrea del gigante, non sono in fondo malinconiche a vedersi?

Era l'ultima occasione della nostra fantasia, la superstite rocca dell'ignoto, il residuo frammento d'impossibile che la Terra conservava. Benché fotografato da ogni parte, misurato metro a metro con gli strumenti topografici, registrato meticolosamente sulle carte, l'Everest era di un'immensità senza confini, proprio perché non conquistato. Oggi l'incanto è rotto, oggi siamo sicuri che la cima favolosa è fatta come tante altre, che non vi abitano gli dei della montagna. Oggi l'Everest entra, pur se al primo posto, nel repertorio delle cime note, con nomi e cognomi di alpinisti, descrizioni dell'itinerario eccetera. È insomma cominciata la sua storia, ma è finita per sempre la leggenda.

E adesso? Che resta più da fare? La Terra non sembra diventata all'improvviso più angusta e squallida? Nell'antichissimo castello, in cima alla più superba torre, esisteva ancora una stanzetta dove nessuno era mai stato. La porta finalmente è stata aperta. L'uomo è entrato e ha visto. E di misteri non ne restano più.

Ci rimane la Luna – qualcuno dice –, rimangono i pianeti, gli spazi siderali. Qui non c'è limite per la sete di ignoto e di avventure. Esaurita la Terra, esploreremo l'Universo. Ma quando? Benché fare profezie non sia prudente, ho l'impressione che ci sarà parecchio da aspettare. Né noi, né probabilmente i nostri figli faranno in tempo a partire in razzo per la Luna. Decenni, forse secoli saranno necessari, ammesso pure che il viaggio sia possibile.

E intanto noi restiamo prigionieri sulla superficie del pianeta che gira eternamente, globo che ieri sembrava sterminato, oggi si è fatto piccolo, proprio una palla di cui conosciamo ormai tutti i segreti, frugata e percorsa in ogni senso. Ne rimaneva vergine solo un pezzettino, una gobbetta, un minuscolo bitorzolo di neve. Ivi si era rifugiata la poesia, coi sogni, le speranze, le illusioni, le bellissime cose inutili tuttavia così indispensabili alla vita. A partire dal 29 maggio scorso, la poesia se ne è andata anche di là. Dove potremo ritrovarla?

«Corriere d'informazione», 3-4 giugno 1953

«Torna, piccola Lea!»

Una sera, per caso, Giuseppe Pirovano viene a parlare di Lea, cagna pointer alpinista, una storia abbastanza straordinaria.

Pirovano, guida celebre per le imprese in ghiaccio, è uno degli uomini più buoni, puri e candidi che si possano incontrare a questo mondo. D'estate ha una scuola di sci al rifugio Nagler, sopra il Passo dello Stelvio. Ci vanno soprattutto i giovanissimi.

A dieci minuti dal rifugio, su un fianco del ghiacciaio, c'è lo skilift. Una baracchetta di legno con dentro un motore d'automobile che borbotta per cinque sei ore al giorno. Una ruota gira facendo scorrere una corda metallica e la corda tira su per il pendio gli sciatori attaccati a delle specie di rampini, fin sotto la sommità di Cima Nagler.

Poi il sole scende, i ghiacciai assumono un colore livido e nemico, il motore si spegne, gli sciatori scendono al rifugio, si fa quel silenzio della grande sera tra le montagne, perfino la pista dello slalom, così domestica e accogliente sotto il sole, sembra ora innalzarsi lentamente, gelida e bieca, come una parete imalaiana.

L'ultimo a scendere è Pirovano. Si volta un attimo perché dalla baracchetta, già chiusa, viene un piccolo rumore (forse è il topo installatosi là dentro chissà come, né si sa di cosa viva). Poi anche lui, tolti gli sci, si avvia verso il rifugio. Camminando racconta.

«Lo so. Sono storie che uno stenta a credere.

«Vedi quella specie di pianoro a destra del rifugio Livrio (lo si vede benissimo, a un tiro di schioppo, al di là di una placida conca di ghiacciaio).

«Io ormai li conosco meglio della mia casa questi posti, dopo tanti anni (lui ne ha quasi 44 e ancora ha continuato ad essere quello ch'era una volta, anche a vederlo, così giovane, così pieno di fiducia nei suoi simili, con la faccia così intatta e chiara).

«Eppure là una notte mi son perso. C'era nebbia che non si vedeva a dieci metri.

«Gira e gira non riuscivo più a capirci niente. Vuoi vedere, dico, che mi tocca bivaccare? Veniva fin da ridere a pensarci.

«Non c'era luna. Buio pesto. Chiamo. Nessuno risponde. Qui si finirà per bivaccare, penso, a due passi dal rifugio!

«Tornavo da una ascensione, cominciavo a essere stanco, faceva un freddo del demonio.

«Ed ecco vedo passare un'ombra, sotto di me, una cosa nera che va e viene sulla neve.

«Io non credo agli spiriti, specialmente qui in montagna. Qui di spiriti non ce ne sono di sicuro... Ma al momento, ti giuro, son rimasto. Che cos'è? mi domando. Poi, quando mi passa vicina un'altra volta, cerco di toccarla, quell'ombra che continuava a correre senza fare il minimo rumore.

«Tocco. Del pelo. Che sia Lea, penso, il cane del rifugio Livrio? Grido: Lea, Lea!

«Mi salta addosso. Sembrava come pazza. E scodinzola e corre da una parte e poi ritorna e poi corre ancora sempre dalla stessa parte. Mi aveva sentito, giuro, a più di quattrocento metri di distanza. Era venuta a prendermi, mi insegnava la strada... Di quelli che erano al rifugio, neanche uno mi aveva sentito...

«Giriamo un po' di qua» ora mi dice. «L'hai vista la parete del Cristallo?»

Una breve deviazione e apparve la parete settentrionale del Cristallo, non grande né terribile, però sinistra, nera contro la luce del tramonto, con quegli sdruccioli ad imbuto e i cornicioni di ghiaccio verde pencolanti come mensole, sostenuti chissà come sull'abisso. Nella luce della sera era bellissima.

«La vedi? Una mattina sono già all'attacco, anzi ho già passato la crepaccia terminale e mi trovo addosso il cane. Chissà come aveva fatto a trovarmi.

«Lea, marsch! torna al rifugio, marsch! io grido. Ma lei niente.

«Be', io proseguo. Si stancherà bene, dico, adesso che la parete si fa erta.

«Macché. Lei mi stava dietro, si aggrappava agli scalini che facevo, però tremava, a ogni passo si voltava indietro, vedeva il vuoto e le cresceva la paura.

«Quella là mi vola giù, io dico, finisce in fondo al crepaccio. E chi va più a ripescarla?

«D'altra parte non potevo mica ritornare indietro. Che figura ci facevo col cliente?

«Scendo tre quattro metri, prendo il cane per la nuca e poi lo lego. Farà da secondo di cordata.

«Vado avanti due tratti di corda ma è impossibile. La Lea non aspettava che io la tirassi su, cercava di venirmi dietro, continuava però a voltarsi e intanto sotto si era fatto un bel vuoto, e si capiva che lei aveva una paura maledetta. Io poi su quello sdrucciolo, confesso ero sicuro fino a un certo punto...

«Vuoi vedere, mi dico, che questa bestia ci fa volare giù tutti e due? Intanto dal rifugio qualcuno si era accorto, guardavano col binocolo, dicevano: ma come mai sono tre in cordata se stamattina sono partiti appena in due?

«Allora sai cosa faccio? Mi lego il cane con un cordino e me lo porto su con me. Mica che lo potessi portare su di peso. Ogni scalino che facevo, lui faceva anche lui un passo e poi con la testa, per tenersi, si incastrava tra le mie ginocchia e la parete, così riusciva a non partire. Ma che paura, sbatteva i denti da tanto che tremava.»

«E il cliente?» io dico.

«Be', il cliente, che doveva fare? Certo, ne avrebbe fatto a meno volentieri. D'altra parte anche lui capiva...»

«E ce l'hai fatta?»

«Spero bene. Ma tu avessi visto, appena siamo stati in cima... Là c'è una bella cresta tutta a gobbe che scende sul ghiacciaio... facile... Appena l'ho slegato, il cane via!... galoppava come il vento... Lo vedevo come un puntino... un puntino lontanissimo... Non ho fatto neanche in tempo a tirare su il cliente sulla cresta che la bestia era già al rifugio...»

Dalla cupola dell'Ortler si staccò finalmente l'ultimo sole. Di colpo fu la gelida aria della notte sopra i tremila: come un libro che si chiude. Vento, freddo, solitudine. E lontananza inverosimile dagli uomini, dalle case, dalle musiche, dal caldo, dalla vita di ogni giorno (benché dietro quella gobba si sapesse benissimo che esisteva il rifugio Nagler, eppure non bastava).

«Poi senti,» dice Pirovano «una sera dopo un lungo giro torno al Livrio e vedo tutti con delle facce strane. Cosa è successo? domando. La Lea, dicono. Che cosa? Deve essere finita in un crepaccio, dicono. È da ieri che non si vede più. Dov'era andata? Chissà, su per il ghiaccio, verso la Tuckett...

«Oh io ho capito subito... Io sapevo... Era già quasi notte. Lascio il sacco e corro con la corda e la piccozza. Io sapevo il posto... Gli altri dietro... Deve essere finita in uno di quei crepacci proprio sotto la parete della Tuckett, io penso. Me lo dovevo immaginare che un giorno o l'altro...

«Quando siamo sul posto si era già fatto scuro. Mi accorgo di essere ancora in maniche di camicia... Ma non potevo tornare indietro, no? Accendiamo le lanterne... Là c'è una selva di crepacci... Dove sarà? Lea, Lea!, chiamo. Ed ecco che si sente lei che abbaia, una voce che mi ha fatto venire i brividi. Quella sta per morire ormai, io penso.

«Chiamo ancora. Non risponde più. Allora mi lascio guidare dall'istinto. Dico agli altri: deve essere in questo crepaccio, io mi calo.

«Non era dritto, ma scendeva tutto a gobbe. Giù, fate presto, giù ancora, io grido. Dieci, quindici, venti metri. La corda era lunga quaranta. Alla cintura avevo appesa la lanterna.

«E a un tratto guardando giù vedo come due bottoni gialli che mi guardano. I suoi occhi. Solo che non aveva più forza d'abbaiare.

«Molla; molla!, io grido. La corda era quasi finita quando sono arrivato in fondo. Povera bestia, non si muoveva più. Mi slego, la lego, grido di tirare.

«Anche loro, lassù, avevano una tale ansia che hanno rischiato di ammazzarla. Perché la corda, capisci?, scorrendo, aveva segato il ghiaccio e quando è stata in cima la Lea si è trovata incastrata sotto un tetto. E più loro tiravano, più lei soffocava.

«Per fortuna, dài e dài, il tetto ha finito per crollare e la Lea è stata liberata... Io invece me la son vista brutta. Tutto quel ghiaccio mi è piombato addosso, una specie di piccola valanga, mi ha spento la lanterna, mi ha sepolto fino al collo...

«La corda! la corda!, grido. E loro, slegato il cane, mi mollano la corda. Solo che, per le curve del crepaccio, la corda non scorreva... Io intanto non ne potevo più dal freddo.

«Finalmente mi decido. Qui l'unica è andar su senza la corda, dico. E mi arrampico per dieci undici metri... Poi le pareti si fanno strapiombanti, è ghiaccio vivo, i ramponi non tenevano. Accidenti, qui volo...

«E sarei precipitato, garantito... Ma in un ultimo sforzo, passando le mani sopra il ghiaccio in cerca di appiglio, non vado a capitare nella corda?

«Ormai volavo, ma la mano mi ha tenuto... E così...»

Domando: «E la Lea si è salvata?».

«Appena al rifugio, non è stata capace né di bere né di mangiare. Si è buttata in un angolo e ha dormito per due giorni di fila.»

«Ma non è mica morta?»

«No, no. Dopo due giorni, quando mi ha rivisto, ha cominciato a saltarmi addosso, a baciarmi, tu vedessi, piangeva da tanto era contenta.»

«E adesso è ancora viva?»

Pirovano si ferma. Tira fuori una sigaretta ma non ne fa niente. «No, no, sono parecchi anni ormai» dice. «Vecchiaia... Non ne ho mai più visti come lei...»

«Corriere della Sera», 20 agosto 1953

Monti spietati

Una minuscola spedizione che sembrava destinata a andar dispersa tra le cronache delle grandi imprese imalaiane – un breve cenno, forse, in mezzo ai resoconti delle massime ascensioni – ha assunto improvvisamente grandezza di tragedia. La stessa sproporzione tra l'esiguità della pattuglia – appena quattro uomini – e la potenza terribile delle forze avverse su di loro scatenatesi si impone a noi con la eloquenza crudele che hanno le storie dei grandi esploratori caduti sui desolati itinerari del Polo e dei deserti.

Non c'è pietà per gli uomini sui picchi bianchi dell'Imalaia. Questo lo si sapeva. Lassù basta un cedimento minimo, una disattenzione momentanea, un'ombra di stanchezza perché la montagna, sempre in agguato, ne approfitti, e uccida. Lassù le tempeste portano ancora il nome di tempeste ma solo perché finora nel vocabolario non c'è un vocabolo adeguato, le bufere assumendo una inimmaginabile capacità di scardinare le più forti fibre. Basti pensare alla fine spaventosa delle prime spedizioni tedesche al Nanga Parbat, dove pure c'erano i più formidabili alpinisti di quel tempo. Basti leggere le recenti pagine sull'assalto all'Everest là dove uomini temprati alle più dure prove alpine confessano che, oltre una certa quota, la stessa mente resta intossicata, e persone angeliche diventano cattive, e un minimo lavoro, come quello di fare su la tenda o di preparare il sacco, costa uno sforzo di volontà da estenuare. Questo lo si sapeva. Eppure stupisce l'accanimento del destino contro quei quattro uomini, microscopiche formiche inoffensive in mezzo alla selva dei ghiacciai.

Erano partiti quasi in sordina dall'Italia, senza dire quale vetta volessero tentare. Certo non un «ottomila», ché per questi supercolossi sono indispensabili macchinose spedizioni accompagnate da eserciti di portatori. «Andiamo sul Garhwal a dare un'occhiata,» diceva il vecchio e sempre giovane Ghiglione «poi si vedrà.»

Partirono. Per parecchio tempo non se ne seppe nulla. Ed ecco, il primo funebre rintocco: la morte di Bignami. Una disgrazia stranamente maligna, quasi sleale, perché c'è qualcosa di ingiusto nella morte di un giovane che va a sfidare le supreme vette e invece precipita, per una stupidità si può dire, giù da un ponticello; e il torrente se lo portò via per sempre. Al dolore per la grave perdita – una disgrazia quasi identica del resto toccò a uno degli alpinisti francesi che andavano a scalare il Fitz-Roy in Patagonia – si aggiungeva così un sentimento difficile da dire, come per un colpo a tradimento, non ammesso dalle regole del gioco.

Ma anche secondo le classiche inesorabili regole del suo gioco tremendo – gioco fatto di venti glaciali, di freddo annientante, di fatiche distruttive – l'Imalaia ha sferrato il secondo e il terzo colpo. Barenghi e Rosenkrantz in cordata con un valoroso *sherpa* erano riusciti finalmente a salire sulla vetta, costata tanti aspri tentativi. Sembrava loro forse d'aver vendicato in certo modo il compagno perduto ingiustamente. Certo, là in cima, per quanto grande fosse la stanchezza, per un istante si sentirono felici.

Adesso, che rimane? La neve delle ultime bufere ha già sepolto in silenzio i corpi dei due prodi, ha cancellato le profonde orme, ha riempito le tacche che le piccozze tagliarono nel ghiaccio. Da tanto bianco emerge solo il rosso spigolo di una tenda vuota che il vento batte e batte, tra poco anch'essa sarà strappata via, tutto ritornerà come era prima, la faccia immobile della montagna identica a milioni di anni fa: come se non fosse mai accaduto nulla.

E chi ritorna? Lentamente, a piccole tappe perché le fatiche lo hanno logorato, perché il dolore gli ha scavato dentro un vuoto immenso, torna il vecchio Ghiglione. Solo. L'uomo che impunemente ha scalato centinaia, migliaia di vette di tutti i continenti, che pareva invulnerabile, protetto da una immancabile fortuna. Per più di cinquant'anni la sorte ha aspettato, con una diabolica pazienza e finalmente gli ha gettato addosso la sventura. Povero Ghiglione, non è difficile immaginare ciò che gli turbina nell'animo in queste tragiche giornate. «A me, se mai, toccava, non a loro, a me che potrei essere stato il loro nonno.» E quasi maledice le stupefacenti energie che ancora lo sorreggono, e preferirebbe essere rimasto pure lui lassù, a dormire, accanto ai giovani amici, nella gloria.

«Corriere della Sera», 29 giugno 1954

«Taglia, taglia, che almeno tu ti salvi» Tredici ore sospeso nel vuoto a una corda

Questa è la storia di una delle avventure più paurose che ricordi l'alpinismo dolomitico. È accaduta quest'estate sul Campanile Basso di Brenta, picco famosissimo per il meraviglioso slancio della sua architettura e la difficoltà delle numerose vie di salita. Bellissimo da ogni versante, da ogni versante è stato attaccato e vinto. Ormai non ha più una parete, spigolo, fessura, strapiombo dove non sia passato l'uomo. La via normale, di quarto grado, è già una scalata rispettabile. Tutte le altre sono più difficili. Alcune toccano il massimo limite delle possibilità cioè il sesto grado.

Di sesto grado è appunto il vertiginoso itinerario tracciato da Marco Franceschini e Stenico sullo spigolo nordovest del cosiddetto Spallone del Campanile. È un impressionante pilastro giallo che balza dalle ghiaie per 370 metri protendendo in fuori i baldacchini di terribili strapiombi. Ne volle rifare la scalata, due mesi fa, la guida Cesare Maestri con l'amico Luciano Eccher, di 26 anni. Benché estremamente difficile, l'impresa non era troppo preoccupante per Maestri che ne aveva fatte anche di peggio e per di più da solo, con prodigi di coraggio e di raffinati acrobatismi. In quanto a Eccher, era un compagno degno di lui e affiatatissimo.

Difatti, pur avendo deviato dalla via originale e incontrato ostacoli anche maggiori, i due superarono brillantemente i primi 170 metri, che sono i più duri. Verso sera Maestri, dopo una delicatissima traversata sull'orlo di uno strapiombo spaventoso, approdò a un piccolo ma sicuro terrazzino. Gli restavano sì ancora 200 metri di parete, ma assai meno impegnativi. La vittoria, per così dire, era già in tasca. Meno male, perché la notte stava avvicinandosi e si era messo a nevicare. Maestri piantò tre chiodi assicurandovi la corda e poi disse al compagno di venire.

Eccher compì la traversata e giunse quasi al terrazzino. Maestri, che via via ritirava la corda, vide spuntare la sua testa, e lo calcolava già al sicuro quando fulmineamente il fatto accadde. «Luciano mi guardava sorridendo» racconta Maestri «ma all'improvviso ha fatto una curiosa smorfia come se fosse seccato, poi è sparito sotto.»

Nei punti più difficili, dove mancano gli appigli e specialmente sugli strapiombi quando la roccia viene in fuori, gli alpinisti non solo piantano chiodi per poter procedere ma talora a questi chiodi fissano delle staffe per appoggiarvi i piedi. Eccher si sosteneva appunto a una staffa con tutto il peso del corpo quando il chiodo si staccò. Le mani non avevano presa sufficiente. Fece un volo.

Di sotto non c'era che il vuoto. Il terrazzino infatti rappresentava l'orlo di un «tetto» che sporgeva in fuori per alcuni metri. Eccher è tutt'altro che un pancione ma i suoi 70 chili nessuno glieli leva. Lo strappo fu tale da fare saltar via un secondo chiodo poco sopra la staffa e poi un terzo, proprio quello su cui Maestri stava «facendo assicurazione». Partiti i tre chiodi (ne restavano altri due sopra il terrazzino ma vi era fissato solo il capo opposto della corda, quello dalla parte di Maestri) il peso del corpo proiettato nel vuoto si sfogò tutto sulla spalla e sulle braccia della guida. Fu uno strattone tremendo. Maestri ne restò letteralmente piegato in due e andò a sbattere con la faccia sulle rocce. Nonostante il dolore, tenne con tutte le sue forze.

Accartocciato quasi a testa in giù sull'aereo terrazzino, semiaccecato dal sangue che gli grondava dalla fronte, le braccia convulsamente strette a trattenere la corda, Maestri per qualche istante si sentì perduto. Poi a poco a poco si riebbe.

«Luciano, Luciano, come va?»

«Bene bene» rispose dal basso l'invisibile compagno con straordinario spirito.

«Sei giù molto?» «Saranno cinque metri.» «E puoi toccar la roccia?» «Impossibile, è troppo lontana.» «Allora cerca di venire su a braccia. Ce la fai?» «Adesso provo.»

Eccher provò. Ma era un'impresa inverosimile, con una corda così sottile, dopo quel tremendo colpo. Riuscì a sollevarsi un paio di metri ma poi le mani mollarono. Giù di nuovo a piombo. Maestri, in quella sua assurda posizione, fece di tutto per reggere al secondo strappo. Ma un bel pezzo di corda gli sfuggì dalle mani.

«Luciano! Luciano!» «Niente paura. Solo che a venir su a forza di braccia io non ce la faccio.» «E adesso quanto sei giù?» «Adesso saranno dieci metri.»

Un lungo silenzio tra gli alterni mugolii del vento. La neve veniva giù sempre più fitta. Poi la voce di Maestri: «Luciano, ho paura che non resisto più». «Cesare,» fu la risposta «taglia la corda che almeno tu ti salvi!»

Questo poi mai, pensò Maestri. Con sforzo supremo riuscì a sollevarsi un poco così da mettersi in ginocchio. «Cesare! Cesare!» «Cosa c'è?» «Prova a calarmi per tutto il resto della corda. Forse riesco a toccare le rocce» (era soltanto una illusione). «Aspetta, adesso provo.»

Fu perché Maestri mosse un piede sotto il quale la corda si era incastrata? Fu perché le sue mani non ressero? Fatto sta che ad un tratto egli non riuscì più a tenere. Udì il sibilo della fune che strisciava a velocità furiosa sull'orlo del terrazzino, una forza irresistibile la succhiava nell'abisso. Guardò i due chiodi superstiti coi due relativi moschettoni a cui era fissata con un'asola la corda. Avrebbero tenuto?

Poi venne il colpo. La corda si tese spasmodicamente. I due chiodi si incurvarono come se fossero di burro, per una minima frazione di secondo sembrarono schizzar fuori dalla fessura dove erano infissi. «Adesso volo anch'io» pensò Maestri. Ma i chiodi miracolosamente resistettero.

Di sotto, Eccher aveva compiuto il terzo volo. Questa volta fino a completo esaurimento della corda. Un tuffo di altri 20 metri buoni. Precipitando guardò in su. Si sentì serrare atrocemente in vita. Rimbalzò in su tre metri almeno. «Impossibile che i chiodi tengano,» fu il pensiero «ora vedo schizzar fuori anche Maestri. Ci sfracelleremo insieme.» Poi fu una quiete inverosimile. Lentamente Eccher prese a girare su se stesso.

Si chiamarono, cercando di parlarsi. Ma a quella distanza – più di 30 metri – era difficile. Intanto si era fatto buio. Maestri, sul quale non gravava più il peso del compagno, sostenuto ormai solo dai chiodi, si levò finalmente in piedi e misurò la situazione. Di tirar su Eccher a forza di braccia neanche a pensarci. L'unica, tentare di proseguire lui da solo fino in vetta, scendere dalla parte più facile e andare a chiedere soccorsi. Ma avrebbe fatto in tempo? Sospeso a una corda per la vita, Eccher avrebbe resistito? In uguali situazioni, più di un alpinista era morto per soffocamento.

Per fortuna Eccher è un ragazzo di raro sangue freddo e ottimismo. Invece di lasciarsi prendere dal panico, si industriò per rendere il meno tormentoso possibile il suo stato. Si passò una staffa intorno al torso così da poter appoggiare la schiena. Altre due staffe le fissò alla corda in modo da potervi introdurre le gambe e così restar quasi seduto. Poi si disse: «Se Maestri va a cercar soccorsi, posso vivere tranquillo».

Mentre continuava a nevicare, Maestri, slegatosi, gridò a Eccher «Arrivederci» e riprese la salita. Come abbia fatto, con quel buio pesto, a superare 200 metri di buon quinto grado, per noi resta un mistero.

Giunto sullo spallone, contornò il Campanile Basso per la larga cengia battezzata scherzosamente «stradone provinciale». E stava per calarsi lungo la via comune quando, affacciatosi alla parete sud, vide giù una luce che avanzava sul sentierino che porta all'attacco. Chiamò. Era suo fratello Carlo che, preoccupato del ritardo, era salito dal rifugio Tosa.

«Corri al rifugio,» gli gridò Maestri «fa venire su quanti più è possibile con tutte le corde che ci sono. Ma prima va sotto allo spigolo e avverti Luciano che i soccorsi arriveranno; che si faccia coraggio!» Infatti ciò che più temeva era che l'amico si lasciasse vincere dalla stanchezza e dallo scoraggiamento; nel qual caso era perduto.

Ora non restava che aspettare. Maestri riuscì a scovare sulla cengia un buco abbastanza riparato e – meraviglioso esempio di equilibrio nervoso – ci fece una bella dormita: ciò che era la cosa più opportuna dopo il travaglio sofferto e in vista di quello che gli restava da soffrire.

Alle 2.30 di notte le guide Bruno e Catullo de Tassis e Giulio della Giacoma con tre bravi rocciatori – Mario Fabbri di Trento, Dado Morandi e un altro di Roma – erano sullo «stradone provinciale». Al lume incerto delle torce elettriche, dalla sommità dello «spallone», Maestri, Catullo de Tassis e Morandi furono calati per 110 metri. Maestri e de Tassis scesero quindi per loro conto a corde doppie fin sopra il famoso terrazzino, piantarono una bella quantità di chiodi e calarono subito a Eccher due corde, per mezzo delle quali, a trazione alterna, cominciarono a tirarlo su. A ogni strattone guadagnavano una ventina di centimetri.

Il sollevamento durò tre ore e mezzo. Alle nove del mattino finalmente Eccher toccò il terrazzino. Era pallido come la morte, ma ancora in buone condizioni. «Fa un curioso effetto» disse «rimettere i piedi sulla terra.» Era rimasto appeso nel vuoto, in maniche di camicia, con un tempo da lupi, tredici ore giuste.

«Domenica del Corriere», 17 ottobre 1954

Ma ne valeva la pena?

In questi giorni, mentre di ora in ora si attendevano notizie delle due cordate impegnate sul Monte Bianco, e soprattutto dopo le più drammatiche fasi dei soccorsi, sorgeva naturale una domanda: il gioco vale la candela?

Nella interrogazione stessa è implicita, anche se inespressa, la risposta: una risposta negativa. Dicendo questo, più che esprimere una opinione personale, sappiamo di interpretare il sentimento della grande maggioranza. I commenti, in giro, sono tutti dello stesso tono. Tutti, senza alcuno spirito polemico, si chiedono: ne vale la pena?

È ovvio che all'alpinismo autentico qualsiasi interesse pratico è completamente estraneo. Le imprese cioè sono fine a se stesse. Esiste tuttavia, anche se è difficile stabilire dove passi esattamente, un confine oltre il quale la stessa logica alpinistica vien meno.

Un grano di follia, lo sappiamo, sta alla base di tutto l'alpinismo; e proprio da questo granello deriva la sua nobiltà, la sua poesia. Non si possono stabilire dei metri utilitari per misurare la opportunità o meno di una scalata. Fin qui perfettamente d'accordo.

Ma sussistono delle differenze indiscutibili, e la sensibilità del pubblico oggi è in grado di apprezzarle. Nessuno ormai trova assurdo se dei giovani rischiano la vita per conquistare una cima inviolata: nessuno ormai si meraviglia se la meta dell'impresa, anziché una vetta, è soltanto quella determinata parete, o quella cresta, o quello spigolo. Pareti, creste, spigoli hanno spesso una personalità e un'autonomia architettonica che si capisce come possa tentare gli spiriti audaci. Anche un profano, guardando le muraglie nord delle Cime di Lavaredo, delle Grandes Jorasses o dell'Eiger, per citare gli esempi più famosi, sarà disposto ad ammettere che le tremende fatiche e i rischi spaventosi per venirne a capo non erano insensati. Ma a un certo punto, anche dal punto di vista alpinistico, ripetiamo, la ragionevolezza non c'è più. E ciò avviene quando si ha l'impressione che la difficoltà e i pericoli non vengano affrontati per uno scopo importante, ma che siano puramente fine a se stessi, che insomma gli alpinisti vadano a cercarsi dei guai per partito preso. Allora la stessa partecipazione sentimentale del pubblico si attenua o scompare, se addirittura non subentra scetticismo o disapprovazione.

Questo diciamo con la massima serenità, dopo aver riconosciuto a Bonatti la meravigliosa tempra morale e fisica che ne fa una delle maggiori figure dell'alpinismo mondiale. Ma come mai nessuno faceva obbiezioni quando Bonatti e i suoi compagni rischiavano la pelle sull'estremo crestone del K2? Come mai tutti facevano addirittura il tifo, due anni fa, per lo stesso Bonatti impegnato da solo sull'allucinante spigolo del Petit Dru? E come mai stavolta invece, pur partecipando alle ansie, tutti si sono domandati quale senso avesse avventurarsi sulla via più difficile del Bianco in pieno inverno?

Se c'è qualche patito dell'alpinismo invernale che volesse scriverci per sostenerne le ragioni, si risparmi la fatica. Quegli argomenti li conosciamo benissimo anche noi (che una cima d'inverno è completamente diversa dall'estate, anzi è «un'altra» cima; che l'ambiente è infinitamente più bello e grandioso, che è un'ottima preparazione per le imprese imalaiane, ecc.). Inoltre, grazie a Dio, gli italiani sono liberi, liberi anche di arrischiare la pelle come meglio gli garba, senza doverne render conto al prossimo. Se uno vuol dimostrare la sua bravura scalando, che so io, la parete della Cima Su Alto in piena notte senza luna, o a torso nudo, o con una mano legata dietro la schiena, o portandosi una bicicletta in spalla, padronissimo. Ma padroni anche noi di non apprezzare esageratamente la prodezza.

Non solo: anche la libertà di disporre della propria vita dovrebbe trovare un limite (astrazion fatta dai legami degli affetti familiari, che dovrebbero pure avere un certo peso) quando il rischio personale può coinvolgere il rischio di altri che non partecipano all'impresa. E questo è proprio il caso dell'alpinismo invernale dove, più che l'eventualità di una caduta, si prospetta quella dello smarrimento, dell'assideramento, del congelamento, dell'impossibilità a procedere; con la conseguente necessità di complesse e ardue spedizioni di soccorso, col pericolo quindi che la crisi di una cordata possa provocare una catena di disgrazie (come si è visto in questi giorni). Certo nessun alpinista può pretendere che i colleghi in fondo valle, sapendolo nei guai, se ne stiano belli quieti e non si diano d'attorno per salvarlo, nessun alpinista può illudersi che per lui si venga meno alla sacra legge della solidarietà umana.

E allora – chiederà qualcuno – che cosa vorremmo proporre? Una legge, per caso, che proibisca le inutili ascensioni invernali, comminando, in caso di trasgressione, multe e pene detentive? Dio ne guardi. Il rimedio che suggeriamo è molto semplice: e dipende, lo riconosciamo, semplicemente da noi (per ironia della sorte la prima causa di quanto deploriamo è infatti nostra). Basterebbe che, nell'evenienza di imprese audacissime sì ma di discutibile costrutto, come le scalate fatte nella stagione avversa, basterebbe che giornali, riviste, radio e televisione mantenessero un ermetico silenzio, senza cronache, né interviste, né fotografie grandezza pagina.

Se questo progetto, ahimè troppo utopistico, potesse realizzarsi, siamo convinti che la solitudine dei più audaci picchi non sarebbe turbata da nessuno per tutta la durata dell'inverno.

«Corriere della Sera», 1° gennaio 1957

Il freddo uccide due tedeschi su un ghiacciaio sopra Cervinia

Dopo avere bivaccato a quasi 4000 metri sul ghiacciaio del Breithorn, sopra Cervinia – un bivacco affrontato con tutte le regole dell'arte e in piena serenità di spirito – una sciatrice e uno sciatore tedeschi, stroncati dal gelo dell'alba, sono morti stamane assiderati non lontano dalla stazione della funivia di Plateau Rosà, che sarebbe stata la loro salvezza. Un loro compagno di gita, pure immobilizzato dal freddo, è stato invece salvato benché con gravi congelamenti. In condizioni buone sono scesi invece a Plateau Rosà gli altri tre componenti del gruppo: due donne e un maestro di sci.

Erano partiti giorni fa da Monaco per fare una serie di escursioni in sci nella Svizzera. Non erano dei campioni, però tutti buoni sciatori. Prima di partire non si conoscevano neppure. L'incontro era avvenuto per caso, in base a una delle tante iniziative del genere da parte di società sportive.

Anche per questo la identificazione delle persone – primo elemento di qualsiasi resoconto – è stata praticamente impossibile per il cronista, che stamane a Plateau Rosà, mentre tutto intorno le montagne, senza una nube, risplendevano gioiosamente in un sole meraviglioso, ha assistito all'ultimo atto della tragedia. La guida, sui 35 anni, è Joseph Sedelmeyer, di Füsse, in Baviera; le due donne incolumi si chiamano Dorette Pöckl, sui 30 anni, e Josephine Baset, di 47; l'altro superstite è un certo Fritz Prösel, apparentemente di 45 anni, un uomo alto e corpulento; in quanto al morto, sembra trattarsi di un certo Bogel.

Della donna uccisa dal gelo non si è riusciti a pescare il nome. I compagni di gita non si conoscevano a vicenda. E come si faceva a frugare negli abiti di quegli sventurati per cercare i documenti? La identificazione, immaginiamo, è avvenuta giù a Sion, dove il grande pilota Geiger e un suo degno collega hanno trasportato le salme e i superstiti, dopo essere atterrati ciascuno a tre riprese sul ghiacciaio di Plateau Rosà.

Giunti l'altro ieri sera a Zermatt, i sei sciatori tutti di Monaco di Baviera avevano deciso di tentare il giorno dopo la salita del Breithorn (4218 metri), una delle più belle montagne che si possono fare in sci, fino quasi in vetta, e che non presenta tecnicamente speciali difficoltà. Partiti verso le 7.30 da Zermatt, avevano raggiunto con la ferrovia Rotenboden, e di qui, applicate sugli sci le pelli di foca, avevano iniziato la salita. Era una mattina splendida, solo qualche piccola nube bianca passava sulle cime, nulla lasciava supporre che nel pomeriggio il tempo si sarebbe guastato.

Quando verso mezzodì furono a Plateau Rosà (3500 metri), il cielo aveva cominciato a coprirsi. Ma evidentemente non si spaventarono, perché poco dopo ripresero la salita. E questo fu l'errore fatale. Bene allineati tutti e sei, il gruppo guadagnò regolarmente quota, e il tempo impiegato per arrivare in vetta, 4 ore da Plateau Rosà, dimostra che marciavano bene. Ma alle 16.30, quando si accinsero alla discesa, il tempo non poteva essere peggiore. Tirava un vento d'inferno, nevicava, non ci si vedeva a cinquanta metri. Per giunta, nessuno dei sei era pratico di quella montagna, e anche per montanari in gamba è facilissimo perdere la bussola in quelle condizioni.

A un certo punto si trovarono sul caratteristico pianoro che sta dietro la cosiddetta Gobba di Rollin. L'uniformità del lieve pendio rese ancora più difficile l'orientamento. Tormenta, nebbia, cominciava a farsi buio. Da che parte scendere? Più sotto precipita una sinistra cascata di seracchi. Guai a rimanervi imbottigliati. Di comune accordo fu deciso di bivaccare sul posto. Che non si persero d'animo sta a dimostrarlo la bravura con cui i sei si scavarono nella neve una buca per ripararsi dal vento. Adoperando gli sci come vanga, ottennero una specie di caverna dove, tutti e sei, stavano relativamente comodi. Come pavimento, gli sci disposti l'uno accanto all'altro.

«È stato un buon bivacco» ci ha detto stamane il maestro di sci Sedelmeyer. «Abbiamo passato la notte benissimo» ci ha detto la signora Baset. «Dormire non si è dormito gran che, ma il morale era alto. Non abbiamo fatto che cantare.» Sebbene la buca non avesse porta, la temperatura doveva essere sopportabile. Spesso in questi casi, ci ha detto Achille Compagnoni che di queste faccende è pratico, fra l'interno e l'esterno la differenza di temperatura è anche di 15 gradi. Intanto la bufera si era completamente sfogata, il vento aveva portato via la nebbia, non si vedevano che stelle. Ma di ora in ora il freddo mordeva sempre di più.

Ai primi barlumi dell'alba tutti e sei – ci ha raccontato la signora Baset – erano o almeno apparivano in buone condizioni. Il guaio fu che appena fattosi giorno – e si capiva che sarebbe stata una giornata splendida – gli sciatori, e la loro impazienza è comprensibile, vollero ripartire subito, senza aspettare il sole che li avrebbe scaldati. Uscirono tutti e sei dalla provvidenziale buca e si accinsero a estrarne gli sci. Purtroppo questi, col gelo, si erano talmente saldati con la neve che il loro recupero costò quasi un'ora di lavoro. E, intanto, i sei erano completamente esposti al vento polare che mulinava la tormenta.

Fu questa attesa la causa della tragedia. I meno resistenti dei sei repentinamente cedettero. E non ce la fecero più quando si trattò di discendere. I primi sci estratti dalla buca erano quelli di Dorette Pöckl. Vedendo che era in buone condizioni, il maestro di sci le consigliò di andare avanti. Poco dopo, dubitando che la Pöckl non trovasse la strada, si avviò, a sua volta, il Sedelmeyer. Da notare che fino a quel momento egli non pensava alla possibilità di un pericolo mortale.

Nessuno giù in valle aveva dato l'allarme, perché nessuno poteva sapere. L'arrivo a Plateau Rosà della Pöckl, esausta e con qualche principio di congelamento, fu una sorpresa per tutti, il suo aspetto e le notizie che dava – benché lei non credesse i compagni in pericolo – bastarono a far intuire che cosa stava succedendo più in alto, dietro la Gobba di Rollin. Intanto giungeva a Plateau anche il maestro di sci Sedelmeyer. Aveva alcune dita delle mani già insensibili e sembrava sconvolto. Anche le notizie date da lui erano confuse e incerte. Immediatamente partì da Plateau Rosà la squadra di soccorso che, per fortuna, si trovava lassù per sistemare una pista. Erano, guidati da Elmo Vitalini, sei giovani esperti e allenatissimi: Lorenzo Ducly, Giovanni Carrel, Luigi Pession, Grato, Giuseppe e Luigi Herin. Con loro era un drappello di alpini.

Dopo circa un'ora di salita incontrarono la guida svizzera Joseph Brantschen di Sankt Nikolaus: sorreggeva a stento una donna che sembrava più di là che di qua. Il Brantschen, salito con alcuni clienti verso il Breithorn, aveva interrotto l'ascensione per soccorrere la poveretta. Più avanti fu trovato, disteso immobile nella neve, un uomo. Come lo riscossero, si mise a gridare. Meno male, era segno che viveva ancora. Ancora più in su, non lontano dalla buca del bivacco, un altr'uomo disteso. Era già duro come il ghiaccio. Ogni tentativo di respirazione artificiale fu inutile. L'ultima a scendere coi suoi mezzi fu la signora Baset di 47 anni. Essa era l'unica che godesse perfetta salute.

Quando noi si arrivò a Plateau Rosà con la cabina della funivia piena di sciatori spensierati, il morto, avvolto nelle coperte e tutto incrostato di neve, dormiva al sole nella slitta-barella con cui lo avevano portato giù. Uscendo dalla porta delle funivie, ansiosi di buttarsi giù per le piste, giovani e ragazze non se ne accorgevano neppure, passavano accanto ridendo e scherzando. Il Prösel, quello gravemente assiderato, era disteso su un tavolo del ristorante Belvedere. Gli stavano facendo tutti i possibili massaggi, ma i piedi erano già neri. Poco lontano, nella stazione dei carabinieri, al caldo, l'infermiere Bagattini, i carabinieri, i maestri di sci sottoponevano ad una disperata respirazione artificiale l'altra donna di cui ignoriamo il nome. Ogni tanto sembrava che aprisse la bocca, si accendeva un fiammifero, lo si accostava alle labbra. Niente, la fiammella non tremava. Da un angolo il maestro di sci Sedelmeyer, nero in volto, fissava la pietosa scena.

Leggero come una libellula, senza frastuono, Geiger atterrò sul ghiacciaio. All'appello telefonico aveva risposto fulmineamente, come sempre. Cominciò subito lo sgombero. Prima la Pöckl, poi il Prösel, poi la guida, poi i due morti. Con ritmo incredibilmente veloce un aeroplanino si posava sulla neve, caricava, ripartiva, inabissandosi nei vertiginosi valloni. Da parte italiana – squadra di soccorso, alpini, maestri di sci di Cervinia – non si poteva fare di più, né con più slancio.

A Plateau Rosà rimase solo la Baset, la più intrepida di tutti, rifiutando il trasporto aereo. Lassù, nel buco del bivacco, aveva lasciato il sacco con la macchina fotografica a cui non voleva rinunciare per nulla al mondo. Voleva anzi tornare su a prenderlo lei stessa, e non per scherzo. A prendere il sacco salì Achille Compagnoni, insieme col capo dei soccorritori Vitalini e un brigadiere dei carabinieri.

Fra lo sbalordimento di tutti, come ebbe riavuto il suo sacco e la sua preziosa macchina fotografica, quella donna imperturbabile, come se assolutamente nulla fosse successo, inforcò gli sci, ringraziò, salutò e giù, sola soletta verso Zermatt. Era già sera.

«Corriere della Sera», 31 marzo 1957

Ragazzi terribili nel regno del sesto grado

In un angolo della sala del rifugio un giovanetto biondo male in arnese sta da oltre un'ora facendo meticolosamente uno strano compito, in una calligrafia regolarissima che un notaio invidierebbe. Consultando via via un piccolo taccuino spiegazzato, egli scrive riga dopo riga sulle vaste pagine del «libro delle ascensioni». Gli altri sono seduti intorno al fuoco del cordiale camino bellunese.

Alle fiamme di questo camino, da poco rifatto più bello – il CAI di Conegliano ha rinnovato e ingrandito tutto il rifugio che è diventato una delle più ospitali e comode case delle nostre montagne, e qualche giorno fa è stata anche inaugurata, a due passi, una graziosa cappelletta –, si sono scaldati le ginocchia i più grandi arrampicatori d'Europa da trent'anni a questa parte. Perché qui siamo sotto le immense rupi della Civetta e la Civetta ha l'incontrastata fama d'essere per eccellenza il «regno del sesto grado». Sulle sue sterminate muraglie, una accanto all'altra, si allineano, se non abbiamo sbagliato il conto, ben 23 vie «estremamente difficili», ciò che costituisce un record mondiale. La recente guida del gruppo, realizzata in modo veramente esemplare da Vincenzo Dal Bianco (Federazione Alpinisti Tridentini editrice), ne registra, nel suo rigorismo moderno, un po' meno; e per esempio abbassa al «quinto grado superiore» la famosa via Solleder, la direttissima cioè della parete nordovest, che costituisce tuttora una delle più grandiose e impegnative arrampicate delle Alpi. Ma, fuori delle severe valutazioni tecnicistiche, nel mondo degli alpinisti «la Solleder» conserverà sempre l'antica aureola. E così le vie di Attilio Tissi sulla Torre Venezia e sul Pan di Zucchero, che resteranno dei supremi modelli di eleganza e di ardimento, tracciate come furono in pura arrampicata libera; certo, oggi il vizio della chiodatura le ha contaminate: il famigerato traverso di 40 metri sulla Torre Venezia, che Tissi superò nel lontano 1933 senza mezzi artificiali, è diventato, dicono, un chiodo solo; e sull'altrettanto leggendaria traversata d'attacco al Campanile di Brabante, ch'egli vinse quasi levitando sui microscopici appigli, oggi adoperano addirittura una staffa.

Ma quelli erano, del sesto grado, i tempi eroici. Oggi, senza voler diminuire il valore delle nuove generazioni, si procede con esasperato tecnicismo; e si va agli attacchi con sacchi grevi di decine e decine di chiodi d'ogni forma, decine di moschettoni, staffe di metallo superleggero e cunei di legno per le fessure. Ne è appunto un esempio il giovanetto biondo che ormai da un'ora e mezzo non ha smesso di scrivere, e non ha ancora finito. Ciò ch'egli sta miniando su librone del rifugio è la minuziosa relazione tecnica di un nuovo importante «sesto grado» fatto da lui, due giorni fa, con un compagno, sulla parete nordovest della Civetta. Vi sono registrati, con numerazione progressiva, a cominciare dalle maggiori difficoltà, tutti i successivi tratti di corda, che arrivano alla bellezza di quaranta. Per ciascuno, con uno scrupolo documentario da scienziato, sono indicati: le caratteristiche morfologiche e tecniche del passaggio, il numero dei chiodi di sosta, il numero dei chiodi di arrampicata, il corrispondente grado di difficoltà. Evidentemente il secondo di cordata ha avuto la forza d'animo, tratto per tratto, di annotare sul taccuino i minimi particolari della scalata.

La nuova via – giudicata dai salitori più difficile della parete ovest del Dru – risale la parete in corrispondenza della grande fenditura fra la via Comici e la Solleder, e sbocca sulla cresta a quota 2992. Novecento metri di forti difficoltà. Piantati 87 chiodi, di cui 15 rimasti. Due bivacchi. Trenta ore e mezzo di scalata effettiva. Innegabilmente una grande impresa.

L'hanno portata a termine W. Philipp che ha 20 anni nonostante l'aspetto di adolescente e D. Flamm, 21 anni, entrambi di Vienna. Essi fanno parte di un gruppetto di giovanissimi, attendati da una ventina di giorni ai piedi della favolosa parete: e che hanno fatto varie altre difficilissime ascensioni fra cui le vie Carlesso e Cassin sulla Torre Trieste. Lo stesso Philipp, col belga Claude Barbier, 19 anni, capocordata, e il diciassettenne Dieter Marchart di Vienna, ha tracciato una nuova via di estrema difficoltà sulla parete NO della Torre Alleghe (un pilone laterale della grande muraglia); l'hanno definita «un po' più facile» della temutissima via Carlesso sulla vicina Torre di Valgrande.

Sono in maggioranza giovanissimi i sestogradisti che vengono in Civetta dal Nord. La guida Armando Da Roit, gestore del rifugio e autore a sua volta, in cordata coi francesi Gabriel e Livanos, di due «sesti superiori» (è uno dei pochi italiani membri del Groupe Haute Montagne, cioè del Club Alpino Accademico francese) ne ha conosciuti parecchi di questi «ragazzi terribili»: bravissimi – dice – dal punto di vista atletico, ma spesso avventati e senza la necessaria base di esperienza. Non è che non li capisca; lui stesso, da «bocia», ha fatto le sue pazzie, come per esempio quella di scalare a piedi nudi, per mancanza di pedule, i 1100 metri del tremendo spigolo ovest della Busazza e di trovarsi poi sulla via di discesa, coi piedi sanguinanti e semicongelati, nell'impossibilità di proseguire. Li capisce ma li deplora. L'anno scorso, sulla Solleder, precipitò una cordata di due tedeschi. Andarono a prenderli. Li trovarono morti su una cengia, duecento metri sopra l'attacco. Controllarono i documenti: uno aveva quindici anni e l'altro quattordici.

Da Roit, da ragazzo, faceva il falegname ad Agordo. Lungo, magro, biondissimo com'è, lo si prenderebbe per uno scozzese. Pochi come lui hanno avuto occasione di vivere accanto alle più grandi celebrità della roccia; da Comici a Cassin, da Alvise Andrich a Livanos. E ne ha da raccontare. Ma, fra tanti episodi, niente l'ha commosso quanto il caso di un vecchio signore tedesco capitato l'anno scorso al rifugio. Alla sera l'ospite chiamò in disparte Da Roit. «Io sono vecchio,» gli disse «molto vecchio. Ho già ottant'anni. Sono vissuto, si può dire, per la montagna, ho al mio attivo più di quattrocento cime. Adesso purtroppo dovrò finalmente rinunciare. Vorrei però che lei mi aiutasse a esaudire l'ultimo desiderio. La mia prima ascensione, da ragazzo, fu la Civetta. Vorrei che fosse anche l'ultima. Vuole avere la pazienza di accompagnarmi lassù?»

Partirono la mattina poco prima dell'alba. Per raggiungere la cima per la via comune ci vogliono circa cinque ore e mezzo. Data l'età del cliente, Da Roit ne calcolò più del doppio. Avrebbero poi dormito al rifugio Torrani, sotto la vetta.

Per la prima ora il vecchio marciò regolarmente. Ma poi il suo passo si fece via via più lento e faticoso, le soste sempre più frequenti. Con stento infinito tuttavia riuscì a issarsi fino al ciglione del selvaggio Van delle Sasse. Ora non restava che l'ultima barriera di rupi. Ma era ormai tardi. E il cuore stanco non ne poteva più. Il vecchio crollò in ginocchio, si mise a singhiozzare come un bambino. E balbettava, fissando, fra le lacrime, l'irraggiungibile cima: «Addio, addio. Io sono un uomo finito».

«Corriere della Sera», 23 settembre 1957

Bonatti e Mauri conquistano la vetta del Gasherbrum 4

Al loro secondo tentativo, gli alpinisti italiani sono riusciti a raggiungere la vetta del Gasherbrum 4 (8080 metri) nel massiccio del Caracorum.

In un messaggio pervenuto oggi a Rawalpindi, il capo della spedizione italiana, Riccardo Cassin, annuncia che Walter Bonatti e Carlo Mauri hanno effettuato la scalata il 6 agosto.

Il messaggio rivela che il primo tentativo di conquistare la vetta dal versante nordest non ha avuto successo a causa del cattivo tempo. Il secondo assalto s'è iniziato il 24 luglio subito dopo mezzogiorno, e il 6 agosto Walter Bonatti e Carlo Mauri hanno raggiunto la vetta.

Con il successo della spedizione italiana sale a tre il numero delle vette inviolate che sono state conquistate quest'anno. Una spedizione americana ha scalato il Gasherbrum 1 (m. 8068) ed una giapponese il Chogolingsa (m. 7282).

Secondo informazioni giunte a Rawalpindi sembra che Walter Bonatti e Carlo Mauri, dopo aver conquistato la vetta del Gasherbrum abbiano dovuto sostenere una discesa particolarmente difficile a causa dei forti monsoni che soffiavano in quel periodo.

I due alpinisti hanno potuto comunque raggiungere sani e salvi il loro campo-base.

È una delle più notevoli vittorie alpinistiche di questi ultimi anni: per tutti gli italiani, una bellissima notizia. La scalata del Gasherbrum 4 non potrà forse avere l'eco nazionale e internazionale che ebbe, quattro anni fa, la conquista del K2: il K2 è la seconda vetta del mondo e fino allora, dei quattordici «ottomila» solo altri tre, cioè l'Annapurna, l'Everest e il Nanga Parbat, avevano ceduto agli assalti dell'uomo. Ma in quattro anni il mondo si è in certo qual modo assuefatto a queste prove eccezionali. Nel frattempo infatti i tentativi imalaiani si sono moltiplicati e altri sei «ottomila» sono stati vinti. Di vittoria in vittoria, le notizie di questo genere, fatalmente, hanno perso di spicco, tanto è vero che la scalata dell'Hidden Peak o Gasherbrum 1, ultimo «ottomila» superstite del Caracorum, avvenuta il 4 luglio scorso per opera della spedizione americana Clinch, è passata quasi inavvertita.

Ma l'aver raggiunto la vetta del Gasherbrum 4 è pur sempre un grandissimo successo, degno di essere paragonato, per le virtù morali e tecniche che richiedeva, a qualsiasi altra vittoria imalaiana. Il Gasherbrum 4 finora non si credeva appartenesse alla suprema aristocrazia degli «ottomila», ma era ritenuto un «quasi ottomila», la sua statura risultando, da due diverse misurazioni, rispettivamente di 7925 e 7980 metri. La quota 8080 riferita nel dispaccio dell'Ansa significa forse che gli alpinisti italiani, dotati di perfetti altimetri, hanno avuto il modo di rettificare, in aumento, l'altezza finora riconosciuta? Noi ce lo auguriamo. In questo caso la famiglia degli «ottomila», si arricchirebbe di un quindicesimo colosso.

Ma anche se la quota 8080 fosse dovuta a un errore di radiotrasmissione, si tratta comunque di una delle maggiori montagne della Terra, la quale, ancor prima che gli italiani ne assaggiassero le difficoltà, era considerata, in campo internazionale, uno dei problemi più ardui da risolvere. Il suo solo aspetto, la ripidezza preoccupante delle selvagge pareti incrostate di ghiaccio e delle precipitose creste facevano capire che razza di osso duro fosse. Non bastavano, come per alcuni «ottomila» sono bastati, una ottima preparazione logistica, un fegato sano, una grande resistenza fisica e la sempre indispensabile dose di fortuna. Qui c'erano da risolvere dei problemi di pura arrampicata già considerevoli all'altitudine delle nostre Alpi, figuriamoci poi trasferiti a una quota sopra i settemila metri. Riccardo Cassin, capo della spedizione del Club Alpino Italiano, uomo per temperamento nemico di ogni esagerazione, ha scritto che il Gasherbrum 4 è «la cima più superba e forse la più difficile del Baltoro»; ed ha valutato a quarto e quinto grado, dal punto di vista puramente tecnico, le difficoltà incontrate sulla cresta nordest nella prima fase dei tentativi; ora basta con la fantasia trasportare il nostrano quinto grado alle rarefatte e glaciali altezze imalaiane per sentirsi accapponar la pelle; si è evidentemente ai limiti estremi delle possibilità umane. E non è temerario ritenere che ben pochi alpinisti al mondo fossero in grado, per capacità tecnica, oltre che per ardimento, di superare simile prova.

Non siamo tanto ingenui da pensare che la salita del Gasherbrum 4 susciterà anche la metà dell'entusiasmo con cui un tifoso medio accoglie la vittoria domenicale della sua squadra preferita. Questo genere di entusiasmi, in fondo, è meglio non abbia a che fare con la montagna. Confidiamo però che l'impresa imalaiana susciti in tutti un senso di compiacimento e di orgoglio. Non c'è dubbio che Cassin e i suoi compagni hanno fatto fare all'Italia, nel mondo, una magnifica figura.

Non sorprende che a conquistare la vetta siano stati Bonatti e Mauri, i quali si sapeva che avevano già sferrato il primo assalto alla cresta nordest, dovuto interrompere a causa del maltempo.

Come già venne data notizia, dal 10 al 14 luglio, partendo dal campo V stabilito sopra il colle est-nordest, a circa 7200 metri, avevano attaccato la cresta che offriva la via più logica e ne avevano con durissima lotta vinte le asperrime difficoltà innalzandosi fino a 7750 metri. Dopodiché erano stati costretti dal cattivo tempo a sospendere la scalata.

Perdurando la bufera, il 19 luglio, tutti quanti, compresi i portatori d'alta quota, erano ridiscesi al campo-base per ritemprare le forze con un riposo di qualche giorno. Il giorno 22 luglio il cielo aveva cominciato a rasserenarsi e Cassin aveva deciso di ripartire per il tentativo finale.

Infatti, secondo una lettera del 31 luglio spedita da Fosco Maraini dal campo-base – la più recente ricevuta dalla sede del Club Alpino Italiano – il 24 è stato dato il via a un nuovo attacco studiato in tutti i particolari. Prima sono stati inviati in alto i portatori con razioni e materiale alpinistico. Poi, via via, dal

25 in poi sono partiti gli alpinisti. Come primo scaglione, Oberto col medico Zeni, quindi Gobbi, il 26, De Francesch e Cassin il 27. Ultimi, il giorno 29, Bonatti e Mauri. «Il tempo» scriveva Maraini «si è rimesso parzialmente (siamo sempre in periodo di monsone), ma tutte le mattine vi sono da quattro a sei ore di bel tempo e contiamo su queste per un assalto, diciamo, di slancio. Se tutto va bene, i giorni fatidici saranno il 2 o 3 agosto. Fallendo anche questo secondo tentativo, ci raduneremo di nuovo al campo-base, e, se basteranno le forze, tenteremo una terza volta.»

Secondo il piano, Gobbi si doveva fermare al campo III; Cassin e Mauri* al IV (m. 7050) sopra la seraccata, avrebbero aspettato Bonatti e Mauri per salire insieme e finire di «attrezzare» la cresta.

Fino a duecento metri sotto la vetta la via era stata preparata con corde fisse almeno nei tratti più impegnativi, ma nel frattempo era caduta molta neve, e deve essere stata improba la fatica di rintracciare le piste; a quell'altezza la neve eccezionalmente polverosa e instabile richiede un lavoro estenuante solo per guadagnare pochi metri. Restava poi l'incognita dell'ultimo tratto, che non si presentava peggiore ma neppure più mansueto della cresta sottostante; anch'esso insomma si può presumere sia stato molto duro.

Logico che anche in questa fase conclusiva, Bonatti e Mauri siano andati avanti. Prima di tutto perché, avendo già scalato la cresta per quasi tre quarti, ne conoscevano, più dei loro compagni, la conformazione, le asperità e i pericoli. In secondo luogo perché Bonatti e Mauri costituivano, data anche la loro giovanissima età, la coppia di maggior affidamento. L'uno e l'altro, sestogradisti di primissimo piano, potevano vantare non solo uno stato di servizio assolutamente straordinario ma anche una specifica esperienza di alpinismo glaciale; basti ricordare, per Bonatti, le magnifiche prestazioni durante la spedizione al K2, la prima ascensione del Pilier d'Angle, con Toni Gobbi, sul

* In realtà non si tratta di Mauri, ma di De Francesch; Mauri infatti, era in coppia con Bonatti, come confermato dallo stesso Buzzati nella riga successiva.

Monte Bianco e la prima italiana sulla famigeratissima via della Poire, pure sul Bianco; per Mauri, la prima salita del Monte Sarmiento, nella Terra del Fuoco (spedizione di padre De Agostini). Che i due siano riusciti a piantare il tricolore sull'estrema cuspide desta quindi ammirazione, non sorpresa.

Naturalmente, il merito di aver conquistato il gigante imalaiano non spetta soltanto ai due fuoriclasse che sono arrivati in vetta. In queste imprese, la vittoria individuale non è possibile; perché uno, o due, arrivino alla meta, occorre, alle loro spalle, tutta una somma di sforzi, di privazioni, di sacrifici, da parte dei loro compagni. Ed è necessario pure che l'attacco, alpinisticamente e logisticamente, sia guidato con intelligenza, competenza e sangue freddo dal capo spedizione. Quindi è doveroso oggi citare all'ordine del giorno, insieme con Bonatti e Mauri, il capo dell'impresa Riccardo Cassin, figura pressoché leggendaria fra gli alpinisti, e i suoi compagni d'avventura: Giuseppe de Francesch della Val di Fassa, Toni Gobbi di Courmayeur, Giuseppe Oberto di Macugnaga, l'esploratore e fotografo Fosco Maraini, incaricato della documentazione, e il dott. Zeni, medico della spedizione. Ed è infine giusto sottolineare la serietà e l'efficienza della organizzazione-base, quella cioè realizzata dalla sede centrale del Club Alpino Italiano, opera giustamente ricompensata da una nuova superba pagina per la sua storia gloriosa.

«Corriere della Sera», 23 agosto 1958

Maestri ed Egger sul Cerro Torre
La guida di Lienz perita nella discesa

È giunto ieri al nostro giornale il seguente cablogramma da Buenos Aires:

«Vinto Torre addolorato comunico perdita Toni – Maestri.»

In realtà il messaggio di Maestri non proveniva direttamente dalla capitale argentina ma, giunto qui via radio dalla Patagonia, da Buenos Aires era stato ritrasmesso per cavo in Italia.

Infatti un successivo dispaccio del nostro corrispondente Martin Lugano ha annunciato:

> Secondo notizie pervenute al Circolo trentino di Buenos Aires, la spedizione al Cerro Torre è stata coronata da successo. La difficilissima vetta, considerata inviolabile, sarebbe stata raggiunta, nella notte dal 31 gennaio al 1° febbraio, da Cesare Maestri e Toni Egger. L'ardimentosa impresa sarebbe stata funestata da una sciagura. Nella discesa, in circostanze tuttora ignorate, Egger sarebbe scomparso in un crepaccio e, nonostante le attive ricerche, il suo corpo non sarebbe stato rinvenuto. Maestri e gli altri compagni di spedizione si trovano ora al campo-base in attesa di poter rientrare a Buenos Aires.

I due vaghi ma fin troppo eloquenti messaggi, che racchiudono una notizia fausta e una tristissima, sono l'epilogo di una delle vicende alpinistiche più appassionanti degli ultimi anni.

Il Cerro Torre infatti, nonostante la statura relativamente modesta (3128 metri) rispetto ai giganti delle Ande centrali e settentrionali, per non parlare dei colossi imalaiani, rappresentava una delle mete più ambiziose per i massimi campioni dell'alpinismo. Esso sorge in Patagonia, a non molta distanza dall'altrettanto superbo Fitz Roy, il picco roccioso già definito la «più bella montagna del mondo» per la formidabile e audacissima architettura, che venne scalato nel febbraio 1952 dalla cordata francese Magnone-Terray. Rispetto al Fitz Roy, il Cerro Torre appare senza dubbio meno scenografico e possente, anche perché meno isolato, ma la sua personalità, per dir così, si era rivelata ben più straordinaria e temibile. Si tratta di una immensa guglia che, dalla sommità di una selvaggia bastionata, balza al cielo per circa seicento metri con profilo pauroso. Ma a parte l'eccezionale ripidezza delle sue pareti, una singolare caratteristica lo aveva fatto in passato ritenere inaccessibile. A motivo dei venti gelidi e violentissimi che flagellano continuamente quella giogaia, il picco è quasi interamente rivestito di una corazza di ghiaccio; ghiaccio che assume le più strane forme, di lastroni, di colonne, di gobbe strapiombanti, di pencolanti baldacchini da cui colano gigantesche frange di ghiaccioli. Immaginate una dolomite ricoperta da un vitreo smalto glaciale.

È evidente che le difficoltà, rispetto a una analoga struttura di pura roccia, risultano moltiplicate. Altro è una scalata coi mezzi artificiali sul granito o sulla dolomia, dove un chiodo, quando è piantato bene, può dare una completa sicurezza, altro è affidarsi a chiodi infissi in una lastra di ghiaccio formatasi sopra la roccia, col continuo pericolo che il ghiaccio «non tenga» o che si sbricioli come i parabrezza delle automobili colpiti da un sasso, o che addirittura, sotto il peso, il lastrone di ghiaccio si stacchi interamente dalla rupe. Da notare, al proposito, che sulle alte cime delle Ande il ghiaccio riserva spesso delle brutte sorprese. Gigantesche masse, che a prima vista si direbbero solidissime, si frantumano improvvisamente al minimo urto e interi bianchi castelli si dissolvono in precipitose rovine. Ma tutto questo, come è logico, acuiva, anziché deprimere, il desiderio degli alpinisti.

Già il padre De Agostini, dopo le sue ricognizioni esplorative della zona, aveva additato, sia pure in sottordine al Fitz Roy, dal fascino più immediato e potente, la singolarità e l'ardimento dell'ermo picco, assai meno visibile dalla pianura. L'attenzione del mondo alpinistico per il Cerro Torre era andata poi aumentando, via via che le varie spedizioni, avventuratesi in quelle remote contrade, ne poterono osservare ed ammirare più da vicino la impressionante struttura.

Sono note le vicende dei primi due tentativi di conquistare la cima, avvenuti quasi contemporaneamente, nell'inverno scorso, e tutti e due italiani. Parve quasi una corsa a chi arrivasse primo e l'emulazione era così accesa che ne sorsero delle polemiche, perché anche sulle montagne più inesplorate si ritiene possa crearsi talora una specie di diritto di precedenza. Un gruppo, di scalatori trentini, era capitanato dal sestogradista Bruno De Tassis e ne faceva parte Cesare Maestri, uno dei due protagonisti dell'ultima impresa. L'altro era imperniato su di una cordata eccezionale, quella formata da Walter Bonatti e Carlo Mauri, giustamente reputati fra i più forti scalatori del mondo.

Né gli uni né gli altri riuscirono. Giunti alla base della sgomentante guglia, si resero conto che non poteva essere sconfitta al primo assalto ma che sarebbe occorso un lungo, arduo e pericolosissimo lavoro per «attrezzare» con chiodi e corde fisse la via di salita. Che insomma bisognava innalzarsi a successivi balzi i quali richiedevano molti giorni e soprattutto esigevano una quantità di «materiale» di cui le due spedizioni non disponevano. Tra parentesi, anche l'asso francese Jean Couzy aveva in animo quest'anno di tentare il Cerro Torre; ma la sua morte su una parete del Pic de Lur troncò tragicamente il progetto. Vennero salite altre cime vergini della catena ma si trattò di ascensioni secondarie. Sia Maestri, sia Bonatti, tornarono in Italia con la ferma intenzione di ripetere quanto prima il tentativo.

Anche quest'anno dunque si è riaccesa fra gli italiani la «rivalità» per il Cerro Torre. Ed è qui perfettamente inutile riferire la nuova polemica fra Maestri e Bonatti; risentimenti, malintesi, scatti di nervi avvengono anche sulle altissime montagne, benché comunemente si presuma che lassù debba regnare, fra gli alpinisti, una reciproca fraterna benevolenza. Pur comprendendo che alla vetta non sarebbero arrivati, dalla forcella della cresta fra Cerro Torre e Cima Adele, Bonatti e Mauri, a titolo di prova, attaccarono l'ertissima parete incombente e, superando vari strapiombi, si innalzarono per 120 metri. Dopodiché si calarono in basso, rassegnati a rinunciare.

Il bilancio delle due comitive non fu del tutto negativo. Fatto sta che Maestri, per cui il lontano fantasma del Cerro Torre era diventato una sorta di ossessione – chissà che in questa travolgente passione per la rupe patagonica giocasse, nell'inconscio, la vaga somiglianza col «suo» Campanil Basso di Brenta –, riuscì a racimolare una somma, non enorme per la verità, che tuttavia poteva servire di base minima per la spedizione.

La guida Maestri è famosa per le scalate solitarie. Grazie alla sua potenza atletica, al suo coraggio senza limiti e a ingegnose manovre di sua invenzione con staffe multiple, egli ha ripetuto parecchi «sesti gradi superiori», per cui il binomio della cordata era generalmente ritenuto indispensabile. Maestri però non è un presuntuoso e non pensava certo di poter affrontare il picco terminale del Cerro Torre da solo. Doveva insomma trovare un compagno di corda degno di lui. A Buenos Aires poteva contare su diversi amici, nessuno però di questi gli avrebbe potuto dare un aiuto valido e sicuro su quella terrificante parete. In un primo tempo pensò di farsi affiancare dall'amico Baldessari, col quale l'estate scorsa aveva vinto i repellenti strapiombi del Grande Daino, in Trentino. Ma Baldessari, ufficiale dell'esercito, non poteva allontanarsi a lungo dall'Italia.

Maestri stava quasi scoraggiandosi quando si offrì, come compagno d'impresa, la guida Toni Egger, di 32 anni nato a Bolzano ma residente ad Innsbruck uno dei più formidabili scalatori, specialista (cosa importantissima) in salite di ghiaccio. Si può dire che Toni Egger, per la sua fenomenale abilità tecnica, l'intuito della montagna e la quasi sovrumana resistenza agli sforzi e ai disagi, avesse preso il posto lasciato tragicamente vuoto dalla morte di Hermann Buhl, perito due anni fa sul Chogolisa (Karakorum). Come Buhl, Egger aveva ripetuto praticamente tutte le più classiche vie di sesto grado sulle Alpi in tempi eccezionali, talora impiegando meno della metà di quanto ci mettessero i normali sestogradisti. (In undici ore, per esempio, aveva fatto consecutivamente la nord della Cima Ovest di Lavaredo e la nord della Cima Grande.)

Toni Egger, fra le moltissime ascensioni di estrema difficoltà, aveva poi al suo attivo una vittoria che rappresentava il più rassicurante titolo per una candidatura al Cerro Torre. Egger, infatti, nel 1957, aveva conquistato per primo l'Jirishanca, stupendo pinnacolo delle Ande del Perù, superando difficoltà analoghe a quelle che si poteva presumere d'incontrare sul Cerro Torre. Anche sull'Jirishanca cioè, l'ostacolo maggiore consisteva in una serie di strapiombi di ghiaccio sporgenti a baldacchino; e Toni Egger era riuscito a passare perforandoli con la piccozza e il martello, come uno che uscisse da una stanza aprendosi una breccia nel soffitto (cinque bivacchi consecutivi oltre i 6000 metri).

Naturalmente Maestri accettò con entusiasmo. E i due si riunirono a Buenos Aires poco prima di Natale. (Il povero Egger, per partire, aveva dovuto farsi prestare una somma dagli amici.)

La preparazione, la raccolta dei fondi, la scelta del materiale, il piano d'attacco costituirono per la guida trentina un vero *tour-de-force* massacrante. Basti dire che nel giro di pochi giorni egli percorse con l'auto, in Buenos Aires, ben 2600 chilometri passando da un Ministero all'altro, da un ufficio all'altro, da un negozio all'altro. Seguì – a motivo delle agitazioni politiche venne a mancare l'aereo promesso – un massacrante viaggio in camion fino alla lontana *estancia* Las Margaritas, in Patagonia, che doveva servire di base arretrata. Erano con loro alcuni amici abitanti a Buenos Aires, alpinisti anch'essi, benché di classe inferiore: gli studenti milanesi Gianni e Augusto Dalbani, Gian Pietro Spikerman e Romano Angelo Vincitorio.

Da allora, fino a ieri, non si erano avute più notizie. Ed ecco il lieto e funesto cablogramma: la diabolica guglia è stata sconfitta ma Toni Egger non tornerà più alla sua Lienz, non potrà più riabbracciare la mamma.

Che cosa è successo? In mancanza di precise indicazioni non si possono fare che ipotesi. L'espressione «scomparso in un crepaccio» del cablogramma Lugano non è abbastanza indicativa. Nel linguaggio dei profani questa è la formula generica di ogni disgrazia alpinistica. Tanto più che per arrivare alla base del picco i precedenti esploratori non avevano incontrato ghiacciai specialmente pericolosi.

Sembra possibile, piuttosto, che la sciagura sia avvenuta durante una manovra di calata a corda doppia, quando, normalmente, gli alpinisti non sono legati fra di loro; un chiodo, confitto nel ghiaccio malfermo, potrebbe aver ceduto al peso. O durante il laborioso recupero di una di quelle corde doppie: un falso, brusco movimento in uno dei punti di sosta potrebbe essere riuscito fatale. Da notare al proposito che Toni Egger raccontava come, sull'Jirishanca, il rischio peggiore fosse stato appunto nella discesa: le calate a corda doppia erano non di 30, 40 metri come di solito ma addirittura di cento e oltre, questo perché dall'alto non si poteva valutare dove fermarsi e quindi occorreva avere un largo margine di sicurezza. Il recupero di una corda così lunga era addirittura estenuante, oltre che problematico.

O invece Toni Egger è stato ucciso da una scarica di sassi? Oppure è caduto nell'ultima parte della discesa, «sul facile», quando la stanchezza e lo stesso rilassamento dei nervi dopo il prolungato pericolo tendono a intorpidire l'attenzione? La storia dell'alpinismo è piena di casi del genere, e ne sono rimasti vittime anche grandissimi campioni. Una volta precipitato nell'abisso, non meraviglia poi che l'infelice Egger sia «scomparso» in qualche meandro della parete e magari sia stato inghiottito da un crepaccio del ghiacciaio sottostante.

Innumerevoli sono le ipotesi possibili. Per sapere, non resta che attendere. Ma, comunque le cose siano andate, il bilancio non muta. Una grande vittoria, che avrà un'eco internazionale, e un dolorosissimo lutto per la grande famiglia degli alpinisti e per quanti sanno capire la bellezza di tali imprese. Il Cerro Torre si è vendicato crudelmente.

«Corriere della Sera», 14 febbraio 1959

Ma non è una pazzia?

A proposito della tragedia del Monte Bianco mi è capitato di notare un impressionante contrasto.

Proprio nella giornata di ieri mi trovavo a Courmayeur, mentre con sinistro ronzio l'elicottero francese andava e veniva dal paese ai tetri e immensi muraglioni dove era successo il dramma. Fino alla sera prima, benché il tempo fosse molto incerto e le cime fossero sempre avvolte dalle nubi, a Courmayeur si era sperato. Ma adesso, di bocca in bocca, serpeggiavano le voci funeste: «È sceso adesso l'elicottero, ha scaricato un sacco che hanno subito portato al cimitero... Due dei francesi sono ancora inchiodati alla parete, morti... Oggioni a un certo punto non ce l'ha fatta più, si è buttato sulla neve, ha detto: "Voi andate avanti, io di qui non mi muovo". Dei quattro francesi se ne è salvato solo uno, ma dicono che gli devono amputare un piede... Bonatti è arrivato in stato di choc, non era più capace di parlare...».

Dovunque, negli alberghi, nei bar, nei negozi, per la strada, alle stazioni delle funivie, fra gli sciatori che arrancavano fra la tormenta e la nebbia, su al Passo del Gigante, non si parlava d'altro. E via via che le tristi notizie si propagavano di bocca in bocca con velocità incredibile, una cappa di mestizia, non è retorica dirlo, scendeva sulla valle.

Naturalmente, come succede in questi casi, ciascuno diceva la sua, sulla base di incerte e spesso sballate informazioni. Chi portava alle stelle Bonatti per aver dato tutto se stesso all'unico scopo di salvare il cliente: ciò che, per una guida alpina, costituisce la legge suprema. Chi diceva che Oggioni si era sacrificato per aiutare i francesi e ci aveva rimesso la vita. Chi raccontava come i francesi non avessero una attrezzatura sufficiente per sopportare una serie di consecutivi bivacchi notturni sui 4000, sotto la bufera. Era vero o erano soltanto dicerie? Ma nessuno, lassù a Courmayeur, recriminava l'impresa in se stessa. A guide, maestri di sci, albergatori, negozianti, garzoni, operai, sembrava evidentemente la cosa più naturale e logica di questo mondo che sette giovani nel fiore delle forze fossero andati a rischiare la pelle su per una spaventosa rupe dove nessuno era mai stato prima. Non che i montanari siano tutti appassionati dell'alpinismo, anzi. La maggioranza, dell'alpinismo, non sa cosa farsene. Ma le montagne sono, per dir così, nell'aria, e sembra pacifico a tutti che per la montagna valga la pena di sacrificare anche la giovinezza. La tragedia aveva impressionato e addolorato, ma la si considerava come una amara fatalità, esattamente come un grave infortunio sul lavoro.

Poi, nella stessa giornata, sono tornato giù a Milano. E anche a Milano la gente parlava della tragedia del Monte Bianco. Ma era tutto un altro tono.

Qui, a Milano, il commento predominante era di commiserazione sì per i poveracci che ci erano rimasti, ma anche, se non soprattutto, di recriminazione e di rabbia. Ne abbiamo uditi parecchi che parlavano così.

«Ma quando la smetteranno? Perché non si decidono a proibire imprese di questo genere?» ho sentito protestare da varie parti. «Che costrutto hanno queste pazzesche scalate? Che vantaggio danno alla collettività? Possibile che ogni estate si debba stare col cuore in gola per qualche pazzo che va a sfidare la morte su per gli strapiombi? È ammissibile che il capriccio insensato di una, o due, o tre persone, debba far nascere tanti patemi d'animo e mobilitare squadre di soccorso, elicotteri, medici e infermieri?»

Qualcuno è anche più malevolo: «Non mi vengano a parlare della passione per la montagna. È tutta vanità, desiderio di far parlare di sé, smania di vedere il proprio nome sul giornale. Il resto è retorica».

Ancora. «La vita umana è sacra», ecco una delle considerazioni più frequenti. «Anche la vita propria è sacra. Nessuno ha il diritto di metterla in gioco per un puro capriccio. Soprattutto quando rischia di compromettere anche quella degli altri. Non possono rimanere coinvolti nella tragedia anche gli uomini delle squadre di soccorso, anche i piloti degli aeroplani o elicotteri chiamati in aiuto? A un certo punto l'alpinismo rischia di trasformarsi in pura follia. Si dovrebbe fare una legge che vieti prodezze del genere.»

O addirittura c'è il cinico che alza le spalle infastidito: «Vogliono rischiare la pelle? Vogliono fare i superuomini? Vogliono fare quello che a nessun uomo di giudizio passerebbe neanche per l'anticamera del cervello? E allora che se la sbrighino da soli. Se poi succede un guaio, peggio per loro. Se la sono voluta. Non ci chiedano né commiserazione né aiuto».

Chissà, l'alpinismo, anche qui a Milano, che dell'alpinismo è sempre stata una delle capitali, è forse passato un po' di moda. In un mondo utilitaristico come il nostro, le audacie della montagna fanno spesso l'impressione di una cosa fuori tempo, inutile, assurda, inutilmente pericolosa. C'è al proposito, molto diffuso per la verità, un sentimento alquanto crudele, che è definito magistralmente da un vecchio slogan napoletano: «Hai voluto la sciabolella? E mo' ti fotti!». Hai voluto andare in montagna, hai voluto mostrarti bravo, hai voluto mostrarti superiore alla maggioranza dei tuoi simili? E allora sgrugnatela. Se ti capita di passare dei guai, non fare la vittima e lasciaci in pace.

Hanno torto questi cittadini che protestano? Li si può accusare di mancanza di cuore? È condannabile questa loro cauta saggezza? La loro ragionata prudenza non ha un vago sapore di qualunquismo?

No. Se in certi casi la gente perde un po' le staffe e si mostra più cinica di quello che è, il fenomeno è umano. Soprattutto da noi, che in genere, di fronte alle tragedie, abbiamo dei nervi così deboli. Ogni volta è la stessa storia, ricordiamoci. Ogni volta che succede qualche clamorosa disgrazia in montagna, sempre la medesima solfa: ma ne valeva la pena? ma non è assurdo? ma non dovrebbero proibirlo? ecc. ecc. Si tratta, per lo più, di una reazione nervosa che nella maggioranza dei casi ha la durata di uno sbadiglio e un'ora dopo non ci si pensa più.

In quanto a coloro che, con maggiore ponderatezza e senza isterismo, sostengono l'assurdità delle massime imprese alpinistiche accusandole di eccessivo pericolo, inutilità pratica, esibizionismo e così via, si tratta di una polemica che è sempre esistita e durerà sicuramente quanto il genere umano. Si può star certi che quando partirono gli argonauti, quando Ulisse tentò le colonne d'Ercole, quando Icaro fece il famoso volo, i commenti in piazza furono tali e quali i commenti che si odono oggi per la tragedia del Bianco, con le stesse identiche parole.

L'alpinismo manca di utilità pratica? l'alpinismo è pericoloso? l'alpinismo ha in sé qualcosa di irrazionale? D'accordo. Ma a questa stregua si ridurrebbe l'uomo a una squallida macchina pensante. A questa stregua non sarebbe mai nata l'aviazione, non si tenterebbero oggi le vie degli spazi e metà della Terra sarebbe ancora inesplorata.

E non voglio sostenere neppure che le grandi esplorazioni, l'aviazione, i satelliti artificiali abbiano rappresentato e rappresentino questo gran vantaggio per l'umanità. Qualcuno forse, con ottimi argomenti, potrebbe sostenere il contrario. Dico soltanto che senza quegli impulsi temerari, disinteressati, e apparentemente folli, all'uomo verrebbe a mancare la famosa fiammella.

Possono derivarne delle lacrime? Pazienza. Molte ma molte più lacrime vengono da cose ben più idiote dell'alpinismo, come il gusto, per esempio, di superare ad ogni costo l'automobile che ci precede: la quale bravura, lo ammetterete, è mille volte più cretina che arrampicarsi sui picchi del Monte Bianco.

No. A questo mondo, riconosciamolo onestamente, ci vogliono anche i Bonatti e gli Oggioni, con la loro smania del sempre più difficile, col loro fegataccio, con le loro spavalde ambizioni. Guai anzi se non esistessero.

Del resto, guardiamoci intorno. Non è poi che ce ne siano tanti. E non sarebbe per caso meglio, invece, se ce ne fossero di più?

«Corriere d'informazione», 17-18 luglio 1961

«Non mi perdonano il torto di essere ritornato vivo»

Walter Bonatti è venuto a trovarci in redazione, quasi per chiedere consiglio e aiuto. Sembrava un bambino spaventato, lui che di coraggio ne ha da vendere a un intero reggimento. E la sua faccia, cotta dal sole ma asciutta, le guance un po' infossate, era ancora più fanciullesca del solito, con quella raggiera di capelli neri e spiritati.

Appena uscito, miracolosamente indenne, da quell'inferno che è stata l'avventura del Monte Bianco, appena ridisceso nel consorzio civile con la testa e l'animo ancora scombussolati, aveva sì trovato l'abbraccio fraterno e affettuoso degli amici, ma si era anche accorto che intorno, qua e là, c'era pure, nei suoi riguardi, una certa freddezza, un'ombra di diffidenza e di critica. Come se l'essere uscito vivo e sano dall'avventura fosse una specie di colpa. Come se, della tragedia, che è costata la vita a Oggioni e ai tre francesi, almeno in parte fosse responsabile lui.

Ma il peggio è stato a Monza. Dall'incontro coi familiari di Andrea Oggioni, da lui andati a trovare l'altro ieri, era uscito addirittura sconvolto. Non che glielo avessero detto in faccia, con esplicite parole; ma dal tono dell'accoglienza, da certi sguardi, da certe mezze frasi, aveva intuito una vaga dolente ostilità: quasi che, se Oggioni non era più tornato, il colpevole fosse lui. «Il Monte Bianco è sempre stata la rovina di Andrea!» aveva esclamato la sorella di Oggioni; ed egli aveva avuto l'impressione che avesse detto Monte Bianco per non dire lui, Walter Bonatti.

Personalmente sono convinto che, nei familiari di Oggioni, non ci fosse ombra di rancore e tanto meno di accusa. Ma è anche umano che chi ha perso un figlio o un fratello in una disgrazia veda con una specie di risentita invidia il compagno che si trovava con lui e che invece è tornato sano e salvo. Ciononostante Bonatti ne è rimasto dolorosamente colpito, provandone una specie di smarrimento.

Vero è che su alcuni giornali e riviste sono comparse delle più o meno esplicite insinuazioni che potevano gettare ombra sul comportamento di Bonatti.

Tre, soprattutto, sono i punti che hanno lasciato adito a interpretazioni incerte o addirittura malevole.

Perché – è stato chiesto da molti – una volta bloccati dalla bufera in piena parete, gli alpinisti hanno aspettato tre giorni prima di decidere il ritorno?

La risposta è semplicissima: perché mancavano solo novanta metri al termine della parete e, se appena ci fosse stata una schiarita, gli scalatori avrebbero fatto molto più presto ad andare in cima e poi di là scendere per la via facile, anziché intraprendere una lunghissima e laboriosissima ritirata che si doveva preventivare di almeno un paio di giorni. E dico laboriosissima perché ci sono volute infatti almeno cinquanta manovre di corda doppia per arrivare in basso, al ghiacciaio di Fresnay. E quando c'è la tormenta, col freddo tremendo, il semplice sistemare chiodo, cordino e corda per una calata può costare delle ore.

C'è poi da fare una considerazione importante: è vero che della cordata italiana il capo era Bonatti ed è anche vero che pure i francesi riconoscevano a Bonatti una specie di preminenza, ma i rapporti reciproci, fin dal primo momento, quando i due gruppi si incontrarono al bivacco della Fourche, furono estremamente amichevoli, leali, su un piede di assoluta parità. Tanto è vero che, durante la salita, non è stato sempre in testa Bonatti. Bonatti ha aperto la strada, come il più pratico della zona, fino al Colle di Pétéret; dopodiché, fino al primo bivacco in parete, sono andati avanti i francesi. «Non c'è stata nessuna gara» Bonatti non si stanca di ripetere «come per esempio accadde sulla parete nord della Cima Ovest di Lavaredo. L'accordo era perfetto. Se fossimo arrivati in cima, la vittoria sarebbe stata non mia né di Mazeaud, ma di tutti e sette insieme.»

La discesa fu decisa, quando, perdurando il tempaccio, aspettare ancora poteva significare la fine certa per tutti e sette. «Ma anche in questa decisione» insiste Bonatti «non c'è stata la prevalenza di un parere sull'altro. Eravamo tutti perfettamente d'accordo.» Purtroppo la ragionevolissima speranza che in piena estate una bufera simile non sarebbe potuta durare più di tre giorni, era stata delusa.

Secondo spunto di polemica: il famoso sacco dato da portare a Oggioni. Bonatti ci ha spiegato come sono andate le cose. I tre italiani avevano due sacchi normali e un grande sacco speciale col materiale d'arrampicata e di bivacco. In partenza, questo zaino era già abbastanza pieno ma il carico completo venne fatto al Colle di Pétéret, dove Bonatti aveva in precedenza portato del materiale: era venuto così a pesare poco meno di trenta chili, un peso davvero preoccupante. Ora, dal colle di Pétéret in su, quando i francesi passarono in testa, il tremendo sacco fu preso da Bonatti; il quale lo passò di nuovo a Oggioni solo quando riprese la guida della cordata, cioè il giorno successivo.

In quanto alla discesa, a Bonatti toccò, per concorde decisione di tutti e sette, il compito di aprire la strada, lavoro faticosissimo dato l'alto strato di neve accumulatosi. Ma durante la ritirata, molto materiale, non strettamente indispensabile, venne abbandonato per via, cosicché il maledetto zaino, che adesso stava sulle spalle di Oggioni, era venuto a pesare circa la metà. È da escludere quindi che sia stato lo zaino troppo pesante a provocare il cedimento del valoroso alpinista.

Del resto il crollo fisico di Oggioni avvenne quasi all'improvviso, fra la sorpresa generale, quando i sei superstiti giunsero al ghiacciaio di Fresnay. Date le sue condizioni, il sacco venne allora preso da Gallieni, che era libero, avendo abbandonato il suo presso il corpo esanime di Vieille. E da allora Oggioni non ebbe più alcun peso da portare. Comunque, afferma Bonatti, nell'ultima fase dell'avventura, gli zaini pesavano tutti quanti pressappoco lo stesso.

Terzo, e forse più spinoso argomento di pettegolezzi e malevole interpretazioni: il fatto che Bonatti arrivò al rifugio Gamba col Gallieni, suo cliente, «lasciando indietro gli altri». Bonatti ha avvertito subito, nell'aria, questa accusa. «Ho avuto l'impressione che tutti avessero interpretato il mio andare avanti come una defezione, quasi che io avessi detto: io corro al rifugio, e voi arrangiatevi. Ma non capiscono che io dovevo aprire la via? Già si avvicinava la notte, un altro bivacco significava la morte per tutti, era assolutamente indispensabile raggiungere ad ogni costo il Colle dell'Innominata, dietro il quale c'era il rifugio. E per arrivare al colle c'è un canalino di una novantina di metri, che in condizioni normali lo si può valutare di terzo o quarto grado. Ma adesso, incrostato com'era di neve e di ghiaccio, altro che quarto grado. Non so neppur io come sono riuscito ad arrivare in cima.

«E fin qui eravamo tutti uniti. Senonché, proprio quando io sono sbucato sul colle, Oggioni non è più riuscito a districarsi dal chiodo a cui era assicurato. Io tenevo la corda a spalla e facevo fretta perché salissero. Non so che cosa sia successo. Gallieni si è calato giù per aiutare Oggioni, ma è stato inutile, Oggioni aveva perso ogni facoltà di recupero, non si muoveva più.

«Circa quattro ore siamo rimasti così, bloccati. Scendeva la notte e la tormenta continuava bestiale. Che fare a questo punto? Rimanere lì in eterno? Ma era mio elementare dovere scendere al più presto al vicino rifugio Gamba, ed avvertire la squadra di soccorso. Se mai, mi pento di non averlo fatto prima.

«Così abbiamo lasciato Oggioni assicurato e noi siamo discesi. All'ultimo momento, ma questa storia è già stata raccontata da tutti, sul Colle dell'Innominata ci ha raggiunti Kohlman. Fuori di sé, si era slegato e in una specie di furore si era arrampicato su per le corde sopravanzando i compagni. Allora lo abbiamo legato con noi.

«Purtroppo è successa poi la spaventosa scena della pazzia, quando Kohlman, ormai via con la testa, si è lanciato contro Gallieni; si era messo in mente che Gallieni gli volesse sparare. Quindi altra complicazione, altra sosta, altra perdita di tempo. Abbiamo dovuto slegarci, assicurare Kohlman e via, verso il rifugio Gamba, dove non avevano messo neanche un lumino fuori e con quel buio mai l'avrei trovato se non conoscessi quei posti come le mie tasche.

«Al proposito, va detto che non era assolutamente il caso che io rimanessi al Colle dell'Innominata e spedissi avanti Mazeaud e Gallieni. Prima di tutto, come guida, non dovevo abbandonare il mio cliente in una condizione così difficile. Ma soprattutto era da escludere che col buio Mazeaud o Gallieni riuscissero a trovare il rifugio. Mai ci sarebbero arrivati. Mica perché non siano in gamba. Semplicemente perché quei posti non li conoscono abbastanza.

«Come è stato trovato Oggioni dalle squadre di soccorso? Confesso che non lo so. Uno mi ha detto che era ancora assicurato al chiodo. Un altro mi ha detto che il chiodo si era sfilato e che Oggioni era scivolato giù, sulle braccia di Mazeaud che stava sotto.»

Altra recriminazione secondo Bonatti ingiustificata, e che non lo riguarda è quella rivolta alle guide: ma perché non sono salite senz'altro fino al Colle di Pétéret? Perché hanno aspettato al rifugio? «Per parlare così» dice Bonatti «bisogna non conoscere il Monte Bianco. Col cattivo tempo, lassù, una squadra di soccorso non può combinare assolutamente niente. È inutile farsi illusioni. Oltre una certa quota, l'unica possibilità è di recuperare le salme, dopo che sia tornato il bel tempo.»

C'è infine una frase di Bonatti, che Bonatti conferma in pieno, pronunciata alla televisione; e che è poi stata malignamente interpretata. «Oggioni è stato grande» ha detto Bonatti. «Si è sacrificato per tutti noi.» Ed ecco le solite male lingue insinuare; Oggioni ci ha rimesso la vita per aiutare gli altri, *lo stesso Bonatti è stato costretto a riconoscere che è merito di Oggioni se lui ha potuto far ritorno*.

Ora può forse sembrare poco simpatico entrare in questi meschini conteggi di dare ed avere. Ma a un certo punto è necessario farlo se si vogliono chiarire le cose. Bonatti ha parole di alta ammirazione per Oggioni, che si è prodigato in tutti i modi fin che le forze gli sono venute meno. Ma non voleva affatto dire quello che certuni hanno creduto di intendere. Proprio questa è stata la cattiveria peggiore.

Del resto, anche se si vuole criticare a posteriori l'avvenimento, ciò che è sempre troppo facile e comodo quando si è seduti tranquilli su una poltrona a casa propria e non ci si trova sospesi sopra orrendi precipizi, a trenta gradi sotto zero, flagellati da una tormenta implacabile con le mani doloranti per il gelo, anche in questo caso, ci si domanda: che cosa avrebbe potuto fare di meglio Bonatti? C'è piuttosto da chiedersi come sia riuscito a fare tanto.

Purtroppo, quando succedono tragedie del genere, i superstiti, chissà perché, sono sempre guardati male e quasi con un senso di delusione. Come se l'essere rimasti in vita sia, da parte loro, una specie di abuso. Non parliamo poi dei capispedizione o dei capicordata; diventano, per quanto sia assurdo, dei capri espiatori. Il cannibalismo non è una pratica caduta completamente in disuso. Ed è superfluo fare esempi.

A togliere anche la minima ombra o dubbio sul contegno di Bonatti bastano per fortuna le leali ed entusiastiche dichiarazioni di Mazeaud. Senza contare ciò che scrive su «Le Monde» la famosa guida Gaston Rébuffat che partecipò ai soccorsi. I francesi, si sa, tendono a essere per natura terribilmente sciovinisti. Ve l'immaginate che can-can sarebbe successo solo che ci fosse stato qualcosa di opinabile, tenuto conto poi che di francesi ne sono morti tre e degli italiani soltanto uno?

E non è neppure da supporre che le pubbliche affermazioni di Mazeaud, la personalità più notevole della cordata francese, siano state fatte *pro bono pacis*. E che in cuor suo, magari, egli possa pensarla in modo diverso. Altrimenti mai e poi mai l'alta decorazione al «merito sportivo» sarebbe stata assegnata dalla Francia a Bonatti.

Il quale farebbe molto bene a non ascoltare neppure certi sussurri e a mettersi l'animo in pace, come chi ha la coscienza perfettamente a posto. Agli occhi delle persone imparziali, mi sembra, la sua figura, se mai, esce da questa terribile esperienza ancora più bella.

«Corriere della Sera», 21 luglio 1961

«Non sono un kamikaze» dice la guida Cesare Maestri

«Quante storie, quante polemiche inutili, quanta retorica» mi dice Cesare Maestri, tornato dalla parete nord della Cima Grande di Lavaredo sulla quale ha tentato di ripetere, con Claudio Baldessari, la superdirettissima tracciata il mese scorso dalla cordata tedesca Siegert-Kauschke-Uhner. «Perché star là a discutere se è lecito o non è lecito l'uso di tanti mezzi artificiali? Ma in montagna ciascuno è padrone dei cavoli suoi. Io preferirò sempre uno che adopera cinquantamila chiodi ad espansione e torna sano e salvo senza rompere le scatole a nessuno, piuttosto che uno che li pianta col contagocce ma poi si incroda e gli altri devono rischiare la pelle per andare a prenderlo.»

Maestri e Baldessari, attaccata la parete, ne hanno superati 180 metri seguendo la via Siegert e poi sono tornati indietro, rinunciando. Prima di tutto, perché ci sono andati? E perché hanno fatto dietro front? Possibile che esista una via in roccia troppo difficile per un Cesare Maestri?

Il «ragno delle Dolomiti», ma questa definizione dato il suo carattere schietto e antiretorico gli dà piuttosto fastidio, mi racconta come sono andate le cose, mentre Baldessari fa cenni di assenso. Entrambi sono di ottimo umore.

«Intanto» dice Maestri «non è affatto vero che il mio tentativo avesse uno scopo polemico. Il fatto è che sulle Alpi, se si vuol fare qualche cosa di nuovo, non resta che il campo delle imprese invernali, meglio ancora se invernali solitarie. Molti mi chiedono: perché vai ad arrampicare d'inverno? Chi te lo fa fare?

«Ebbene, vogliamo essere una buona volta chiari ed onesti? Lasciamo stare il caso di uno che vada a fare imprese del genere senza farlo sapere a nessuno: si tratta di un caso pressoché inverosimile. Ma quando uno parte con scorta di televisione, radio, inviati speciali, fotografi e magari già in tasca un magnifico contratto di esclusività con qualche rivista, non mi vengano più a dire che è puro alpinismo; questa è una speculazione bella e buona alle spalle dell'alpinismo. E io mi ci metto nel mazzo per il primo. A tutti, caro te, fanno comodo i soldi e la gloria; e anche se uno non è guida, dopo una vittoria del genere, ne ricava una quantità di vantaggi. Mettiamo che Baldessari e io fossimo riusciti. Baldessari non è guida, Baldessari si occupa di stampe serigrafiche; eppure ai suoi clienti si presenterebbe con un'altra faccia, garantito che combinerebbe molti più affari. Lo sai, per esempio, che mentre i tre tedeschi erano in parete c'è stato uno che per mezzo del cordino gli ha fatto arrivare una cartolina da firmare e l'ha pagata cinquantamila lire?

«Insomma quest'inverno è venuto un momento in cui ho capito che dovevo fare qualche cosa. *Dovevo fare*, capisci? all'unico scopo di sopravvivere alla ribalta. E non è in fondo, questo un motivo pubblicitario?

«Avevo pensato di fare l'intera traversata invernale del gruppo di Brenta. Ma in quei giorni arriva la notizia che i tedeschi sono già in parete sulla Grande. Poi parte Bonatti sulle Grandes Jorasses. Allora mi è passata la voglia. Se partivo anch'io, buon terzo, mi pareva una cosa antipatica, come se avessi voluto mettermi a fare le gare.

«Figurarsi. Subito gli amici han cominciato: tu non fai più niente, tu vuoi farti dimenticare, tu non sei più il Cesare Maestri di prima. E dài e dài, ho capito che era impossibile non muoversi.

«Si trattava ora di scegliere la salita. La Micheluzzi-Peratoner sulla Marmolada? Ma chi la conosce? La prima invernale della Solleder sul Civetta, che in questi giorni Hiebeler, Redaelli e Piussi stanno facendo, se non l'hanno già fatta? Alla fine mi decido per la via Colibri, quella dei tre tedeschi sulla Grande. Se ne era parlato tanto sui giornali, una ripetizione quasi immediata avrebbe fatto una bella impressione.

«Così, vado all'attacco. Naturalmente mi erano giunte le voci più disparate. In quanto alla mia personale impressione sulla salita, mi pareva in un certo senso eccessiva. Questa via della "goccia d'acqua" sarebbe stata già una cosa formidabile d'estate. Che bisogno c'era di andare a farla d'inverno? Non era una smania di strafare, diciamo pure, una esasperazione nietschiana?

«Intendiamoci bene: date le mie larghe vedute sull'alpinismo, pur non avendo simpatia per questa impresa, io la difendo. Hanno piantato cinquecento chiodi? Benissimo. Se ne avevano bisogno, niente da eccepire.»

Ma proprio la questione dei chiodi doveva procurare a Maestri una brutta sorpresa. Siegert aveva detto a Marzorana, la nota guida di Misurina, che la via era tutta chiodata, tranne una fascia fra i duecento e i trecento metri; per una ripetizione bastavano quindi una ventina di chiodi ad espansione e cinquanta normali. Dato il numero eccezionale di bivacchi sostenuti dai tedeschi era anche lecito pensare che i luoghi di sosta fossero debitamente attrezzati con chiodature di assicurazione.

La situazione invece si è presentata ben diversa. Intanto, sui primi trenta metri, chiodi non esistevano. Più in su ce n'erano, ma così radi e soprattutto così malsicuri che in pratica si sarebbe dovuto rifare tutto da capo: sistemare gli infidi chiodi lasciati dai tedeschi, piantarne una quantità di nuovi, attrezzare i terrazzini di sosta.

Maestri infatti è rimasto meravigliato della tecnica sbrigativa e, secondo lui, alquanto pazza dei tre tedeschi. Un gioco d'azzardo, non una salita a regola d'arte. Ne è rimasto scottato lui stesso quando uno di quei chiodi è partito facendogli fare un volo secco di otto metri, per fortuna senza conseguenze.

«Hai capito la faccenda? Per continuare, siccome io vado in roccia con la testa sul collo, e sul sesto grado voli non ne ho mai fatti, per continuare mi toccava fare la stessa identica fatica che se fosse stata una via nuova e, oltre il resto, avrei dovuto tornare indietro a rifornirmi di chiodi. Non sarebbe stato assurdo? La mia coscienza, te lo giuro, mi proibiva di affidarmi ai chiodi esistenti. Dopo tutto, adesso ho anch'io famiglia. Non sono mica un *kamikaze*!»

«Ma è vero» gli domando «che i tedeschi hanno martellato molti chiodi in modo da renderli inutilizzabili?»

«No, assolutamente» fa Maestri. «Non so proprio come possa essere nata questa voce. Una cosa curiosa, piuttosto: ho trovato quattro fori fatti col trapano, meglio sarebbe dire scalpello, otturati con dei sassolini, come per nasconderli. Il motivo? Non ho trovato risposta.»

«E come difficoltà?»

«Come difficoltà, la via Joerg, più a sinistra, secondo me è decisamente peggio, anche perché molto più strapiombante. A parte il grande tetto verso la metà, la via Siegert non è neanche in vero strapiombo. Ho constatato poi che la storia della famosa "goccia d'acqua", cioè che la via segue rigorosamente la verticale dalla base alla vetta, va presa con beneficio d'inventario. Solo nella prima parte la via andrà fuori in diagonale per venticinque trenta metri.»

«In coscienza,» conclude Maestri «credo di aver fatto benissimo a tornare. Sarebbe stato uno sforzo senza senso. Quello che mi dispiace, piuttosto, è che qualcuno, dopo tutto quello che ho fatto come alpinista, possa credere che io non sia stato capace. Sia ben chiaro che di vie Siegert, se chiodate decentemente, io me ne bevo una al giorno senza fare una piega. Per me è stato molto più difficile rinunciare che continuare...»

«Taci, taci» fa a questo punto Baldessari ridendo. «Sono stati tre giorni terribili. Andiamo avanti? Torniamo indietro? Una continua discussione giorno e notte, Cesare non la finiva più, mi ha fatto una testa così.»

«Corriere della Sera», 3 marzo 1963

Maestri ha risposto coi fatti a chi gli aveva dato del vile

Poco prima di mezzogiorno c'è stato un improvviso squarcio della nebbia e dal rifugio Auronzo, guardando in su, si sono potute vedere distintissime due figurette umane, proprio sul ciglio della cresta della Cima Grande di Lavaredo, poco sotto la vetta. Cesare Maestri e Claudio Baldessari avevano vinto. Al rifugio erano saliti la moglie di Maestri, Fernanda, un redattore del radio-telegiornale e alcuni operatori e fotografi. Fernanda Maestri ha gridato un suo richiamo, voce convenzionale per farsi riconoscere dal marito. Da lassù – ed è parso incredibile – lo stesso segnale ha risposto.

Maestri è riuscito a ripetere la superdirettissima «a goccia d'acqua» sulla famosa parete nord della Cima Grande di Lavaredo, aperta in gennaio dal tedesco Siegert e due suoi compagni, denominati poi i colibrì. I tedeschi impiegarono diciassette giorni, Maestri appena quattro. Questo ha un significato molto relativo, perché nelle scalate in artificiale sono i primi salitori che devono accollarsi il faticosissimo e lungo lavoro della chiodatura; e anche se molti chiodi vengono poi tolti dall'ultimo di cordata, ne rimangono sempre parecchi in parete; i ripetitori possono perciò fare molto più presto. Comunque il tempo di Maestri è formidabile e lo conferma come uno dei più forti alpinisti del mondo.

L'apparizione dei due sulla cresta è durata pochissimo. Il tetro sipario della nebbia si è richiuso e soltanto dopo un'ora ha nuovamente liberato, per pochi minuti, la Cima Grande che da questa parte si presenta alquanto tozza e pesante. I due si sono visti subito a occhio nudo. Stavano scendendo una ripida chiazza di neve in corrispondenza della grande cengia che gira tutt'intorno alla piramide della cima. Si è udita la voce di Maestri, stranamente chiara data la distanza: «Da che parte devo andare?». Per i fuoriclasse del sesto grado le vie comuni di primo o secondo grado sono sanscrito. «A destra – gli abbiamo gridato – gira poi lo spigolo». Poi di nuovo la nebbia.

Tipi come Maestri e Baldessari a discendere dalla Cima Grande per la via comune, in condizioni estive normali, c'impiegano mezz'ora. Alle quattro stavolta non erano ancora giunti alla base. Che avessero perso la strada? Che rischiassero un quinto bivacco? Che fosse accaduto qualcosa di brutto? Finalmente alle quattro e tre quarti – la nebbia era sempre più fitta – uno entrò affannato in rifugio: «Sono qui a trecento metri».

Uscimmo all'aperto. Prima di distinguere le due sagome nere sul bianco sdrucciolo di neve, curiosamente ingigantite dalla nebbia – sembravano proprio due yeti –, giunse l'invocazione di Maestri: «Portateci da bere».

Poi l'incontro, gli abbracci, la nebbia si faceva sempre più gelida e densa, le tre cime incombevano invisibili, però la loro ombra cupa s'intravedeva attraverso la caligine. Maestri e Baldessari, ancora legati, avanzavano a passi stanchi. Avevano a tracolla la corda con appendici di moschettoni e chiodi e il vestiario non aveva niente di speciale, sembravano due alpinisti reduci da una gita invernale in Grignetta, però le barbe erano lunghe, le facce pallide e sofferte, specialmente quella di Baldessari. Subito si sedettero a tavola e cominciarono a mangiare.

Che cosa ha raccontato Maestri?

– Che si tratta di una via bellissima, per cui ai tre tedeschi va fatto tanto di cappello, ma come difficoltà intrinseca la via Hasse, più a sinistra, è superiore; e che non è vero niente la faccenda della goccia d'acqua, perché la via, anziché verticale, si sposta progressivamente a sinistra per alcune decine di metri.

– Che non è neppure vera la faccenda dell'assoluto strapiombo. I primi ottanta metri sono «appoggiati». Seguono centoquarantacinque metri verticali. Lo strapiombo vero e proprio – stagno, intendiamoci – è una faccenda di circa venticinque metri.

– Che il punto più difficile per lui non è stato lo strapiombo giallo, ma un diedro più in su che era tutto ricoperto di vetrato.

– Che il lavoro più difficile è stato quello di sollevare il sacco con gli attrezzi e il materiale da bivacco. Pesava una sessantina di chili e per sollevarlo e sistemarlo ad ogni tirata di corda ci voleva un'ora e mezzo di lavoro.

– Che il momento più brutto è stato un lungo momento durato tutta la notte scorsa. Una guida locale, che aveva parlato coi tre tedeschi, gli aveva detto che dopo il giallo si poteva procedere relativamente spediti, che la via era chiodatissima. Perciò, superato l'infame tetto, Maestri e Baldessari si erano sbarazzati dell'incomodo saccone, lasciandolo precipitare nel vuoto. Senonché poi avevano incontrato il diedro gelato e il progetto di arrivare al rifugio Auronzo prima di notte, era andato in fumo. Avevano perciò dovuto pernottare su una cengia senza sacco da bivacco, senza viveri, senza fornelletto, a dodici gradi sotto zero.

– Che ai chiodi dei tedeschi, spesso malfermi tanto da dover esser ribattuti, egli ha dovuto aggiungere cinquanta chiodi «di passaggio» e altri cinquanta di assicurazione.

Ma ora si può chiedere: vale la pena di parlare tanto di una ripetizione, fatta in circostanze atmosferiche assai meno severe della prima salita? Perché questa impresa fa tanto rumore? Il problema tecnico della superdirettissima non era già risolto e scontato?

No, in questo caso l'interesse non era tecnico, ma essenzialmente umano. Perché sulla nord della Grande di Lavaredo, per una singolare congiura di circostanze, si è giocato in questi giorni il destino di un uomo. E non alludo alla consueta alternativa tra vita e morte comune a tutte le scalate di maggiore impegno, alludo alla eventuale sua rovina.

Dovrebbero essere noti i precedenti. Quando i tre tedeschi il 9 gennaio attaccarono la terribile parete nord per risalirla in linea rigorosamente verticale, Cesare Maestri, il celebre ragno delle Dolomiti, fuoriclasse di estrema avanguardia, abituato a trovarsi alpinisticamente sulla più alta cresta dell'onda, al centro più illuminato della ribalta, si sentì mordere dalla tarantola. Ed io? pensò. Posso rimanermene qui, a pancia all'aria, nel mio albergo di Andalo, mentre quelli a venticinque sotto zero sfidano uno dei più infernali strapiombi delle Alpi? Poi giunse la notizia che Bonatti aveva attaccato nientemeno che la nord delle Grandes Jorasses. E io che cosa faccio? si domandò Maestri che ormai si sentiva sui carboni accesi. Dove trovo una parete invernalmente vergine, paragonabile a quelle due?

Intanto Siegert e i due compagni con meravigliosa ostinazione divoravano metri e metri di strapiombo e dopo diciassette giorni – prestazione senza precedenti – arrivarono alla cima vincendo la scommessa. In tutto il mondo si fece grande scalpore. Allora Maestri si decise: a botta calda andrò a ripetere la via dei colibrì.

Andò con l'amico Claudio Baldessari. Senonché – e lo abbiamo raccontato su queste colonne – i chiodi lasciati dai tedeschi nella prima parte della muraglia, risultavano così malsicuri che Maestri, conseguente ai criteri di ortodossia tecnica, si disse: non sarò mica matto a fidarmi di questi tremolanti ferretti, io non sono un *kamikaze*, io non voglio suicidarmi. Per proseguire dovrei attrezzare la via tale e quale come se non ci fosse passato mai nessuno e fare una fatica simile per una semplice ripetizione, sarebbe assolutamente cretino. Morale: io torno indietro.

Tornò indietro, dando prova di grande buon senso, ovvio che moralmente la rinuncia gli costava molto più che non una testarda prosecuzione dell'impresa. Non lo avesse mai fatto. Ad Andalo cominciò a scaricarsi una valanga di lettere d'irrisione, di sprezzo e vituperio, naturalmente anonime perché questo è il caro costume della nostra Italia. Ma non ti vergogni? – gli scrivevano – che ragno delle Dolomiti sei? Altro che *kamikaze*, è la paura, la maledetta fifa che ti ha fatto tornare indietro. Sei un lurido *bluff*. Eccetera, eccetera. Erano, s'intende, gli amici.

Ora Maestri non è un uomo di temperamento flemmatico, non è capace d'inghiottire rospi di tal genere, pur misurandone la meschinità e la idiozia. Avevano un bel dirgli, la moglie e gli amici, quelli veri: statti calmo, Cesare, non dare corda a quelle carogne, dopo tutto ciò che hai fatto, chi può ragionevolmente dubitare del tuo fegato? Non metterti nei guai.

Ci voleva altro. Maestri era una belva in gabbia. La storia del suo bambino Gianluigi che tornava da scuola avvilito perché i compagni beffeggiavano suo padre, è vera. Maestri l'ha raccontata anche a me; ma certo non è stato il motivo determinante della decisione. Il vero motivo è un altro: Maestri sentiva che se non fosse ripartito per la Lavaredo, avrebbe perso la faccia.

Ed ecco la stranezza psicologica di questa impresa. Ecco moltiplicarsi la pericolosità della scalata, già di per sé pericolosissima. Maestri si metteva in una trappola. La sua sfida ai detrattori era troppo aperta. Stavolta sì, se non fosse riuscito, avrebbe perso irrimediabilmente la faccia. E pur di non perdere la faccia, Maestri ci avrebbe lasciato la pelle, garantito.

Mettiamo che si fosse fatto male, mettiamo che un sasso piombato dall'alto gli avesse fracassato una mano. Avrebbe per la seconda volta fatto dietro front? No, avrebbe tenuto duro, a costo di rimanere inchiodato sulla parete per l'eternità.

Perciò questa scalata ha una sua singolare bellezza eroica, come quando un uomo getta all'azzardo, per una sorta di selvaggia eleganza, la sua vita. E non va dimenticato Baldessari, questo giovane che lavora a Milano e all'improvviso è stato chiamato ad un'impresa folle, senza avere i motivi disperati che spingevano il compagno. Se tu non vieni, gli aveva detto Maestri, io vado solo. E lui è partito senza allenamento, per sola fedeltà di amicizia.

Maestri, a proposito del primo tentativo fallito, mi aveva detto: io non sono un *kamikaze*. Non è vero. Maestri è il più *kamikaze* dei *kamikaze*. E stanotte ha il sacrosanto diritto di dormire contento.

«Corriere della Sera», 21 marzo 1963

100 ore senza sole

Perché è così straordinaria la scalata di Walter Bonatti sul Cervino? Perché in tutto il mondo è stato un coro di ammirazione? Il motivo è questo: poche altre, forse nessuna altra impresa al mondo, richiedono all'uomo tanto vigore fisico, resistenza ai disagi, esperienza, abilità tecnica, intelligenza, energia nervosa, e, soprattutto, forza morale. Certo, in tutte le grandi prove sportive oltre i muscoli occorre anche la volontà. Le doti morali necessarie in scalate come questa sono però di gran lunga più alte di quelle che entrano in azione in una partita di calcio o in un incontro di pugilato. L'uomo, insomma, qui si rivela nella sua forma più completa e più degna.

Che cosa avrebbe fatto Bonatti se fosse vissuto ai tempi di Omero? Probabilmente alpinista non sarebbe stato perché l'alpinismo a quei tempi non esisteva. Ma è molto probabile che, per qualche sua eroica gesta, il suo nome sarebbe arrivato fino a noi, nei versi di un grande poema.

Ora guardiamo come è fatto il Cervino e in particolare la parete nord, per dove Bonatti è salito.

Il Cervino è una delle montagne più belle e famose del mondo. La sua forma è eccezionalmente ardita e armoniosa, una piramide regolare quasi come le piramidi ma di gran lunga più aguzza e gigantesca. Ma non tutte le sue facce e creste sono uguali, né presentano uguali difficoltà di salita. La più ardua di tutte è appunto la parete nord.

Le difficoltà di questa parete sono veramente speciali. Il Cervino infatti ha una bruttissima roccia. Gaston Rébuffat, celebre guida francese, l'ha definito un «meraviglioso mucchio di sassi»; tutto sembra star su per un miracolo d'equilibrio, come pile vertiginose di scaglie tenute insieme soltanto dal ghiaccio e che basta un niente a far precipitare. Nulla a che fare con le architetture perfette e indistruttibili di granito del Monte Bianco.

Chi scrive, su quella parete non c'è mai stato ma se ne è potuto rendere ben conto nel film *Stelle e tempeste*, appunto girato dalla guida Rébuffat. La pendenza è paurosa ma non basterebbe certo a preoccupare, oggi che i bravi alpinisti vivono intere giornate in pieno strapiombo; quello che fa soprattutto impressione è il senso appunto di instabilità, di fragilità, di insicurezza, come se uno si arrampicasse su per un pinnacolo fatto di piatti e di vasi di porcellana. E non è soltanto una sensazione. La parete nord del Cervino è addirittura un reggimento di artiglieria pesante, tanto frequenti e terribili sono le valanghe di sassi e di ghiaccio e di neve che scaraventa in basso.

Ora l'inverno, su una rupe di questa fatta, ha il vantaggio di impedire, anche nelle ore più calde, lo scioglimento del ghiaccio e della neve. Ghiaccio e neve «tengono», e le cadute di sassi, in confronto ai pomeriggi estivi, sono ridotte quasi a zero. Per questo l'*azzardo*, nei mesi freddi, è decisamente minore.

Molto più grandi, in compenso, sono le difficoltà fisiche per le spaventose temperature che imperversano lassù di questa stagione.

In quanto al problema tecnico, l'inverno rende decisamente più impraticabili le pareti di roccia perché le ricopre di una viscida crosta di ghiaccio (il «verglas» o vetrato), spesso invece agevola la scalata dei tratti di ghiaccio e di neve, che risultano rassodati e più sicuri.

Ma adesso solo per un istante immaginate di trovarvi soli, completamente soli, nel cuore di questo sinistro e repellente muraglione alto milleduecento metri. Quando ero bambino mi ricordo che avevo una certa paura a percorrere da solo il corridoio della nostra casa di campagna. Anche voi, probabilmente, in certi casi, avrete provato simili sensazioni. Moltiplicatele per cento, per mille e avrete forse una pallida idea di ciò che avviene nella selvaggia solitudine dell'alta montagna, resa ancor più inospitale dall'inverno. E non si tratta soltanto di superare questa paura; bisogna trovare il coraggio, lo slancio, l'entusiasmo per andare sempre più su, senza sapere che cosa ci aspetta di sopra; potrebbe anche darsi che si incontrino delle difficoltà insuperabili e che si debba tornare indietro. E il freddo che morde atrocemente, e il vento che fa penetrare nei più ermetici indumenti gli aghi della tormenta, e il pesantissimo sacco che bisogna portar su con lente spossanti manovre perché la perdita del sacco, con i chiodi, gli attrezzi, i viveri, il fornelletto, il sacco da bivacco, significherebbe la morte.

La parete nord venne scalata per la prima volta nell'agosto 1931 da due giovanissimi fratelli di Monaco, Franz e Toni Schmid. Essi indovinarono uno dei rari giorni di grazia in cui la parete non scarica pietre, e, dopo una notte di bivacco, arrivarono in vetta, fra lo sbalordimento del mondo alpinistico.

Da allora, proprio per la sua costituzione franosa, nonostante la sua fama, la muraglia nord del Cervino è stata frequentata relativamente poco. Credo in tutto una quindicina di ripetizioni. D'inverno, per la prima volta fu superata da due svizzeri, Von Allmen ed Etter, tre anni fa. Bene, Walter Bonatti l'ha vinta da solo e per di più in pieno inverno, ma non basta: egli ha tracciato sulla parete una via nuova, la «direttissima» che senza deviazioni segue in senso opposto il percorso di una pietra che precipitasse in linea retta dalla cima alla base della montagna; una via quindi presumibilmente molto più difficile che quella classica dei fratelli Schmid.

Come ha fatto a resistere e lottare per quattro giorni e quattro lunghissime notti in tanta orrida e precipitosa solitudine? È difficile rispondere. Questo è proprio il grande segreto di Bonatti, che lui stesso non riuscirà mai a spiegare fino in fondo. Più che di risorse muscolari e di bravura tecnica, si impongono, in così folli avventure, la forza di carattere e le risorse morali. Certo, Bonatti ha il privilegio di un fisico assolutamente eccezionale che gli permette di sopportare impunemente temperature che in pochi minuti ridurrebbero uno come me, povero comune mortale, in una statua di ghiaccio. Non per niente egli è uno dei soli tre uomini che, nella storia dell'alpinismo, hanno passato una notte oltre gli ottomila metri senza sacco di bivacco. Ciò gli accadde nel 1954, presso l'ultimo campo del K2 nel Karakorum, la seconda vetta del mondo conquistata dagli italiani. Gli altri due sono l'*hunza* Mahdi, suo compagno nella notte imalaiana, che dovette poi subire varie amputazioni alle dita delle mani e dei piedi; e il famosissimo Hermann Buhl, che, dopo la conquista solitaria del Nanga Parbat, dovette passare la notte su quegli spalti, ma anche lui ebbe un grave congelamento ai piedi. Bonatti invece superò la terribile esperienza completamente indenne.

A trentacinque anni, Walter Bonatti ha dietro di sé un bilancio di imprese alpinistiche addirittura favoloso. Lo si può veramente definire il più forte alpinista del mondo. Con questa scalata invernale del Cervino egli intende chiudere il ciclo delle sue grandi imprese. E il proponimento è segno di saggezza, perché Bonatti, pur «osando l'inosabile», ha sempre avuto la testa sul collo. A un amico anzi, egli avrebbe confidato l'intenzione di lasciare per sempre l'alpinismo.

Se veramente ha detto questo, io mi permetto di non credergli. Magari cambierà mestiere, riponendo il distintivo di guida alpina nel cassetto dei ricordi. Magari da Courmayeur, dove abita, si trasferirà a una città della pianura. Magari rinuncerà d'ora in poi ad avventurarsi in imprese estreme. Ma la montagna non la potrà mai abbandonare. Chi ha dato tanto alla montagna, chi per la montagna ha rischiato con tanto accanimento la vita, a questo amore resterà legato per sempre.

«Corriere dei Piccoli», 1965

Pirovano narra la scalata del Cervino della Terra del Fuoco

Sono tornati ieri a Milano, in volo da Santiago del Cile, reduci dalla vittoriosa scalata del Monte Buckland, il Cervino della Terra del Fuoco, le guide Giuseppe Pirovano e Guido Machetto. Gli altri componenti della spedizione «Città di Lecco», cioè Carlo Mauri, che ne è il capo, Gigi Alippi, Cesare Giudici e Casimiro Ferrari da Santiago sono proseguiti alla volta dell'Aconcagua, che coi suoi 7021 metri domina le Ande: una salita impegnativa per la fatica ma che non presenta alcun problema alpinistico.

Pirovano, a 58 anni di età, ha avuto la soddisfazione di partecipare alla conquista di uno dei picchi più audaci del Sud America che aveva finora resistito a vari tentativi, compreso quello del celebre scalatore britannico Shipton. Ha detto che si tratta di una salita molto difficile e molto pericolosa anche per le condizioni climatiche. Laggiù soffiano quasi in continuazione ferocissimi venti, che raggiungono facilmente i 150 chilometri all'ora. La sagoma del Buckland mette veramente paura.

Ma lasciamo a lui il racconto della bella impresa:

«Il 5 febbraio decidiamo, dal campo-base sulla riva del mare di salire al campo avanzato, che si trova a circa 500 metri di quota. Arriviamo alle sei e mezzo. Confesso che da principio, carico com'ero, ho fatto un po' di fatica, quel giorno non mi sentivo in forma, ma a mano a mano che andavo su, mi sentivo rinfrancato.

«La sveglia il mattino dopo era fissata alle 3.30 ma a quell'ora soffiava un vento tremendo. Abbiamo dovuto aspettare fino alle cinque. Ci siamo messi i ramponi, abbiamo indossato le gialle tute a vento, ci siamo messi in cammino. Mi sentivo da principio un po' un intruso tra quei ragazzi tanto più giovani di me. Ma ben presto ho ritrovato lo spirito dei bei tempi, che mi ha dato la carica.

«Come quasi sempre laggiù» ha proseguito Pirovano «il cielo era coperto, il vento fischiava e ci si vedeva poco. Ghiaioni da principio, e poi un largo canale di ghiaccio che si impenna gradatamente e si restringe, diventando sempre più ripido, cupo e selvaggio. Mi ricordava l'erto canale sulla parete nordest dell'Eiger.

«Per fortuna, negli ultimi trecento metri di questo brutto canale tre giorni prima Alippi, Ferrari e Giudici avevano attrezzato la via con delle corde fisse. Eravamo divisi in tre cordate: la prima dei più giovani, cioè Giudici e Ferrari; poi Alippi con Mauri, infaticabile fotografo; poi Machetto e io.

«Dopo quattro ore arriviamo a un colle, tra la cuspide del Buckland e un altro picco più basso. L'aria si è fatta più fosca. Non siamo più che delle ombre. Dopo il colle, la montagna si impenna in una serie di seracchi a forma di gobba che ci portano a una crepaccia terminale. Sopra di noi un salto di ghiaccio insuperabile.

«Ma a destra intravediamo una scappatoia: Giudici, con grande slancio ha già piantato il primo chiodo. È un passaggio-chiave molto duro. Per superarlo ci vogliono altri quattro chiodi. Ecco Giudici già issato, sopra di noi, su una specie di cresta.

«Seguono pendii di ghiaccio ripidi ma, relativamente, di ordinaria amministrazione. Siamo ormai delle statue di ghiaccio che tuttavia continuano a muoversi. Sono ormai le due del pomeriggio. A un certo punto ci troviamo dinanzi a un altro crepaccio. Che la vetta sia ormai vicina? Alippi e Mauri hanno già attaccato la parete ripidissima. Nella tormenta aspettiamo notizie e intanto io accomodo con la piccozza una piccola caverna naturale. Non si sa mai. Alla peggio qui si potrebbe bivaccare.

«Ferrari e Giudici si stancano di aspettare e spariscono anche loro nella nebbia. Ma ben presto li vedo ricomparire. Dicono che Alippi è andato a finire sotto un tetto spaventoso, assolutamente insuperabile. Mi chiedono se non sia opportuno tentare più a destra, su per uno scivolo. Io li seguo, con Machetto.

Sono due tirate ripidissime di quaranta metri che portano sotto il baldacchino della cornice terminale. Qui trovo un chiodo piantato da Giudici.

«Forzare direttamente la cornice sarebbe assurdo. Traversiamo verso destra sotto il tetto che sporge una ventina di metri, fin dove lo strapiombo si attenua. Machetto ora mi precede. Dietro a me Alippi e Mauri, fermi al chiodo, mi gridano "Più basso, più alto", indicandomi il posto per i piedi.

«Finalmente anch'io supero la cornice sbucando sulla parete sud. Machetto mi tiene la corda. Vado su rapidissimo, come se avessi le ali ai piedi. Siamo in vetta!

«Ci abbiamo messo quasi dodici ore a salire. Ne impieghiamo quattro a discendere. I pezzi più ripidi li risolviamo a corde doppie. Il vento e il gelo non ci abbandonano mai. Sono le nove quando, agli estremi barlumi del lungo crepuscolo, arriviamo al campo avanzato. Ci leviamo i ramponi. Ci abbracciamo. Il Signore è stato buono con noi.»

Il giorno dopo, discesa al campo-base, dove gli alpinisti sono stati raggiunti dal *cutter*, venuto da Punta Arenas con la radio e i viveri, che li ha quindi portati, in una insenatura non lontana della baia De Agostini, al campo della spedizione giapponese. Sono dei giovani molto in gamba, alcuni di essi hanno scalato il Chogolisa, sull'Imalaia. Sono piuttosto abbattuti. Data la pessima visibilità non sono riusciti a trovare il Monte Buckland, e sì che erano arrivati venti giorni prima degli italiani. Per consolarsi hanno scalato due vette che credevano vergini; sulle cime invece hanno trovato i segni della spedizione americana che li aveva preceduti di qualche giorno, salendo dall'opposto versante.

«Corriere della Sera», 19 febbraio 1966

K2

... fra mille, duemila anni, noi montagne saremo tali e quali ci vedete oggi, tra mille anni, conquistatori del K2, anche un pezzetto della vostra giusta gloria rimarrà.

Si «ritrovano» a Courmayeur i valorosi conquistatori del K2

Anche gli italiani attaccheranno l'Himalaia

Nella sua ultima seduta, il Consiglio generale del Club Alpino Accademico Italiano – figlio nobile del Club Alpino, che raccoglie dopo severa selezione il fior fiore dell'alpinismo non professionista – ha deciso di iniziare immediatamente gli studi per una spedizione all'Himalaia.

La notizia farà certo piacere grandissimo non solo a chi ama la montagna, ma a tutti gli Italiani. Negli anni prima della guerra – per una serie di memorabili vittorie sulle Alpi – il nostro alpinismo aveva nettamente primeggiato nel campo internazionale. Superfluo ricordare le pareti delle Grandes Jorasses, del Badile, delle Cime Ovest e Grande di Lavaredo, per citare le più celebri, o i nomi di Cassin, di Comici, di Gervasutti, di Tissi (e sarebbe giusto elencarne molti altri). Ci fu anzi un periodo in cui si fu veramente in testa a tutti.

Dopo la guerra lo scettro, che era rimasto per parecchio tempo in mani tedesche o italiane, passò ai Francesi (Lachenal, Rebuffat, Terray, Herzog, Magnone, ecc...) ai quali spettano i due più notevoli successi di questi anni: cioè la conquista dell'Annapurna, nel Nepal, la prima vetta superiore agli ottomila metri mai scalata dall'uomo, e del terribile Fitz Roy, in Patagonia, da alcuni definito il più superbo picco della Terra.

Ormai la lotta, abbandonate le vecchie rupi del Cervino, dell'Eiger, della Civetta, si è trasferita fuori Europa. Oggi all'ordine del giorno sono i solitari e inesplorati giganti dell'Asia e dell'America del Sud. I tentativi per scalare la massima cima del globo, cioè l'Everest (m. 8888), si fanno sempre più frequenti ed accaniti. Ed era alquanto malinconico, siamo sinceri, che in questa nuova grande fase dell'alpinismo l'Italia fosse assente. Unica eccezione, le imprese dell'indomabile Piero Ghiglione che nelle Ande, anche recentemente, ha fatto cose meritevoli del massimo rispetto.

Forse che la generazione dei nostri grandi alpinisti ha fatto ormai il suo tempo senza lasciare degni successori? Non è questo il motivo. Il fatto è che oggi per far bella figura non bastano la tecnica, il coraggio e un sacco con la corda, i chiodi e un po' di zucchero. Oggi occorrono milioni e milioni per raggiungere e affrontare i lontani mastodonti corazzati di ghiacciai che alzano il capo oltre i sette, gli ottomila. E il Club Alpino è tutt'altro che ricco. E il Governo, almeno finora, non si è mosso. E forse anche qui si è ripercossa la depressione psichica lasciata dalla guerra, per cui è mancata la necessaria iniziativa.

Sulle Alpi non è rimasta più gloria da raccogliere. Scalate tutte le vette, anche minori, i pinnacoli, le guglie alte anche venti metri, vinte tutte le grandi pareti per la via più diretta, di veramente nuovo si può dire che non sia restato niente. Superstite problema da risolvere, la parete est del Petit Dru, nel Monte Bianco, ma è di importanza secondaria.

Invece fuori d'Europa ancora aspettano, in un allucinante caos di creste e di abissi, i fantastici colossi al cui confronto il Monte Bianco è un nano. L'Himalaia soprattutto. Come scrisse Marcel Kurz, quello sterminato schieramento di montagne garantisce agli alpinisti lavoro per più secoli. Si rinnova laggiù la stessa situazione che si aveva al principio dell'Ottocento nelle Alpi: le massime cime, tranne pochissime, sono ancora da raggiungere. E poi ci sarà da attaccare una selva sterminata di altri picchi che anche se inferiori agli ottomila superano per magnificenza e audacia di architetture tutti gli antichi giganti delle Alpi. E poi si darà l'assalto alle pareti, in una vertiginosa moltiplicazione di problemi che si perde nella notte dei futuri tempi.

Ma, a parte l'aspetto «alpinistico» della questione, come negare che la conquista delle massime montagne sia l'ultima grande impresa che ci offre questa vecchia Terra? I due Poli diventati quasi di casa, i deserti africani e il Mato Grosso attraversati impunemente in automobile, che cosa resta di inesplorato nel mondo? Dove si è trincerata l'ultima porzione di ignoto e di avventura? Lassù, tra le ciclopiche muraglie dell'Asia centrale. E il giorno che una nostra bandierina fosse piantata su una di quelle supreme vette, la gioia degli Italiani dovrebbe essere, pensiamo, cento volte più grande che per una vittoria al Tour o alle Olimpiadi.

Ora si pone prima di tutte la questione: quale sarà la nostra meta? La scelta non è libera, come avviene sulle Alpi. La spedizione che il CAAI sta studiando ha scopi alpinistici e non scientifici; aspirerebbe quindi a conquistare un «ottomila». Di vette superiori a tale quota se ne conoscono quattordici: in ordine di statura sono l'Everest (m. 8888), il K2 (8614), il Kancenjunga (8579), il Lotsé (8501), il Makalu (8470), il Cho-Uyo (8189), il Davalaghiri (8167), il Manashi (8125), il Nanga Parbat (8120), l'Annapurna (8075), il Gasherbrum 1 o Hidden Peak (8068), il Broad Peak (8047), il Gasherbrum 2 (8035) e il Goisanthan (8018).

Due di questi sono da escludere senz'altro perché si trovano nel Tibet o nel Sikkim, che sono sotto l'influenza della Cina comunista: cioè il Kancenjunga e il Goisanthan. Il Lotsé, il Makalu e il Cho-Uyo non sono consigliabili perché sul confine del Tibet. Anche l'Everest, per cui il Governo del Nepal ha deciso di concedere solo un permesso all'anno, è fuori gioco: nel 1952 sono andati gli Svizzeri, quest'anno tenteranno gli Inglesi, il 1954 è già prenotato dai Francesi e poi il turno toccherà al Giappone.

L'Annapurna è già stato scalato. Il Nanga Parbat, per tacita intesa, è considerato giusta preda della Germania, che vi ha perso nel 1934 dieci dei suoi più bravi scalatori. «Disponibili» rimarrebbero perciò il Davalaghiri, a cui i Francesi stanno preparandosi, il Manashi, nel Nepal, e le massime vette del Karakorum, nel Kashmir; tuttavia anche qui le difficoltà non sono lievi perché bisogna passare per il Pakistan e i permessi sono ardui da ottenere.

Il presidente del CAAI, avvocato Carlo Chersi, ci ha fatto presente come nulla sia stato ancora deciso circa la zona e la cima da tentare; e come ogni anticipazione sia per ora prematura. Tuttavia sembra che, in linea di massima, se le circostanze saranno favorevoli, le speranze si concentrino su un eventuale tentativo al K2.

Minore dell'Everest ma come struttura assai più ardito, questo spaventoso picco fu già tentato, com'è noto, dal Duca degli Abruzzi nel 1909. Un altro attacco in forza venne poi fatto nel 1938 da un gruppo americano che arrivò a quota 7725. Alpinisticamente si tratta senza dubbio di un'impresa eccezionalmente dura, per la quale non si può partire a cuor leggero. Occorre perciò una preparazione accuratissima che non si può improvvisare in poche settimane, ammesso pure che ci siano i mezzi.

Si pensa perciò di organizzare una piccola spedizione «leggera» preventiva, di pochissimi membri, per l'iniziazione alla specialissima tecnica che richiedono le alte quote e la conformazione di quei monti (uso dei respiratori a ossigeno, tende, sistema dei campi base, collaudo dell'equipaggiamento, e delle calzature in feltro e pelle di renna in sostituzione dei classici scarponi ecc.). Questo gruppetto, che si sta costituendo a Milano, raggiungerebbe per il prossimo settembre la provincia di Garhwal, a ovest del Nepal, ricchissima di magnifiche occasioni anche se vi mancano «ottomila». Tra l'altro si parla del Kardeol (m. 7120), cima stupenda nonostante il nome da medicinale, già tentata dagli Inglesi due anni fa.

In seguito, cioè per la primavera 1954, verrebbe organizzata la spedizione grossa di cui farebbero parte cinque sei alpinisti, un medico ed eventuali scienziati. E nel periodo da fine maggio a tutto giugno, cioè durante la pausa dei monsoni, si punterebbe – autorità politiche, mezzi e tempo permettendo – a qualche cima, come il K2, di interesse mondiale.

Non è ancora il caso di far nomi. Ma gli uomini ci sono, che possono dare pieno affidamento, fisico, tecnico e morale. (Da notare che l'esperienza ha dimostrato come oltre i 7000 vadano meglio gli alpinisti dai 35 ai 45 anni che stentano ad acclimatarsi più dei giovanissimi, ma poi rivelano assai maggiore resistenza.)

Resta infine il gran problema: i mezzi. Per una spedizione «leggera» di addestramento ed esplorazione come quella prevista per l'autunno prossimo, la spesa è relativamente modestissima: qualcosa come un milione a testa, compreso il viaggio.

Uno sforzo ben maggiore costerà la spedizione vera e propria. Sebbene un preventivo non sia stato elaborato, è opinione dei competenti che ci vorrà una somma oscillante dai 50 ai 70 milioni di lire. Settanta ne hanno spesi gli Svizzeri per l'ultimo grande loro tentativo all'Everest, compiuto a due riprese. Una bella cifra; ma può sembrare minima quando si pensi alla posta in gioco o si faccia il paragone con le folli spese per gare o spettacoli che il giorno dopo sono già dimenticati.

Per ora questo fondo non esiste. Lo darà lo Stato? Contribuiranno le Regioni, le Provincie o altri Enti pubblici? Interverrà qualche privato? Si dovrà fare una sottoscrizione? Chi finanziasse il tentativo all'Himalaia – si noti bene – non solo acquisterebbe una benemerenza indiscutibile ma potrebbe anche fare un buon affare, come è avvenuto per le spedizioni francesi all'Annapurna e al Fitz Roy; i servizi giornalistici, le fotografie e i film, di ovvio interesse internazionale, possono facilmente rifondere le spese. Ma anche senza mecenati, ci rifiutiamo di credere che in un Paese dove si paga 100 milioni un giocatore di calcio non si riesca a trovarne 50 per un'impresa che può dare gloria alla Nazione.

«Corriere della Sera», 6 febbraio 1953

Un'investitura morale per l'assalto all'Imalaia

Chi ha praticato a lungo l'alpinismo si sarà accorto di un fenomeno curioso, a prima vista decisamente assurdo: benché a una certa età le energie fisiche e l'intraprendenza declinino, si riesce, con l'andar degli anni, a fare ascensioni sempre più difficili.

Uomini di cinquant'anni compiono scalate che non avrebbero osato neppure progettare quando erano nel fiore della gioventù. Sono forse diventati più bravi, hanno acquistato nel frattempo astuzie tecniche prima sconosciute, la loro capacità acrobatica è accresciuta grazie a qualche nuovo trucco? Neanche per idea. Il motivo è un altro.

In alpinismo, come del resto in moltissimi altri campi, una gran parte delle difficoltà è puramente psicologica. Vale a dire che basta stimare impossibile una parete perché questa parete sia impossibile; e molte volte invece basta credere di poter passare perché il passaggio sia trovato.

Non solo: accanto al progresso tecnico si è compiuto, attraverso il tempo, un progresso appunto psicologico, che è forse il più importante. A poco a poco, persuasa dall'esempio altrui, la mente si abitua a considerare possibile, se non addirittura facile, la cima che dieci anni fa non si aveva quasi il coraggio di guardare (vie già stimate di quinto grado oggi sono assegnate appena al terzo superiore). E basta che l'animo sia sgombro di paure per superare con rapidità e eleganza dei passaggi fino a ieri estenuanti.

Proprio questo fenomeno, delle difficoltà di anno in anno

decrescenti, è uno degli aspetti più belli, singolari e consolanti dell'attività alpinistica. La quale perciò risulta su un piano ben diverso dal vero e proprio sport, dove il progresso è frutto esclusivo del perfezionamento tecnico.

Un esempio: si può pensare che come agilità, destrezza, ardimento, forza d'animo, Preuss fosse ai suoi tempi (prima dell'altra guerra) inferiore ai grandi capicordata d'oggi? L'ipotesi è da escludere. Se potesse risuscitare, non c'è dubbio che Preuss in meno di quindici giorni (il minimo per guardarsi in giro e orientarsi) si allineerebbe al massimo livello dei massimi arrampicatori d'oggi. Eppure le sue imprese più difficili (sbalorditive per quegli anni lontani) oggi vengono sistematicamente ripetute anche da elementi mediocri, acrobaticamente di gran lunga a lui inferiori. A degradarle è stato il «progresso psicologico».

Ma adesso che le Alpi – in fatto di problemi da risolvere – sono praticamente ormai esaurite, adesso che ogni cima, guglia, parete, fetta di parete è stata conquistata e non si può aspirare a un «più difficile» perché questo «più difficile» non c'è, adesso – vien fatto di chiedersi – il progresso si è fermato? Se non ci sono più difficoltà da superare, se insomma manca la materia prima, come può continuare il perfezionamento? Per fare un parallelo: che progressi farebbe più la medicina il giorno che fosse riuscita a vincere tutte le malattie? Non si nota dunque una stasi, una stanchezza, un afflosciamento degli spiriti, non più pungolati dalla vista di rupi o ghiacci vergini?

Ebbene, un accenno di stasi, di esaurimento si è avvertito gli anni scorsi, per un momento l'alpinismo è parso marcare il passo, come succede a un uomo il quale, raggiunto il culmine della sua carriera, si rende conto di non poter salire più.

Ma la crisi – se si può parlare di crisi – è stata presto superata. Le pattuglie di punta, i campioni destinati ad aprire le strade nuove, sono ancora in moto, riprendendo il cammino verso il «più difficile» forse al di là del sesto grado. Solo che la meta non è più la stessa: i miraggi che li attirano non sono in casa nostra, bensì lontani, chiusi nelle inesplorate solitudini dell'Asia e dell'America.

Gli sguardi dei pionieri, abbandonate le vette domestiche, si rivolgono a colossi ben più giganteschi, ardui e inospitali, dove c'è tutto da fare, così come erano le Alpi al principio del secolo scorso. Soprattutto l'Imalaia offre un campo di battaglia senza limiti, aperto alle avventure più orgogliose.

Questa nuova grande era dell'alpinismo è agli inizi, ma appare già decisamente delineata. Oggi le grandi vittorie non si chiamano più Civetta, Grandes Jorasses o Eiger. Sono i Francesi sull'Annapurna e sul Fitzroy, gli Inglesi sull'Everest, i Tedeschi sul Nanga Parbat a far parlare il mondo.

Ora tocca a noi Italiani. Benché con un certo ritardo rispetto agli altri Paesi, stiamo appunto per partire. A parte altre eventuali spedizioni minori il Club Alpino sta preparando – come è noto – l'assalto al K2, la seconda vetta del mondo (m. 8611), tentata per la prima volta dal Duca degli Abruzzi nel lontano 1909 e invano attaccata in forza nei mesi scorsi da un gruppo americano. Intanto Ardito Desio, che guiderà la spedizione, e Riccardo Cassin, considerato ancora il più forte e completo dei nostri scalatori, sono già sul posto per concludere i necessari accordi col Governo del Pakistan, per studiare il piano delle operazioni e predisporre l'organizzazione indispensabile.

Anche per noi dunque le Alpi hanno cessato di rappresentare la massima meta. E pure dal lato psicologico si sta compiendo una «apertura all'Imalaia». Tanto è vero che adesso le più valide nostre cordate, quando affrontano i «sesti gradi» occidentali o dolomitici, non li considerano più fine a se stessi ma, sia pure in forma vaga, intendono così prepararsi alle imprese di domani su montagne grandi il doppio o il triplo.

A questo punto, mentre anche sul nostro orizzonte si affacciano le fantastiche sagome dei mastodonti imalaiani, opportunissima è riuscita la comparsa di un volume pubblicato a cura del Comitato scientifico del Club Alpino Italiano, editori lo stesso CAI e il Touring Club. È intitolato *Alpinismo italiano nel mondo* e in ricca veste tipografica, con molte belle fotografie e cartine, dà un completo resoconto di ciò che i nostri hanno fatto nel Caucaso e negli altri Continenti.

La preparazione, evidentemente laboriosa, di quest'opera risale a prima della guerra. Ma il ritardo non è stato un danno.

Anzi. Il libro è così uscito nel momento psicologicamente più propizio. Quasi vi fosse sottinteso: dopo aver fatto tutto ciò che si narra in queste pagine, come potrebbe oggi l'Italia restare assente dalla grande corsa agli «ottomila»?

La magnifica opera, messa insieme dal prof. Ardito Desio che presiede il Comitato scientifico del CAI, non si propone intenti narrativi o romanzeschi, ma vuol essere una documentazione quanto più possibile completa. Dà però, relativamente, più spazio alle spedizioni finora inedite o quasi, che alle imprese celebri, anche se molto più importanti.

Dal Caucaso alla Persia, dall'Imalaia al Caracorum, dal Giappone all'arcipelago della Sonda, dal Ruvenzori al Chilimangiaro, dall'Alaska alla Cordigliera delle Ande si rievocano salite e esplorazioni di valore eccezionale. Per importanza storica i successi maggiori sono senza alcun dubbio quelli del Duca degli Abbruzzi al Sant'Elia (1897) e al Ruvenzori (1906) dove salì tutte le maggiori vette: quattordici punte superiori ai 4600 metri. E se si pensa che fu fatto la bellezza di 44 anni fa, risulta meraviglioso per audacia il tentativo dello stesso principe al K2 e sorprendente la quota, di 7493 metri, da lui raggiunta sul Bride Peak, primato di altezza che per 13 anni doveva restare insuperato.

Molte però sono le pagine che si leggono col massimo interesse anche se di imprese non altrettanto clamorose: così le avventure dell'infaticabile Ghiglione, così le salite nel Caucaso di Gasparotto, Vallepiana, Lerco, Sella, Gallo, Ronchetti e Piacenza; le discese in sci di Maraini giù per i ghiacciai del Sikkim; le acrobazie di Comici sulle crode dell'alto Egitto e del Sinai; le scalate sul Pungiab Imalaia, fatte in condizioni veramente eroiche, di Quirino Maffi e altri prigionieri di guerra; o la drammatica fuga di tre altri prigionieri di guerra dal campo 354 di Nanyuki per respirare un'ora di libertà su una delle vette del Kenia, a quasi 5000 metri. Ma troppe sarebbero le cose da citare.

Nel complesso è ben difficile trovare un libro che raccontando eventi passati faccia tanto pensare all'avvenire. Lo stesso capitolo introduttivo di Ardito Desio è tutto su questo motivo dominante: e adesso, dove andremo?

Ancora undici «ottomila» da conquistare. Decine e decine di

vette superiori ai 7500 metri. Innumerevoli le muraglie vergini che precipitano d'un balzo solo per 3000-3500 metri. E questo solo nella catena dell'Imalaia. Un mondo terribile e selvaggio dove c'è gloria disponibile per tutti. E chissà per quante generazioni di alpinisti. Noi tutti qui presenti saremo polvere da un pezzo e i giornali ancora pubblicheranno: «Dal rifugio Italia nell'alto Baltoro si ha notizia di una nuova audacissima impresa di una nostra cordata sulla parete nord del...».

«Corriere della Sera», 6 ottobre 1953

Gli Italiani hanno preparato la via per l'attacco al K2

È tornato ieri dal Caracorum il prof. Ardito Desio, illustre geologo e alpinista che vi ha fatto un sopraluogo, in vista del tentativo italiano al K2 (metri 8611), la seconda vetta del mondo, non raggiunta mai dall'uomo. Lo accompagnava Riccardo Cassin, il maggiore dei nostri alpinisti, celebre soprattutto per le scalate della parete nord delle Grandes Jorasses, della nordest del Pizzo Badile e della nord della Cima Ovest di Lavaredo; egli sarà uno dei protagonisti dell'impresa.

Questo viaggio preparatorio, durato complessivamente due mesi, costituiva in realtà la prima fase della spedizione al K2, per la quale il Governo del Pakistan ha concesso recentemente all'Italia l'indispensabile permesso; tanto è vero che nel corso della ricognizione Desio e Cassin hanno lasciato lungo la strada parecchi depositi di viveri e materiale di equipaggiamento; o affidandoli ai capi di villaggi o anche sistemandoli all'aperto, depositi che riusciranno preziosi nella primavera prossima, al ben più numeroso gruppo di alpinisti che parteciperanno al tentativo. Al prof. Desio, in questa occasione come per il passato, il Governo pakistano è stato largo di cortesia e di aiuti, cosicché la «piccola spedizione» ha avuto i migliori risultati.

Desio e Cassin sono partiti dall'Italia il 20 agosto. Giunti a Caraci, dove erano stati preceduti dalle molte casse di materiale spedite via mare, si sono subito trasferiti a Rawalpindi, dove hanno incontrato la spedizione americana capitanata da

Houston, reduce dall'aver tentato senza successo il K2. Questa volta Houston non solo non ha raggiunto la quota di 8300 metri a cui era pervenuta nel 1939 l'altra spedizione americana guidata da Fritz Wiessner ma neppure ha toccato il punto a cui egli stesso era arrivato nel 1938. Gli Americani, tutti giovanottoni altissimi, hanno narrato ai due Italiani la loro avventura, che ha avuto fasi drammatiche (un morto e due congelati) ed è stata avversata da bufere violentissime; e hanno loro indicato la dislocazione dei successivi campi piantati lungo il crestone di salita (si tratta di ben sette campi, da quota 5300 a poco sotto quota 8000). Notevole il fatto che anche stavolta gli alpinisti stranieri hanno attaccato il colosso seguendo la via scoperta nel lontano 1909 dal nostro Duca degli Abruzzi. Molti dati interessanti sono stati pure forniti a Desio dal colonnello medico Ata Ullah dell'esercito del Pakistan, che aveva accompagnato gli Americani.

Il 6 settembre i due Italiani ripartirono verso nord alla volta di Skardu, capoluogo del Baltistan, a bordo di un vecchio Dakota che, non potendo sollevarsi a grande altezza, era costretto a risalire le valli seguendone tutte le curve e scavalcando al pelo i valichi tra l'una e l'altra. L'aeroplano è oggi l'unico mezzo di collegamento esistente con Skardu, che viene rifornita quasi esclusivamente per via aerea con lanci di paracadute.

Il 16 settembre finalmente i due Italiani con una decina di portatori si mettevano sulla strada del Baltoro.

Su per la valle del fiume Shigar e quindi per la valle del Braldu, il quale nasce dal ghiacciaio del Baltoro. Qui Desio e Cassin giunsero il 21 settembre. Due giorni dopo erano al campo-base di Urdukas, quello della spedizione del Duca di Spoleto nel 1929 a cui lo stesso Desio prese parte; ce n'erano ancora tracce evidentissime.

Il 26 arrivarono al campo-base dell'ultima spedizione americana; campo deserto e completamente spoglio di qualsiasi attrezzatura. Il 27 fecero una ricognizione fino all'attacco dello spigolo che si innalza per oltre tremila metri verso la favolosa vetta. Qui (m. 5300 circa) gli Americani avevano lasciato una tenda con provviste e indumenti, probabilmente nella speranza di poter tornare all'attacco quanto prima. Provviste e indumenti, come è logico, non sono stati toccati dai nostri.

Al cospetto degli stupefacenti giganti che circondano l'immenso fiume di ghiaccio del Baltoro con quasi incredibili prospettive di muraglie e picchi, gli occhi di Riccardo Cassin, pur abituati alle massime vertigini, erano sgranati nella più incantata meraviglia. Naturalmente gli sguardi di entrambi si affissavano soprattutto sui fianchi del K2, che apparivano certo ripidi e ardui ma senza apparenti difficoltà tali da scoraggiare. Lo stesso Houston del resto ha detto a Desio di ritenere che la conquista della vetta non debba presentare eccezionali ostacoli dal punto di vista tecnico. Certo non è detta l'ultima parola. Il tratto finale, dopo la cosiddetta «spalla», dove nessuno ha messo mai piede, può sempre riservare delle incognite, non avvistabili dal basso.

Il 28 settembre la stagione si guastò con abbondanti nevicate. Era tempo di sloggiare. A tappe forzate il gruppetto si avviò sulla via del ritorno e l'8 ottobre raggiungeva Skardu. Qui Desio e Cassin si accamparono al campo d'aviazione in attesa che atterrasse il famoso Dakota; il quale per tre giornate venne, ma solo per lanciare con paracadute pacchi di viveri e di merce. Finalmente il 12 ottobre essi presero il volo verso sud. Il 17 erano a Roma.

Il viaggio ha dunque permesso di realizzare tutti gli obiettivi: tener vivi i contatti con le autorità pakistane; disporre lungo l'itinerario d'approccio depositi di materiale; raccogliere dagli Americani notizie sull'ultimo tentativo; fare una diretta ricognizione della via di salita.

A parte i portatori e gli *sherpas*, si pensa che la «spedizione grossa» sarà composta di tredici Italiani, di cui sei alpinisti per così dire «di punta», e di alcuni alpinisti o tecnici del Pakistan. La partenza, benché nulla di definitivo sia stato ancora stabilito, dovrebbe avvenire in aprile.

Circa il permesso da parte del Governo pakistano, che come è consuetudine viene concesso a turno, in base all'ordine di precedenza alle varie Nazioni candidate, si è già detto come le nostre richieste per il 1954 siano state accolte da Caraci. Risulta tuttavia che gli Americani, delusi per la recente spedizione, farebbero fuoco e fiamme per poter ripetere il tentativo appena terminata la cattiva stagione, cioè nello stesso periodo previsto per la nostra. Ma i diritti italiani di precedenza non sembra possano correre alcun rischio.

«Corriere della Sera», 20 ottobre 1953

Quali difficoltà ci attendono sulla ciclopica parete del K2

Quali difficoltà presenta il K2, la seconda vetta della terra, massimo gigante del Caracorum (m. 8611), che gli alpinisti italiani tenteranno di scalare l'anno prossimo?

Goldwin Austen è il suo secondo nome, preferito dagli Inglesi; così si chiamava il capo del servizio geografico dell'India che nel 1861, primo europeo, si avvicinò alla base del colosso. Ma K2 – casuale sigla di rilevamento topografico – è senza dubbio preferibile, sia perché è più semplice sia perché ha un suono autoritario e misterioso. Suggestione illogica dei nomi: Everest, che pure è un cognome inglese, va benissimo, c'è dentro, si direbbe, alcunché di aereo; mentre Goldwin Austen è insignificante e floscio.

Si tratta di una formidabile piramide che si leva con un solo balzo di oltre 3500 metri da una piattaforma di ghiacciai (sono i ghiacciai più vasti del globo se si eccettuano quelli delle calotte polari). Impressionante a vedersi da ogni parte, per la ripidezza inesorabile dei fianchi, le vertiginose corazzature glaciali, i vitrei muraglioni che ne cingono la vetta minacciando calamitosi crolli. Alla cima convergono, con straordinaria regolarità architettonica, sei creste disposte a raggera. Quella sudest, sulla quale si sono concentrati finora i tentativi, si allarga a sua volta in un ventaglio di sei costoloni denominati: alfa, beta, gamma, delta, eta, e cresta sudest propriamente detta. Il contrafforte «delta» però è oggi chiamato più comunemente cresta Abruzzi perché lungo il suo spigolo il Duca degli Abruzzi cercò per primo la strada della vetta. E tutto lascia credere che sia appunto la via buona.

La storia alpinistica del K2 cominciò nel 1902: la spedizione Guillarmod-Wesseley, in prevalenza svizzera, attaccò la cresta est. Ma non andò molto in su. Le difficoltà e le malattie la fermarono sotto quota 6800.

Nel 1909 il Duca degli Abruzzi si avventurò, come si è detto, per la cresta «delta». Erano con lui le guide Joseph Petigax e il figlio Lorenzo, Henry e Alessio Brocherel, i portatori Emilio Brocherel, Alberto Savoie ed Ernesto Barreux. I progressi erano lenti, ben presto ci si rese conto che sarebbe stato vano insistere e fu deciso di tornare. Erano a circa 6700 metri.

Passarono ben 29 anni prima che altri tentassero l'impresa. Nel luglio 1938 fu la volta della spedizione americana con a capo il dott. Charles Houston. Con sette campi successivi, mossero sulla direttrice della cresta Abruzzi, che ha una pendenza media di 46 gradi, e ne raggiunsero la sommità, riuscendo sulla cosiddetta «spalla» dove la ripidità diminuisce; da questo punto un largo dorso nevoso porta fin sotto l'erta parete che sostiene la calotta estrema. Questa barriera, alta 400-500 metri, parte in ghiaccio parte in roccia, con pendenza di 65-70 gradi, è la chiave della salita. Quota 7925, appunto ai piedi di questa muraglia, fu il punto massimo raggiunto dalla cordata spinta avanti; poi si dovette tornare perché restavano pochi viveri e minacciava il maltempo.

Il preoccupante problema della parete finale – masse gigantesche di ghiaccio pencolanti sembravano rendere oltremodo rischioso il passaggio – fu risolto l'anno dopo da un altro gruppo americano guidato da Fritz Wiessner. Dopo aver posto una catena di nove campi, di cui l'ultimo a 7940 metri, oltre la «spalla», su una piattaforma rocciosa, Wiessner e lo *sherpa* Pasang Lama il 19 luglio superarono il pauroso sdrucciolo nevoso sul versante sudest della somma cupola. Alle sette di sera erano a quota 8370. Bastava traversare una ventina di metri per raggiungere un campo di neve dall'aspetto benigno che portava direttamente in vetta. Avevano ormai la vittoria in mano. Ma era tardi. Erano stanchi. E pare che Pasang Lama si rifiutasse di procedere per un superstizioso terrore della luna. Come venne buio, cominciarono a discendere. Nel tratto più duro furono fatte alcune «corde doppie»; e in una di queste calate Lama perse i ramponi che erano attaccati al sacco e che sparirono di volo nell'abisso.

Giunsero al campo IX alle 2.30 di notte. Si riposarono qui una giornata intera. Il 21 luglio ritentavano, per un itinerario più diretto. Ma qui incontrarono un colatoio ghiacciato che sarebbe stato troppo lungo da scalinare. E Pasang Lama mancava dei ramponi. Per la seconda volta dietro front.

Seguì la tragedia. Per rifornirsi di viveri, i due si calarono fino al campo VIII dove li aspettava, solo, il compagno Wolfe che in precedenza si era sentito male. Insieme scesero al campo VII dove avevano lasciato i portatori e le provviste. Ma lo trovarono deserto e vuoto. Come mai? Mentre Wolfe, stanco, si fermava ad aspettarli al campo VII, Wiessner e Lama discesero al VI. Vuoto anche questo. E così il V, il IV, il III, il II, come per una fuga generale. Dovettero calarsi fino al campo-base e qui finalmente capirono il mistero: un portatore, di nome Tendrup, spedito con un altro a rifornire il campo VIII – mentre Wiessner era impegnato sotto la cima –, giunto in vista delle tende, non avendo notato segno di vita (Wolfe indisposto se ne stava disteso nel sacco letto), pensò che i due «signori» e Pasang Lama fossero periti. Perciò si era affrettato in basso portando via tutto il possibile.

Per questo equivoco Wiessner fu costretto a discendere fino alla base della parete. E intanto Wolfe era rimasto, senza compagni e sofferente, nello spaventoso isolamento del campo VII. Si organizzarono subito soccorsi. Ma i vari campi erano vuoti di provviste e per riportarsi in alto fu un penoso andirivieni di *sherpas* e portatori, ostacolato dal maltempo. Passarono così dieci giorni.

Il 29 luglio dal campo-base col binocolo furono visti tre uomini salire lentamente dal campo VI al VII: erano i portatori Pasang Kikuli, Pasang Kitar e Pinsoo. Poi scese il buio. Nella notte non si vide alcun segnale. Il giorno dopo era nuvoloso. In seguito non si seppe più nulla finché il 2 agosto il portatore Tsering, ricomparso al campo-base, raccontò: al campo VI egli aveva aspettato per due giorni i tre compagni saliti a recuperare Wolfe; non vedendoli tornare, ne aveva dedotto che tutti e quattro erano morti.

Ci fu un altro tentativo di soccorso, ma gli uomini erano estenuati e cominciava la bufera. Non si andò oltre il campo IV. Così i quattro sono rimasti lassù per sempre, chiusi nella solitudine e nel mistero.

Quest'anno, in luglio, è stato ancora Charles Houston a sfidare il K2, insieme con sei altri Americani, un Inglese, un medico pakistano e naturalmente *sherpas* e portatori. Stabilirono sette campi, portandosi fino al ciglione della «spalla» parecchio sotto il punto toccato nel 1938. Un tempo di inferno li costrinse poi a retrocedere. (Houston disponeva di maschere ad ossigeno – a circuito interno come quelle usate dagli Inglesi all'Everest – ma non si sa se siano state usate.)

Purtroppo anche questa spedizione ha avuto una tragica esperienza. Sulla via del ritorno, il 10 agosto, nove uomini scendevano dal campo VII in una sola cordata – non si è capito come, poiché alpinisticamente questa è una autentica eresia – e via via calavano di peso, chiuso in un sacco letto e sistemato in una barella rudimentale, il geologo Arthur Gilkey, di 26 anni, incapace di scendere da solo perché colpito da tromboflebite. A un tratto uno dei nove scivolò trascinando tutti gli altri (viene in mente la famosa catastrofe della comitiva Whymper sul Cervino). Precipitarono per una quarantina di metri finché l'ultimo riuscì miracolosamente a fermarsi e a trattenere i compagni (il pendio non era molto ripido). Ma la caduta fu fatale al Gilkey che ci rimise la vita.

Per fare un bilancio: la via alla cima del K2 non è più un'incognita, le difficoltà maggiori essendo già state superate da Wiessner 14 anni fa. Ma proprio la recentissima esperienza di Houston dimostra come il problema «tecnico» dei singoli passaggi passi in seconda linea di fronte a ben più gravi ostacoli: l'immensità stessa del picco; la circostanza che le difficoltà peggiori si trovano nell'ultimo tratto dove fatalmente gli uomini arrivano già stanchi e maggiore è il travaglio fisico imposto dalla rarefazione dell'aria; i disagi, le sofferenze, e spesso i malori causati dall'altitudine; la spossante fatica che a quelle supreme altezze richiede ogni movimento (sugli ottomila per esempio è inconcepibile scalinare tutta una lunga parete di ghiaccio come si fa sulle Alpi); la cura estrema con cui bisogna scegliere l'equipaggiamento; la necessità di organizzare in modo perfetto la serie dei successivi campi e il loro rifornimento per cui se viene a mancare anche per poco un solo anello della catena può derivarne una catastrofe; l'eccezionale tensione a cui vengono sottoposte le risorse morali in un ambiente così ostile e favorevole ai cedimenti psichici, all'orgasmo e perfino alle allucinazioni; il terribile freddo delle notti; infine il pericolo mortale del maltempo anche se di breve durata. È insomma tutta un'altra concezione di alpinismo, dove le capacità acrobatiche perdono quasi ogni interesse e contano invece resistenza, salute di ferro, equilibrio nervoso, solidità dell'animo.

Ma il professore Ardito Desio, che sta organizzando la nostra spedizione, è di un fermissimo ottimismo.

«Corriere della Sera», 17 novembre 1953

La spedizione all'Imalaia sotto la protezione della Madonnina

Vogliamo che il tricolore italiano sventoli sulla vetta del K2, a 8611 metri nel massiccio dell'Imalaia? I particolari dell'impresa sono stati già sommariamente illustrati. Tutto è pronto, ormai, e se si vuole riuscire non c'è tempo da perdere. Anche un sol giorno di ritardo sul piano previsto potrebbe pregiudicare il successo. Tutto è pronto, meno i fondi, promessi e non ancora versati perché la macchina burocratica, lenta in periodo di normalità, diventa lentissima quando addirittura non si ferma in periodo di complicazioni ministeriali.

La spedizione ha carattere nazionale, ma è da Milano che prende le mosse, perché qui è la sede centrale del Club Alpino Italiano, che la patrocina, qui risiede il suo capo, il prof. Ardito Desio, direttore dell'Istituto di Geologia della nostra Università. Già il Comune, la Provincia, la Cassa di Risparmio ed altri enti hanno dato o annunciato il loro contributo, ma bisogna che essi ed altri volonterosi – aziende e privati – si uniscano in uno slancio generoso per scongiurare il pericolo di una rinuncia, che ci coprirebbe di ridicolo di fronte all'estero, essendo impegnato l'onore nazionale. La somma da anticipare – da anticipare perché il finanziamento governativo verrà, in ritardo ma verrà – è irrisoria per Milano: sessanta o settanta milioni. Recentemente, perché alla nostra città fosse assegnato il sincrotrone i milanesi offrirono in quindici giorni mezzo miliardo. Certo non resteranno insensibili al nuovo appello, a cominciare dalla gloriosa Cassa di Risparmio alla quale il nuovo presidente prof. Giordano Dell'Amore ha saputo dare nuovo impulso di iniziativa. Si tratta, in sostanza, di mettere l'audace impresa sotto le protezioni della Madonnina.

Quando, sei mesi fa, si cominciò a parlare di una possibile spedizione italiana all'Imalaia per scalare la seconda vetta del mondo, appunto il K2, venne naturale di prospettarsi le varie difficoltà che una simile impresa presentava. A parte il problema tecnico-alpinistico dell'ascensione – che resta sempre la maggiore incognita – ci si poteva per esempio chiedere: il Pakistan avrebbe veramente concesso all'Italia la promessa autorizzazione, richiesta da altre cinque nazioni? Si sarebbe trovato un uomo adatto a guidare una così ardua spedizione? Occorreva cioè un uomo che a un indiscutibile prestigio unisse vasta esperienza di alte montagne, conoscenza del massiccio imalaiano e possibilmente del Karakorum stesso, capacità specifiche di organizzatore, tempra morale saggiata in ambienti remoti e inospitali, doti infine di vero comandante: al sia pur esiguo gruppo di alpinisti che si avventurerà sui ghiacci del Baltoro sarà infatti indispensabile una disciplina di tipo militare e potranno presentarsi momenti duri o estremamente incerti: allora il capo dovrà esercitare con polso di ferro la sua piena autorità, o prendere, assumendone la responsabilità piena, decisioni gravi, da cui può dipendere la salvezza o la catastrofe. Inoltre: come e dove si sarebbero scelti gli uomini per condurre il tentativo con le massime probabilità di successo? E avremmo saputo noi italiani, da moltissimi anni assenti dalla grande competizione imalaiana, provvederci dei mezzi tecnici più adatti, quali ad esempio le maschere ad ossigeno?

Ebbene: l'autorizzazione del Governo del Pakistan è venuta, precisamente il 24 ottobre e si può dire ch'essa ha colto di sorpresa gli ambienti alpinistici internazionali poiché ciascuna delle altre nazioni candidate, come spesso succede in questi casi, si riteneva quasi certa di essere prescelta.

In quanto al capo della spedizione, unanime è il convincimento del nostro mondo alpinistico che nessuno, sotto ogni punto di vista, sia più indicato del prof. Ardito Desio, accademico del CAI, esploratore di larga rinomanza. In varie spedizioni, anche nello specifico gruppo del Karakorum, egli ha collaudato non solo la sua eccezionale resistenza fisica, ma ciò che più conta, le sue capacità direttive e la sua imperturbabile serenità d'animo pur nelle circostanze maggiormente avverse. *Last but non least*, alla sua personale e accortissima opera diplomatica, alla sua notorietà di alpinista e di scienziato, si deve se il Governo di Caraci ha favorito quest'anno il nostro Paese.

Uomini e mezzi: l'organizzazione, affidata, oltre che a Desio, a una commissione nominata dal Consiglio centrale del Club Alpino, non ha perso tempo sia per quanto riguarda la laboriosa e delicata selezione dei candidati – inizialmente 22 guide e accademici da cui dovranno essere scelti i dieci più adatti – sia per l'approntamento del vestiario, delle tende, degli apparecchi di respirazione, di tutta insomma l'attrezzatura indispensabile. Fin dal primo rapporto tenuto dal prof. Desio ai candidati è stato evidente che non si è rimasti con le mani in mano, che le idee erano chiare e che si sapeva esattamente dove rivolgersi per ottenere il materiale più efficiente e più moderno.

Ma c'era un'altra domanda da farsi: quanto costerà la spedizione? E chi provvederà alle spese? Era il problema base, se si vuole, eppure a molti, forse ingenui, parve faccenda quasi secondaria tanto sembrava certo che la somma occorrente si sarebbe messa insieme facilmente. Infatti se si pensava alle decine e decine di milioni richiesti, per esempio, dalla partecipazione dei nostri atleti alle gare internazionali – e intendiamoci bene, non si intende affatto insinuare che tali spese siano inopportune – se si pensava alle cifre favolose che si versano per un campione di calcio, se si consideravano i preventivi addirittura astronomici per le Olimpiadi invernali del 1956, se insomma si guardava all'imponente flusso di denaro che senza risparmio inonda il campo di tanti altri sport, poteva sembrare assurdo qualsiasi dubbio sul finanziamento della spedizione al K2. Anche chi in vita sua non ha mai visto una montagna, deve ammettere l'importanza eccezionale dell'impresa. Altro che una vittoria al Tour o negli stadi calcistici stranieri. Senza ombra di retorica, un nostro successo al Karakorum con la conquista della seconda cima dopo l'Everest, avrebbe una immensa eco in tutto il mondo e farebbe a tutti noi un gran bene in questi tempi alquanto grigi.

Per il loro tentativo all'Everest gli Svizzeri, con meno uomini e per un periodo più breve rispetto a noi, in una zona meno lontana dal mare e senza un vero e proprio programma scientifico (mentre la spedizione italiana al Karakorum, sebbene prevalentemente alpinistica, si propone anche dei compiti scientifici), hanno speso circa 85 milioni di lire (sia bene inteso che queste cifre non possono essere date con assoluta sicurezza). Notevole il fatto che ben 65 milioni furono offerti da una sola persona. E viene da chiedersi: forse in Italia mancano persone che dispongono di altrettante risorse e che potrebbero avere altrettanta buona volontà?

Circa 55 milioni – a quanto è dato sapere ma il dato è assai incerto – sarebbe costata la vittoriosa spedizione tedesco-austriaca al Nanga Parbat a cui ha partecipato un piccolo nucleo di alpinisti, che è durata poco, che non si è curata molto di scienza e che batteva una zona meno lontana del K2.

Dati precisi sulla spedizione inglese che ha conquistato l'Everest finora mancano. Si parla, però, di circa 300 milioni di lire. La nostra impresa, secondo il preventivo che naturalmente può subire dei ritocchi in questa o quella voce, dovrebbe costare poco più di cento milioni, precisamente 107. Ma una parte di questa somma è già acquisita: manca il finanziamento statale e non si può aspettare. Ci penseranno i milanesi.

«Corriere della Sera», 9 gennaio 1954

L'allarme per il gruppo Desio non ha alcun serio fondamento

L'allarme circa la sorte della spedizione italiana al «K2», di cui vari giornali ed agenzie si sono fatti eco, risulta, almeno finora, assolutamente infondato. Esso sembra derivare più che altro da un gratuito nervosismo, da una totale ignoranza geografica e tecnica dell'itinerario per arrivare al campo-base e da una strana leggerezza nel diffondere notizie prive di consistenza. Se poi qualcuno avesse un preconcetto pessimismo sulle possibilità di successo dell'impresa, si ha l'impressione che lo abbia speso un po' troppo prematuramente.

Perché si è diffuso l'allarme e si è perfino annunciato – cosa massimamente ridicola – che il prof. Desio, capo della spedizione, risultava «disperso»? Semplicemente perché l'ultima notizia sicura giunta in Italia risale al 17 maggio. Ebbene, questo è giustificato da un motivo semplicissimo: che successive notizie dirette *non potevano arrivare*.

Vediamo prima di tutto quali siano le informazioni sicure di cui disponiamo.

L'11 maggio, cioè con un anticipo di ben 14 giorni sulla tabella oraria, il prof. Ardito Desio, insieme con tre alpinisti e 350 portatori, è partito da Urdukas (m. 4800), dove gli italiani si erano fermati per un primo periodo di acclimatazione e allenamento, diretto al campo-base da sistemare ai piedi del K2 a quota 5100. Invece di tre giorni, come era stato previsto, Desio e compagni hanno impiegato a fare il tragitto appena due giorni. Il 13 maggio essi erano infatti nel posto prescelto, dove il prof. Desio era già stato due volte: nel 1929 e l'anno scorso, insieme con Riccardo Cassin.

Prima logica deduzione: è del tutto insensato pensare che Desio e i suoi tre compagni si siano trovati, anche nell'ipotesi di tempo estremamente sfavorevole, in difficoltà per deficienze di equipaggiamento o viveri. Trecentocinquanta portatori infatti è presumibile abbiano trasportato lassù materiale sufficiente a quattro uomini per vivere senza alcuna preoccupazione, non per qualche settimana ma per parecchi mesi.

A confermare il regolare arrivo di Desio e compagni al campo-base è giunta una lettera spedita il 15 maggio dall'accademico Ugo Angelino a suo fratello. L'Angelino, da Urdukas, scriveva che i portatori che avevano accompagnato Desio al campo-base erano ritornati annunciando che lassù la neve era alta circa un metro ma che ciò non destava preoccupazioni perché a quelle altezze quello era un fenomeno normale. Il giorno successivo l'Angelino, con gli altri alpinisti e i portatori doveva partire a sua volta per il campo-base. Tutti stavano bene.

Si è inoltre saputo che il giorno 17 maggio (cioè con 14 giorni di vantaggio sulla tabella di marcia!) tutta la spedizione è partita per il campo-base, dove, anche ammettendo che abbia marciato più lentamente del prof. Desio, è presumibile sia giunta il 20 maggio.

Ebbene: come potevano arrivarci dal campo-base successive notizie? Non a mezzo radio, purtroppo, perché l'apparecchio di cui dispone Desio non è in grado di scavalcare le gigantesche masse montane che si interpongono fra il campo-base e Skardu. Unico mezzo di trasmissione, le gambe di messaggeri.

Ora non resta che fare un semplice calcolo: da Skardu a Askole ci sono sei giornate di marcia, da Askole a Urdukas, due giornate, da Urdukas al campo-base, tre giornate: totale, undici giornate. Si supponga pure che uno o due messaggeri isolati, avvantaggiandosi del percorso in discesa, abbiano potuto guadagnare tempo. Tuttavia è praticamente impossibile che essi abbiano impiegato meno di nove giorni.

Ne consegue che, tutto procedendo nelle più favorevoli condizioni, le prime notizie dell'arrivo della spedizione al campo-base non potevano giungere a Skardu prima del 29 maggio.

Da Skardu, ultimo centro abitato di una certa consistenza, le notizie quanto impiegano a giungere in Italia? Dai 7 ai 13 giorni, come lo ha dimostrato l'esperienza. Questo perché la posta viene affidata a un aereo che fa servizio da Rawalpindi saltuariamente e solo quando le condizioni atmosferiche sono buone. Poiché dispone di un esiguo *plafond*, tale aeroplano infatti non può sorvolare le montagne e deve seguire l'andamento delle valli; è quindi evidente che basta una burrasca nella zona per far sospendere i voli.

Il fatto quindi che fino a ieri sera, 7 giugno, notizie dal campo-base non fossero giunte rientrava nella normalità delle cose prevedibili; ed è del tutto arbitrario dedurre, da un ritardo che non esiste, congetture negative o catastrofiche.

Qualcuno potrà dire: ma perché da Skardu il prof. Desio non ha fatto telegrafare? Questa è la sola obiezione alquanto sensata. Ma chi conosce il prof. Desio, uomo di sua natura contrario a drammatizzare le cose, non si meraviglia affatto che egli abbia trascurato di fare inoltrare, da Skardu, un messaggio per radio. Tutto si era svolto normalmente – probabilmente egli avrà pensato – e quindi non c'era alcun motivo di usare un mezzo a cui conviene ricorrere solo in caso di speciale urgenza.

Ma, per dimostrare l'infondatezza dell'allarme, basta fare il ragionamento contrario. Si voglia pure supporre, in sede puramente teorica, che la spedizione sia incappata in quanto di peggio si possa immaginare. Maltempo orribile, freddo polare, stanchezza dei portatori, malessere di qualcuno degli alpinisti e simili. Di peggio: a titolo di ipotesi estremamente fantastica, si immagini che un cataclisma senza precedenti abbia sorpreso la comitiva, che so io? che il K2 sia crollato rovesciando una immensa frana sul campo-base (ciò che rientrerebbe nel puro romanzo). Ma anche in questo caso si domanda: possibile che di 370 uomini – tanti fanno parte della spedizione – non ne sia scampato neppure uno per portare la notizia?

Che le famiglie degli alpinisti possano avere qualche vaga apprensione, è più che spiegabile: genitori, mogli e parenti naturalmente vorrebbero che notizie dei loro cari arrivassero dal Karakorum non una volta alla settimana ma una volta al giorno. I ragionamenti più ferrei alle volte non bastano a spegnere l'inquietudine e a dissipare i cattivi pensieri. Ma, almeno nell'attuale fase della spedizione, ogni allarmismo non ha consistenza. Si tenga conto che il percorso da Urdukas al campo-base non offre alcuna vera difficoltà alpinistica, non pareti da scalare, non seracchi da superare con ponti o manovre di corda, non fiumi irruenti da guadare. Tecnicamente parlando, non si supera mai il «primo grado». Si consideri inoltre che il prof. Desio conosce la strada e i posti come pochissimi altri al mondo; che l'altezza (dai 4800 ai 5100) non è a quella latitudine preoccupante, né sottopone il fisico a grave travaglio (come invece avverrà oltre i 7000 metri, durante l'attacco decisivo); e infine che la spedizione *si trova in notevole anticipo rispetto al programma*, non in ritardo come hanno stampato vari giornali. La tabella di marcia infatti prevedeva che l'ultimo gruppo degli alpinisti partisse da Urdukas il primo giugno (e invece è partito il 17 maggio).

In conclusione, anche se le notizie dovessero tardare ancora qualche giorno, non c'è alcun motivo di impressionarsi. Ed è prevedibile che quando Desio e i suoi compagni sapranno di tante fantasie catastrofiche ci faranno su una bella risata.

Secondo il programma, essi dovrebbero adesso fare un secondo periodo di acclimatazione e nella seconda metà di giugno intraprendere il vero e proprio assalto alla seconda vetta del mondo. Soltanto allora, se mai, potrà cominciare un po' di batticuore.

Ieri sera una comunicazione da Caraci dell'Associated Press faceva sapere che, secondo un dispaccio ricevuto da Rawalpindi, «il prof. Desio era stato abbandonato dai portatori indigeni così da rimanere isolato»; ma che «le ragioni dell'abbandono non erano note». La notizia, a quanto è dato arguire, è esattissima: infatti, come si è detto, una volta accompagnato Desio e i tre compagni al campo-base, i portatori lo hanno lasciato solo, ritornando a Urdukas; questo per il semplice motivo che *dovevano tornare* a prendere il rimanente materiale; ciò che poi hanno fatto. La congettura di una specie di ribellione, da parte dei portatori, che la notizia dell'AP sembrerebbe insinuare, non pare verosimile se non altro perché della spedizione fa parte il colonnello medico Ata Ullah, che rappresenta ufficialmente il Governo pakistano e che, avendo preso parte anche alla spedizione americana di Houston l'anno scorso, gode tra i montanari di quelle valli un grande ascendente.

«Corriere della Sera», 8 giugno 1954

Non è escluso che qualcuno in Italia possa ascoltare la radio di Desio

La difficoltà di ricevere notizie dal campo-base degli alpinisti italiani che si propongono la scalata del K2, seconda vetta del mondo, nel Karakorum, ha fatto sorgere nel pubblico la domanda: come mai una spedizione simile, organizzata sì entro limiti di tempo alquanto angusti ma con notevole larghezza di mezzi, non si è provveduta di una radio capace di trasmettere dal campo-base notizie che arrivassero con sicurezza al consorzio civile o almeno fino a Skardu, ultimo centro abitato di una certa importanza?

Prima di tutto va notato che, nel provvedere i materiali, si è soprattutto curato, e giustamente, *ciò che poteva servire a raggiungere la cima*. Tutto il resto è passato in seconda linea. Ora la trasmissione di notizie dal campo-base non è di alcuna utilità per il successo dell'impresa; ne possiamo fare gran conto noi, ansiosi di fresche informazioni, ma agli effetti della scalata non ha la minima importanza.

Questo criterio ha fatto sì che, in fatto di apparecchi radio, ogni preoccupazione si è concentrata sugli apparecchi *utili all'impresa* e specialmente su quelli che permetteranno il collegamento radiofonico tra il campo-base e i successivi campi, oppure tra questi ultimi. In secondo luogo si è cercato di avere un collegamento tra i campi-base più avanzati e le pattuglie di punta avventuratesi in direzione della vetta. Solo in terza istanza ci si è interessati di un apparecchio che permettesse di comunicare a distanza con i centri abitati.

La spedizione quindi dispone di tre tipi di apparecchi.

Il primo – destinato a funzionare tra un campo e l'altro – si può considerare nel genere uno strumento modernissimo e nettamente preferibile a quello usato dalla spedizione inglese all'Everest dell'anno scorso. I suoi dati caratteristici sono: potenza, 2 watt di uscita in telefonia con modulazione di ampiezza; frequenza, 104 megacicli (circa 3 metri di lunghezza d'onda) onda prefissata a quarzo; peso, 4 chili; alimentazione in corrente continua con batterie argento zinco che pesano due chili; peso totale, quindi, sei chili (quelli inglesi pesavano kg. 6,350). Può essere portato a spalla o a mano e funziona fino a 40 gradi sotto zero, cioè anche all'aria aperta e nelle ore più fredde. L'antenna è montata nell'apparecchio ed estraibile. Completamente stagno, non teme gli agenti atmosferici. La portata in visione diretta è di 10 chilometri, quindi ce n'è di avanzo per l'uso a cui è destinato.

C'è poi un apparecchio ancora più piccolo, realizzato in Italia, che rappresenta una assoluta novità e che le cordate di punta potranno portare con sé anche alla cresta sommitale per tenersi in continuo collegamento con i campi più alti. Caratteristiche: potenza, 0,5 watt; frequenza, 104 megacicli (circa 3 metri) modulati in ampiezza. Peso complessivo, con gli accessori e le pile, kg. 1,800. Le pile a secco alimentatrici saranno tenute aderenti al corpo dato che al freddo la loro potenza diminuisce. La piccola antenna sporge sopra la bombola d'ossigeno, cosicché l'alpinista può parlare in marcia senza levare il passamontagna né i guanti né altri indumenti; egli non ha che da premere con la mano un tasto legato alla cintura. Il microfono è stato sostituito da un laringofono. Portata, circa 1500 metri.

La stazione-radio che dovrebbe infine poter comunicare con i centri abitati, a cento e più chilometri di distanza (tra Skardu e il campo-base in linea d'aria ci sono giusto 100 chilometri) ha invece le seguenti caratteristiche: potenza, 20 watt, telefonia a modulazione d'ampiezza, quattro onde prefissate a quarzo, due sui 95 metri (3100 chilocicli), e due sui 54 metri (5500 chilocicli). Si era prevista la possibilità di trasmissione con onde superficiali fino a circa 30 chilometri, con onde indirette fino a 150-200 chilometri. Successive onde indirette possono far raggiungere anche distanze superiori, ma non vi si può fare assegnamento. L'alimentazione è assicurata da batterie di accumulatori argento zinco ed eventualmente da un piccolo gruppo elettrogeno fabbricato apposta. Peso complessivo, senza il gruppo elettrogeno, 19 chili.

Questa stazione – va sottolineato – costituisce un di più, che Desio s'è voluto portare sul Baltoro *nella speranza ma non nella sicurezza* di poter farci avere immediate e continue notizie. Fin da principio infatti si sapeva che le eccezionali condizioni d'ambiente, caratterizzate dalla presenza di immense catene montane, potevano frustrare i tentativi di comunicare direttamente con Skardu e rendere incerte le trasmissioni, relativamente più facili, con le città della pianura. Il mancato collegamento non costituisce quindi una sorpresa. Del resto non è escluso che nei prossimi giorni i radiomessaggi di Desio vengano uditi a Skardu (dove funziona una stazione impiantata dall'ONU) o anche molto più lontano perché talora da grandi distanze si riceve meglio che da vicino. Teoricamente non è neppure assurdo immaginare che qualche fortunato amatore riesca, in ore eccezionalmente favorevoli, a intercettarli anche qui in Italia. Con potenze dell'ordine di 20 watt, nelle trasmissioni fra radiodilettanti si sono talora superate le distanze anche maggiori. Onestamente però va detto che manca la assoluta *sicurezza tecnica* di comunicare dal campo-base con il consorzio abitato.

Benché il confronto possa apparire superfluo, possiamo infine ricordare che la vittoriosa spedizione Hunt all'Everest, oltre a un normale apparecchio per ricevere i bollettini meteorologici (ciò che la stazione di Desio ampiamente consente), disponeva solo di apparecchi tipo *walkie-talkie* (quelli usati nell'ultima guerra dall'Esercito americano che permettevano di trasmettere e ricevere anche in marcia) a cui erano state apportate varie modifiche. Le comunicazioni col mondo civile erano affidate esclusivamente alle staffette. E, almeno leggendo il libro di Hunt, si ha l'impressione che anche gli apparecchi per le trasmissioni fra un campo e l'altro funzionassero se e in quanto. Prova ne sia che la notizia della vittoria giunse al campo IV, che era la base avanzata, solo per mezzo di segnalazioni a vista.

«Corriere della Sera», 13 giugno 1954

Una grande notizia

Hanno vinto! Da parecchi anni gli Italiani non avevano avuto una notizia così bella. Anche chi non si era mai interessato d'alpinismo, anche chi non aveva mai visto una montagna, perfino chi aveva dimenticato che cosa sia l'amor di patria, tutti noi, al lieto annuncio, abbiamo sentito qualche cosa a cui si era persa l'abitudine, una commozione, un palpito, una contentezza disinteressata e pura. E con la fantasia abbiamo cercato di vedere i due vittoriosi sul pinnacolo ultimo del colosso diecimila volte più grande di loro, e i compagni appollaiati sugli spalti della ciclopica parete, simbolo minuscolo di un esercito schierato in profondità per la battaglia decisiva: tutti bravissimi, tutti degni di essere citati all'ordine del giorno del Paese. «Gloria», «trionfo» sono le parole che gli Inglesi, per cui l'antiretorica è legge nazionale, hanno adoperato senza risparmio l'anno scorso quando venne vinto l'Everest. Perché oggi non dovremmo usarle noi?

E poi, una invidia immensa: ecco il sentimento che abbiamo provato all'idea di quei due uomini in cima alla seconda vetta della Terra: così come quando, da bambini, si invidiavano gli eroi che sconfiggevano i draghi e gli orchi delle fiabe. «Sublime» è un vocabolo rischioso, a cui ricorrere solo nelle occasioni eccezionali. Eppure non ci resta altro per definire ciò che sicuramente è avvenuto nell'animo degli alpinisti in quell'ora memorabile.

Guardateli: spossati dalla fatica sovrumana, imprigionato il volto dalla maschera d'ossigeno che dà la vita ma è anche un tormento, infagottati dai giacconi imalaiani gonfi di piuma, simili a due goffi fantocci che, esaurita la carica, si muovono al rallentatore, già in preda forse alle misteriose allucinazioni degli ottomila metri, ridotti quasi a un pallido ricordo di se stessi, costretti a risparmiare anche i minimi movimenti, ché lassù semplicemente alzare un braccio costa un estenuante sforzo, all'ultimo confine delle risorse fisiche, oltre il quale c'è la morte. Ma ora pensate alla tremenda felicità che deve aver sopraffatto i loro cuori: quella suprema solitudine, sparita l'ossessionante sagoma che da mesi incombeva su di loro, più nulla al disopra tranne il cielo, e tutto intorno, fino a perdita d'occhio, lo sterminato arcipelago del Karakorum, ghiacciai inesplorati, catene gigantesche, vitree cattedrali, picchi paurosi, tutti, assolutamente tutti più bassi di loro. E quell'improvvisa pace interna dopo tanta tensione e tanti orgasmi, e il ricordo della casa lontana, e, legata alla piccozza, la bandierina di tre colori che finalmente sventola! Meravigliosa estasi non fatta di appagate ambizioni personali, di celebrità raggiunta, di sfrenato amore di se stessi, ma che veniva dalla coscienza di aver compiuto una gesta in sé splendida e nobile, di avere bene meritato della patria.

Per loro una rarissima felicità che le parole non possono descrivere, ma anche per noi tutti, Italiani, una vera e grande gioia. Ce n'è motivo in abbondanza. Ricordiamoci di certe esplosioni di esultanza collettiva perché uno dei nostri era arrivato primo al Tour o perché la squadra azzurra aveva vinto una importante partita all'estero. Non che si voglia disprezzare queste cose, ma al confronto che cosa meriterebbero oggi gli uomini di Desio?

Era, dopo la caduta dell'Everest, la più superba e ardua rocca che restasse da conquistare. Era la massima fra le ultime superstiti occasioni che la Terra offrisse per misurare la nostra forza d'animo, la sfida più temeraria dell'uomo piccolissimo alla immensità della Natura selvaggia, ostile e sconosciuta. Era il traguardo più ambito per gli alpinisti dell'intero mondo. Era l'esame più sgomentante non solo delle energie fisiche e dell'abilità tecnica, il che avrebbe ben poca importanza, ma della tenacia, dell'intelligenza, della serietà, del disinteresse, soprattutto delle qualità morali: il saper trovare un'ultima particella di volontà quando tutto, intorno, sembra dire: «Hai fatto perfin troppo, non vedi che non ce la fai più? Rinuncia!»; il tener duro fra i patimenti non per qualche breve ora bensì per lunghe settimane, per lunghissimi mesi: il resistere alla solitudine che in quei glaciali esilii opprime e schianta i temperamenti più orgogliosi; l'obbedire non già alla voce, così seducente, della vanità personale o del guadagno, ma alla disciplina di un interesse collettivo per cui chi magari ha dato più di tutti deve all'ultimo momento cedere il passo al compagno, per cui la gloria, se mai ci sarà, dovrà essere equamente spartita, per cui bisogna pensare più agli altri che a se stessi e per gli altri, se occorre, dare la propria vita.

Perciò tali conquiste – che da un punto di vista strettamente materiale possono sembrare addirittura futili (e c'è perfin qualcuno che dice «Son pazzie») – sono tenute nel maggior conto dai popoli civili come segno di virtù magnanime. Perciò l'anno passato la salita dell'Everest parve il più splendido dono offerto alla regina incoronata e l'ammirazione unanime di tutte le nazioni circondò gli scalatori dell'*équipe* britannica. Perciò la spedizione italiana è stata seguita in tutto il mondo con un interesse quasi febbrile, a cui per la verità si mescolarono talora anche ombre di diffidenza e gelosia. Perciò oggi, con riconoscenza, noi possiamo dire: onore a chi toccò la cima, onore a Ardito Desio e a tutti i suoi prodi compagni. E dobbiamo congratularci pure con quanti – dirigenti e soci del Club Alpino Italiano – senza partecipare personalmente alla scalata, ne hanno saputo tuttavia creare le basi organizzative necessarie. Così come è doveroso apprezzare il generoso aiuto offerto dalle autorità del Pakistan, mentre un pensiero grato va ai componenti delle meno fortunate spedizioni americane; quelle di Houston del 1938 e del 1953, quella di Wiessner del 1939, che si avventurarono sui fianchi del gigante: i loro audaci tentativi, è giusto ammettere, sono stati una delle premesse più importanti del nostro successo.

C'è poi un motivo che dà alla vittoria sul K2 un significato specialmente patetico ed umano. È la croce che sorge ai piedi del picco imalaiano presso il campo-base sopra un solitario tumulo di pietre e porta scritto: «Mario Puchoz», il nome della giovane guida valdostana uccisa, durante la prima fase della scalata, da una fulminea polmonite. Oggi la notizia del successo avrà rinnovato fatalmente nella sua casa di Courmayeur amarissimi rimpianti. «Era così forte. Poteva essere lui a raggiungere la cima!» Questo pensiero assillerà tormentosamente i familiari del caduto con la crudeltà delle ingiustizie. Tuttavia l'annuncio deve essere stato loro di conforto. Le forze per raggiungere la cima, gli altri le hanno tratte anche dal ricordo del bravo compagno, dalla volontà di onorarne la memoria. Questa non è retorica. Puchoz insomma non è morto inutilmente, a lui spetta una parte della gloria.

E adesso, dove saranno gli uomini che hanno visto il mondo da così grande altezza? Avranno potuto già ridiscendere alla base? O saranno ancora bloccati a metà della parete, chiusi in un'angusta tenda crepitante alle raffiche del vento? Lungo, oltre che aspro e travagliato, è stato il cammino alla vetta, lunga è pure la strada che riporta in basso dove gli dei della montagna non possono più fare paura. Il colosso umiliato cercherà ora di vendicarsi scatenando la bufera? Il maltempo – l'infernale maltempo dell'Imalaia contro cui le forze umane sono pressoché zero – tenterà di tagliare ai nostri la via del ritorno? Troppo tardi. I più forti oramai sono loro, con la sua luce la vittoria li accompagna.

«Corriere della Sera», 4 agosto 1954

Si «ritrovano» a Courmayeur i valorosi conquistatori del K2

Le cronache di onoranze, cerimonie e simili non sono mai per il pubblico molto appetitose, eppure le feste che Courmayeur ha fatto ieri ai vincitori del K2 è bene siano conosciute; e con ogni probabilità, per motivi che diremo, meriteranno almeno un cenno nella storia della gloriosa spedizione, all'ultimo capitolo.

Da quando avevano lasciato il Caracorum era la prima volta che gli uomini del K2 si trovavano riuniti tutti insieme alla presenza delle grandi montagne. E questo, dal lato psicologico, ha la sua importanza. Di festeggiamenti, gli alpinisti vittoriosi, ne hanno già avuti moltissimi e grandiosi, basti pensare alle indimenticabili giornate milanesi. Ma le città in queste cose presentano un inconveniente. Avete mai notato come gli uomini della montagna, se discendono in pianura, risultano in un certo senso un poco appannati, diminuiti, addirittura meno belli? Questo senso di sfasatura, di impossibile coincidenza fra due mondi, si ebbe per esempio nettissimo quella sera al Teatro alla Scala, quando le guide di tutte le vallate sedettero in platea per assistere ai balletti. Per molti versi fu bello e commovente. Eppure già al primo intermezzo si videro delle vecchie e gloriose guide filarsela di soppiatto con l'aria di ragazzini che bigiano la scuola. Era una istintiva insofferenza, una incapacità di respirare un'aria così diversa dalla loro. In quanto poi agli scalatori del K2, assediati senza tregua da folle smaniose, erano spaesati più di tutti. Felici, forse, di così grande onore, ma assolutamente imbarazzati e fuori tono.

Invece ieri a Courmayeur per la prima volta essi si sono veramente «ritrovati». Benché sia celebratissimo luogo di villeggiatura estiva, benché si avvii, con le sue audacissime funivie e i superbi alberghi, a diventare anche uno dei maggiori centri di sport invernali, Courmayeur conserva ancora intatta, grazie a Dio, una atmosfera romantica e severa in cui i nomi di leggendarie guide si intrecciano confusamente con quelli di Edmondo De Amicis, di Giacosa, di Carducci. Basta del resto la potente bastionata che la domina, il Monte Bianco, cioè, con le sue guglie formidabili, a garantirle un tono. Ieri poi, completamente bianca, la valle era più che mai adatta a ricreare, sia pure in ridotta proporzione, il clima del lontanissimo Himalaia.

Ma, oltre allo scenario, tutto era perfettamente in stile: così il ricevimento in Municipio con le parole del vecchio sindaco Glarey, così la consegna ai vincitori delle bellissime piccozze, fatte fare apposta dall'ultracentenaria Société des Guides, e ai familiari di Puchoz di una medaglia d'oro della Giunta provinciale di Milano; così la sfilata attraverso il paese di tutte le guide, fra cui erano parecchie celebri dei vecchi tempi, come Evaristo ed Eliseo Croux, Adolfo ed Henri Rey, Brocherel e Barreux; così la patetica Messa cantata in suffragio di Mario Puchoz nella chiesa dove egli pregò prima di partire e dove il parroco don Cirillo ha benedetto le dodici piccozze; e perché no, anche il pranzo con i discorsi di Pareyson, presidente del Consiglio della Valle, e del dott. Sincero che è di Courmayeur insieme il medico condotto e una classica istituzione, pranzo che ha visto gli scalatori del Caracorum mescolati con i veterani del Monte Bianco, con i membri della commissione del Club Alpino, con i più noti accademici che su queste cime hanno compiuto tante imprese da Renato Chabod a Guido Rivetti, dall'accademico Piero Ghiglione al famoso Riccardo Cassin, da Ugo Vallepiana a Leonardo Bonzi. Il Conte Titta Gilberti, presidente della Société des Guides, non è stato soltanto un perfetto organizzatore e un amabilissimo padrone di casa, ma ha fatto sì che tutti, e specialmente quelli del K2, si sentissero in famiglia. Per brevi ore a Desio venuto con la moglie (ieri era il 23° anniversario del suo matrimonio), a Compagnoni, a Lacedelli e a tutti gli altri compagni è sembrato forse di fare un salto indietro e di ritrovarsi al «campo-base».

Qualcuno diceva ieri sera che Courmayeur era riuscita a realizzare la «riconciliazione». È una parola fuori posto: per esserci riconciliazione deve esserci stata prima guerra e guerra assolutamente non c'è stata. Certo si è avuta l'impressione che l'incontro di ieri abbia finalmente dissipato le eventuali ombre, dissapori, malintesi. In varie pubblicazioni si è insistito nei mesi scorsi su pretese polemiche, malcontenti e screzi che avrebbero diviso Desio dal gruppo degli alpinisti. È stato, si può dire, un tipico esempio di come gli appassionati del pettegolezzo possano turbare dall'esterno una pacifica famiglia. In realtà, durante la spedizione, e l'ha chiaramente confermato ieri Desio, non c'è mai stato il minimo dissidio. Tutte le chiacchiere che sono state fatte dopo, conviene pur dirlo senza complimenti, non avevano nessun serio costrutto, quando non erano addirittura delle ridicole sciocchezze.

La spedizione Wiessner al K2 del 1939, la tedesca al Nanga Parbat del 1953, quelle sì hanno visto delle situazioni gravi e delicate. Lo stesso Hunt, capitano dell'*équipe* inglese che scalò l'Everest, ebbe dei giorni alquanto difficili. Niente del genere è capitato ai nostri. Che lo stesso travaglio imposto dallo sforzo e dall'altezza possa inasprire gli animi lo documenta del resto nella sua relazione lo svizzero Dittert che si batté con l'Everest: compagni di cordata, vecchi amici, si coprivano di insulti, ma appena riforniti di ossigeno tornavano di colpo buoni e comprensivi. E che poi i soldati nelle trincee di prima linea possano qualche volta parlar male del comandante, il quale necessariamente sta indietro, questo rientra nella normalità delle cose. È il classico diritto al mugugno provvidenziale per scaricare i nervi. Inoltre nessuno a questo mondo è perfetto e se si lavora di malignità è facile persino smantellare un santo. Ma da questo a parlare di rottura, astio, o simili c'è una bella differenza.

Del resto lo si è visto ieri: tornati fra le montagne, proprio là donde partì il loro compagno caduto nell'impresa, lontani dalla pianura dove allignano i suggeritori di cavilli e i soffiatori nel fuoco, senza bisogno di mediazioni o diplomazie, quelli del K2 si sono lealmente stretti la mano. In chiesa, dinanzi all'altar maggiore, c'era un tavolino coperto di un drappo nero. E sopra, due piccozze e una corda arrotolata, coperte di garofani. Sopra ancora un ritratto di Puchoz con la candida e onesta faccia che sorrideva, fissando i compagni, vivi, i quali assistevano alla messa. E pareva che dicesse loro: «Ricordatevi qualche volta di me, vorrei che rimanessimo per sempre buoni amici, questa grande vittoria che ha fatto invidia al mondo è un poco anche merito mio, mi dispiacerebbe che venisse immiserita. Per gli italiani, ricordatevi, voi siete degli eroi; tali vorrei che rimaneste sempre». Così diceva. E forse questo ha servito.

Poi, fuori della chiesa, forse ha servito anche lo spettacolo dei picchi che incombevano impietriti nel ghiaccio, che a loro volta, con la caratteristica voce insieme solenne, saggia e ironica fatta di immobile silenzio, trasmettevano un messaggio: «Uomini che siete stati degni di noi grandi montagne» dicevano «cercate di non discendere, non vogliate troppo bene a voi stessi perché questo è un povero bene che lascia la bocca amara; pensate che fra mille, duemila anni, noi montagne saremo tali e quali ci vedete oggi, tra mille anni, conquistatori del K2, anche un pezzetto della vostra giusta gloria rimarrà. Ma voi, ma voi?».

«Corriere d'informazione», 31 gennaio-1° febbraio 1955

Un anno fa sul K2

Oggi è sabato. Le tre del pomeriggio, per esempio. Voi aprite il giornale, leggete per caso queste righe. A quest'ora, esattamente un anno fa, il tramonto impallidiva sulla cupola suprema del K2, sui misteriosi pinnacoli di ghiaccio che non avevano mai visto l'uomo, cadevano i lividi velari del crepuscolo e cominciava la tormentosa veglia di due uomini, decisi a tentare l'indomani l'ultimo azzardo, a giocare la vita pur di piantare una bandierina sulla cima.

Gli anniversari sono come se uno, dopo aver fatto il giro del mondo, torni a passare per quel posto ma un po' staccato, quasi lo sorvolasse anziché poggiarvi i piedi; e ogni anno il passaggio avviene a una quota maggiore e sotto di noi si vede sempre, intatto, l'avvenimento di cinque, dieci, quindici anni fa, però sempre più piccolo e lontano.

Ma per il K2 sono passati appena 12 mesi e sebbene già sfocati un po' dal tempo, riusciamo ancora a distinguerli benissimo, Compagnoni e Lacedelli, raggomitolati sotto l'angusta tenda del campo IX, un microscopico puntino su una cresta, una delle mille e mille creste del gigante che incombe sul versante sudest, precipitando in un allucinante abisso e laggiù in fondo, se osservate bene, sul bordo del ghiacciaio che scende, immobile, con la maestà di un fiume, potete distinguere le tende del campo-base, dove Desio aspetta la notizia; ma forse è troppo tardi, nel fondo della valle c'è già buio.

Le quattro del pomeriggio nostro del 30 luglio 1954. Sul K2

sono già le nove perché il sole di là nasce e tramonta con un anticipo di 5 ore rispetto a noi. Ci si vede appena grazie a quella fosforescenza lasciata dal sole sulle vette e che ne conserva il ricordo lungamente. Abbastanza però per scorgere Compagnoni e Lacedelli uscire dalla tenda e guardare in giù, verso l'infida lastronata per cui sono saliti. E se ne odono anche le voci. Chiamano. Urlano, nonostante abbiano le gole ulcerate da tanto l'aria è secca. Chi chiamano? Che dicono?

Cento metri più sotto il buio ha sorpreso due loro compagni, Bonatti e l'*hunza* Mahdi che insieme ad Abram sono saliti a portare le bombole d'ossigeno. Abram è già ridisceso al campo VIII. Bonatti vorrebbe invece proseguire e raggiungere la tendina di Compagnoni e Lacedelli. Il dislivello è di appena cento metri. Ma quei cento metri, nelle tenebre, vorrebbero dire la sicura morte tanto insidioso è quel ripidissimo pendio di placche smaltate da malferma neve. E perciò Compagnoni e Lacedelli gridano al compagno di fermarsi, di lasciare là l'ossigeno e di tornare al campo VIII. Anche Bonatti, da sotto, grida ma non si capisce, il vento spezza e porta via le voci.

Poi anche l'ultima fosforescenza del ghiaccio se ne va, profonda notte, solo le stelle, che illuminano poco benché siano a miliardi, tante come ben pochi uomini hanno visto dalla superficie della Terra (esattamente un anno fa, alle cinque del nostro pomeriggio). Poi le voci finiscono, si fa il silenzio spaventoso degli ottomila metri. Compagnoni e Lacedelli non si vedono più. Distesi di costa in quel budello di tendina, tentano di farsi un po' di caldo stringendosi l'un l'altro. Soltanto i loro piedi sporgono dal minuscolo riparo. E credon di essere completamente soli. Credono che Bonatti sia tornato indietro. Non sanno che il giovanissimo compagno e l'*hunza* sono costretti a bivaccare senza riparo a cielo scoperto, dopo essersi scavati nella neve una illusoria tana. E lentamente le stelle nel loro moto eterno passano silenziose sopra la cima che li aspetta.

Ma in realtà è passato un anno. Come un anno fa a quest'ora il crepuscolo oggi risale con le sue folate di ombra i fianchi immensi della montagna chiamata K2. Ma gli uomini non ci sono più. Non echeggiano più voci fra gli abissi. Anche le tende, abbandonate sul posto, non si vedono più, schiantate dal vento e dalla neve. Né sulla vetta si scorgono, incastonate nel ghiaccio, le bombole d'ossigeno lasciate lassù dai vincitori. Tutto è morto. Tutto è tornato alla selvaggia solitudine dei tempi primordiali.

Proprio tutto? No. Ai piedi del gigante una piccola rustica croce ancora sta a far da sentinella. È la tomba di Puchoz, una delle più patetiche e solitarie sepolture della Terra. Gli altri sono tornati in Patria e a poco a poco, fatalmente, diventano diversi da ciò che furono in quei grandi giorni, perdono fatalmente la luce pura che li illuminava. Lui è rimasto, invece. E chissà – se questo non è romanticismo un po' retorico – che di notte, con l'estrema leggerezza degli spiriti, egli non salga sulla estrema cresta e qui incontri gli altri, rimasti al par di lui per sempre sulla montagna troppo amata: l'americano Gilkey, l'americano Wolfe, gli *sherpas* Pasang Kikuli, Pasang Kitar e Piusoo; e che insieme parlino per ore e ore, serenamente, delle patrie lontane, dei ricordi della fanciullezza, delle notizie che il vento forse porta dal mondo cosiddetto civile fin lassù, e che lassù risultano quasi incomprensibili; e che quando per caso arriva l'eco di ciò che in Italia il K2 ha portato, eco magari di piccole miserie, di invidie, di vanità, di meschini litigi, il buon Puchoz scuota l'evanescente capo. E rida.

«Corriere d'informazione», 30-31 luglio 1955

Un «Libro bianco» di Desio sulla spedizione al K2

«Per essere sinceri, sapete che cosa ci ha stupito di più nella vostra impresa?» si sentì dire Ardito Desio quando era in America per presentare il film sulla conquista del K2. «Ci ha stupito il fatto che voi Italiani siate riusciti ad andare così d'accordo.»

Era un'allusione ai dissapori e ai contrasti sorti fra i membri di altre grandi spedizioni imalaiane, come quella al Nanga Parbat. Ma ci può far ridere – un riso alquanto amaro – se si pensa alle polemiche che, fin dal ritorno dei nostri alpinisti in Patria, hanno gettato un'ombra sulla stupenda impresa; e che non sono ancora finite.

Si cominciò con dei pettegolezzi. La smania di scovare e accentuare in ogni avvenimento qualsiasi possibile aspetto scandalistico – purtroppo uno sport oggi di moda – fece il resto. Con anticipo sulla relazione ufficiale di Desio venne pubblicato addirittura un grosso volume che non era se non un libello tendenzioso contro il capo dell'impresa. Intorno agli alpinisti, bravi e semplici ragazzi per lo più, si trovarono persone interessate, chissà come, a istigarli, ad aizzarne gli eventuali piccoli rancori, a fomentarne vanità e rivendicazioni. E il bel risultato fu – come tutti ormai sanno – la divisione in due campi avversi di coloro che in un modo o nell'altro avevano partecipato o si erano occupati della spedizione. Una maggioranza (numerica) contro una minoranza. Ma non era sintomatico che questa minoranza fosse composta proprio dalle tre persone che, nel rispettivo campo, avevano fatto più di tutti gli altri? Vale a dire il prof. Desio, promotore, organizzatore, e realizzatore della impresa; Achille Compagnoni che non solo diresse per esplicito incarico l'attacco finale, ma ne fu realmente l'anima, e giunse con Lacedelli alla vetta; e Vittorio Lombardi, vicepresidente della Commissione esecutiva del Club Alpino Italiano, tesoriere della spedizione e braccio destro di Desio per la parte finanziaria.

Poi si delineò l'azione di Achille Compagnoni, rivendicante il diritto a una parte dei proventi del film; poiché se gli sembrava giusto non ricevere un centesimo nel caso che i profitti della pellicola fossero andati tutti al CAI come ente morale, ciò non gli pareva più ammissibile se dei privati, che non avevano rischiato assolutamente nulla e non avevano partecipato alla spedizione, avessero tratto vantaggio economico da una pellicola il cui episodio saliente era stato personalmente realizzato da lui, col sacrificio di alcune dita della mano, senza contare il rischio della vita derivante dal sia pur minimo indugio sulla vetta, nell'imminenza del buio, con circa 40 gradi sotto zero.

In tanta diatriba, Desio, principale bersaglio di attacchi e di insinuazioni d'ogni genere, non aveva aperto bocca, sperando che il suo silenzio scoraggiasse i detrattori, anche col pericolo che il pubblico dicesse: se gliene dicono tante e lui sta zitto, vuol dire che gli altri hanno ragione. E probabilmente avrebbe mantenuto questo atteggiamento, di per sé saggio e lodevole, se nel fascicolo 9-10 del 1955 la «Rivista Mensile» del CAI, in risposta alla citazione da parte degli avvocati Giovanni Bovio e Paolo Truosolo, procuratori di Achille Compagnoni, non avesse pubblicato un lunghissimo memoriale intitolato: *La spedizione del K2 negli atti e documenti del CAI raccolti, ordinati e presentati da Giovanni Bertoglio, Renato Chabod e Silvio Saglio* (rispettivamente direttore del periodico, vicepresidente e vicesegretario generale del sodalizio). *Battute introduttive, polemiche e no.*

Questo memoriale, corredato da lunghe citazioni di verbali di sedute, lettere e documenti, tendeva a dimostrare soprattutto che: Ardito Desio non era l'uomo più adatto, per le sue «non eccelse qualità alpinistiche» a capeggiare la spedizione, ma da un complesso di circostanze i dirigenti del CAI si trovarono praticamente costretti a scegliere lui; soprattutto allo scopo di ottenere, attraverso il Consiglio nazionale delle ricerche, i fondi necessari del Governo; che Desio figurò come unico capo della spedizione perché rifiutò di condividere il comando con un vero alpinista, cioè Riccardo Cassin; che l'iniziativa della spedizione fu del CAI; che i contrasti con Desio furono dovuti al suo despotismo, alla sua insubordinazione e al suo carattere che lo mise in urto con la maggioranza degli alpinisti; che la spedizione scientifica sul Karakorum del 1955 non costituiva affatto il completamento di quella del 1954 e che quindi Desio non aveva alcun titolo per chiedere al Consiglio nazionale delle ricerche di essere finanziato con una parte dei fondi erogati dallo Stato l'anno precedente; insomma, per riassumere, che era stato il Club Alpino a ideare, organizzare e finanziare la impresa e che Desio non era che un mandatario del CAI stesso. Ne doveva risultare – scopo implicito della pubblicazione – che appartengono al CAI tutte le rimanenze attive della spedizione, compreso il film *Italia K2* o relativi utili.

A questo punto Desio, contro il quale era rivolto in special modo il memoriale, si è visto costretto a rompere il silenzio e a dire finalmente la sua. La pubblicazione del CAI, motivata dalla causa per il film, si risolve infatti più che altro in un violento attacco contro Desio, che a quella vertenza giudiziaria è estraneo. Ecco il motivo del suo *Libro bianco in margine alla conquista del K2* che l'editore Garzanti oggi pubblica. «Tacere più a lungo» dice l'autore «significherebbe avallare tutto ciò che di non vero è stato detto e scritto sul conto della spedizione, dei miei più vicini collaboratori e sul conto mio.»

Sarebbe qui troppo lungo entrare nel merito della circostanziata «legittima difesa» esaminando le singole argomentazioni e documentazioni esposte da Desio, alle quali segue un breve scritto di Vittorio Lombardi. Né spetta a noi stabilire chi ha ragione e chi ha torto. Pensiamo che al lettore del fascicolo siano offerti abbastanza elementi per un giudizio spassionato. Vale piuttosto la pena di fare qualche osservazione complessiva.

Riuscirebbe comprensibile, se non giusto, che contro Desio si fosse scatenata tanta bufera se la spedizione fosse tornata a mani vuote. Ma la vittoria c'è stata, e che vittoria; sul conto della quale non solo la maggioranza del pubblico ma perfino alcuni degli stessi membri della Commissione esecutiva erano di uno scetticismo nero. Un successo di risonanza mondiale che ha suscitato un moto di legittimo orgoglio in tutti gli Italiani. Eppure, sul responsabile di questa vittoria si è rovesciata una cateratta di accuse e cattiverie di ogni sorta. Tanto che viene da domandarsi: che cosa sarebbe toccato a Desio se, per circostanze avverse non imputabili agli uomini, la vetta non fosse stata raggiunta?

Si è detto che Desio, a differenza di Hunt e di Houston, per esempio, non era un grande alpinista, bensì «uomo da campo-base». Ma Desio non ha mai avuto la pretesa di poter salire in cima. La sua posizione tecnica e morale in proposito era chiarissima in partenza. D'altra parte le responsabilità se le era assunte tutte *in proprio*. Ora pretendere ch'egli dovesse far parte del gruppo d'attacco è semplicemente una cosa insensata.

Si è detto che Desio, per il suo carattere freddo e autoritario, non abbia saputo creare la desiderabile atmosfera di calore cameratesco e abbia determinato una barriera di gelo fra sé e gli alpinisti. Ammettiamo pure che in Desio ci possa essere più lo scienziato che il *vecio alpin*, che non ci sia stata fra lui e gli alpinisti una assoluta fusione spirituale. E con questo? Si son mai visti dei soldati fare il processo al generale che li ha portati alla vittoria accusandolo di scarsa socievolezza?

Si è detto che Desio è un ambizioso e che ha cercato di figurare lui come il solo artefice della vittoria lasciando in ombra gli alpinisti che avevano rischiato la vita. Una ben strana ambizione la sua: una volta conquistata la seconda vetta del mondo, invece di tornare in patria a lucrare il meritato plauso, restarsene per mesi e mesi sui ghiacciai del Karakorum, intento alle ricerche scientifiche, tagliato fuori dal mondo, mentre i compagni venivano acclamati e portati in trionfo. Bisogna ammettere che per una persona sfrenatamente assetata di onori come lui era un singolarissimo modo di procedere.

Circa poi la paternità dell'impresa e il merito dell'organizzazione, negarli a Desio sembra un assunto veramente troppo arduo, per quanto ci si possa attaccare alla lettera di verbali e documenti. E sentir parlare di «scelta di Desio» da parte del Club Alpino fa un effetto assai curioso.

Per Desio, legatissimo al CAI e del CAI consigliere, chiedere il patrocinio del glorioso sodalizio fu, più che logico, istintivo. Ma nell'assurda ipotesi che della spedizione al K2 il CAI non avesse voluto sapere, non c'è dubbio che Desio l'avrebbe realizzata ugualmente: in quanto ad enti patrocinatori, c'era già il Consiglio nazionale delle ricerche e se ce ne fosse voluto un secondo, o un terzo, non sarebbe rimasto che l'imbarazzo della scelta. Al contrario, senza Desio, chi sarebbe, non diciamo andato in vetta al K2, ma semplicemente partito per il Pakistan?

(Certo, se si pensa a quella ormai lontana sera sulla suprema vetta, a quei due uomini trasfigurati da uno sforzo e da una felicità sovrumani, alla bandierina tricolore sventolante sopra il mondo, tutte queste, al paragone, sono piccole miserie. E dispiace vederle rimestare.)

«Corriere della Sera», 27 marzo 1956

APPENDICE

In questa Appendice sono raccolti tre dei primi articoli scritti dal giornalista di montagna Dino Buzzati, seguiti dalle pagine del suo taccuino personale di scalatore riguardanti una vacanza alpinistica in Cadore. Sia i primi che le seconde risalgono all'inizio degli anni Trenta e appaiono fondamentali per capire che cosa volesse dire «andare in montagna» in quell'epoca.

GLI ARTICOLI

Studente precipitato dal Vaiolet *(24 luglio 1928), pezzo non firmato né siglato, rappresenta il debutto assoluto di Dino Buzzati sulle colonne del «Corriere della Sera» dove era entrato quattordici giorni prima, il 10 luglio. Ma l'articolo è importante anche per un'altra ragione: il fatto di riguardare la morte in roccia di Alessandro Bartoli, amico di Buzzati dai tempi della scuola, nonché suo compagno di ascensioni. Gli altri due articoli,* Ritorno dalle cime, *del 1929 (non firmato), e* Non dipendere dalla stufa, *del 1934, sono invece stati scelti tra i numerosi che il cronista Dino Buzzati scrisse per raccontare i raduni delle «piccozze milanesi» del* CAI *prima e dei Giovani fascisti universitari dopo. Sono quelli più esplicitamente letterari, esemplari per comprendere l'atmosfera che vi si respirava e il rapporto dei giovani di allora con le cime.*

IL TACCUINO

Le pagine del libretto personale del «Buzzati scalatore» fanno parte del primo di due taccuini che descrivono le sue campagne alpinistiche nell'estate del 1930 (dal 16 al 28 giugno il primo e dal 5 all'11 settembre il secondo). Dino Buzzati, che ha quasi 24 anni, annota con precisione e cadenza quotidiana le varie ascensioni compiute con la guida Giuseppe Quinz, di Misurina. Accanto alla cronaca di ogni passaggio, emergono però anche preziose informazioni sulla sua vita in montagna, dall'alimentazione alla cura dell'attrezzatura, dal contenuto del suo zaino – nel quale non mancano mai la macchina fotografica e l'armonica a bocca – ai momenti dedicati alla scrittura. Non solo: quegli appunti personali, certamente non destinati alla pubblicazione e quindi scanditi da una punteggiatura e da grafie «da appunto», qui restituite nel pieno rispetto della versione originale, offrono un quadro delle strutture turistiche del tempo, dai trasporti ai rifugi: l'affresco «in diretta» di un'epoca perduta, quando le bellezze della montagna erano riservate ai veri appassionati e non esisteva ancora, ma sarebbe presto arrivato, il turismo di massa.

L.V.

Studente precipitato dal Vaiolet

Una grave sciagura è avvenuta, sulle Dolomiti, nella giornata di domenica. Vi ha trovato la morte un giovane e animoso alpinista milanese, il ventiduenne Alessandro Bartoli di Francesco, dimorante in via San Marco, 12. Il Bartoli doveva quest'anno laurearsi in legge presso la nostra Università: la montagna lo aveva attirato fino dagli anni dell'adolescenza, e in frequenti escursioni aveva avuto il modo di compiere un aspro allenamento alle fatiche e ai pericoli delle gite alpestri. Era socio della sezione milanese del Club Alpino Italiano e negli ambienti alpinistici era assai conosciuto, avendo fatto parecchie importanti scalate. Egli era particolarmente attratto verso le Dolomiti. L'altr'anno aveva da solo, senza compagni, portato a termine l'arrampicata della fessura Piaz, che si trova nel gruppo del Catinaccio, una delle più difficili pareti rocciose delle Alpi occidentali.

Il 10 del mese corrente il giovane si recò a Cavalese, a villeggiare insieme alla propria famiglia, composta del padre e di una sorella, essendo il Bartoli da parecchi anni orfano di madre. Da Cavalese lo studente si indirizzò con alcuni compagni, dei quali non si sa ancora il nome, verso le Torri di Vaiolet, che l'anno scorso aveva scalate da solo per farvi una lunga escursione. Si era accinto con essi a scalare la Pala di San Cristoforo, quando, durante l'arrampicata, agli alpinisti sfuggì la corda che avevano preso a prestito al rifugio Vaiolet e che andò a fermarsi in un punto pericoloso della roccia. Essi tornarono allora al rifugio e chiesero ad altri alpinisti se volessero unirsi a loro per andare a riprendere la corda, ma nessuno aderì. Il Bartoli fiducioso, per la propria particolare esperienza di quelle cime, che sarebbe riuscito a ricuperare la corda, partì da solo e per non più ritornare.

Al rifugio Vaiolet, dove lo si aspettò invano, alcuni alpinisti presentirono la sciagura e, iniziate le ricerche del Bartoli, ne trovarono il cadavere in fondo alla roccia. Il suo corpo è stato trasportato al rifugio. Da Cavalese il padre, avvertito, si recò al rifugio dove, in presenza della salma del figlio, diede luogo a una scena straziante. I parenti di Milano sono stati ieri sera telegraficamente avvertiti della sciagura e sono partiti immediatamente per Cavalese. La salma del povero studente verrà trasportata a Milano.

«Corriere della Sera», 24 luglio 1928

Ritorno dalle cime

Dalle mille cime delle Alpi ridiscendono in questi giorni le piccozze milanesi. Si raccolgono i ricordi delle salite compiute, i vestiti da montagna vengono messi nella canfora, le grosse scarpe sono ingrassate per l'ultima volta, estrema unzione di ogni stagione alpinistica, e la piccozza la si appoggia ad un angolo dello studio perché, anche in mezzo alla polvere, ricordi le giornate vissute sui lontani ghiacciai. Ma la prima cura degli alpinisti di ritorno in città è lo sviluppo delle fotografie fatte durante le ascensioni; naturalmente si aspettano capolavori di paesaggio e vedute sensazionali. Amara delusione: dalla negativa impressionata dai raggi del sole morente su di un picco vertiginoso vien fuori una scialba visione di un monte «panettone» senza abissi e senz'ombre, e il passo acrobatico, per la cui presa il fotografo ha rischiato la pelle, non appare, dopo lo sviluppo della lastra, più pericoloso di uno stradone provinciale.

Non sembra vero di dover rinchiudersi nei piatti e incolori casoni attorno cui i rari alberi richiamano penosamente il ricordo delle selvagge foreste. C'è una cosa sola che possa ridare per un momento una visione di bellezza quasi alpina ed è il Duomo, di sera, per chi lo guarda da sotto, quando le cuspidi acquistano per qualche attimo la parvenza di rupi sottili, modellate da un estro di natura. Ma, ritornati al lavoro nel fervore degli uffici, tra le instancabili macchine, per le vie senza requie, a poco a poco le nostalgie si dissolvono.

Più che vicende di emozionanti arrampicate gli alpinisti

quest'anno sono costretti a rievocare i lunghi acquazzoni; le insistenti nebbie e le nevicate inopportune, da cui molte brillanti iniziative sono state troncate all'inizio.

In compenso a tanta disdetta meteorologica, la cronaca non registra nell'alpinismo milanese che una sola sciagura. Se si pensa all'aumento incessante del numero degli innamorati delle Alpi e si ricorda il luttuoso succedersi di disgrazie nelle estati trascorse, oltre che ringraziare il cielo vien fatto di pensare al miglioramento dell'educazione alpinistica nei giovani. Le ascensioni non vengono infatti più ritenute un diversivo alla vita d'albergo o un'esibizione di bravura; ora si pensa alle vette difficili come a una cosa seria, per la quale occorre una preparazione fisica e anche uno studio minuzioso, sulle carte e sulle guide. Bisogna considerare lo sviluppo sempre maggiore dell'alpinismo senza guide, al quale contribuiscono assai i prezzi favolosi chiesti dai montanari per l'accompagnamento anche su facili cime. Le ascensioni senza guide richiedono, come è noto, specialmente nel capocordata che apre la via e assicura il procedere dei compagni, senza parlare delle capacità tecniche, un non comune senso di responsabilità e di forza autoritaria.

Per formare queste guide disinteressate, e per addestrare i giovanissimi alle difficoltà delle alte cime, funziona ogni estate, nelle varie valli alpine, una scuola ricca di esperienza che da anni fornisce a Milano nuove schiere di valenti arrampicatori. Il campeggio della sezione milanese del Club Alpino Italiano non accoglie i desiderosi di quieta villeggiatura o i pacifici turisti che temono oltrepassare i 2000 metri. In esso vivono, per un mese, circa 150 giovani sedotti dal fascino irresistibile delle Alpi ma non ancora in grado di affrontarle da soli. Nelle tende la vita si anima solo quando il sole è disceso; allora si levano i giovanili canti e si accendono i fuochi. Ma di giorno le piccole casette rimangono chiuse e mute, perché il riposo è quasi sconosciuto agli abitanti dell'effimero paese.

Chi, con una vecchia esperienza, dirige questa scuola di alpinismo, è il signor Mantovani che ogni anno si assume con entusiasmo la responsabilità di guidare i neofiti alle pericolose battaglie. Con lui è una decina di scalatori provetti, sicuri capicordata anche per le «cappelle» più inesperte.

Dal 27 luglio al 27 agosto il campeggio del CAI ha vissuto quest'anno tra le pinete di Solda, sotto il gruppo dell'Ortler. Il corso di insegnamento pare abbia dato frutti cospicui: basti dire, tralasciando le salite di minore importanza, che ben 72 partecipanti hanno salito i 3900 metri dell'Ortler, 25 hanno scalato l'arditissimo Gran Zebrù, altri 50 la cima del Cevedale, altrettanti la Cima Vertana, tutti senza l'aiuto di guide, non dando luogo al minimo incidente. Anche le signorine, ce n'erano una ventina, si son fatte onore. Con il loro bravo sacco sulle spalle, senza mai abusare della cavalleria maschile, anche le donne sono partite al mattino presto dal campeggio per soffiare su per i ghiaioni, per scavare i gradini nel ghiaccio, per rovinare le manine sulle ruvide pareti, con una resistenza da veri lupi della montagna.

Per il campeggio annuale il Club Alpino preferisce le Alpi occidentali o centrali; sotto questo rispetto si impone ancora la tradizione del vecchio alpinismo italiano, che pur compiendo spesso imprese di pura acrobazia, non considera le Dolomiti come montagne complete. Certo è tuttavia che un notevole contingente di milanesi si è spostato nelle stagioni passate verso l'Alto Adige e il Cadore. La passione per le Dolomiti è senza dubbio una conseguenza delle caratteristiche della vita moderna, tutta velocità e desiderio di gioie violente. È noto infatti che i monti pallidi offrono, a parità di tempo, emozioni più intense che non le grandi montagne ghiacciate; raramente si trovano in esse salite più lunghe di cinque ore e in brevi pareti sono racchiusi i brividi dei più squisiti pericoli. D'altronde la simpatia per le Dolomiti è favorita dalla scuola della Grignetta, dove ogni domenica centinaia di giovanotti si cimentano con ardue rupi, riproduzione in piccolo delle grandi crode di dolomia. Appena possono avere una settimana disponibile, tutti questi rocciatori si precipitano alle grandi dolomiti del Cadore e dell'Alto Adige.

Un altro coefficiente di favore per questo gruppo è il fatto che non vi è richiesta la carta di turismo, necessaria invece nelle catene di confine. È incredibile infatti l'avversione del pubblico per le pratiche burocratiche: pur di non sobbarcarsi alla noia di andar su e giù per gli uffici per ottenere i sospirati documenti, molti alpinisti hanno preferito tagliar la testa al toro, cambiando la sede della progettata villeggiatura.

«Corriere della Sera», 12 settembre 1929

Non dipendere dalla stufa

L'ultima notte dell'anno, approfittando della luna, un ufficiale della Legione universitaria «Arnaldo Mussolini» è partito da Livigno per fare ritorno a Milano. Preparato il sacco, stese sugli sci le pelli di foca, ha salutato il comandante e i compagni, ha dato un'occhiata al termometro sulla porta dell'albergo che segnava 20 sotto zero, e se ne è andato solo verso il passo d'Eira. Prima dell'alba doveva aver raggiunto la valle di Bormio. Sei o sette ore di strada.

Il vento gelato andava su e giù per l'unica via di Livigno, lunga quattordici chilometri. Avanti e indietro, era un grande cammino per visitare tutto questo strambo paese, tagliato fuori dal mondo, che si è disposto sul fondovalle in fila indiana, con ogni tanto il campanile di una chiesetta.

Allontanandosi, il capomanipolo vedeva spegnersi ad uno ad uno i lumi delle case. I centoventi militi universitari di Milano, venuti quassù a fare il campo, lasciavano gli accantonamenti per riunirsi, con gli ufficiali, all'albergo e aspettare insieme la fine dell'anno moribondo.

Man mano che egli entrava nel silenzio della montagna, si affievolivano le voci dei compagni. L'ufficiale si è fermato un attimo ad ascoltare, gli è parso di riconoscere, in uno di quei suoni fiochi, la voce di un suo caposquadra. Pensava: tornare indietro, mandare al diavolo gli impegni che lo richiamavano in città, restare con i compagni fino alla fine del campo, altri cinque giorni di soda felicità nella solitudine di quella valle solenne.

In tre giorni si era già creato un piccolo mondo, con una sua compiuta perfezione, così diverso dalla solita vita degli sciatori. Non c'erano grandi alberghi, ma solo oneste locande con le sale tappezzate di legno e vecchie oleografie alle pareti; non c'erano villeggianti e neppure una signorina, a pagarla a peso d'oro; proprio questa deprecata mancanza dava al campo dei militi uno stile autentico, un sapore rude e militaresco.

Non c'erano che moltissime case una dietro l'altra, con pochi abitatori visibili, centoventi ragazzi sui vent'anni, quindici ufficiali di età non molto superiore, un metro di neve perfetta e montagne tutt'intorno. Quasi una giornata di cammino per arrivare in questo estremo angolino d'Italia, e due valichi da superare. Così gli studenti fascisti si sentivano ben chiusi tutt'attorno da immensi bastioni candidi, non vedevano che neve, non pensavano che alla neve, a sciare disperatamente, dall'alba al tramonto, e magari anche dopo, perché si era in tempo di luna piena.

Sciare con il moschetto a tracolla, assicurato con una cinghia alla cintura perché non ballasse sulla schiena durante le discese a gran velocità. Mentre spuntava il sole, ogni mattina lunghe file di maglioni neri si dipartivano a raggiera su per gli immensi pan di zucchero, passavano al di là dei boschi fino a scomparire tra gli abbacinanti riflessi bianchi.

Ora gli sci facevano la guardia alla porta delle camerate, sopportando serenamente il freddo. Dentro agli stanzoni non restava che la bocca rossa della stufa, una luce tremolante che lasciava appena distinguere le maglie le calze i guanti appesi ad asciugare, i materassi stesi per terra, i moschetti raccolti in un angolo. Una caratteristica atmosfera di rifugio d'alta montagna, con un vago odore di fumo, mezzo di legna e mezzo di sigarette.

L'ufficiale si è fermato ancora in mezzo al ripido bosco per una brevissima sosta. Ha notato, tra gli incerti raggi lunari, come gli abeti nella notte avessero una fisonomia sospetta. Ma nella notte di fin d'anno anche i geni delle montagne avevano ben altre faccende per fare degli stupidi scherzi.

Tra i rami vedeva tremolare come altrettante costellazioni i lumi dell'albergo. Immaginava i militi nella sala al pianterreno, che facevano con le loro canzoni un baccano indiavolato.

In piedi sulla tavola il centurione Stendardi, grande direttore di cori, che dava gli attacchi. In un angolo il console Marchese, raggiante di contentezza per la contentezza dei suoi «ragazzi». Poi, lo sapeva già, mentre i militi davan dentro al loro vastissimo repertorio, il console e gli ufficiali si sarebbero raccolti in disparte a parlare ancora del campo, delle esercitazioni per il giorno dopo, di sci, della loro Legione a cui essi danno con grande semplicità tanta fatica e così straordinario entusiasmo.

Per quanto tendesse le orecchie, l'ufficiale non riusciva a percepire un briciolo delle lontane canzoni, che forse uscivano fuori dall'albergo attraverso qualche fessura delle finestre. Allora ha ripreso il cammino, è venuto fuori dal bosco, è entrato nella grande luce di luna, che gli ha subito attaccato ai piedi un'ombra poco rassicurante.

Mentre egli saliva, la valle si sprofondava sempre più in basso e a un tratto i lumi di Livigno sono scomparsi. Allora si è udita flebile la voce del campanile che suonava mezzanotte. L'anno vecchio è scivolato via ed è venuto avanti quello nuovo, senza il minimo intervallo. Come aveva fatto tante altre volte il 31 dicembre, l'ufficiale si è guardato attorno con curiosità per vedere se mai avvenisse qualcosa, ma tutto stava immobile e silenzioso. Neppure un fuoco fatuo nei valloni, ricolmi di ombre violette.

Un largo solco irregolare a curve era impresso sulle placide gibbosità bianche che movimentavano il paesaggio. Le tracce di centotrentacinque sciatori scesi tre giorni prima a Livigno. Alcuni militi universitari non avevano mai messo prima d'allora gli sci. Non sapevano di «Cristiania», di«Telemark» e neppure di «spazzaneve». Eppure si erano buttati giù senza tanti riguardi, impazienti di arrivare, dopo tante ore di fatiche. Viveva ancora nell'irruenza di quelle sottili tracce tutta la gioia di una piccola vittoria conquistata. Le piste del ritorno non avrebbero certo avuto un così gioioso slancio.

Metro per metro, nella neve, l'ufficiale ha letto il racconto della memorabile camminata. Da Isolaccia al Passo di Foscagno si era saliti senza sci, perché pochi avevano le pelli di foca. Le spalle di ogni milite dovevano portare i pattini di legno, il sacco, due coperte e il moschetto, qualcosa come trenta chili. Parecchi vedevano la montagna vera per la prima volta e cercavano di decifrare le alte cime che si alzavano intorno. Parevano tanti Imalaia, con tutta quell'imbottitura bianca, non si riusciva a capire se fossero dei monti sul serio o se si trattasse di un trucco di stagione.

Nessuno voleva chiedere per primo un «alt» per riposare un momento; era una questione di amor proprio. Ma i passi si facevano sempre più lenti. Si passavano gli sci dalla spalla destra alla sinistra e dalla sinistra alla destra. Impegnate tutte le energie nello sforzo, i pensieri venivano abbandonati a loro stessi in vani interrogativi. Avremo fatto almeno la metà della salita? Arriveremo prima che venga notte? Verrà la tormenta?

E la tormenta era venuta davvero. Prima con dei piccoli turbini a girandola, che pareva scherzasse, e poi secca, nutrita, si era messa a battere dolorosamente le facce. Scomparso il sole, si profilavano attorno enigmatiche pareti di neve, dalle quali giungevano sordi fruscii ch'era meglio non si sentissero. Tentava allora di affacciarsi alla mente di qualcuno l'ignava immagine della propria tepida casa, dello studiolo quieto, delle comode e torpide consuetudini cittadine. Tentava di affacciarsi un rimpianto, di non essere rimasti a casa; ma non veniva lasciato entrare. Anche i meno allenati non dimenticavano di portare un moschetto. Su, magari a denti stretti per lo sforzo, fino a che la tormenta era passata e si era fatto di nuovo il sole.

Quando erano usciti dal bosco, proprio sopra Livigno – ci saranno stati ancora quindici minuti di strada, cominciava la sera e quasi tutti erano sfiniti – qualcuno aveva attaccato «Giovinezza». Nessuno aveva avuto questa precisa intenzione; il canto era venuto proprio fuori da solo e accompagnava la schiera felice e stanca verso le case illuminate.

«Corriere della Sera», 3 gennaio 1934

Il taccuino dell'estate 1930

16 giugno

Arrivato a Calalzo alle 11.15, c'era Quinz ad aspettarmi. Siamo andati al Ristorante la Ferrovia a domandare la chiave. De Carlo il padrone non l'aveva e ha telefonato a Da Riu, una vecchia guardia forestale, il quale ha detto che non poteva darla se non veniva ad accompagnare al Rifugio (Rifugio Padova). Siamo andati allora a Domegge (alt. m 762) e al Municipio non c'era che un impiegato. Chiamato Da Riu ci siamo messi d'accordo in una osteria quieta. Poi siamo partiti verso le 4 (pomeridiane) e arrivati al Rifugio (alt. m 1.278) alle 6.30 per boschi deliziosi.

17 giugno

Pioggia alla mattina come di notte era piovuto. Alzatisi arrivò Da Riu con due fiaschi di vino, poi andò a prendere funghi che Quinz cucinò. Da Riu "mostro" "non se dise" partì alle 11.30 (non volle accompagnarli) e alle 12 noi partimmo verso il campanile Toro. Boschi, fanghi, neve, ghiaioni infernali poi neve fino a un gradone gocciolante dove abbiamo attaccato. Arriviamo così a cengia donde si stacca un obliquo canale; dopo questo c'è uno spiazzale e poi un facile caminone. Alla forcella, qualche ripida roccia e la cima alle 15.

18 giugno

Tempo così e così. Partiamo per forcella Scodavacca per provare la torre omonima. Ma quando, dopo 1 ora e 3/4 siamo arrivati non si capisce più niente, così che propongo di arrivare fino alla stretta forcella, coperta di neve. Infatti qui appare bellissima la torre Berti che andiamo ad attaccare. Lasciati i sacchi sopra un principio di cengia, seguiamo questa piantando un chiodo perché gli appigli per i piedi sono tutti in bilico. Attraversiamo così a sinistra per orribili cenge marce e passiamo sotto alla fessura centrale che si mostra a strapiombo. Passiamo quindi sulla parete N.E. (nord-est) dove cominciamo a salire per rocce friabili fino a che, lasciato a sinistra un'apparenza di colatoio, arriviamo a una spalla, dietro alla quale ci appare un ampio canale a salti verticali ma con punti di riposo. Tre salti in piedi e poi saliamo obliquando a destra fino alla cresta. Anche qui roccia orribile. Caliamo poi più dal camino a strapiombo, in fondo al quale io salto fuori sulla parete con la mano destra stanchissima che a stento tiene la corda doppia. Il chiodo, piantato da chi sa chi in una fessura verticale e trattenuto da un piccolo cuneo di legno tiene benissimo. Caliamo sempre a corda doppia senza chiodi giù per la parete i cui profili sono impressionanti. Giù fino alla cengia del chiodo. Io vado giù a fotografare la torre e poi sotto al sole vado a raggiungere Quinz che si è fermato a un ruscelletto che scende dalle rocce. Poi scendiamo in 35 minuti. La torre, attaccata a 12 (mezzogiorno) fu da noi salita alle 14.30. La discesa richiese un quarto d'ora in meno. Al Rifugio Quinz vuo partire e anche adesso non è ancora tornato.

19, Corpus Domini

Svegliato, ho pulito i denti la faccia, ho unto le scarpe, ho fatto la barba, ho aggiustato i calzettoni (prima avevo aggiustato i ginocchi dei calzoni e il collo degli scarpetti), ho fatto il the, fotografie, sono andato a prendere acqua. Ho messo ad asciugare gli scarpetti; poi s'è messo a piovere. Poi ho fatto colazione con prosciutto cotto, cotognata, pane e vino, poi ho suonato un po' l'armonica, poi mi sono messo a scrivere dalle parti del Cridola (monte a nord-est del Rifugio Padova) tuona sotto ai nuvoloni neri. Qualche goccia d'acqua. Alle 17.50 arriva Quinz. Pranzo eccezionale. Partiamo alle 6,1/2 (pomerid.) per forcella Scodavacca. Su per i ghiaioni di sinistra su per un canalone nevoso fino alla forcella della torre della Tacca. Quinz pianta un chiodo.

Ritorno 21. Due ore fino alla base della torre del Rifugio, tempo minaccioso, salgo per primo. Al ritorno c'è il vecio Da Riu venuto per ricevere una comitiva di avanguardisti di Pieve. Arrivano prima dei giovanotti poi i ragazzi. Bordello tutta la sera. Si profila il ritorno.

Si raccolgono le nostre cose e si passa in una stanza a due letti vicino alla nostra. Verrà Zacchi. Alle 10 arrivano tre da Domegge che portano una cartolina della mamma e due lettere della B. e di Dusi.

22 giugno

Partenza alla mattina col sole. Quattro avanguardisti sono rimasti al Rifugio e giocano a carte su un tavolo. Addio Rifugio Padova e crode solitarie. A Domegge combiniamo con Da Riu. Sole.

All'Albergo Ferrovia De Carlo ci tiene con chiacchierate di guerra. Vado per far timbrare un biglietto e supplico pietosamente il capostazione terza di prima (passaggio di classe) che acconsente. Il treno delle 11.10 arriva senza Zacchi. Montiamo sul trenino di Cortina dove trovo Ceccato che mi dà una zuppa sul suo titolo di ispettore forestale di Cortina e sulle malattie degli abeti. A Cortina andiamo a mangiare modestamente all'Albergo San Marco.

Poi riusciamo a trovare una macchina che va a Misurina. 30 lire. Due tedeschi segnano sulla carta geogr. tutto quello che vedono. Misurina. Quinz non ha voglia d'andare al Rifugio io mi scoccio. I luoghi della partenza dell'anno passato emanano la tristezza che io vi avevo messo. Alla fine, dopo un mucchio di storie partiamo.

L'ultimo di strada, con il sacco pesantissimo è estenuante. Compaiono le crode mirabili che mi lasciano freddo. Dalla parte della croda dei Toni (alt. m 2297) c'è bufera e nuvole nere.

23 giugno

Alle 6,1/2 partiamo per la Piccola di Lavaredo (una delle tre cime). Alle 7,1/2 siamo all'attacco. Sono specialmente sicuro. Fino al camino tutto mi dà l'impressione di una montagna addomesticata anche il camino Szigsmondy è sicuro. Ore 9 vetta, la discesa, dopo alcune corde doppie assai faticose appare facile due ore scendere a mezzodì siamo all'attacco (alla base). Quinz che stamane era di pessimo umore ha ritrovato la sua allegria. Mangio al Rifugio e Quinz va a Misurina. Mi lavo, mi faccio la barba, ecc. poi scendo a scrivere queste cose. È venuta una bufera e attorno c'è una fitta nebbia, vento fortissimo tuoni e corvi che giocano con l'aria.

24 giugno

Tempo incerto partiamo per croda di Passaporto cresta N.O. (nord-ovest).

Passo Tre Lune camminamento nella roccia e due canali di ghiaccio, facile per bel camino cresta e dopo invano cerchiamo punti difficili. Al ritorno nella galleria coppia di tedeschi e italiani. Sonno nel pomeriggio.

25 giugno

Al Rifugio Tre Lune, tempo incerto poi alla torre di Tobbin versante verso le 3 Lune. Camino largo e facile poi altro largo sulla cui parete sinistra Quinz s'impegna due volte. A me poi appare abb. fac. Poi nella forcella su per pericolanti scale di legno. Ritorno a Misurina. Due simpatiche coppie tedesche in moto.

26 giugno

Piove. Rimango in letto. Alle 9-10 partiamo per il Piz Sant'Angelo. Arriviamo alla parete verso Misurina che comincia a gocciolare. Si attacca un po' a destra della verticale calata dalla forcella e dalla lima e spuntone terminale cresta. Si sale obliquando a sinistra per 30 m per rocce erbose e poi per piccola crestina a una selletta donde si sprofonda nel versante opposto un largo camino. Si piega a destra traversando fino alla spalla del Piz situata in cresta. Si sale diretti su per quel breve camino e per una successiva ripida liscia parete che si sale verso l'orlo destro. Da un piccolo spuntone si traversa a sinistra per 4 m a un caminetto per il quale si esce sul versante Est. Su questo si traversa salendo alquanto per rocce erbose fin quasi a una caratteristica grotta. Qui si prende a salire la parete, nell'ultimo tratto ripida, fino alla cresta. Si percorre questa fino al blocco della cima che si supera con un breve salto di roccia. Ci abbiamo messo 1,30. Al ritorno abbiamo fatto corda doppia alla parete. Poi, tra i pini, venne la pioggia.

27 giugno

Partiti al mattino alla ricerca del campanile di Pogolla. Nuvoloso e umido fino al Col di Varda che raggiungemmo in tre quarti d'ora. Lassù tirava vento, menando su nebbia dalla valle.

Attraversiamo, dopo una sosta in una baracca di guerra, i terribili ghiaioni polverosi sotto a rocce marce a strati. Poi su, terribilmente per sfasciumi crollanti, per due canaloni su per un tratto di neve fino a una umida grotta a destra del campanile nessuna traccia, tranne una guglia quadrangolare che si protende fuori come il braccio di un candelabro. Su ancora per ghiaie e poi neve fino a un punto di riposo, a sinistra. Poi su ancora a una biforcazione del canale di cui prendiamo il lato sinistro. Su fino a una forcelletta, dinanzi alla quale, tra le nebbie ondeggianti, scendeva un altro canalone.

Sopra due esili forcellette. Provo per la destra sempre sopra ripida neve, ma vedo un salto. Sulla sinistra un caminaccio con incastrata una lingua di neve, va Quinz. «Eureka» sento dall'alto e salgo anch'io a scorgere tutto il Cadin della Neve, illuminato dal sole, con guglie fumose a sinistra e in fondo la torre del Diavolo. Giù, giù per la neve (ben 4 ore e un quarto) per arrivare alla forcella di Pogolla. Abbiamo rivisto il Piz S. Angelo, ripercorso il sentierino dell'anno passato, sotto al medesimo Piz poi all'acqua, per una strada militare già trovata il giorno prima. Mangiamo poi più perché si mette a piovere in regola.

28 giugno sabato

Ultima arrampicata. Partiamo alle 6.30 e in tre quarti d'ora siamo sulla forcella del Coston Popena, donde si vede Piz Popena, Cristallino e, a sinistra, torre di Popena. Scendiamo attraversando ghiaie, attraversiamo i prati risaliamo il versante opposto, entriamo nel circolo finale e (dopo h. 2.30) arriviamo alla forcelletta tra croda di Pausa Marsa e torre So di Popena. Verso sinistra per cengia, poi ci leviamo le scarpe in un'ottima Rostnplatz. A sinistra ancora per cengia poi come dice Berti (25 m). Magnifico a picco sotto la cima. All'attacco Quinz mi racconta sue divertenti storie d'ospedali di guerra.

Scendiamo per la medesima parte fino al prato poi risaliamo fino alla forcella sotto la cima dell'Angelo, verso Tre Croci. Via per un soffice ghiaione, con dentro pali militari, giù per prati, meglio un valloncello. Piova. Sotto un abete. Quinz racconta come catturò tre piccoli poiani e come li spacciò per polli. Ritorno, fiori desolazione, sole.

Adesso i quattro chiodi, il moschettone e il coltello, insieme legati giacciono inerti oramai sul pavimento della mia stanza. Piove a dirotto.

Dal taccuino personale di Dino Buzzati (giugno 1930)

Indice

V *Introduzione*
di Lorenzo Viganò

XLVII *Cronologia*

LXV *Bibliografia*

LXXXI *Nota del curatore*

I FUORILEGGE DELLA MONTAGNA

2 *La canzone alle montagne*

Prologo
5 I fuorilegge

UOMINI

13 Mezzo secolo di scandalo sulle più aeree Dolomiti
18 Piaz il «ribelle» delle Dolomiti
21 È morto ciclista l'arrampicatore delle Dolomiti
27 Il caso degli strapiombi nord mise a rumore le Dolomiti
32 Da solo sul «sesto grado»
37 Aristofane e Tolstoj sui monti vanno d'accordo
41 Il diabolico invito di una Dolomite superstite
46 Il Guido Rey delle Dolomiti non sapeva d'essere un artista
48 Zapparoli
53 L'abisso costa caro

59 La promessa temeraria della guida Eliseo Croux
63 Ci fu una scommessa per la terribile Cima Una
68 Cordata di tre
73 Un meschino agguato distrusse l'arte prodigiosa di Comici
77 Da solo e senza corda su e giù per il sesto grado
81 Leggerete questa introduzione?
86 L'uomo bruciato dal K2
90 Il primo italiano che vinse il «complesso del sesto grado»
94 L'intramontabile Ghiglione perito in uno scontro d'auto
97 Andrea Oggioni patetico dramma
101 Il fenomeno Preuss
105 Un nobile addio

IMPRESE

111 Sesto grado: estremamente difficile
118 Tecnica della doppia corda sulla parete del Nibbio
123 L'ardua lotta per la conquista della più impervia parete dolomitica
126 Montagne sconfitte
131 Gli invisibili compagni di ascensione
135 Il Cervino perduto per un sorso di grappa?
139 Dovevano tutti morire ma la montagna non volle
144 L'Everest
147 «Torna, piccola Lea!»
152 Monti spietati
155 «Taglia, taglia, che almeno tu ti salvi». Tredici ore sospeso nel vuoto a una corda
160 Ma ne valeva la pena?
163 Il freddo uccide due tedeschi su un ghiacciaio sopra Cervinia
168 Ragazzi terribili nel regno del sesto grado
172 Bonatti e Mauri conquistano la vetta del Gasherbrum 4
177 Maestri ed Egger sul Cerro Torre. La guida di Lienz perita nella discesa
183 Ma non è una pazzia?

187 «Non mi perdonano il torto di essere ritornato vivo»
193 «Non sono un kamikaze» dice la guida Cesare Maestri
197 Maestri ha risposto coi fatti a chi gli aveva dato del vile
202 100 ore senza sole
206 Pirovano narra la scalata del Cervino della Terra del Fuoco

K2

211 Anche gli italiani attaccheranno l'Himalaia
216 Un'investitura morale per l'assalto all'Imalaia
221 Gli Italiani hanno preparato la via per l'attacco al K2
225 Quali difficoltà ci attendono sulla ciclopica parete del K2
230 La spedizione all'Imalaia sotto la protezione della Madonnina
234 L'allarme per il gruppo Desio non ha alcun serio fondamento
239 Non è escluso che qualcuno in Italia possa ascoltare la radio di Desio
242 Una grande notizia
246 Si «ritrovano» a Courmayeur i valorosi conquistatori del K2
250 Un anno fa sul K2
253 Un «Libro bianco» di Desio sulla spedizione al K2

APPENDICE

263 Studente precipitato dal Vaiolet
265 Ritorno dalle cime
269 Non dipendere dalla stufa
273 Il taccuino dell'estate 1930